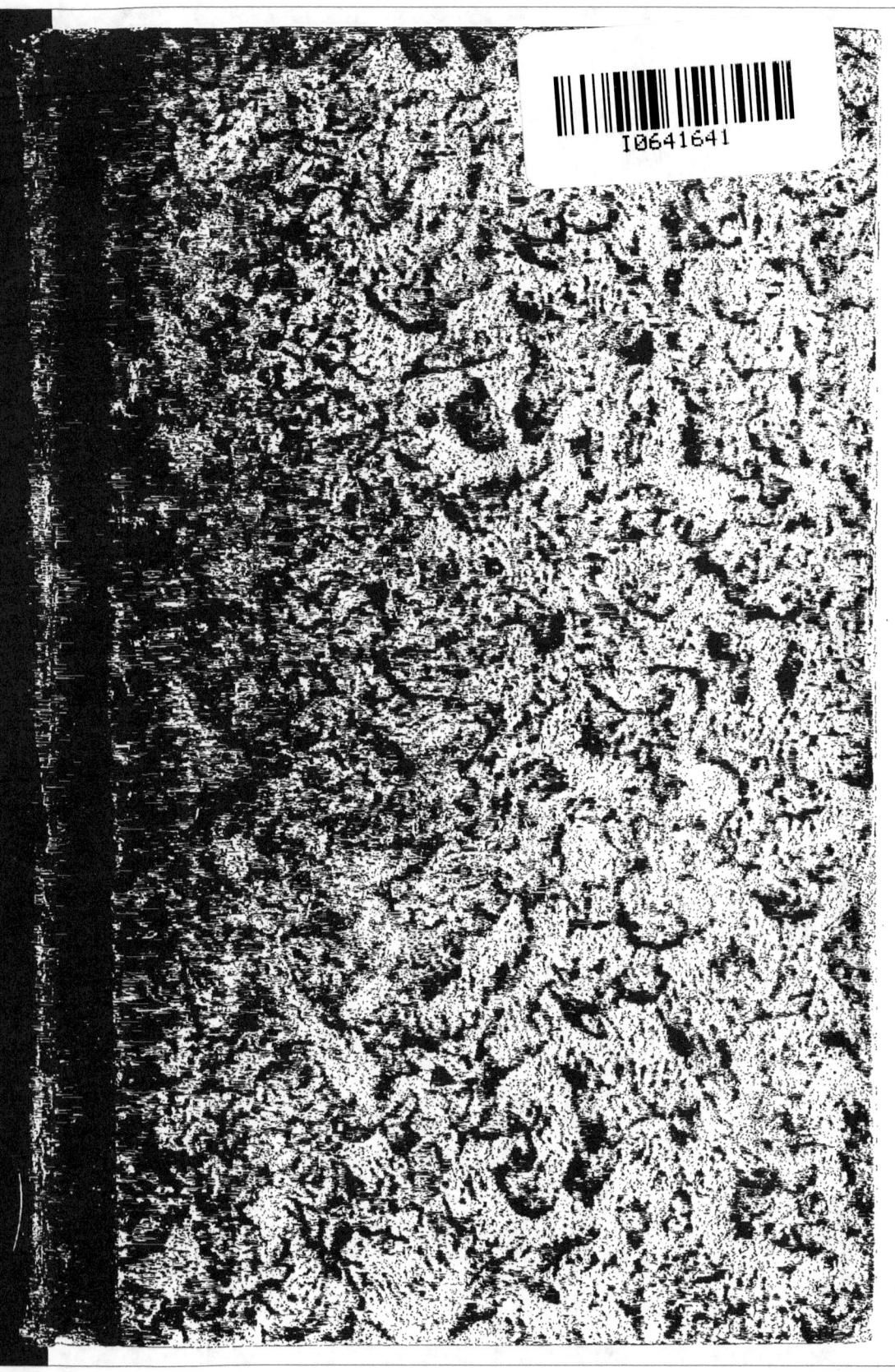

CR X2. a. K. R B. L C Z.

LETTRES ORIGINALES

DE

MIRABEAU.

On trouve chez les mêmes Libraires la Collection complette des travaux de MIRABEAU à l'Assemblée Nationale, précédée de tous les Discours et Ouvrages du même auteur, prononcés ou publiés en Provence pendant le cours des Elections ; par ETIENNE MEJAN. 5 vol. in-8°. d'environ 500 pages, avec le *Portrait* de l'Auteur. Prix, 18 liv. et 20 liv. franc de port.

FAUTES ESSENTIELLES
dans le Discours préliminaire.

Page 19. Si Gabriel pensoit comme Sophie : *lisez* sentoit.
Page 21. la jeune Sunanimite : *lisez* Sunamite.
Page 34. mettez une virgule à la place du point qui se trouve après le mot *Clytemnestre.*

LETTRES ORIGINALES

DE

MIRABEAU,

ÉCRITES DU DONJON DE VINCENNES,
pendant les années 1777, 78, 79 et 80;

Contenant tous les détails sur sa vie privée, ses malheurs, et ses amours avec SOPHIE RUFFEI, marquise de MONNIER:

RECUEILLIES

Par P. MANUEL, Citoyen français.

Quelque jour, je causerai avec vous sur l'histoire de ma vie entière. Vous ne comprendrez pas et ne pourrez croire ce dont vous serez pourtant convaincu.   (*Lettre de* MIRAB. *à* M. *Béranger.*)

TOME SECOND.

A PARIS,

Chez J.B. GARNERY, Libraire, rue Serpente, n°. 17.

A STRASBOURG, chez TREUTTEL, Libraire.
A LONDRES, chez DE BOFFE, Gerard-Street, n°. 7 Soho.

1792, AN 3e. DE LA LIBERTÉ.

LETTRES ORIGINALES

DE

MIRABEAU,

ÉCRITES

DU DONJON DE VINCENNES.

A M. LE NOIR.

1 janvier 1778.

Si vous avez eu la bonté, Monsieur, d'inter-
roger M. de Rougemont sur l'exposé de la
lettre que j'ai eu l'honneur de vous adresser le
vingt-quatre janvier, vous savez que l'état de
mes effets, que j'ai pris la liberté d'y joindre,
est exact. J'en appelle à votre justice et à votre
bonté, et j'ose vous demander si ma situation
est, je ne dis pas décente, je dis supportable.
Permettez-moi de vous représenter aussi que je
suis hors d'état de supporter des délais, que
depuis huit mois je forme les mêmes plaintes,
et que par le laps du tems le sujet en est aggravé. Si des raisons, que j'ignore et qu'il
m'est impossible de deviner, n'empêchent pas

Tome II.   A

que l'on me donne mes malles, il me semble qu'il seroit plus court de me les livrer que d'attendre les secours de mon père. Quand la ridiculement modique pension qu'il m'accorde, suffiroit pour me fournir ce dont j'ai besoin, est-il juste que ce qui est destiné à *l'entretien* supplée aux avances ? (Eh ! que mon père regarde à son tableau économique, qu'il appelle avec autant de gravité que de modestie, le *Code de l'humanité*, et où il a si disertement distingué les *avances primitives* et les *avances annuelles*.) Est-il juste que j'emploie le seul argent que l'on accorde à mes besoins à acheter des effets, tandis que j'en ai qui pourrissent dans mes malles ? Qui peut donc rendre si redoutables ces malles échappées à mon naufrage ? Il n'y a pas un papier : il y a des livres, tous livres d'étude et de travail ; pas un contre la religion , pas un contre les mœurs , pas quatre qu'on ne vende publiquement à Paris. Veuillez ordonner que l'on fasse un catalogue de ces livres: qu'on le mette sous les yeux de vos préposés, et daignez statuer quelque chose pour me tirer de l'état de dénuement où je suis. J'aimerois mieux, je vous le jure d'honneur, Monsieur , manger du pain bis pour tout aliment et être aux fers, mais avoir des livres, que de jouir de toute la liberté que l'on peut accorder ici , d'être nourri de la bouche du roi , et privé de toute lecture. C'est à quoi je suis réduit. Il n'y a pas jusqu'aux livres de dévotion que j'ai épuisés , et ce n'est qu'après deux mois de disette absolue que j'ai pris la liberté de vous en parler pour la première fois. Qu'il me soit permis de finir par une réflexion dont la vérité doit frapper un cœur tel que le vôtre.

Plusieurs scélérats connus de la France par des crimes horribles , et pour qui une prison perpétuelle est une grace que toute la bonté du souverain pour leurs familles a eu peine à leur accorder ; plusieurs scélérats de cette espèce , dis-je , sont dans des forts où ils jouissent de toute leur fortune, où ils ont une société très-agréable , et toutes les ressources possibles contre le mal-être et l'ennui inséparables d'une vie renfermée. Je nommerai un homme dont toute l'Europe sait l'histoire. Un lâche assassin qui a traîtreusement immolé son parent, son bienfaiteur, M. de Railli jouit à Pierre-Ancise de son bien , d'une demi-liberté, voit tout Lyon, et mène en un mot une vie délicieuse pour un homme à qui l'on a fait une si grande grace de ne pas le laisser périr sur la roue..... Faut-il citer un de mes parens ? pourquoi non ? la honte n'est-elle pas personnelle ? Le marquis de Sades, condamné deux fois au supplice , et la seconde fois à être rompu vif; le marquis de Sades exécuté en effigie; le marquis de Sades, dont les complices subalternes sont morts sur la roue, dont les forfaits étonnent les scélérats même les plus consommés; le marquis de Sades est colonel, vit dans le monde, a recouvré sa liberté, et en jouit, à moins que quelque nouvelle atrocité ne la lui ait ravie.......

Vous me blâmeriez, Monsieur, si je m'avilissois jusqu'à mettre en parallèle M. de Railli, M. de Sades et moi; mais je ferai cette question simple... De quoi suis-je coupable? De beaucoup de fautes sans doute; mais qui osera attaquer mon honneur?...... Mon père; parce qu'il est le seul que je ne puisse pas repousser et couvrir d'infamie. Qu'il articule des faits, et que ces faits me soient communiqués. Je l'ai demandé cent fois; mais il a trop beau jeu, tant qu'il parle seul, pour changer de partie....... Cependant quelle différence de la situation des monstres que j'ai cités, à la mienne? Je suis dans la prison du royaume la plus triste et la plus cruelle, à la considérer sous tous les aspects (je parle de celles destinées aux gens de ma sorte;) j'y suis dans la plus extrême pénurie; dans l'isolement le plus absolu, je dirois le plus affreux, si vous n'étiez venu à mon aide......

Ce mot vous rappelle vos bienfaits, Monsieur, et réchauffe toute ma reconnoissance. Souffrez que j'ajoute une seule prière. Madame de Monnier m'a écrit le cinquième jour de ses couches. N'en puis-je espérer quelques lignes quand elle en sera relevée. Ah! Monsieur, cette grace me sera bien précieuse, et vous ne m'avez pas défendu de m'en flatter. Le nuage s'éloigne, mais il n'est pas entièrement dissipé. Ramenez tout-à-fait le calme dans mon esprit, et que l'être le plus bienfaisant partage toutes les affections de mon cœur avec l'être le plus aimable.

J'ai l'honneur d'être avec un dévouement respectueux, Monsieur, votre très-humble et très-obéissant serviteur,

MIRABEAU fils.

A M. LE NOIR.

3 janvier 1778.

J'AVOIS résolu, Monsieur, d'imposer silence à ma reconnoissance, dans l'incertitude où j'étois si vous vouliez ou ne vouliez pas que je susse ce que vous aviez daigné faire pour moi. Cette incertitude subsiste encore; mais comment oserois-je vous adresser une demande sans

A iij

vous remercier de ce que j'ai reçu? Vous ne
pouvez vous offenser de ma gratitude, son
expression fût-elle indiscrète. Je ne suis pas
assez novice pour croire que certaines graces
puissent jamais m'être accordées indépendamment de vous; et vous n'avez surement point
imaginé que je m'y sois trompé. Recevez donc,
à cet égard, mes remercimens les plus vifs et
les plus sincères. Vous ne connoissez pas mon
cœur; mais si vous aviez quelque idée de sa
sensibilité, vous ne douteriez pas que ma vie
ne fût plus à vous qu'à moi, si je pouvois en
disposer après un tel bienfait.

Mais, Monsieur, qu'il me soit permis de
vous tout dire. Sans doute vous n'avez pas
voulu m'accorder une grace incomplette; car
elle seroit bien cruelle. La lettre de mon amie
m'a appris que le 10 ou le 20 (car je n'ai
pu lire la date) elle n'étoit pas accouchée.
Mais je suis sûr, bien sûr, qu'elle l'est à
présent, et j'ignore absolument son sort. Ah!
Monsieur, je ne vis pas; tous les mouvemens
de mon cœur sont convulsifs. Si je n'eusse rien
su avant cette crise redoutable, j'aurois à me
plaindre de la rigueur de mon sort qui suffiroit
pour me mettre au désespoir; cependant j'es-
pérerois encore dans la promesse que vous-
même avez bien voulu me faire, que je serois

informé d'un événement auquel assurément ma vie est attachée. Mais la scène est tout-à-fait changée. Je ne puis me persuader que vous me refusiez à cette époque, ce que vous m'avez accordé auparavant ; je ne pourrois donc que croire, si l'on s'obstinoit au silence, que l'on me cache une perte après laquelle je n'ai plus rien à espérer ni à craindre. Souffrez donc que je vous demande à genoux, baigné de larmes, et dans une véritable agonie de douleur, une nouvelle lettre.

Permettez que je vous représente aussi, que si la mienne n'a dû parvenir à madame de Monnier que par une voie détournée, il est possible et même probable qu'elle ne l'a pas ; car un homme, et un étranger, par quelque moyen qu'il se soit introduit où elle est, à moins qu'il ne soit son accoucheur, ne pénètre surement pas jusqu'à son lit, où elle est enchaînée en ce moment. Ah ! Monsieur, ayez pitié d'elle : elle est et par son sexe, et par son personnel, bien plus intéressante que moi, et les circonstances la mettent bien plus en danger. Si elle a des torts, ils ne sont que les miens ; et par combien de vertus ne les rachète-t-elle pas ! si j'ai obtenu votre compassion, que de titres n'a-t-elle point pour la mériter ! Je ne puis supporter l'idée d'avoir reçu

A iv

une consolation qu'elle n'ait pas partagée. Ce n'est surement pas votre intention : daignez donc y pourvoir. Hélas ! malgré toutes vos bontés, nous doutons de l'existence l'un de l'autre, et ce doute est un supplice auquel rien n'est comparable.

En vain me diroit-on qu'il subsiste tant que l'on est séparé. Quelle différence de toute autre occasion à celle-ci ! Selon le cours naturel des choses, il y a toujours à parier qu'une femme de vingt-deux ans, d'une bonne santé, d'une excellente constitution, vit et se porte bien. Mais admettez les circonstances où nous nous trouvons. Supposez cette femme exposée à une révolution telle qu'une première couche, dans une prison (aussi adoucie que puisse être sa demeure, c'est toujours une prison), en proie depuis sept mois à toute sorte de chagrins, à la plus sombre inquiétude, ayant reçu dans sa grossesse les secousses les plus terribles, écrivant enfin quelques jours, peut-être quelques heures avant sa délivrance, *Je suis au désespoir;* et l'adresse de sa lettre prouvant bien mieux que sa lettre-même combien il étoit vrai que son cœur étoit brisé et sa tête perdue.... Croyez-vous que, d'après toutes ces données, il soit certain pour moi, croyez-vous, hélas ! qu'il soit probable qu'elle

se soit tirée heureusement de la plus pénible
des révolutions du corps humain ?

D'un autre côté, cette femme connoissant
toute la tendresse de son amant, toute l'activité de son imagination sulfureuse, toute
l'impétuosité naturelle de son caractère, impétuosité d'autant plus destructive qu'il fait plus
d'efforts pour la dompter, l'ayant quitté au
milieu d'un crachement de sang et dans un
état déplorable, le sachant depuis sept mois
voué au genre de vie le plus propre à empoi-
sonner la santé la plus florissante, enfin se fi-
gurant toutes les horreurs de son inquiétude,
tous les excès de sa douleur ; cette femme peut-
elle être bien rassurée sur le sort de cet infortuné ?

Daignez joindre à ces considérations toutes
celles qui motivent notre dévouement réci-
proque, et le rendent juste, j'ose même dire
intéressant pour tous les hommes honnêtes :
vous aurez quelque idée de notre état, et
vous ne vous étonnerez pas de l'ardeur de
mes instances. Monsieur, couronnez vos bienfaits ; arrachez de mon sein le trait qui me
déchire ; rendez la vie à une femme digne de
l'intérêt de tous les cœurs sensibles ; et puissent
tous les bonheurs réunis récompenser notre
bienfaiteur !

J'ai l'honneur d'être avec autant de reconnoissance que de respect, Monsieur, votre
très-humble et très-obéissant serviteur,

MIRABEAU fils.

A M. LE NOIR.

7 janvier 1778.

DE toutes les graces que vous pouvez m'accorder, Monsieur, celle que je reçois de vous
est, sans doute, une des plus sensibles. J'aime
ma mère ; je l'aime tendrement ; je l'ai toujours chérie, et son malheur augmente son
attachement pour moi, comme le mien exalte
ma sensibilité. Recevez donc mes vifs remercimens pour la lettre qui vient de me parvenir.
Elle m'apprend que je la dois à vous seul ;
et je l'aurois deviné, quand ma mère ne me
l'auroit pas dit. Un de mes plus grands crimes
dans l'esprit de mon père fut toujours d'aimer
ma mère ; parce que la haine, ou le mépris
de sa rivale, sembloit attaché à cette affection si douce, si juste, si sacrée. Daignez lui
faire passer la lettre que j'ai l'honneur de vous
adresser pour elle : les innocens témoignages
de mon amour filial ne contribueront pas peu
à calmer son cœur et sa tête.

Plus je reçois de vous, plus j'en espère, Monsieur. Les mots ne vous abusent pas : votre ame et votre esprit s'éclairent mutuellement. Vous savez que, si les sentimens qui nous attachent aux auteurs de nos jours sont nos premiers devoirs, puisqu'ils ont, pour ainsi dire, précédé notre existence, et que nous ne l'avons reçue en quelque sorte qu'aux conditions de les remplir, ils ne sont pas les seules affections de l'ame, justes et sacrées. Le premier lien de la nature, et l'une de ses plus douces inclinations, se forme au sein des familles; mais qu'est-ce qui serre ce nœud? La conformité d'éducation que l'on reçoit, et la ressemblance des sentimens qu'elle produit ordinairement; la communication des intérêts, des secrets, des affaires; les bienfaits, la reconnoissance et l'habitude y contribuent plus que la nature : car les liens du sang sont souvent incertains, et toujours involontairement tissus. Le grand nœud de l'humanité, c'est donc la bienveillance, ce sont les bienfaits; c'est L'AMOUR, à prendre ce mot dans son acception la plus étendue..... Vous m'entendez, Monsieur : vous devinez ce que je veux conclure. Daignez vous souvenir du sentiment qui crie dans mon cœur, de l'inquiétude qui le déchire. Je suis ami, je suis père. J'ignore si mon amie existe , si mon enfant respire.... Ah ! Monsieur , soyez , daignez être mon père. Celui que m'avoit donné la nature m'opprime et m'étouffe : sauvez-moi du moins à demi de sa barbarie. J'ai déja reçu de vous plus de bien réel , qu'il ne m'en a fait pendant toute sa vie. Je suis pénétré de gratitude ; mais le cœur qui la nourrit , manque lui-même d'alimens. Une autre lettre , Monsieur , une autre lettre , et je baignerai vos mains des larmes les plus douces que la reconnoissance ait jamais versées. Depuis sept mois il n'en coule de mes yeux que de très-amères ; et si vous n'avez pitié de moi , le désespoir en aura bientôt tari la source.

J'ai l'honneur d'être avec une reconnoissance respectueuse , Monsieur , votre très-humble et très-obéissant serviteur ,

MIRABEAU, fils.

A MA MÈRE.

7 janvier 1778.

MA bonne , ma chère Maman, j'ai reçu, j'ai baisé votre lettre chérie , remplie des expressions les plus douces de votre tendresse. Je remercie monsieur Le Noir , je le remercie du plus profond de mon cœur de ce bienfait, et je le supplie de nous continuer sa bienfaisante et précieuse condescendance. Hélas ! je ne suis qu'un infortuné jeune homme calomnié, et méconnu, si j'ose le dire ; mais auquel on peut faire des reproches. Mais vous, vous, ma Mère adorée, vous, malheureuse dans l'âge du repos et des jouissances tranquilles, vous, séparée de vos enfans, bannie de votre famille, privée de votre liberté ! vous êtes bien faite pour intéresser un magistrat juste, sensible et impartial.

Votre lettre m'a fait un plaisir d'autant plus grand, que je tremblois que quelque mécontentement n'occasionnât votre silence. Je savois bien que vous n'étiez pas capable de me bouder long-temps ; je savois aussi que je n'avois pas à me reprocher à votre égard la plus légère pensée qui pût vous offenser, (jugez des actions) ; mais on accuse si aisément les absens, que je craignois les imputations de quelque officieux calomniateur. Je suis rassuré : votre lettre est si tendre !

Je laisse au temps le soin de vous instruire du lieu que j'habite. Ma plume doit s'imposer les mêmes lois que la vôtre ; mais votre cœur vous dit sans doute que je serois à vos pieds si j'étois libre.

Votre lettre est pleine de piété, ma chère

Maman. Puisse-t-elle adoucir vos malheurs et dompter votre douleur ! mais qu'elle ne soit jamais ni intolérante, ni fanatique. Permettez que je vous le dise, chère Maman : les cœurs très-sensibles sont ceux pour qui la dévotion, comme l'amour, a le plus de dangers. Votre esprit sera, j'en suis sûr, votre sauve-garde. Pour moi, ma bonne Maman, quand je connoîtrai un citoyen *dévot*, bon mari et père équitable, remplissant tous ses devoirs avec zèle et sans aigreur, tournant sa piété au profit de sa famille, je consulterai ardemment *son confesseur*. Jusques là, j'ai bien des raisons de me méfier des dévots et des prêtres. J'ai tant entendu parler d'*humanité* et de *religion* aux moins humains et aux moins religieux des hommes !

Ma santé n'est pas mauvaise en ce moment ; vous êtes trop bonne d'y penser. Le commun des hommes trouve qu'il y a du courage à ne pas craindre la mort. Ne diroit-on pas qu'ils sont bien heureux ? Non ; mais la plupart n'aiment qu'eux, quoiqu'ils soient toujours hors d'eux. La réflexion et la raison suffisent assurément pour rabaisser le prix de la vie ; mais les maux du cœur ne lui en laissent aucun. Eh ! qui voudroit la posséder pour n'en plus jouir ?

Pour vous, Maman, c'est toute autre chose. Votre vie est très-précieuse ; vous vous devez à beaucoup de gens. Daignez vous souvenir, au milieu de vos chagrins les plus sombres, que celui que vous voulez bien appeler votre *fils chéri*, n'a de ressource qu'en vous ; peut-être souffrirez-vous avec moins d'amertume et plus de courage.... Hélas ! ma chère Maman, les momens les plus cruels de la vie ne se comptent pas moins pour la durée de l'existence, que les plus doux. Ces heures si tristes où le chagrin nous dévore, contribuent à remplir le nombre de celles qui nous sont accordées par la Nature, et elles paroîssent infiniment plus longues que les autres : c'est une grande misère, mais une inévitable misère. Modérez donc vos douleurs, et conservez la meilleure des mères au plus tendre et au plus respectueux des fils.

MIRABEAU.

Daignez, ma chère Maman, me marquer si vous recevez cette lettre : ce me sera une preuve bien chère que l'on permet notre correspondance, et je m'empresserai de vous renouveler les assurances de ma tendresse. Mais, ma bonne Maman, beaucoup de circonspection, si vous voulez que votre fils puisse jouir de ce bonheur.

A SOPHIE.

Vendredi, neuf janvier.

MA CHÈRE, mon unique Amie ! j'ai baigné ton billet de mes larmes, je l'ai couvert de baisers..... O mon amie ! ma Sophie ! quel poids il m'ôte de dessus la poitrine ! mais combien il y en laisse encore ! Hélas ! tu ne me dis rien de toi, de ta santé. Ta lettre a été écrite dans les douleurs, je le vois ; tu n'as ajouté qu'un mot, qu'un seul mot après l'événement. Qu'il est tremblant ce mot ! que ses débiles caractères ont déchiré mon cœur ! Divine, divine attention, c'est toi, toujours toi ! toujours ton ame ! Mais hélas ! comment es-tu ? dis, dis-le moi, ma Sophie. — Comment veux-tu que je me contienne ? Hélas ! mon cœur est triste, et il sort d'un état plus convulsif encore. Ne t'inquiète point du désordre de cette lettre, et de l'altération de mon écriture ; ce n'est que le trouble de la nouvelle, l'émotion trop juste et trop forte qu'elle m'a causée. Je ne me donne point le tems de me remettre, parce que je ne veux pas retarder par ma faute le plaisir que te causera la vue de cette lettre.... Chère ! chère Sophie ! te voilà donc mère, hélas !

hélas! et ton enfant ne te sera pas ôté! Puisse-
t-il adoucir tes maux et tes douleurs! Je dis
ton enfant, — ah! je sais bien qu'il est le mien.
Jamais un titre si doux ne sera abjuré par ton
ami..... Cruelle Sophie, tu te reproches mes
malheurs. Grand Dieu! n'est-ce pas moi qui
ai fait les tiens? et crois-tu qu'autre chose puisse
m'occuper? Mais calme-toi, je t'en conjure,
ô mon bonheur! songe que tu es la moitié de
moi-même; que c'est sur ma vie que tu atten-
terois, en ne soignant pas la tienne.... Tu
as besoin de tranquillité d'esprit, ma Sophie;
je te conjure d'avoir soin de toi, de te conserver pour des temps plus heureux. ... Ce me
seroit une grande consolation d'avoir la certitude que tu recevras cette lettre: s'il t'est permis de m'en assurer, apprends-moi ton état;
dis-moi comment tu te trouves; et sur-tout
ne me trompes pas: ah! ne me trompes pas....
Mais n'écris que quand tu le pourras sans danger, sans incommodité même. Mon cœur
souffre; mais j'ai des forces encore, et tu n'en
as plus: ne te hâtes donc pas, dussé-je souffrir
plus long-temps. ... Ma fille a mes traits, dis-
tu? Tu lui as fait un triste présent; mais qu'elle
ait ton ame, ah! qu'elle sera riche alors! que
la nature l'aura bien dédommagée des désa-
vantages de sa naissance! Hélas! peut-être sera-

Tome II.   B

t-elle trop sensible ; mais quelques maux que fasse la sensibilité , elle fait encore plus de bien. Oui , j'en jure par toi-même.... Je ne veux pas t'écrire long-tems ; je ne le veux pas , je ne le puis pas. Je crains mon cœur , je crains ma tête , je crains ton état. Mon amie , ma Sophie, je te demande à genoux , j'exige de toi , je te conjure au nom de ta fille , de son père , de tous tes sermens , de toute ta tendresse que tu m'exprimes si bien en n'osant l'exprimer , d'avoir soin de toi , de ne rien négliger pour le rétablissement prompt de tes forces et de ta santé , d'appliquer enfin à toi-même une partie de cette noble et admirable fermeté qui constitue ton caractère. Adieu : adieu , mon bonheur et ma vie.

GABRIEL.

(L'Éditeur joint ici cet Extrait.)

Extrait du Registre des Baptêmes, Mariages et Sepultures de l'Eglise royale et paroissiale de Saint-Pierre de Montmartre.

LE jeudi , 8 janvier 1778 , a été baptisée en ce lieu et paroisse , au lieu de celui de Notre-Dame-de-Lorette , annexe de cette paroisse , où je devois descendre pour des motifs qui ont cessé, Sophie Gabrielle , née d'hier à onze heures et demie du soir, rue de Belle-

Fond de cette paroisse ; fille de dame Marie-Thérèse-Sophie Richard de Ruffey, épouse de M^{re}. Claude-François de Monnier, chevalier, ancien premier-président de la Chambre des Comptes de Dole en Franche-Comté. Le parrein, Pierre-René Gromet ; la marreine, Barbe-Elisabeth Grimpré, femme du parrein, tous deux de ce lieu et paroisse, qui ont signé avec nous, excepté la marreine qui a déclaré ne savoir signer, de ce enquise. GROMET ; PICHON, curé, avec paraphe.

Collationné à l'original, certifié véritable, et délivré par nous soussigné prêtre-curé de cette paroisse, les mêmes jour, mois et an que dessus.

PICHON, curé.

A M. LE NOIR.

9 janvier 1778.

PARDONNEZ, Monsieur, si ma lettre de remerciment n'est pas partie aussitôt que mon billet pour mon amie. Mes sens, mon esprit et mon ame étoient également bouleversés. Ce désordre touchant, consolant même pour celle qui en est l'objet, approchoit du délire : il n'eût point été décent de vous écrire dans

B ij

une telle disposition. Je suis loin d'être encore
à moi-même ; mais la reconnaissance presse
mon cœur : permettez qu'elle s'épanche.

On m'a beaucoup parlé de votre bonté ,
Monsieur, et j'en avois une haute idée. Je pourrois vous donner des preuves authentiques que
j'ai reproché *publiquement* à la cabale , qui
vous haïssoit , parce que vous n'en étiez pas,
d'avoir ôté à la Nation un homme tel que
vous , si nécessaire dans une place importante
où l'on peut faire tant de bien et tant de mal ,
où l'on a à sa disposition la liberté civile d'un
si grand nombre de citoyens. Je ne dépendois
point de vous alors, et je n'en attendois rien :
c'étoit un hommage rendu à la vérité , et
une juste critique des *économistes*. Je ne vous
aurois jamais dit cela , tant que j'aurois été
sous vos ordres ; car un honnête homme évite
avec soin tout ce qui peut avoir l'air de l'adulation. Mais ce que je reçois de vous m'élève au-
dessus de ce scrupule ; puisque , fût-ce le dernier
de vos bienfaits , vous seriez encore l'homme
à qui je dois le plus de reconnoissance et d'attachement. Je le dis donc sans timidité : ce que
je vois de vous surpasse infiniment ce que j'en
savois. Les grandes places sèchent trop souvent le cœur : le vôtre est la bienfaisance
même. Que d'autres vantent vos talens ; pour

moi, qui préfère un sentiment aux plus sublimes efforts du génie, je révère, je chéris,
j'adore votre bonté : et puisse cette profession
de foi rester comme un monument durable
pour me couvrir d'infamie, si je démens jamais
l'assurance que je vous fais ici de ma gratitude
et de mon éternel dévouement ! Oui, Monsieur,
si jamais je recouvre *les droits d'homme*, si je
sors de ce tombeau où mon père m'a plongé,
je ne me croirai vraiment heureux qu'alors
que j'aurai employé pour vous la vie que vous
me conservez.

Je vous suis caution que le cœur de mon
amie ne produit pas une reconnoissance moins
ardente que la mienne. Ah ! Monsieur, ne le
voyez-vous pas comme elle sait aimer ? quel
torrent de sensibilité coule du sein de cette
excellente femme, qui, en proie aux douleurs
physiques les plus violentes, étoit toute occu-
pée de moi, préparoit un écrit pour ma consolation, et s'accusoit de *mon malheur*, tandis
que je ne souffre que dans elle, tandis que
c'est moi qui ai troublé son repos et sa vie !...
Ce n'est pas tout, d'une main débile elle a tracé
après sa délivrance, dans cet instant où l'on
sait à peine si l'on est revenu à la vie, elle a
tracé trois mots pour achever de m'apprendre
ce qui pouvoit me toucher ! Quel courage et

B iij

quel amour! quelle femme ils ont ôtée à la
société ces insensés persécuteurs! Hélas! c'est
moi qui l'ai poussée dans le précipice, où du
moins je l'ai suivie; mais c'est eux qui l'ont
creusé . . . . . Ah! Monsieur, tendez-lui une
main secourable, sauvez-la, et croyez qu'en
conquérant nos cœurs, vous vous êtes attaché
deux êtres bien sensibles.

Votre générosité m'arrête et m'invite à-la
fois. D'un côté, je ne voudrois pas vous pa-
raître indiscret; de l'autre, je me reprocherois
de me méfier de votre indulgence. Vous sentez, Monsieur, qu'une femme, quoique déli-
vrée, est bien loin d'être quitte de tout danger. Sa lettre écrite antérieurement à son ac-
couchement ne m'en apprend pas les suites. . . .
Ces trois mots tremblans qu'elle a sûrement
écrits après, sont gravés pour jamais dans
mon cœur; mais ils laissent à mon imagination des inquiétudes déchirantes. Daignez permettre qu'elle réponde à ma lettre d'aujour-
d'hui : que j'apprenne que ses couches et leurs
suites ne me laissent plus rien à craindre. Sa
lettre me fait entendre qu'elle n'a pas reçu
celle que je lui écrivis le 28 décembre; sans
doute elle contenoit quelques idées contras-
tantes avec les arrangemens pris. Si vous daigniez me faire dire dans quelles bornes je dois

me contenir, je m'y renfermerois religieusement, et du moins elle ne seroit pas privée
d'une consolation si nécessaire à son bonheur
et à sa vie.

Et cet enfant, cet enfant que je vous conjure de protéger, et que vous protégerez sans
doute, (car enfin c'est un citoyen) ne permettrez-vous pas que je sache quel est son
sort, sous quel nom il est baptisé, où il est
nourri, qui subvient à cette dépense ? C'est
ma fille, Monsieur; et quoique j'eusse regardé
comme un bonheur pour ce fruit de la plus
tendre passion, qu'il fût d'un sexe moins dé-
pendant des préjugés, et mieux pourvu de
ressources, mon attachement pour elle semble doublé, par cela même que je lui suis
plus nécessaire, et aussi parce que j'espère
qu'elle tiendra de son excellente mère.

Monsieur, mettez le comble à vos bienfaits. Une lettre de mon amie qui m'apprenne
son état lorsqu'il ne sera plus douteux, des
informations sur ma fille, et je n'aurai point
assez de ma vie pour vous remercier. C'est
de mon lit que je vous écris : je ne suis pas
bien, et la révolution tant désirée de ce matin,
ne m'en a que plus agité; mais quelques
éclaircissemens de plus, et vous me rendrez
la santé, comme vous m'avez rendu la vie.

B iv

J'ai l'honneur d'être avec les sentimens respectueux d'une reconnoissance inviolable, Monsieur, votre très-humble et très-obéissant serviteur,

MIRABEAU fils.

A M. LE NOIR.

13 janvier 1778.

QUE vous dirai-je, Monsieur, pour vous exprimer ma reconnoissance? je ne suis point assez heureux pour être à portée de vous la prouver, pas même de la témoigner. Si j'avois l'honneur de vous voir, mes yeux parleroient mieux que mes lèvres. Malheureusement il ne reste à l'homme le plus touché, que ces mêmes expressions que prostituent les hypocrites et les perfides. La franchise, cette qualité noble et généreuse qui est la marque la plus certaine d'une ame véritablement élevée, et qui presque toujours est accompagnée d'un courage indomptable, la franchise ne se trouve plus, pas même dans nos romans : elle est aussi loin de nos mœurs que les *vertugadins*. Tout contribue, dans l'état actuel des sociétés, à éteindre cette vertu hors de mode. Vous ne me connoissez pas ; vous ne savez point que quelque dangereuse qu'elle m'ait été, elle est et sera toujours mon idole. Oui, Monsieur, j'ai été sincère dans le monde ; c'étoit me présenter au combat avec des armes inégales, et lutter le sein découvert contre des hommes plastronnés qui me tendoient des poignards. Les vains complimens, les perfides protestations qui surchargent nos discours, nous accoutument à tout altérer, à tout exagérer ; et je ne puis penser sans indignation à quel bas prix il faut réduire, dans le cours de cette fausse monnoie, les expressions les plus énergiques d'amitié, de bienveillance, de reconnoissance, de soumission. L'on se dit le serviteur de tout le monde, parce qu'on n'est l'ami de personne ; l'on offre tout, parce que l'on ne veut rien donner... Ah ! Monsieur, n'évaluez pas sur ce pied mes protestations. Pas un mot, pas un seul mot dans les assurances de mon attachement, de ma gratitude, et de tous mes sentimens pour vous, n'est jeté au hasard, et je suis bien prêt à les sceller tous de mon sang.

J'espère que vous trouverez dans ma lettre à mon amie la circonspection que vous m'avez fait recommander. Je l'ai écrite bien rapidement et sans avoir le temps de la réflexion ; mais je n'ai pas touché un seul mot d'affaires, et je ne le ferai jamais. Quant à la formule de stile dont je me suis servi, je n'ai pas supposé qu'elle pût paroître sujette à objection, lorsque j'écris à une femme à qui l'on a permis de m'apprendre qu'elle venoit de me rendre père. Cette ridicule méthode de traiter une seule personne comme on en traiteroit plusieurs ensemble, est si évidemment une adulation recherchée, et par conséquent une fausseté manifeste introduite dans les langages modernes avec toutes les autres cérémonies dont on s'est masqué, qu'il me répugne singulièrement de ne pas recourir à la simplicité de la nature quand je parle à mon amie. Au fond, ces faussetés de convention n'influeroient point sur nos sentimens. Cependant madame de Monnier seroit fort inquiète si je changeois de ton avec elle, sans lui dire pourquoi. Car elle sait que je suis plus capable de me taire que de me déguiser ; et ces mots *vous*, *votre*, au lieu de *tu*, *ton*, lui paroîtroient peut-être involontairement un symptôme de froideur... N'importe, Monsieur : c'est bien le moins que je vous montre, après tant de bienfaits, une docilité sans bornes. Si vous trouvez donc nécessaire que je ne la tutoie plus, que cette raison, je vous en supplie, ne la prive point de ma lettre. Ayez la bonté de me faire dire que je

change de protocole, et permettez seulement
que je l'avertisse qu'on me le prescrit.

J'ose me flatter, et même entrevoir que vous
ne bornerez pas vos graces aux deux délicieux
billets que j'ai reçus; et j'attends avec une
douce espérance, un vif désir, mais une parfaite résignation la continuation de vos bontés.
Je vous le répète, Monsieur, j'ai peu ou point
d'ambition; et tout conspireroit à la découra-
ger, quand il m'en resteroit encore. Mais
toutes les puissances de la terre, fussé-je
avide de leurs bienfaits, ne sauroient me donner plus que j'ai reçu de vous, une seule
chose exceptée, que je n'attends aussi que
de vous. C'est à celui qui m'a sauvé la vie à
me rendre la liberté, pour que je la lui consacre.

J'ai l'honneur d'être avec un profond et
respectueux attachement, Monsieur, votre
très-humble et très-obéissant serviteur,

MIRABEAU fils.

A M. LE NOIR.

24 janvier 1778.

J'AI l'honneur de vous écrire, Monsieur, le
pied sous la lancette; et quoiqu'il soit vrai

de dire que, depuis sept mois et demi, je n'ai pas eu huit jours de santé, la circonstance actuelle de son dérangement me rend nécessaires plusieurs choses dont j'ai supporté jusqu'ici avec patience la privation, soit parce que j'ai cru que cela ne pouvoit durer, soit parce que j'avois honte de vous entretenir de tels détails, et de vous montrer quelle sorte de vengeance mon père, non content de m'avoir comme enseveli, exerce encore sur moi.

J'ai des hémorragies continuelles, je verse des jattes de sang, et je suis absolument sans linge. Dépouillé en Hollande, lorsque j'y fus arrêté, de la plupart de mes effets, je n'ai pas même mes malles où doivent être les débris qu'on en a sauvés. Voici donc dans la plus exacte vérité ceux dont je jouis. Vingt-deux chemises, dont douze seulement portables ; quatre mouchoirs ; pas une serviette ; et pour toute chaussure, trois paires de bas achetés ici, les autres étant en loques. Mon père n'a pas voulu assigner un sou de plus que six cents livres pour mon entretien et les besoins journaliers que je puis avoir, indépendamment de la nourriture réglée par le Roi. Une pension d'entretien suppose de premières avances; car on n'entretient que ce qui existe : cependant, comme j'étois nu, je me suis fait faire

sur le paiement des six premiers mois, de gros-
siers vêtemens d'hiver qui l'ont absorbé. Que
ferai-je maintenant ? J'ose vous demander,
Monsieur, s'il est juste que je sois plus mal
habillé que les gens qui portent ma livrée ;
que je n'aie pas une paire de bas à changer ;
et que je ne sache, baigné de sang, où trouver
du linge, à moins d'être à charge à monsieur
de Rougemont à qui je ne veux ni ne dois en
faire demander. Il n'y a pas ici un mot d'exagération : monsieur de Rougemont aura la
bonté de vous le certifier. La pension que l'on
m'a assignée ne suffit pas pour me fournir
la moitié de ce qui m'est nécessaire ; et si je
l'emploie à cela, que me restera-t-il pour des
besoins imprévus, que mon état peut faire
naître à tout moment ? Daignez donc faire ordonner, Monsieur, que l'on me fournisse le
linge et les effets, je ne dis pas convenables
à un homme de ma sorte, je dis nécessaires
à ma situation ; je dis, semblables à ceux du
plus obscur de mes compagnons d'infortune.
Si mon père fait des difficultés (et il n'est pas
douteux qu'il en fera), veuillez dire au Ministre que je suis prêt à signer l'arrêt de ma
prison perpétuelle, si les faits suivans peuvent
être argués de faux : ils décideront la question.

1°. Depuis l'année 1775 j'ai quatorze mille cinq cents livres de rente.

2°. En 1774, et non en 1773, comme l'*a dit et imprimé* mon père, j'ai été interdit, non d'après une assemblée des parens de l'une et l'autre famille, comme il a osé le *dire et l'imprimer ;* mais sur l'avis de cinq personnes dévouées à lui, dont l'une n'étoit pas de la famille. Depuis cette époque, je n'ai pas fait de dettes, si ce n'est en Hollande où je les aurois bien payées tout seul à la sueur de mon front, si l'on m'en eût donné le temps : personne n'étoit inquiet, personne ne réclamoit mon père.

3°. Depuis le mois de novembre 1774, époque de ma détention, mon père m'a réduit à cent livres par mois, qui ont été payées jusqu'en août 1775.

4°. Depuis le mois d'août 1775 je n'ai pas touché un sou de mon père ; de sorte que quand je me suis évadé du fort de Dijon en 1776 (de l'aveu et par le conseil de qui avoit droit de me le donner), mon père me devoit huit mois de cette pension annuelle de douze cents livres. Vous remarquerez, s'il vous plaît, qu'au meilleur marché qu'avoit pu arranger le commandant du fort de Dijon avec le cantinier,

j'étois à une pension alimentaire de 75 livres
par mois, et qu'il falloit m'entretenir et subvenir aux faux frais avec vingt-cinq livres.
Encore me disoit-on, *plaidez, défendez-vous:*
sans doute cela se fait sans argent. Somme tout,
depuis le mois d'août 1775, jusqu'à ce que
je sois entré à Vincennes, je n'ai pas reçu
une obole de mon père, je veux dire de mes
deniers perçus par mon père, qui, en 1774,
avoit été nommé mon tuteur. Apparemment
qu'il ne me portera pas en compte la solde
des inspecteurs de police. Les eût-il payés
magnifiquement, ils n'ont pas marché pour
mes menus plaisirs, et je n'ai point du tout
provoqué leur mission. Je pourrois dire à peu
près de même de Vincennes, où l'on peut croire
que je n'ai pas volontairement élu domicile.

Je demande la plus grande attention pour
les articles suivans.

5°. Mon père n'a pas rougi d'*imprimer* que
j'avois *avoué* dans l'interrogatoire préliminaire
de mon interdiction, *cent soixante dix-huit
mille livres de dettes.* Ou lui ou moi nous
mentons; mais je veux passer pour le plus
infâme des imposteurs, si je n'ai pas toujours
refusé formellement de fournir un état de
mes dettes et d'en dire le montant, jusqu'à
ce qu'on me donnât la certitude qu'elles

seroient payées. Le juge a donc eu de moi
un refus de répondre à cet égard, au lieu de
l'aveu que mon père allégue. L'interrogatoire
existe; que l'on juge entre nous.

6°. J'observerai que dans le même imprimé
que je cite, mon père convient que mes créan-
ciers sont pour la plupart des Juifs: donc leurs
créances pouvoient et peuvent être facilement
réduites.

7°. Mes dettes, dit mon père dans ce même
écrit, montent à deux cent vingt mille livres.
Je remarquerai combien il a toujours cherché
à surprendre l'autorité. Selon son premier dire
à M. de Malesherbes, alors Ministre, je devois quatre cent mille livres. Dans ses mémoires, cette somme est transformée en celle
de deux cent vingt mille: il n'est plus éloigné
de la vérité que d'environ les deux tiers.
Mais supposons un instant qu'il l'ait dite:
depuis 1774, époque de ma détention, jusqu'en
1775, j'avois neuf mille livres de rente, dont
trois mille seulement étoient laissées à madame
de Mirabeau et à moi. Voilà d'une part six
mille livres pour l'acquit de mes dettes. Depuis 1775 jusqu'en 1778, j'ai eu 14500 livres
de rente, sur lesquelles je n'ai jamais reçu dans
tout ce temps que huit cents livres. Supposez
qu'on ait laissé à madame de Mirabeau deux
mille

mille cinq cents livres de pension , quoiqu'on ne lui en dût, aux termes de son contrat de mariage , que quinze cents. Voilà d'une autre part vingt-quatre mille livres pour l'acquit de mes dettes. Total , trente mille livres pour cette liquidation. Tout le monde sait qu'il n'est point de créancier juif à qui l'on ne rabatte plus de la moitié , tant leurs usures sont excessives, et leurs prêts illusoires. Plus du quart de mes dettes doit donc être payé, et il est facile de prendre des arrangemens pour le reste. Voilà la supposition la plus défavorable pour moi, c'est-à-dire , celle de mon père.

8°. Maintenant voici la vérité. En 1773, vingt mille écus auroient payé mes dettes, et même fort au-delà. Elles sont fort peu accrues depuis. Je demandai alors d'être autorisé à faire un emprunt qui, réunissant ces dettes en un bloc, et me donnant la facilité de réduire et d'éteindre avec de l'argent comptant d'énormes usures, me libérât sur le champ, et me laissât un revenu moindre à la vérité, mais *net*. Mon beau-père, qui me devoit cette somme à la mort de sa mère, me proposoit de l'avancer, pourvu que mon père, qui, suivant les termes de mon contrat de mariage, pouvoit seul recevoir les deniers de la dot de madame de Mirabeau, lui en donnât quittance.

Mon tendre père refusa. Au lieu de cet arrangement si naturel et si simple, où il ne lui en coûtoit que sa signature, et qui m'ôtoit le droit à l'indulgence en cas de rechute, il provoqua mon interdiction, se fit déclarer mon tuteur, et ne paya de mes dettes que ce à quoi il fut contraint par autorité de justice.

9°. Enfin, supposez que l'accumulation des intérêts fasse que quatre-vingt mille livres soient nécessaires aujourd'hui pour me liquider (mon père lui-même est convenu qu'il n'en faut pas davantage), toujours sera-t-il qu'il faut montrer l'emploi des trente mille livres perçues sur mon revenu depuis mon interdiction ; et quand on ne voudroit pas les compter, ce qui seroit bizarre, et ne me surprendroit cependant point, l'intérêt de quatre-vingt mille livres, ou quatre mille livres, défalqué de quatorze mille cinq cents livres à quoi monte mon revenu, me laisseroit encore de quoi acheter des bas, des serviettes et des chemises, sans que mon père eût le droit d'en murmurer.

Voilà, Monsieur, le résumé de mes affaires pécuniaires que j'ai voulu vous expliquer en une fois, pour n'être plus obligé de revenir à des détails qui doivent vous être bien fastidieux, puisqu'ils le sont à moi-même. Depuis

trois mois j'ai été occupé d'intérêts si supérieurs, que toute autre pensée m'étoit bien
étrangère. Maintenant que, graces à vos bontés,
mon imagination est calme et mon ame sou-
lagée, j'ai le temps de m'occuper de mon corps
qui se rappelle fort énergiquement à ma mémoire. Au fond, il y auroit plus que de la bonté
à moi de le sacrifier aux passions de mes haineux et cupides ennemis.

J'ai prié monsieur de Rougemont de permettre que le chirurgien-major vous rendît
un compte détaillé de mon état, et vous dît
si je suis un malade imaginaire. C'est à lui
de vous apprendre si ma santé ne s'affoiblit
pas à un point inconcevable pour mon âge,
et ce qui lui seroit nécessaire. Pour moi je me
contenterai de répéter encore que l'on pourroit me *détenir*, sans me *détruire :* qu'une
prison moins austère rempliroit les vues de
mon père, les seules du moins qu'il puisse
avouer; car il ne conviendra ni qu'il voudroit être *défait de moi* (il ne dit cela qu'à
ses intimes), ni qu'il craindroit mes réclamations, si elles pouvoient parvenir. Que veut-
il donc? *que je sois sous la main du Roi.*
J'y serois tout de même, quand j'aurois de
l'exercice, quand je verrois des humains; et
le sang ne m'étoufferoit point, et ma poitrine

C ij

ne s'acheveroit pas. Veut-il encore que je n'aie
la manutention de quoi que ce soit au monde,
que je ne puisse regarder à mes affaires? qu'il
me fasse donner des ordres supérieurs, je les
exécuterai; et si j'y contreviens, je n'aurai
pas plus le pouvoir que je n'ai l'intention de
me soustraire à l'autorité qui saura bien se
ressaisir de moi. Qu'il fasse mieux. Assurément
dans quelque coin du monde on tire des
coups de fusil; qu'il m'y envoie; il sait bien
que je ne m'y épargne pas : il se fera honneur de sa générosité, et peut-être sera-t-elle
utile à ses vues les plus secrètes.

Voyez avec quelle confiance je vous expose
mes idées comme mes plaintes. Certainement,
Monsieur, vous ne pouvez le trouver mauvais.
Vos bontés m'y ont trop fortement encouragé.
Je finis par vous demander une permission
qui me seroit d'un grand soulagement ici.

Il y a plus de trois mois que j'ai épuisé la
petite collection des inepties privilégiées qui
sont à l'usage des prisonniers. Vous croirez
aisément qu'un homme, qui a toujours eu à
sa disposition de grandes bibliothèques, et qui
a fait toute sa vie ses délices de l'étude, est
cruellement isolé lorsqu'il se trouve sans
livres. Cette privation m'eût été terrible au
sein de la société; jugez au Donjon de Vin-

cennes où l'on ne voit que ses murs, et où le temps est centuple de sa durée ordinaire. Je n'ai pas même le secours du petit nombre d'ouvrages qui sont dans mes malles, dont je n'entends point parler. Daignez permettre qu'on m'abonne à un cabinet littéraire à Paris. Quel inconvénient peut-il y avoir? on n'y lit que des écrits autorisés; et d'ailleurs vous jugez bien qu'il me reste peu de choses à voir en fait de livres non tolérés. Ceux que l'on m'enverra passeront par les mains de monsieur de Rougemont : je ne saurai pas même d'où on les tirera, et je ne ferai que noter sur un catologue ce que je désirerois lire. Vous ne sauriez croire, Monsieur, ce que me seroit une telle ressource. Vous m'avez permis l'usage du papier et des livres, qui sont nécessaires ici pour ne pas devenir fou; et cette grace devient, malgré vous, illusoire, puisque je n'ai absolument point de livres. Si vous m'accordez la faveur que je prends la liberté de vous demander, elle n'ajoutera rien à ma reconnoissance qui ne peut plus croître; mais elle diminuera beaucoup mon mal-être.

J'ai l'honneur d'être avec un respectueux dévouement, Monsieur, votre très humble et très obéissant serviteur,

MIRABEAU fils.

C iij

A M. LE NOIR.

8 février 1778.

L'INUTILITÉ des lettres que j'ai l'honneur
de vous adresser, Monsieur, me prouve évidemment une de ces deux choses, ou qu'elles
ne vous parviennent point, ou qu'on vous
assure que l'exposé n'en est pas vrai. Je ne
puis croire la seconde. Ce seroit un mensonge
trop impudent et trop malin, et je n'ai ni
le droit, ni l'envie d'en soupçonner personne.
Reste donc la première. Tant que je ne vous
ai parlé que de ma détention, je pouvois
croire ou que mes défenses vous paroissoient
foibles et incomplètes, ou que vous n'étiez
pas le maître de la terminer. Tant que je
vous ai demandé des graces, je pouvois tout
au plus les espérer; et votre bonté m'a accordé au-delà de mon attente. Mais quand
je parle de mes besoins, de mes urgens besoins, j'ai le droit de compter sur ce que
je sollicite. Le Roi ne veut pas que les prisonniers souffrent d'autre chose que de la
privation de leur liberté et des peines qui
en sont inséparables. Vous, si bon et si juste,
vous ne le voulez pas non plus. Donc, ou vous

ne me croyez pas, ou vous ne m'entendez pas ; cela est évident.

Mais si mes lettres ne parviennent plus jusqu'à vous, c'est surement parce que M. de Rougemont a eu ordre de les retenir; et cet ordre, s'il est donné, à quoi suis-je réduit? comment l'ai-je mérité? moi si scrupuleusement soumis à ce qui m'est prescrit! moi, si paisible, si tranquille, que je suis bien sûr qu'aucun homme au monde dans ma place ne l'est davantage! J'ai un juge ; c'est le Ministre. J'ai un rapporteur; et si j'en augure par vos bienfaits, j'oserai dire un intercesseur; et c'est vous Monsieur. Ne suis-je pas perdu, si je ne puis invoquer ni votre justice ni votre clémence?... Les réflexions naissent en foule; mais je les réprime. Je vous supplie de permettre qu'on me déclare que mes lettres ne peuvent plus passer, si tel est mon sort. Je ne me consumerai plus en de vaines plaintes.

Quoi qu'il en soit, Monsieur, j'ai l'honneur de vous répéter que j'eus celui de vous écrire le quatorze, le vingt-quatre janvier et le trois février que j'étois sans linge, et que la nature de mes incommodités me rendoit encore cette privation plus triste; que j'avois pour tout bien vingt-deux chemises dont douze seu-

C iv

lement portables, pas une serviette, quatre
mouchoirs et trois paires de bas, les autres
étant en loques; que j'avois toujours différé
de vous le dire, ne voulant pas vous importuner de tels détails, et comptant à tout moment sur l'arrivée de mes malles; que ces
malles m'étant refusées par des raisons inconnues et non devinables, je me voyois réduit à vous prier d'ordonner ou qu'on me les
donnât, ou qu'on me fournît les effets qui
m'étoient nécessaires, ma modique pension,
qui d'ailleurs n'étoit que d'entretien, n'y pouvant subvenir; qu'il y avoit plus de trois mois
que j'avois épuisé la collection des livres qui
est ici; qu'au moyen de cela la permission
que vous m'aviez accordée d'en avoir étoit vraiment illusoire; que si je ne pouvois recouvrer
les miens, je vous suppliois de permettre
qu'on m'abonnât à un cabinet littéraire à
Paris, etc.

J'ajoute maintenant que mon besoin est
plus pressant que jamais; qu'au moment où
je vous parle.... (mais comment dire des
choses aussi dégoûtantes à penser que difficiles
à exprimer? il faut bien s'expliquer cependant)
au moment où je vous parle, je suis peut-
être menacé d'une fistule, faute de linge, le
sang ayant pris un autre cours que les hé-

morragies ordinaires; que je suis au comble
de l'étonnement d'entendre un chirurgien-
major convenir avec moi que la propreté
m'est absolument nécessaire pour éviter tout
accident, et me répondre, quand je le presse
de demander pour moi du linge, que ce n'est
pas son affaire : comme si tout ce qui a trait
à la santé *n'étoit pas son affaire*. Quant aux
livres, la dernière fois que j'ai vu M. Brugnière,
c'étoit le 15 novembre, je le priai de vous
dire que j'en manquois. M. de Rougemont me
dit *que je n'en manquerois pas, et qu'il*
auroit la bonté de m'en trouver. Il s'est écoulé
depuis cette époque près de trois mois; M.
de Rougemont ne m'en a pas procuré un seul:
d'où je conclus qu'il n'en a pas trouvé. Jugez,
Monsieur, dans quel isolement je suis. Le
chirurgien-major me dit fréquemment que
je me tue de tant écrire. Je n'y trouve qu'un
inconvénient, c'est que je ne me tue pas assez vîte.

Somme tout, je n'ai ni linge, ni livres, ni
santé. Je n'ai pas mérité que vos graces me
fussent retirées; car jamais conduite ne fut
plus uniforme que la mienne. Jamais il ne
m'échappa un murmure, jamais une impatience. J'ai toujours été ce que je dois être,
et ce que je veux être. Ces faits réunis for-

ment mon état de situation. Je défie hautement tout être vivant de le démentir avec
vérité; et si, ce qui ne peut être, cela arrivoit, comme entre deux témoignages con-
tradictoires il faut qu'un tiers établisse le
vrai, je demande d'être admis à la preuve.

J'ai beau chercher, Monsieur, je n'entends
pas ce qu'on redoute en me donnant mes
malles; un mot de vous me les feroit livrer,
qui que ce soit qui les ait, et j'y trouverois
du moins une partie de mes besoins. Pardonnez si je reviens si souvent sur le même
objet. Vous sentez bien que je ne puis prendre
à cet égard le silence, quelque long qu'il soit,
pour un refus; car ce refus étant souverai-
nement injuste ne peut venir de vous, et de
tout autre je ne suis pas fait pour en recevoir
de cette espèce.

J'ai l'honneur d'être avec un respectueux
dévouement, Monsieur, votre très-humble et
très-obéissant serviteur,

MIRABEAU fils.

Je me crois obligé, Monsieur, d'ajouter que
je suis très-loin de me plaindre du chirurgien-major, parceque je m'aperçois, en re-
lisant ma lettre, que vous pourriez l'inférer
d'une phrase où je ne le cite que pour vous
mettre à même de vérifier le fait.

A M. LE NOIR.

JE vous dois toute sorte de remercîmens, Monsieur, pour les éclaircissemens que vous avez bien voulu me faire donner. Je conviens sans répugnance que l'on conçoit trop facilement des inquiétudes dans le triste lieu où il a plu au Roi de me donner domicile. Il est impossible de se figurer quel chemin y fait l'imagination, et ce n'est pas la moindre des souffrances que l'on y endure. Plus le cœur est sensible, plus l'ame est élevée, plus les sens ont d'énergie, et plus les tourmens y sont aigus et multipliés. Ces précieux dons de la nature tournent à la ruine du malheureux qui est privé de sa liberté. L'amitié et l'amour, ces bienfaiteurs du monde, deviennent ses bourreaux.... Ah ! Monsieur, c'est un cruel état, et je vous avoue que je me tâte tous les matins pour savoir si c'est bien moi : je m'interroge pour m'assurer que je ne suis pas fou : je relis avec curiosité d'immenses paperasses pour y rechercher les vestiges de ma raison.

Je ne dis pas cela seulement pour émouvoir votre compassion, Monsieur : je le dis

pour exciter votre indulgence. Veuillez regarder dans mes lettres le fond , sans vous
arrêter à la forme. Vous devez être bien sûr
de tout mon respectueux attachement , si vous
ne me regardez pas comme un monstre d'ingratitude. Les expressions ne font rien à la
chose. Je n'ai en vérité plus la force d'avoir
de l'esprit , et je n'en ai jamais guère eu quand
j'ai beaucoup senti.

J'ai l'honneur de vous adresser un état du
linge qui m'est nécessaire. Vous pourrez juger vous-même , d'après ce que je vous ai dit
de celui que je possédois , si je suis trop exigeant. Si j'étois à la charge du Roi , je deman-
derois avec moins d'assurance. Si j'attendois
mes besoins de la *genérosité* de mon père, je
serois peu pressant ; car , outre que je n'aime
pas la peine inutile , je ne voudrois pas commencer si tard à lui avoir des obligations ; et
en vérité ce seroit la première que je lui aurois : car la vie que je tiens de lui , et dont il
fait un si cruel emploi, est une charge plutôt qu'un bienfait. Mais comme c'est de mes
deniers qu'il paiera ce que vous voudrez bien
me faire fournir , comme je suis en avance avec
lui de cinq cent mille livres qu'il a envahies
sur les substitutions de ma maison , qui portent
toutes sur ma tête ; comme il dispose arbitrai-

rement de mon revenu, je crois qu'il ne me fait pas une grande grace de me donner ce qui m'est nécessaire.

Non, Monsieur, quelque chose qu'il arrive, je n'en attends que de vous ou de votre intercession; et je recouvrerai ma liberté, ce que je n'espère point du vivant de *l'ami des hommes,* que je n'attribuerois qu'à vous cette faveur, qui, je crois, ne seroit pas contraire à la justice. Il est pour moi une grace bien plus précieuse que cette espérance éloignée. Je l'ai déja reçue de vous; et par une délicatesse dont vous ne me saurez pas mauvais gré, je me sens moins de courage à vous presser de nouveau sur ce sujet, depuis que vous m'avez accordé ma demande avec tant de bonté. Cependant, Monsieur, j'oserai vous dire qu'une lettre, un billet, un mot écrit le quarantième jour après des couches, seroit bien plus rassurant que celle datée du cinquième, et qu'on peut regarder comme un effort de courage et de tendresse qui n'empêche pas la possibilité des accidens postérieurs. Je hasarde cette nouvelle supplication, Monsieur, et j'ai autant de confiance dans votre bonté que de résignation à votre volonté.

J'ai l'honneur d'être avec un dévouement

respectueux, Monsieur, votre très-humble
et très obéissant serviteur,

MIRABEAU, fils.

A SOPHIE.

JE reçois ta lettre du douze, ma chère et
bien chère amie, ce dimanche dix neuf. Je
n'espérois pas que tu pusses écrire sitôt, ô ma
bien aimée! cinq jours sont un bien petit in-
tervalle pour t'avoir rendu la force d'écrire,
et je te gronderois si je pouvois : mais comment
veux-tu que j'en aie la force? J'espère en effet
que la fièvre de lait est passée; et les premiers accidens, qui sont les seuls redoutables.
Mais souviens-toi, mon cher tout, que la
santé des femmes dépend de leurs couches,
c'est-à-dire de leurs suites; et ces suites dépendent absolument de la conduite plus ou moins
prudente. Quand on ne nourrit pas, on a besoin
d'une bien plus grande circonspection, pour
faire supporter à la nature une contrariété si
formelle à ses lois. Mon amour tant bonne,
j'étois bien sûr que ma lettre ne pourroit
pas te faire de mal : et moi aussi j'en ai versé
des torrens de pleurs, et je sais combien cette
salutaire abondance soulage. Ah! dans com-

bien de momens on l'invoque vainement ! Je
me sens presque absolument soulagé de l'inquiétude vraiment dévorante qui me consu-
moit. Ton écriture est ferme, et ta tête paroît libre. Mes plus grandes craintes portoient
sur la situation de cœur et d'esprit où tu te
trouverois lors d'une crise telle qu'une première couche. T'en voilà sauvée. Surement, ô
mon amie ! c'est un événement d'heureux augure. Pourquoi la fortune ne nous eût-elle pas
terrassés tout d'un coup ? elle ne peut pas nous
faire plus de mal qu'elle nous en a fait:
nous achever, c'étoit nous guérir. Espérons que
ses remèdes seront plus doux.

Tu diras tout ce que tu voudras de la figure de cette enfant ; mais je suis bien sûr
que ce sont tes traits qu'elle aura. L'amour
point ressemblant. Ah! tu ne me croirois pas
bien malheureux, si tu savois quel charme et
quel attendrissement ce doux nom de ma fille
porte jusqu'à mon cœur. Elle prendra de nous
deux, mon amie; de son père, sa tendresse
pour sa mère; de sa mère, ses graces et ses
vertus. Laisse, laisse-la faire : elle aura assez
d'esprit pour se bien partager.

Je ne puis te dire ce que ton attention de
m'écrire au sein des douleurs, que j'ai recon-
nue aussitôt, m'a inspiré de reconnoissance

et de tendresse ; non, je ne puis te le dire... .
Je n'ai qu'un moment : ma plume court ; mon
cœur ne peut s'épancher ; mais sache seulement que jamais, non jamais je ne t'ai aimée...
C'est depuis le 9 janvier que je sais ce qu'est
l'amour... Tu n'as souffert *que* vingt-quatre
heures ? et combien voulois-tu donc souffrir ?
Ah ! je connois ton courage ; et tu connois
mon cœur... Mais mon imagination est un
peu calmée ; ta seconde lettre la rassure beaucoup ; je suis persuadé que tu ne me trompes
pas : ta main, ta bouche, furent toujours pour
moi les organes de ton cœur.. Qu'appelles-
tu ? *égal...* Il m'est égal d'avoir un garçon
ou une fille !... Eh ! non, non, Madame :
toi seule désirois un garçon : pour moi je n'ai
jamais formé des vœux que pour une fille,
parce que mon cœur me disoit qu'elle seroit
l'image de sa mère. Un garçon auroit eu mes défauts : il est bien plus dangereux de gâter notre
sexe, parce qu'il est plus violent ; et je sens
bien que je ne pourrai jamais gronder ton
enfant.... Sans entrer dans des détails d'affaires que je ne saurois toucher, et dont je
parlerois comme un aveugle-né des couleurs,
puisque je ne sais rien, je puis te jurer que
je n'ai jamais cru de toi, et n'en croirai jamais
que ce qui en est digne : toi seule, toi seule

peux

peux te calomnier dans mon esprit. La raison
et la tendresse confirment également tes principes ; puis-je jamais redouter qu'ils se démen-
tent ? J'ai connu Sophie , puisque je l'aime ; le
cœur qui a parlé au sien n'en est pas tout-
à-fait indigne ; il sait donc l'apprécier. Oui ,
oui ; ce que nous voyons de celui auquel
nous sommes subordonnés , doit nous donner
bien de l'espérance. Tu vois que les grandes
places ne sèchent pas tous les cœurs. J'impose
silence à ma gratitude ; elle ne seroit point
assez circonspecte. Mais , mon amie si chère ,
je suis bien caution que tu la devines, que
tu la partages : une ame aussi aimante que
la tienne sait reconnoître les bienfaits. Eh
quel bienfait ! Ah ! nous auroit-on autant donné,
en nous donnant la vie que nous ne prisons
que l'un pour l'autre ?... J'ai eu des nouvelles
de la santé de ma mère. Elle est bonne , dit-
on. Elle m'aime toujours : tu sais si je l'ai
mérité.... Je ne suis pas moins pressé pour
cette lettre, que toi pour la tienne ; mais j'ai
lieu d'espérer que ce ne sera pas la dernière
que je lirai, pourvu que tu sois circonspecte,
et que tu adresses à notre bienfaiteur une
demande que son cœur ne sauroit réprouver.
Que je sache de temps en temps que tu existes,
st savoir la plus grande partie de ce qui

m'intéresse ; car c'est savoir la situation de
ton ame. Les affaires ne sont que des accessoires, et nous devons nous imposer silence
sur cela. Ta première lettre a été brûlée devant mes yeux ; cette seconde sera soustraite
de mes mains. Point de copie, non plus ; mais
ce qui est gravé dans le cœur n'échappe pas
à la mémoire.

Il est certain, mon cher tout, que j'ai reçu
des secousses violentes. Les plus terribles
sont passées. Je n'ai pas 28 ans : la nature
m'a donné une excellente constitution ; j'aime
la vie quand je suis heureux, et je le suis
beaucoup quand je lis tes lettres. Le souvenir
s'en prolonge long-temps ; et j'espère qu'on te
permettra de le rafraîchir. Sois donc tranquille sur ma santé ; ses chicanes ne sont pas
redoutables ; tu ne dois pas t'étonner qu'elle
ne soit pas aussi bonne que quand je jouis de
mon être. Tu me grondes de ne t'en avoir pas
parlé... Mais songe donc à la circonstance ;
crois-tu que j'étois où j'écrivois? crois-tu que
j'étois en moi? mon ame n'étoit-elle pas toute
entière sur le papier? Mon amie, je ne sais
point te dire que je t'aime, quand je ne puis
pas le dire à mon aise ; ainsi cette lettre ne
finira pas tendrement ; mais tu devines tout
ce que je sens ; ah! oui, tu le devines : car

ton cœur et le mien sont des substances tout-
à-fait homogènes. Interroge-toi donc, ô mon
enfant! Je ne t'ai pas toujours permis un si
grand triomphe, que celui de regarder tes
sentimens comme égaux aux miens. Si tu re-
vois ton enfant, donne-lui tous les baisers que
je voudrois lui donner. Pourquoi m'as-tu dit
qu'elle étoit jolie? Crois-tu donc que ce puisse
être un éloge pour elle? Elle a bien d'autres
mérites, vraiment! Amie, c'est ta fille; c'est
la mienne. Ah! quand pourrai-je m'occuper
de son bonheur? Ce sera, tu le crois bien, le
second et l'un des plus précieux objets de tous
mes soins, de tous mes efforts. Aujourd'hui,
je ne puis que lui offrir des vœux; mais qu'elle
partage avec toi tous ceux de mon ame....
Tu sais cependant comment le partage doit
être fait. Qu'elle ne prétende pas rivaliser
avec sa mère; en vérité, elle s'y tromperoit
beaucoup. Adieu, ma bien chère, mon unique amie. Souviens-toi de la promesse que tu
me fais de soigner ta santé; tâche de m'en donner des nouvelles, et qu'il y ait toujours un
mot de la petite. Ah! tu ne l'oublierois pas;
Sophie est doublée : mon enfant, tu me réponds de deux Sophie; mais surtout, et à jamais, de Sophie-Gabriel... Hélas! mon amie,
je suis tout consterné de laisser du papier

blanc ; mais je ne suis pas le maître, et je suis trop reconnoissant pour être indiscret. Adieu ; les plus tendres *adieux*, sans nombre, *sans compter.*

G A B R I E L.

A M. LE NOIR.

2 mars 1778.

JE vous fais, Monsieur, des remercîmens très-empressés et très sincères pour la lettre que je viens de recevoir. Elle me rassure sur la santé de mon amie ; mais elle me donne un chagrin très-vif, je l'avoue, en m'apportant la preuve que madame de Monnier n'a reçu qu'une seule réponse de moi. Voici quatre lettres d'elle qui me parviennent, graces à vos bontés. C'est à-peu-près autant de fois que vous m'avez donné la vie. Hélas ! elle n'a point partagé vos bienfaits et mon bonheur ; elle n'a reçu que dix lignes de moi. Quelle ne doit pas être son inquiétude ? Monsieur, je vous conjure de permettre que celle que je vous adresse tombe dans ses mains ; ou si, malgré mes efforts et contre mon attente, il s'y trouve quelque indiscrétion, daignez faire raturer tout ce qui vous déplaira, et me la renvoyer, pour que je la récrive. J'ose vous représenter que toutes les lettres de mon adorable amie contiennent des choses mille fois plus tendres que les miennes; que toutes renferment des souvenirs ou des projets dans lesquels je m'abstiens d'entrer, et par respect pour vos ordres, et par crainte de moi-même. Pourquoi donc ma correspondance paroîtroit-elle plus dangereuse que la sienne? Monsieur, je ne veux écrire que ce que vous-même ordonnerez, et je suis prêt à tout écrire sous votre dictée, si ce n'est ces deux blasphêmes que vous n'êtes pas capable de me demander; à savoir : *Que je ne l'aime plus, et qu'elle ne doit plus m'aimer.* Que disent mes lettres? *Que je l'aime!...* Eh! si je ne l'aimois pas, ne serois-je point un monstre? si cet amour n'étoit pas juste, daigneriez-vous compatir à ses inquiétudes? Si vous ne sentiez point au fond de votre cœur, que cet amour ayant été jusqu'où il a été, il ne doit pas finir, me feriez-vous passer des écrits, qui, j'en jure par l'honneur, sont aussi nécessaires à ma vie que le souffle? Monsieur, je vous le demande au nom de tout ce qui vous est cher, que mon amie ne soit pas privée du bonheur que je vous dois. Il est bien empoisonné, si elle ne le partage point. Son ame n'est ni moins sensible, ni moins ardente que la mienne. Ah ! ne croyez point que le silence en puisse amortir les feux. Sophie peut périr ; mais je ne crois pas qu'elle puisse changer.

J'ai l'honneur de vous adresser un volumineux paquet pour mon père ; c'est une exposition exacte de ma conduite et de la sienne à mon égard. C'est un aveu naïf de mes fautes, et une réfutation complette de ses calomnies, au moins de celles que je connois. Si j'avois affaire à tout autre homme, ou si l'ame de celui-là m'étoit moins dévoilée, je me croirois sûr qu'un tel écrit remueroit sa conscience : je n'ai point cet espoir ; mais voici mes vues.

Je ne me flatte pas qu'un homme aussi occupé que vous, et dont le temps est si précieux, puisse lire un mémoire fort long et peut-être très-ennuyeux ; mais j'ose vous demander de vous en faire rendre un compte exact. Tout n'y est pas, parce que je le destine à mon père ; ainsi je l'ai ménagé : mais mon cœur y est développé, et l'on y peut deviner le sien. Il doit vous paroître probable, ce me semble, que des faits dont je lui adresse le récit, et de la vérité desquels je le somme de convenir, ne sont pas controuvés. L'effronterie seroit trop forte, et la témérité extrême ; car il m'auroit bientôt confondu. Or, ces faits sont tels que j'ose soutenir qu'un père, qui auroit des entrailles ou seulement de l'équité, ne me laisseroit pas quinze jours au Donjon de Vincennes, après avoir lu mes défenses. Quoi qu'il en soit, il répondra, ou il ne répondra point. S'il répond, je m'en fie à moi pour répliquer. J'ai un grand avantage sur lui, *la force de la vérité*. S'il ne répond point, je vous supplie d'observer que *se taire* n'est pas *réfuter;* et qu'encore une fois, il n'a point le droit d'éluder le combat, puisqu'il est l'agresseur, et que son agression l'a rendu ma partie. Dans toutes les suppositions, daignez faire valoir ou mes raisons, ou son silence auprès du ministre. Je ne crois pas pouvoir faire une démarche plus nette que de dire à mon père: *Vous êtes injuste, en voilà la preuve: vous en avez imposé, en voilà la preuve: rétractez-vous et réparez votre injustice, ou réfutez mes raisons et mes preuves.* Voilà en trois mots mon mémoire; et mon but unique est de mettre cet homme, si éloquent quand il parle tout seul, dans la nécessité ou de s'expliquer, ou de convenir tacitement qu'il a tort.

Mais pour qu'il soit réduit à cette alternative, j'ose vous supplier d'apostiller mon mémoire, c'est-à-dire, de demander à mon père, en votre propre nom, de le lire; sans quoi, il le lira bien, mais il dira ne l'avoir pas lu, *parce qu'il ne reçoit rien de ma part.* Étrange prétention cependant! conduite bien tyrannique, que de juger et condamner quelqu'un sans l'avoir entendu! Depuis six ans il ne m'a pas vu! depuis trois il n'a pas reçu un mot de moi; ce n'est donc que sur les clameurs de mes ennemis, sur des actions non expliquées, souvent travesties et empoisonnées, qu'il m'a condamné à une mort civile. Il est temps, ce me semble, d'en appeler, et de demander à être entendu dans ma cause.

Si, par un hasard très-possible, mon père avoit obtenu du ministre que rien de ma part ne lui parvînt, vous voudrez bien regarder la vedette comme non-avenue; et alors ma lettre devient un mémoire. Encore une fois, je n'en espère rien, si vous ne daignez pas l'appuyer. Les ministres ne peuvent parcourir que quelques lignes, et quelques lignes ne sauraient rendre compte de beaucoup de faits, ni des détails qui les caractérisent, et bien moins des causes et des intentions qui éclairent souvent plus que le fait même. Ce qu'il y a de certain, c'est que cet écrit, tracé sans art, mais qui n'est pas dépourvu de l'éloquence du moment, de la chose, et de la vérité, est ou mon testament de mort, ou le titre qui me vaudra l'adoucissement de mon sort, et que je n'importunerai plus personne par ces longs détails dont je suis moi-même si harassé. Je suis très-résigné, Monsieur ; mais aussi je suis fort résolu, pourvu que je n'aie pas à me reprocher d'avoir rien négligé : le sort ordonnera du reste.

J'ai l'honneur d'être, avec un respectueux dévouement, Monsieur, votre très-humble et très-obéissant serviteur,

MIRABEAU fils.

A SOPHIE.

2 mars 1778.

JE reçois ta lettre du dix-neuf février, ma chère et bien chère amie. Je ne sais plus te dire ce que j'éprouve en voyant ton écriture : mes sentimens sont trop tumultueux, et ma tête et mes sens trop foibles. Mon cœur inondé de tristesse et d'amour déborderoit sans doute, si je lui donnois le moindre cours. Je sens beaucoup plus que je ne puis le dire, combien il est nécessaire de me contenir, pour que la satisfaction qu'elle me procure ne te soit pas refusée. Il est presque aussi cruel pour moi de recevoir un plaisir que tu ne partages

pas, qu'il me le seroit de causer volontairement tes peines. Tu sais que je ne suis pas
fort exposé à ce genre de chagrin ; mais ne
te déroberois-je point une douce consolation,
si je prenois dans cette lettre une liberté qui
l'arrêtât ? Je me contiens donc : hélas ! je me
contiens ; et ce n'est pas le moindre des sacrifices que j'aurai faits à toi, aux circonstances,
à la reconnoissance même que je dois pour la
précieuse condescendance qui porte à mes
yeux ton écriture, que de tracer ces lignes si
froides, si glacées, pour un cœur de feu tel
que celui de ton Gabriel.

Si ta santé est vraiment bonne, j'ai une
grande inquiétude de moins. Mon imagination
m'avoit beaucoup grossi les dangers de ta situation. Jamais on ne subit une révolution
plus terrible, dans une disposition de cœur et
d'esprit telle que celle où tu as accouché.
Je t'en crois, je veux t'en croire. Soigne ta
santé, soigne-la, ma chère amie ; que la moitié, la plus chère moitié de moi ne soit pas
souffrante. Tu veux que je te parle de l'autre :
il le faut, puisque tu le veux. Je ne suis pas
fort bien, mais je ne suis pas ce qu'on peut
dire mal non plus. La vie sédentaire m'épuise,
et le travail continuel n'y contribue pas peu.
Le feu que j'exhalois au dehors, et qui ne

produisoit, au moyen de cette ressource, que la moitié de son effet au dedans, me ronge, cela est inévitable; mais je suis jeune, et il y a de l'étoffe pour souffrir. Ma poitrine est mieux que par le passé; l'usage du lait et des rafraîchissans me délivre à cet égard des douleurs vives. Le sang l'oppresse, mais des hémorragies me soulagent. Mes reins souffrent davantage. Tu sais que les coliques néphretiques m'ont toujours menacé, souvent atteint: elles me déchirent plus fréquemment, et c'est encore une inévitable suite de la vie sédentaire. Voilà le détail que tu me demandes: je ne sais pas te déguiser la vérité; celle-là est assez désagréable et peu utile.... Oui, mon amie, conserve-toi pour notre fille. La pauvre enfant! puisse l'étoile de son père, de ce père qui, par une inconcevable fatalité, s'est sacrifié toute sa vie pour des ingrats et des perfides, et n'a sacrifié que ce qu'il adoroit; puisse cette étoile, unique en singularités et en infortunes, ne pas la poursuivre! puisse-t-elle ramener sur le sein de sa mère le bonheur que j'en ai chassé! J'espère, j'ose espérer qu'on permettra que tu me dises quelquefois que tu respires; et cette même voie me donnera la double consolation d'être assuré de ton existence et de la sienne.... Au reste, mon amie, je te le répète pour la cent millième fois, point de projets, point d'illusions, point de calculs; les mécomptes sont affreux : ton imagination est trop active : quand un foyer tel que celui-là est associé à une ame aussi sensible que la tienne, il s'y forme des exhalaisons sulfureuses; un rien les enflamme, et la foudre sort de ce tourbillon destructeur. Sophie! Sophie! ne prends pas confiance dans la fortune; ne sais-tu donc pas combien ses caresses sont perfides? Résignes-toi si tu peux, et ne te forges pas de nouveaux tourmens, par des chimères qui n'ont de réalité que dans ta tête et ton cœur agités.

Je ne te suivrai point dans tes déchirans souvenirs; je ne le dois point, et je crois que je ne le pourrois pas.... Un seul mot sur la *jalousie.* Sur quoi porteroit la tienne? sur des verrous. Certes, à moins que tu ne croies aux sylphides, aux beautés aériennes, tu ne peux qu'être fort tranquille. Quant à la mienne, t'en ai-je parlé?... Oh! oui, mon cœur te reste; si tu le prises, tu peux te dire : *Je ne perdrai jamais ce bien-là, tant qu'un souffle animera mon Gabriel...* Foible consolation sans doute; mais cependant idée qui n'est pas sans douceur : car l'amour, l'amour désinté-ressé, est le seul hommage qui satisfasse en

même temps l'amour propre et l'ame.... J'ai
découvert une larme sur ton papier ; j'en ai
baisé la trace, ô ma Sophie ! Mais pourquoi
verser des larmes stériles ? Hélas ! elles dégon-
flent le cœur; eh bien! pleure mon enfant, je
t'envie cette félicité.... Ce n'est pas de répondre aux choses charmantes que tu m'écris
qui m'embarrasse, c'est de n'y pas répondre.
Tu as bien de l'esprit, ma Sophie-Gabriel !
trop même; mais il est si naturel, que je
me flatte que ce n'en est pas. Je suis si bête
avec toi! pourquoi serois-tu si ingénieuse avec
moi?... Tu as trouvé une amie ! je t'en fé-
licite : c'est un rare et délicieux bienfait du
ciel. Qui plus que toi est digne d'en trouver?
qui en a trouvé moins que toi? Sophie, le
malheur n'a pas séché ton cœur, cette intarissable source de sensibilité; mais il faut être
à la fois sensible et circonspecte : sonde le ter-
rain où tu marches; souvent des roses cachent
des épines acérées et des précipices sans fond....
Le ciel me préserve de te donner d'injustes
soupçons. Tu sais si ton ami est trop méfiant;
tu sais même s'il l'est assez : tu sais s'il est
porté à chérir ce que tu aimes ; mais hélas!
en portant les yeux en arrière, je me rappelle
les fautes sans nombre que le beau défaut de
la confiance, de la généreuse confiance, nous

a fait commettre. Je suis fort aise cependant
de te savoir une société. Les distractions sont
sans prix dans les grandes douleurs, quoique
rarement on les aime.... Je ne parlerai ni de
tes desirs à mon égard, ni des permissions
que tu me donnes, dans des suppositions qui
n'auront pas lieu. Eh non! non, je t'assure,
on ne me *proposera* rien qui puisse te donner
de nouvelles inquiétudes. *Boston* étoit un
asile sûr pour toi, ... honorable pour moi....
Mais pourquoi parler du passé ? je ne saurois ni m'accuser, ni me repentir. Je gémis
du présent. Oui, j'en gémis ; je voudrois au
prix de tout mon sang te donner et la liberté
et ce que tu desires : ce sacrifice seroit une
douce jouissance. Il est aisé de le croire ;
et si tu veux y réfléchir un moment, tu
verras que tu m'écris à cet égard des choses
déplacées.... Je te supplie, ma bien aimée, de
te soigner, d'obtenir, si cette lettre te parvient, qu'elle ne soit pas la dernière que tu
reçoives. Cela seroit, ce me semble, fort nécessaire à tous deux, et dans tous les sens. Mais
quoi qu'il arrive, sois sûre, sois bien sûre,
Sophie, que ton nom sera le dernier que proférera ma bouche : que les sentimens que je
te dois, que tu m'as connus, qui sont devenus
l'emploi et la fin de mon être, seront les der-

niers que produira mon cœur, et l'échaufferont jusqu'au terme que le destin a marqué à sa durée. Adieu, ma Sophie-Gabriel; adieu, mon tout et ma vie. Je sais que tu devineras tout ce que je ne dis pas, et j'en ai besoin. Mille et mille baisers à ton enfant, si tu la vois.

GABRIEL.

A M. LE NOIR.

Dimanche, 17 mars 1778.

DANS des tems orageux où tout le monde se partialise, les écrivains les plus satiriques, les plus irrités contre l'autorité, ont fait de vous, Monsieur, un éloge bien flatteur. Le voici tel qu'il se trouve, si je m'en souviens bien, dans le fameux ouvrage intitulé *la Correspondance.* « Monsieur le Noir a donné à ses confrères, les porteurs d'ordres, des leçons pour leur apprendre à concilier l'obéissance que l'on doit au Roi, avec les égards qu'il convient d'avoir pour les citoyens et les hommes. » J'ai su peut-être apprécier mieux qu'un autre la vérité de cet éloge; parce que j'ai vécu dans le pays où, en portant des ordres sinistres, vous avez montré tant de générosité

et d'humanité; et que j'ai appris les détails
de votre conduite par les magistrats mêmes
qui avoient été frappés de ces ordres. Cela
me parut bien respectable, alors que je ne
pouvois savoir ni deviner que j'éprouverois
moi-même si essentiellement la bonté de votre
cœur. Lorsque je me trouvai sous votre dépendance, ce souvenir m'inspira de la confiance, et enfin les démarches que j'ai hasar-
dées et qui m'ont réussi. Aujourd'hui, Monsieur, que mon estime s'est changée en vénération, (car la reconnoissance a dû exalter
jusqu'à ce point ce sentiment, puisque le premier de tous les titres d'un homme envers un
autre homme est celui de bienfaiteur) j'ai
plus de sécurité et de hardiesse; et je vous
adresse des vérités, que je ne dirois assurément à aucun autre homme en place. Et ce
n'est pas, je vous jure, par respect que je
m'en abstiendrois : c'est seulement, parce que
je n'aime pas à parler aux sourds; il faut
crier trop haut et trop inutilement. Vous qui
avez un cœur pour sentir, des yeux pour
voir, vous qu'un sentiment naturel et honnête
a droit d'intéresser, vous que la vérité n'ef-
farouche point, parce que vous n'avez rien à
en redouter, daignez m'écouter.

La liberté, cette idole des ames fortes, qui
les

les rend féroces dans l'état sauvage , et fières dans l'état civil ; la liberté, ce don irrévocable du ciel, ce germe de tout bonheur et de toute vertu, la liberté règne et règnera toujours dans mon esprit et dans mon cœur. Ce cœur sensible et honnête , mais trop inflammable, a constamment été aigri par la plus extrême sévérité, et mon caractère s'en est cruellement ressenti. Sans un grand fonds de gaieté naturelle, et sur-tout, sans l'amour qui a conservé , mis en œuvre et perfectionné toute la partie douce de ma sensibilité, si je puis parler ainsi, je serois devenu insupportable, sombre, farouche ; mais je n'avois jamais passé par l'épreuve que je subis. Pour me punir de m'être montré honnête et généreux, de m'être dévoué à l'amitié et à une sœur que mon père haïssoit, parce qu'elle aimoit sa femme et méprisoit sa maîtresse, on m'avoit jeté dans un fort , vrai repaire de scélérats qui se corrompent réciproquement , et où tout jeune homme qui s'y trouvera sans principes et sans caractère, c'est-à-dire, avec les deux apanages de la jeunesse , qui sont l'ignorance et la facilité, deviendra un sujet détestable. Mes réflexions et l'étude étoient un antidote assez sûr contre un tel poison. Mais je n'en connoissois point un plus

funeste encore, s'il est possible, dont j'étois
destiné à être abreuvé. J'ai été jeté dans
une *prison d'état* ; (ces deux mots font un
horrible contraste) et là, j'ai éprouvé et j'é-
prouve des maux tout-à-fait nouveaux pour
moi. Si j'étois né pour ramper, sans doute je
souffrirois moins dans la situation où je suis.
Mais la nature m'a donné du ressort, et ce
ressort tourne à mon tourment et à ma ruine.
Je m'étonne moi-même du tumulte intérieur
qui m'agite, et qui briseroit mon être moral
et physique, si je ne me sauvois par des distractions. Or ces distractions m'échappent, ou
du moins je tombe dans l'impuissance de m'y
livrer. Plus je suis esclave, plus je m'indigne
de l'esclavage : en vain je m'aperçois que je
ronge inutilement mon frein ; je ne puis cesser
de le ronger et de le couvrir d'écume.

Les sept premiers mois que j'ai passés ici
en proie aux angoisses de la solitude, aux
horreurs de l'incertitude, aux atteintes poi-
gnantes de la plus vive inquiétude pour ce
que j'aimois, et ce que je devois aimer le
plus tendrement, en un mot, à tout ce qui
sert de cortége au désespoir ; ces sept mois
terribles ont épuisé les forces de mon ame.
Si je n'eusse continuellement lutté contre moi-
même avec toute l'énergie que m'a donnée la

nature, je serois devenu insensé, ou je me
serois déchiré le sein. Vous m'avez secouru,
Monsieur. Votre main bienfaisante a versé un
baume salutaire sur les plaies de mon cœur :
vous lui avez donné du ressort ; vous lui avez très
exactement rendu la vie.... Mais, hélas! je vais
retomber dans cet état horrible que je viens de
vous peindre, si vous n'avez pitié de moi, si
vous me retirez vos bontés que je n'ai pas mérité de perdre ; et la rechute sera d'autant plus
cruelle que je l'ai moins redoutée. J'ose le
dire, Monsieur, parce qu'il faut oser dire
tout ce qui est vrai : La vertu la plus courageuse, et même la plus pure, peut s'aigrir et
s'indigner jusqu'à l'atrocité. Grace au ciel, je
ne me reproche pas un crime. Si mon esprit
est plein de repentirs, mon cœur est exempt
de remords ; mais en vérité, je ne puis répondre de lui ; je ne sens pas, sans frémir,
la fermentation qui bouillonne en moi. Tout,
tout dans la nature m'abandonne excepté vous
et mon amie : que deviendrai-je, si vous aussi
me repoussez ?

Mon père est mon bourreau. Il a commencé
par vouloir m'asservir, et ne pouvant y réussir, il a mieux aimé me briser que de me
laisser croître auprès de lui, de peur que je
n'élevasse ma tête, tandis que les années bais-

E ij

sent la sienne. En vain lui ai-je dit souvent : *Mais, mon père, n'eussiez-vous que de l'amour-propre, mes succès seroient encore les vôtres ;* loin de rentrer en lui-même, il ne m'en a que plus haï, quand il s'est vu deviné. Seul peut-être entre tous les pères, il a été humilié des dispositions, des talens naissans qu'il a cru voir dans son fils ; et c'est sur ce fond d'orgueil vil et atroce que se sont élevés tous les ressentimens accessoires. Il tâche de persuader aux autres, et peut-être à lui-même, qu'il est dirigé, entraîné, contraint par de tous autres motifs ; tandis que c'est une basse jalousie et l'abjecte avarice qui l'aiguillonnent, et qu'il complète les vengeances qu'il veut tirer de ma pauvre mère en les exerçant sur ma tête. Il a eu la barbarie de m'écrire que mon portrait étoit dans cette épigramme faite pour Tibère, et qu'il a altérée au gré de sa passion :

Asper et immitis ; breviter vis omnia dicam ?
Dispeream, si te pater amare potest.

Non, mon père, lui ai-je répondu, votre haîne trahit votre mémoire ; il y a *mater* dans ces deux vers terribles, et non *pater :* c'est la *mère* de Tibère *qui ne pouvoit l'aimer, et non son père....* Dieu juste ! c'est moi que le marquis de Mirabeau appelle *dur et cruel !* c'est celui qui a fait une de ses filles religieuse malgré elle à quinze ans ; qui a frappé sa sœur d'une lettre de cachet ; qui a fait interdire et dépouillé sa belle-mère mourante ; qui a poursuivi un de ses frères jusque dans le pays étranger, pour ne pas lui payer sa légitime ; qui a obtenu dix lettres de cachet contre sa femme ; qui en a lancé huit contre son fils aîné, qu'il étouffe dans un cachot ; qui refuse le nécessaire à son fils cadet, et lui eût fait faire une marche dans toute la longueur du royaume, à la suite d'un régiment, à pied et à la gamelle, si le frère de ce pauvre jeune homme n'eût été averti à temps pour payer ses dettes ; c'est cet homme qui ne parla jamais à ses enfans que de les charger de fers, ou de les envoyer au-delà des mers ; c'est cet homme qui a plaidé contre sa signature, et sauvé sa bourse aux dépens de son honneur, en se mettant à l'abri des formes ; c'est cet homme qui m'appelle *dur et cruel !*. . Que dis-je ? il m'appeloit ainsi, lorsque je n'avois montré encore que des talens et des germes de vertus. Voilà mon père, mon tuteur, ma partie, mon témoin, mon juge et mon bourreau ! je n'ai nulle sauve-garde contre lui.

La mère de mon fils m'a horriblement trahi et calomnié ; et l'insolente cruauté de son si-

E iij

lence, dans un moment où je doute de la vie
de cet enfant, ne m'apprend que trop qu'elle
est bien sûre d'avoir réussi à me perdre sans
retour.

Un oncle vertueux, mais débilité par l'âge et
des accidens sans nombre, m'abandonne après
m'avoir aimé et vanté jusqu'à l'enthousiasme. Si
je le voyois un instant, il me couvriroit de
larmes et me tendroit une main secourable;
mais il ne sait pas disputer avec mon père,
dont la politique constante a été de nous séparer.

Mon beau-père est un homme honnête;
mais il aime uniquement sa fille qui est son
seul enfant. Elle parle, et j'ai toujours dédai-
gné de parler; il la croit, et je ne l'ai jamais
détrompé. Il est foible, elle est présente, et
je suis absent; il m'a pris en haîne.

Mon frère... il est si jeune, et entouré de
tant de séducteurs! Je ne me méfie pas de son
cœur, mais bien de sa raison. D'ailleurs, que
peut-il? tout au plus n'être pas complice de
ma ruine.

Une sœur et des amis pour qui j'ai exposé
plus d'une fois ma vie, et perdu peut-être
pour jamais ma liberté, ont lâchement dé-
serté ma cause.... Heureux encore s'ils n'a-
voient fait que cela!

L'autre, trompée et conduite par le plus

vil des hommes (car elle n'a par elle-même l'esprit d'être ni méchante, ni bonne,) our-dit ma ruine pour saisir ce qu'elle pourra de l'héritage de mon père.

Le reste de ma famille paternelle et les pa-rens de ma mère ne me connoissent que par un éclat propre à les prévenir contre moi. Ceux de mes amis qui auroient le courage et la volonté de me servir, le marquis de Tou-rette, le marquis de la Gueuille, mais sur-tout madame la marquise de Vence, et Du-pont, ignorent où je suis. Eh! de qui puis-je me réclamer? à qui puis-je adresser mes prières et mes plaintes? . . . .

Voilà ma situation, Monsieur : en connois-sez-vous une plus affreuse ? Je ne tiens au monde que par mon amie : elle seule me sauve de la haîne de la vie, et me retient aux bords de l'abîme du désespoir. Mais elle est aussi esclave, aussi malheureuse que moi. Nous ne pouvons nous entendre que par vous. Vous seul avez soutenu jusqu'ici notre es-poir. Ah! Monsieur, démentirez-vous vos bien-faits ? l'avons-nous mérité, nous, si pénétrés de vos bontés, nous, qui vous avons voué l'attachement le plus tendre, comme le dé-vouement le plus entier ? Monsieur, ne nous abandonnez pas : continuez-nous vos secours,

E iv

si vous voulez que nous ayons la force d'attendre des momens plus prospères. Hélas! je
m'éteins dans les entraves de la servitude :
il ne reste point à mon esprit assez d'énergie
pour exprimer les vœux de mon cœur, mais
j'espère tout du vôtre : je vous demande des
nouvelles de mon amie; je vous en demande
dans une occurence bien délicate, où mon
inquiétude porte plus encore sur la date de
son silence, que sur ce silence même : accordez - moi cette consolation si innocente.
Je ne parle point à un de ces hommes dont
le cœur aride et l'esprit étroit regardent tout
sentiment ardent comme une folie dangereuse,
et toute passion comme un sentier de crimes,
de malheurs et de peines. Il est trop vrai qu'en
dénaturant, qu'en profanant les affections hu-
maines, on en est venu à les rendre dangereuses.
Il est trop vrai que toute ame forte est dé-
placée dans un pays où l'arbitraire pressure,
dévore, anéantit tout. Mais qu'a-t-on à craindre
des ames tendres? que peut-il rester de redoutable en moi? j'aime, j'aime uniquement.
Je suis voué tout entier à ce premier, à ce
plus doux sentiment de la nature : elle m'en
a fait un besoin; et l'honneur m'en fait un devoir. Vous l'avez senti, vous l'avez avoué
même, si j'ose le dire, puisque vous avez dai-

gné condescendre à mes ardentes prières; je les répète, je les répète baigné de larmes. La source en sera bientôt tarie si elles ne vous touchent pas. Je n'espérois qu'en vous ; si mon attente est trompée.... Mais non, vos bienfaits passés me répondent de votre indulgence: vous laisserez les tyrans insensibles, froids, durs, impérieux, traiter les sentimens, les vœux d'un cœur honnête de délire, peut-être même d'attentat. Vous compatirez à mon inquiétude, à mon amour, et mes desirs seront exaucés. Mais, je vous en conjure, que ce mois, que ce redoutable mois ne se passe pas sans que je reçoive cette importante faveur.

J'ai l'honneur d'être avec le dévouement le plus respectueux, Monsieur, votre très-obéissant serviteur,

MIRABEAU, fils.

A SOPHIE.

20 mars 1778.

O MON AMIE! j'ai reçu ta lettre, ta délicieuse lettre; j'y ai imprimé mille et mille fois mes lèvres brûlantes, où mon ame erroit. Chère Sophie! comme tout ce que tu écris est naturel et touchant!... comme tu sais le che-

min du cœur de ton tendre ami !... Mon amour
unique ! elle est triste cependant cette lettre
qui fait mon bonheur. Tu entends bien ce que
je veux dire par là. Je ne sais que trop que
tu ne peux pas ne point être triste ; mais tu
me parois inquiète, sinon de mes sentimens,
du moins de mes pensées.... Toi, mon tout !
toi, mon bien ! ne sais-tu donc pas que je ne
saurois mettre en doute ni ton amour, ni ta
constance, ni ta délicatesse, ni la bonté de tes
attentions ? Ne sais-tu pas que je te révère autant que je t'adore ? Ah ! si je doutois de ma
Sophie, pourrois-je vivre ? Chère amie, si quelques expressions de ma dernière lettre t'ont
paru ambiguës, c'est que j'avois des raisons
de craindre que le moindre défaut de circonspection t'en privât ; et que le bonheur de recevoir de tes nouvelles étoit tout-à-fait empoisonné pour moi par l'idée que tu serois
peut-être moins fortunée. O mon amie ! je puis
sans doute, sans courir ce danger, te répéter
ce que j'écrivois à ton sujet à celui de tous les
hommes qu'il étoit le moins naturel d'en entretenir. Ce fragment t'offrira en peu de mots
la profession de foi de mon amour ; et crois que
les sentimens qu'elle exprime vivront autant
que ton Gabriel. «Je ne puis croire, disois-je,
«qu'il me faille m'excuser d'avoir aimé ce qui

« étoit aimable. Quel homme oseroit se montrer
« sévère pour une passion, qui, plus ou moins
« énergique, est celle de tous les humains ? J'é-
« tois très-malheureux, et le malheur double la
« sensibilité. On me témoignoit de l'intérêt ; on
« me développoit tous les charmes qui peuvent
« me séduire fortement et long-temps : ceux
« d'une ame généreuse et d'un esprit agréable.
« Je cherchois un consolateur ; eh ! quel conso-
« lateur plus délicieux que l'Amour ? Jusque
« là, je n'avois connu que ce commerce de ga-
« lanterie qui n'est point l'amour, qui n'est que
« le mensonge de l'amour. Ah ! la tiède passion
« auprès de celle qui commençoit à m'embrâ-
« ser ! J'ai les qualités et les défauts de mon
« tempérament. S'il me rend excessivement
« vif, il forme le cœur de feu qui alimenta
« mon inexprimable tendresse. Ce n'étoit plus
« cette forte invitation de la nature, fondée
« sur les délices attachés aux plaisirs des sens,
« qui m'entraînoit ; ce n'étoit pas même le desir
« de plaire à un juge d'un goût exquis. Je sentois
« trop pour avoir de l'amour-propre ; la conve-
« nance, la conformité des goûts, le besoin d'une
« société intime, d'une confidente que l'on maî-
« trise toujours plus que l'on en est maîtrisé,
« n'entroient presque point dans mes vues.
« De plus puissans attraits avoient remué mon

« ame. Je trouvois une femme qui , bien diffé-
« rente de moi , a toutes les vertus de son
« tempérament , et aucun de ses défauts. Elle
« est douce , et n'est ni pusillanime ni non-
« chalante, comme sont tous les naturels doux ;
« elle est sensible , et n'est point facile ; elle
« est bienfaisante , et sa bienfaisance n'exclut
« ni le discernement, ni la fermeté. Hélas !
« toutes ses vertus sont à elle : toutes ses fau-
« tes sont à moi. Je la trouvai cette femme
« adorable et toute aimante , et elle réunit
« tous les rayons épars de ma brûlante sen-
« sibilité. Je la trouvai, et mon cœur impé-
« rieusement entraîné, fut fixé , fixé pour ja-
« mais. Je l'observai dans toutes les circons-
« tances ; je l'étudiai profondément : je m'ar-
« rêtai trop à cette contemplation délicieuse.
« Je sus ce qu'étoit son ame , cette ame for-
« mée des mains de la nature dans un moment
« de magnificence. Si c'est un crime de n'avoir
« pas su résister à une séduction si puissante,
« ce n'est pas le crime de ma volonté , etc...»
Je n'acheverai point , chère Fanfan ; reconn-
nois le crayon de ton ami, quand c'est l'amour
qui le guide ; mais sur-tout reconnois ses sentimens, et ajoute à ceux-ci , tout ce que tant
d'événemens postérieurs, qui auroient enchaîné
ma plus profonde gratitude et toutes les affec-

tions de mon ame, si tu ne les eusses déja
entièrement absorbées, ont dû produire. O
Amie! si jamais tu trouvois dans mes lettres,
hâtées et contraintes, une teinte un peu sombre, attribue-la à ma situation, à ma gêne,
et nullement à des inquiétudes relatives à tes
sentimens.... eh! ne me déshonorerois-je pas
moi-même si je te soupçonnois?

Ma Sophie, il y a long-temps que je sais
que tu es une Encyclopédie vivante de *recettes
de bonne femme* ; mais, n'en déplaise à *tes
poreaux*, ils n'ont pas le sens commun. J'ai
ou je n'ai point la pierre. Dans la première
supposition, patience jusqu'à la certitude, et
puis l'opération. Dans la seconde, des coliques néphrétiques ne sont que douloureuses, et
on vit très-bien un siècle avec. J'use de régime et de rafraîchissans : d'ailleurs, le peu
d'exercice que je prends, depuis que le temps
le permet, me fait du bien. Ne te mets donc
pas en dépense d'érudition, je t'en prie ; tu ne
vaux rien de rien comme *médecin consultant*.
Quand tu étois *médecin agissant*, ah! c'étoit
toute autre chose. Mais hélas! je te permets
d'engraisser ; mais non pas de grossir à ton âge.
Ménage un peu ton estomac, et conserve précieusement ta santé, le seul bien qu'on n'a pu
t'ôter. Prends peu ou point de café, et beau-

coup de rafraîchissans , si tu veux dormir.
Pour ta tête , elle est si mauvaise, que je ne sais
quelle recette lui donner ; mais sérieusement,
mon Amie , soigne-toi , comme si c'étoit moi-
même. Modère tes inquiétudes sur mon compte.
Au fond, je me porte comme je dois me porter , vu les circonstances ; il y a du ressort encore , et de tout moi , il n'y a que les yeux
de très-vieillis.

Oui , encore une fois, oui : tes dissertations
de guerre m'ennuient ; 1°. parce que toutes
tes belles phrases à cet égard ne m'avancent pas
d'un pouce , et que cela mange la place de
choses beaucoup plus jolies. 2°. Parce que je
n'en peux pas parler à mon aise , et que les
affaires politiques sont aussi loin de moi que
des morts. Sur le tout , je te répète , que
Mars respecteroit l'Amour , et qu'on meurt
beaucoup moins aux coups de fusil qu'en prison. Ne t'ai-je pas dit mille et mille fois qu'il
falloit être prédestiné pour rencontrer un bou-
let ou une balle brutale sur son chemin? Une
chose très-paradoxale , mais très-vraie , qui
t'impatientoit autrefois, mais que je voudrois
te persuader, c'est qu'il se tue moins de braves
gens que d'autres: c'est en flottant qu'on trouve
la mort.... Mais encore une fois, politique
toute seule , et sois bien persuadée que l'on

ne pense pas plus à me faire guerroyer, qu'au fond tu n'as envie de me voir sur la gazette.

O ma généreuse amie ! je sais que tu n'imputes aucun de tes malheurs à ton Gabriel. Il mérite ce sentiment par la pureté de ses intentions, par l'étendue de son dévouement, par sa droiture, par sa tendresse inconcevable, peut-être pour toi-même ; mais comment veux-tu qu'il voie d'un œil sec les maux dont tu es la proie ? Mon Bonheur ! je sens tout ce que tu me dis de noble et de tendre à ce sujet ; et c'est pour trop le sentir que je n'ose t'en parler. Sois sûre seulement que toi seule peux t'*accuser* auprès de moi, que j'ai la plus entière confiance, je ne dis pas dans ton honneur, je ne dis pas dans ton amour, je ne dis pas dans ta fidélité, en un mot dans tout ce qui a trait au respect de toi-même ; car cela n'a pas besoin d'être dit ; mais dans tes démarches : sois sûre que j'approuve d'avance tout ce que tu feras, quand il te sera permis de faire, et que je suspecterois l'univers entier et moi-même, avant de former le moindre doute sur ma Sophie-Gabriel. Je connois son ame et ses principes, et ses résolutions ; ou pour tout dire en un mot, je connois ses devoirs ; c'est assez pour être sûr qu'elle ne s'en écartera point... Au reste, vante mon amour ;

mais ne vante pas ce que j'ai fait pour toi. Veux-tu me louer de ce que je ne suis pas un monstre ?

Non ; non, vertueuse Sophie, *Si* n'était pas une question ; mais crois-tu donc que je t'écris avec une rigueur académique ? j'ai une demi-heure pour te tracer quelques lignes. Mon cœur bat si fort qu'on diroit qu'il veut s'é-lancer hors de moi ; mon imagination bouil-lonne , et ne veut que je pèse mes mots ? Eh ! mais vraiment , si j'avois du tems, je l'emploierois bien plutôt à t'écrire plus lon-guement qu'à arranger ce que je t'écris ; je cause avec toi , mon enfant , mon ame s'é-panche ou voudroit s'épancher . . . . Hélas ! hé-las, qu'un mot, qu'un regard en diroit bien plus que mille volumes ! c'est alors qu'il n'y auroit ni doute, ni crainte, ni incertitude, et que le bonheur seul seroit en tiers avec nous.

Mais , mon Amie , n'injurie donc pas ton esprit ; sais tu bien que c'est le meilleur outil d'un bon cœur, ou plutôt qu'il n'y a rien de si rare qu'un bon cœur sans esprit ? Quoi-que mon imagination soit séchée , quoique je n'aie plus ni facilité , ni coloris quand mon cœur ne parle point , je sens plus que jamais le prix de l'élégance et de la simplicité ;

mais

mais sur-tout de la simplicité. Rien n'est si
aimable ; c'est le costume du sentiment et de
la vérité : c'est ce qui fait le charme de tes
lettres ; c'est ce qui les rend si touchantes.
Cette simplicité n'exclut point la force ; au
contraire, elle la donne si elle n'est pas vide
de choses. Il n'y a qu'elle qui soit propre à
rendre les vrais mouvemens des passions. Elle
proscrit les faux brillans, ces antithèses, ces
idées recherchées, ces jeux de mots pointus,
ces tours d'expression forcés, toutes ces affec-
tations enfin que chérissent si fort les beaux-
esprits, et qui vont si péu au cœur. Voilà ce
que j'abhorre de l'esprit, et c'est assurément
ce que tu ne connois pas. Ces vains ornemens,
ces choses qui ne sont mises que pour briller,
et qui décèlent la sécheresse de l'ame et la corruption du goût, sont à mille lieues de toi.
Tu as sur-tout ce qui est du ressort du sentiment, un tact bien exquis comme tout le
reste de ta sensibilité. La vive nature, la délicieuse ingénuité, la douce tendresse respirent
dans tes lettres ; et je ne me méfie de toi,
mauvaise petite flatteuse, que quand tu me
loues…. Va, ne change ta manière pour aucune autre, ma Sophie ; tu ne pourrois qu'y
perdre. Tu es étonnée sans doute que je te
parle ainsi ; car, outre que ta sotte et char-

mante modestie, (sotte parce qu'elle est excessive) n'attribue qu'à ma prévention tout ce
que je dis de ton style magique ; tu ne crois
pas qu'il y ait le plus petit mérite à bien écrire
une lettre, à exprimer tout naturellement ce
que l'on pense, ce que l'on sent. Mais, mon
Amie, tu te trompes. La véritable éloquence
consiste à dire les choses convenables à une
situation donnée, à donner à chaque sentiment, à chaque pensée un coloris analogue ;
en un mot, à dire chaque chose comme elle
doit être dite. Voilà tout le secret de l'art ora-
toire, ma Sophie ; c'est d'être passionné :
ainsi tu es bien plus savante que tu ne croyois....
Tu es toute surprise de me voir disserter dans
cette lettre ; mais ne comprends-tu pas qu'au
moyen de cela je t'écris plus long-temps, et
que je ne risque point de mettre ici des choses
qui déplaisent à notre bienfaiteur ?... Ah ! mon
Amie, que nous devons le chérir ! Il nous rend
la vie que ceux qui nous l'avoient donnée,
nous avoient ôtée.

Que tu es aimable de me donner de bonnes
nouvelles de ma petite Gabriel-Sophie ! Ah !
mon Amie, c'est bien l'enfant de mon cœur,
comme celui de mon sang. Si tu savois combien de fois un songe favorable me l'offre en-
lacée dans nos bras ! nos lèvres la touchent

ensemble ; nous l'enveloppons de la vapeur
de nos haleines, comme elle naquit de celle
de notre amour : elle sourit à nos caresses.... O
mon Amie ! comme ma tendresse est centuplée
depuis que tu as donné l'être à un autre toi-
même, qui est aussi un autre moi-même !...
Sotte que tu es ! d'avoir été me dire qu'elle
me ressemble.... j'en ai une peur ! Mais non,
je n'en ai pas peur ; je suis sûr qu'elle ressemble à toi, tout-à-fait toi. Fussé-je beau comme
Adonis, je voudrois qu'elle te ressemblât uniquement.... Sais-tu ce qu'elle fera, la petite ?
(car elle aura tout plein d'esprit) elle prendra chez nous deux : chez toi , le teint, les
traits, le genre d'esprit, le caractère, les graces, les vertus : chez moi, la voix que j'avois,
quelques talens acquis, et le tendre, l'inexprimable, l'immortel amour qui brûle pour
toi dans mon sein : chez tous deux, le courage, la candeur, la générosité, la sensibilité : en un mot, la petite Gabriel-Sophie
prendra de sa mère tout ce qui est aimable et
bon, ses qualités et ses charmes ; et laissant
respectueusement les défauts de monsieur son
père, elle lui empruntera seulement ce qui
a plu à sa maman ; enfin sa devise sera le vers
qui semble avoir été fait pour ma Sophie :
Chirede in bel corpo anima bella.... Oui,

ma Fanfan, je me conserverai pour elle et
pour toi, tant que je serai sûr de ton existence, et qu'il me restera quelque espoir de
consacrer ma vie à tout ce que j'aime.... Ah!
tu n'es point inquiète de la fortune de ta fille,
si je ne suis pas mort civilement!...

   Sans examiner tes espérances et tes calculs,
ô mon Amour bien cher! je te prie seulement
de croire que je suis bien loin de vouloir t'as-
sombrir les objets.

   Moi, que je te reproche tes larmes! moi
qui les fais couler!... ah! Sophie! tu as bien
mal interprété ma dernière lettre; peut-être
aussi étoit-elle trop triste. Je souffrois, j'étois
pressé, et je doutois que tu eusses reçu les
mêmes consolations que moi, ce qui me na-
vroit le cœur. Tu vois qu'il s'est bien élargi
aujourd'hui. O mon Adoration bonne! puisse
le tien s'épanouir en lisant ce petit nombre de
lignes dictées par l'Amour, mais par l'Amour
enchaîné par la Prudence!

   Mon Amie, j'écrivois il n'y a pas long-
temps à propos de mon amour : « Orgueilleux
« philosophes! infortunés ambitieux! passionnés
« amateurs de sérieuses bagatelles! hommes,
« qui que vous soyez! osez me lancer ana-
« thême; si vous avez une ame, nommez-
« moi un bien, un objet plus digne de ma

« poursuite, plus propre à me conduire au
« bonheur, qu'un être qui pense et qui sent
« comme moi ; qui partage les mêmes idées,
« la même existence, les mêmes transports ;
« qui m'enlace de ses bras, et réchauffe mon
« cœur contre son cœur ; dont les voluptueuses
« caresses ont été suivies de l'existence d'un
« autre être semblable à l'un de nous, qui
« devoit croître sous nos yeux, sur notre sein,
« que nous aimerons de l'amour même le plus
« tendre après celui qui nous unit, dans le-
« quel nous nous verrons revivre, et dont la
« naissance a doublé nos sentimens et nos
« liens. Montrez-moi une passion plus noble,
« plus douce, plus juste, et même plus sainte,
« vû les circonstances, et je vous promets de
« lui obéir ; mais trouvez auparavant des rai-
« sons pour combattre à la fois la nature,
« l'honneur et l'amour....»

Voilà, madame Sophie-Gabriel, comment
je réponds à la laconique déclaration qui finit
ta lettre, où il y a deux grandes pages de
papier blanc.... Tu vois que je mets un terme
à mon amour ; ne t'en fâche pas, je t'en
prie.

GABRIEL.

A M. LE NOIR.

29 mars 1778.

JE reçois de vous une nouvelle grace, Monsieur; (car n'en est-ce point une que de m'obtenir justice de ceux qui ont tant de peine à me la faire?) et je vous en remercie bien sincèrement. Il ne s'est point trouvé de linge dans mes malles, sans doute parce que ceux qui les ont faites en avoient plus besoin que de livres; mais pour moi qui ne met point de comparaison entre ces deux sortes d'effets, je me trouverois beaucoup plus riche tout nud au milieu d'une bibliothèque, que couvert d'or et maître de tous les magasins de la compagnie des Indes sans livres. Ils seront l'unique agrément qui tempérera l'amertume de mon sort. Je n'ai plus ni projets littéraires, ni coloris, ni esprit. Ce présent de la nature, dont on se fait une si fausse idée, qui excite l'envie et n'en dédommage point, et semblable à la fleur brillante produite par le printemps, fleurit avec éclat, se fane et périt dans la même journée; ce présent de la nature, dis-je, m'a été plus funeste qu'utile, et les secousses de toute espèce, dont je suis presque renversé me l'ont tout-à-fait ôté : mais du moins il me reste la faculté et le besoin de m'occuper, et jamais faculté ne fut plus précieuse, ni besoin plus impérieux que ceux-là dans la situation où je suis.

Il se trouvoit avec mes malles une petite caisse qui contenoit deux moules de plâtre, l'un desquels représente *ma triste figure*. Toute agreste que soit cette effigie, elle feroit un grand plaisir à celle qui porte dans son cœur cette image, et aime de son ami jusqu'à sa laideur, parce que c'est une partie de lui. Daignez permettre que je lui fasse passer cette froide représentation du plus ardent des hommes. Ne trouverez-vous pas bon que j'y joigne quatre lignes d'envoi ? Hélas ! l'invention des lettres, dûe sans doute à un infortuné, est l'unique soulagement d'un ami captif. Jugez quand son amie n'est pas libre, et que c'est là son unique consolation ! Cette inappréciable faveur a nourri notre espoir, et non point assouvi nos désirs. Souffrez que nous trompions quelquefois l'absence ; que nos soupirs franchissent la distance des lieux et l'épaisseur de nos murs.

M. Boucher m'a dit que votre intention étoit de me faire rendre mes papiers aussi bien que mes livres ; mais j'avois pris la précaution de n'en pas laisser un seul dans mes malles. Ils sont tous *chez M. Brugnière;* et je voudrois recouvrer du moins ceux qui ne contiennent que des *travaux littéraires* ou des ouvrages commencés. Que les autres restent en dépôt chez les personnes qu'il vous plaira de nommer; j'y souscris avec joie, bien sûr que vous ne consentirez pas qu'ils tombent dans des mains capables d'en abuser.

J'ai l'honneur d'être avec une repectueuse reconnoissance, Monsieur, votre-très-humble et très-obéissant serviteur,

MIRABEAU fils.

A SOPHIE.

O MON Amie si tendre, quel bonheur inattendu! quel torrent de volupté coule dans mon sein! je reçois ta lettre : je la reçois au moment où je fermois celle où je la demandois. Elle est douce, elle est tendre, elle est aimable comme toi; elle me rassure sur la santé de tout ce qui m'est cher; ou du moins de tout ce qui m'est plus cher que le reste du monde: elle allume mon sang; mais c'est une chaleur vivifiante qu'elle y porte. Oui, chaque fois que Gabriel reconnoit ton caractère, chaque

fois qu'il lit les assurances de ton amour;
chaque fois que le toucher de ton haleine,
de tes mains, de tes yeux, peut-être aussi
celui de tes lèvres, empreint sur un papier
que je ne garde point, helas! assez long-temps,
mais que je jonche de baisers aussi long-temps
qu'il est en mon pouvoir; chaque fois que tous
ces trésors frappent mes regards, il me semble
que je puise à la source de la vie; que j'arrête
la faulx du temps; que je repousse au moins
pour quelque temps ces poisons dont l'infortune
voudroit m'abreuver.

Oh non, ma Sophie! non, tu n'as rien fait
qui me déplût. J'étois triste lorsque j'écrivis
la lettre qui t'a serré le cœur, parce que je
croyois m'apercevoir que tu n'avois pas reçu
les miennes, parce que je tremblois de n'en plus
recevoir des tiennes, parce que je sentois la
vie se retirer de mon cœur avec l'espoir. Tu
sais que mon esprit prend toujours la teinte
du sentiment qui m'agite; juge si mon style
devoit être assombri: mais, mon Amour si cher,
aucun mécontentement personnel à toi n'in-
fluoit sur la noire disposition de mon être. Ma
confiance n'a pas été altérée un instant, je
te le jure... O ma Sophie-Gabriel! c'est un
délicieux bonheur que d'avoir une amie charmante, et de jouir d'autant de sécurité que si

c'étoit une laide qui ne fût désirée de personne; et tu m'as fait connoître ce bonheur.
Helas! il en est un plus doux encore; c'est d'être
avec elle; et la privation de celui-là flétrit beaucoup les autres. Au reste, quand je dis *sécurité*,
fanfan, je n'exclus point la jalousie, mais *la
méfiance*. La méfiance, selon moi, déshonore
les deux amans. Pour cette inquiète passion
que j'appelle jalousie, qui n'est que la crainte
d'être aimé moins, je soutiens qu'il n'y a qu'un
foible amour qui en soit exempt. Ne crois donc
pas que j'en guérisse, ni que je m'en défende;
mais ne crains point que je conçoive jamais
ces odieux soupçons qui changent l'amour en
fiel, l'empoisonnent et flétrissent ses roses.

Tu me parois fort enthousiasmée de ton
cataplasme; à la bonne heure, mon amie! je
m'échauderai même pour te plaire, quand
l'occasion s'en présentera, mais le plus tard
que je pourrai; car tu ne veux pas que je sois
malade pour te donner l'honneur de ma gué-
rison; et dans ce moment, je me porte bien.
Les saignemens de nez que m'apportent les
approches du printemps, ne sont que l'excès
d'une *santé superflue*.

Mon amie si bonne, tu te sers d'un mot fort
impropre: tes joues ne sont point *grosses*, elles
sont potelées, et je les défends, s'il te plaît, voire

même quand il ne te plairoit pas, envers et contre tous. Engraisse, engraisse; peut-être un jour y mettra-t-on ordre; mais à présent, ma tendre amie, prends autant d'exercice que tu pourras, je te le demande en grace; et soigne ta santé; sur-tout dis-moi la vérité à cet égard comme à tous les autres.

O mon amie! qui sens si bien et qui t'exprimes si tendrement, il y a long-temps que je sais que tu n'as pas besoin des distractions ordinaires de ton sexe. Une femme incapable de réflexion peut trouver du soulagement dans la petitesse de ses vues, dans l'étourdissement qui lui fait oublier ses peines et user le temps. Absolument concentrée dans le tourbillon qui l'environne, si elle sent quelque trouble intérieur, pour y remédier elle augmente autant qu'elle peut l'agitation du tourbillon. Elle ne voit rien au-delà du présent, étouffe sa mémoire, et détourne les yeux de l'avenir. Mais Sophie, qui pense, qui médite, qui sent, ne connoît pas et redoute peu l'ennui. Peut-être, hélas! n'as-tu dans ton cœur que trop de moyens de t'en guérir. Au fond, je ne pourrois ni te conseiller ni te souhaiter des distractions; car on veut être constamment regretté de ce qu'on aime, quand on ne peut plus faire son bonheur: ce sentiment très déli-

cat , quoi qu'on en puisse dire , est dans la
nature une grande passion. S'il est un être
humain que son cœur inspire autrement , qu'il
ne se croie pas plus désintéressé que nous;
il n'est que moins amoureux. Helas! le goût
du plaisir est bien chassé de notre ame ; et il
n'y peut rentrer qu'en jaillissant du sein de
l'autre partie de nous-mêmes. Au reste , je ne
puis croire que cet amour exclusif nous ap-
pauvrisse. Ceux qui font leur unique occupation de ces plaisirs vains que tu persifles ,
n'en trouvent aucun qui les satisfasse : il suffit
de voir revenir tous ces prétendus voluptueux
de leurs parties , pour deviner que le plaisir
n'est pas pour ceux qui le cherchent hors du
sentiment, et que rien ne le remplace. O ma
Sophie ! te rappelles-tu ces jours de rigueur
où tu refusois de couronner mon amour, de
peur de le perdre ? L'amour , me disois-tu , l'a-
mour , soumis comme tout le reste à l'empire
de la nouveauté , émoussé par l'habitude , s'en-
dort sans volupté et périt de langueur au
sein de la jouissance. J'osai t'assurer que cette
opinion tant répétée n'étoit qu'une erreur;
que l'habitude augmentoit cette délicieuse
bienveillance appelée *amour ;* que tous les
faits contraires à ce principe ne prouvoient
rien , si ce n'est qu'on prenoit les émotions des

sens pour de la tendresse ; que l'habitude ne
tuoit l'imagination que dans les affections purement physiques ; que les qualités de l'ame
et de l'esprit, entretenoient toujours un feu
nouveau dans de beaux yeux....T'ai-je trompée?
ô mon amie ! Sans ces attraits durables, on est
inutilement belle : jeune sans amant, vieille
sans ami, envain on poursuit le plaisir avec
fureur ; il échappe, ou se flétrit dans la main
avide qui le mutile. Mais toutes ces femmes
citées dont on fait des exemples, sont précisément celles dont l'histoire ne prouve rien.
La toilette, les intrigues, les cartes, les spectacles, voilà le cercle de leur vie. Que peuvent
produire de telles occupations ? savent-elles
aimer ? savent-elles choisir ? de qui vois-tu ces
beautés galantes éprises ? de quelques fats qui
ne s'en occupent que pour les tromper, ou de
quelques novices qu'elles n'attrappent pas long-
temps. Faut-il s'étonner qu'elles vivent dans
le ridicule et meurent dans le mépris? Qui
nombreroit leurs folies, ne trouveroit pas
qu'elles méritent une autre récompense. Mais
celle qui, laissant aux femmes vaines l'envie
qu'elles ont d'éblouir, méprise les fats et dédaigne les sots, connoît un autre art que les
manèges de la coquetterie, sait toucher le
cœur, charmer l'esprit, s'élever avec douceur,

briller avec modestie, embellir sa raison par
son imagination, modérer son imagination par
des principes; cette femme adorable, que je
peins si ressemblante parce qu'elle est là sous
mes yeux, aura un ami sûr, un amant constant, et le temps la vengera des injustices
du sort et de la calomnie.

Mon amie! je t'assure que cette auguste mai-
son-ci est précisement un de ces lieux dont on
vante l'air, faute d'en pouvoir vanter autre
chose. Rassure-toi donc; l'air y est excellent;
et de plus, on y prend des précautions très-
recherchées contre les maladies épidémiques.
Aucune contagion malfaisante ne m'enlèvera,
je t'assure.

Quoi! tu croyois la neige exclusivement à
Pontarlier? Il me semble que tu dois n'en avoir
jamais tant vu qu'à Amsterdam; mais, helas!
il est bien vrai; il est trop vrai que la situation de l'ame change bien les objets.....

Oh! pour *mes beaux yeux*, je ne saurois
te les passer, quoique j'en aie ri comme un
fou. Cela m'a rappelé le signalement qu'une
belle dame de ta connoissance donnoit de
moi à quelqu'un chargé de me retrouver;
au chemin qu'elle prenoit, elle auroit bien pu
manquer son but. Je me disois à moi-même:
il faut que cette dame n'ait jamais lu la fable

qui nous raconte que l'aigle croqua un jour
de petits hiboux, ne pouvant se figurer que
des monstres si laids fussent les enfans dont
son cher ami lui avoit vanté la beauté. On
ne signale pas bien dans ta famille. Madame
de R. me peignoit assez mal, comme tu sais;
et quand elle m'eut vu, elle ajouta aux traits de
son tableau l'air d'un *paysan*, dont je n'ai pas
ouï dire que beaucoup d'autres qu'elle se fussent aperçus. Cette autre faiseuse de portraits
vouloit faire de moi un Adonis; et ne pouvant
pas trop déguiser la ciselure dont dame nature m'a orné, elle citoit de si *beaux yeux*,
qu'à les chercher sur mon visage tels qu'elle
les décrivoit, j'aurois fort bien pu ne pas me
reconnoître moi-même, si je n'eusse aidé à la
lettre : mais l'amour-propre, qui est un ingénieux interprète, m'aidoit et n'aidoit pas ceux
qui me cherchoient... Quoi qu'il en soit de mes
beaux yeux, je te prie de ne pas te moquer
de moi en parlant à moi, ou, si tu es de bonne
foi, de te taire pour ton honneur. Au reste,
j'aimerois bien mieux qu'ils fussent bons que
beaux; et ils deviennent si mauvais, que je
crains de les perdre. Le droit, toujours noyé
d'eau, pour peu qu'il s'applique, ne voit plus
qu'à travers un million de points noirs. Le
gauche est affoibli; et je compte demander un

oculiste pour le consulter sérieusement sur ces inquiétans symptômes. Fussé-je aveugle, je n'en aimerois ni plus ni moins ; mais avec tout cela, je ne ressemblerois pas à l'Amour. Il faut donc conserver ses yeux.

Mon bon Amour, demande du papier ; je suis sûr que l'on t'en accordera. Dans les maisons les plus sévères, on en donne en le comptant ; et assurément l'on ne nous traite pas avec sévérité. Tu aimes le travail et l'étude : il faut faire des notes et des extraits, quand on veut lire avec fruit. Je ne voudrois pas que tu négligeasses ton italien, ce charmant idiôme, si propre à exprimer l'amour.

Rassure-toi sur ton griffonnage. D'abord, au tumulte que la vue de ta lettre excite en moi, tu écrirois comme Coulon ou Rossignol, que je ne pourrois rien lire : je parcours, je baise, je savoure, et ne lis pas ; quand je suis un peu calmé, je devine ; je déchiffre ensuite, et je lis enfin. Il n'y a que tes larges lignes qui me déplaisent. Une de mes pages en tient beaucoup plus que n'en tiendroient quatre des tiennes. D'ailleurs, mon écriture est à peu près aussi illisible que la tienne vu la rapidité avec laquelle je cours, et l'application avec laquelle je serre.

O mon Amie ! je le sais, combien il t'a peu coûté

coûté le sacrifice de ces biens de convention si insuffisans pour le bonheur. Je sais combien peu tu la prisois, cette fortune, première cause de ton malheur, puisque, sans l'appât d'un riche douaire... Mais ne parlons point de cela : je dirai seulement que tu m'as fait de bien plus grands sacrifices, puisqu'il est trop généralement vrai que ton sexe place l'amour-propre dans l'hypocrisie. Quand c'est là l'hommage qu'on rend à l'honnêteté, il n'y a plus de ressource : la corruption a gagné le cœur ; l'imagination et les sens sont le foyer d'où s'élèvent continuellement les vapeurs fétides qui l'entretiennent ; et l'on finit par le plus honteux cynisme et l'effronterie la plus complète. O ma Sophie ! voilà où conduit la galanterie ; et c'est là cependant ce que l'on pardonne le plus aisément aux femmes ; et l'amour, l'amour si chaste et si pur, l'amour qui élève l'ame et asservit l'imagination et les sens, l'amour qui ne connoît de volupté que celle que le sentiment appelle, est proscrit comme une passion tumultueuse et destructive du bonheur.

Laisse, laisse prononcer ces blasphêmes aux dévotes qui ne le sont devenues que par le maléfice des années ; laisse-les calomnier l'amour. Les vaines apparences qu'elles appellent *piété*, sont des complimens qu'elles adr

Tome II. G

sent à la vertu : dans leur jeunesse elles l'ont
fait consister à bien cacher leurs intrigues ;
elles croient ensuite tout réparer par des mo-
meries, et sur-tout par une aigre sévérité ;
elles te damneront, parce que tu as un amant,
tandis que le reste de ton sexe te traitera de
romanesque ou de folle : car cela revient au
même dans le langage commun. Ces êtres
pétris de petitesses et de perfidies, en tout
ce qu'engendre cet intérêt de rivalité qui
est leur première et leur unique passion, te
prendront en pitié ; mais les ames sensibles et
les esprits éclairés, qui savent que le sentiment
n'est jamais lascif, *que la pudeur a sa fausseté et le baiser son innocence*, tout en plai-
gnant les premiers excès de ta passion, te
loueront, t'estimeront, te respecteront d'avoir
honoré ton choix, et justifié ta conduite par
ta persévérance ; verseront une larme, sur
notre sort, et feront des vœux pour nous.

Pourquoi donc, mon amie, pourquoi donc
ta Gabriel Sophie est-elle délicate ? tu es si
saine et si vigoureuse ! Hélas ! elle a crû au
milieu des orages. Ne me cache jamais rien
sur son compte, je te le demande en grace ;
car si je soupçonnois ta véracité à ce sujet,
ou sur celui de ta santé, je n'aurois pas
un moment de repos. Elle est bientôt assez

âgée pour qu'on la règle. Alors le lait sera
plus élaboré et mieux substantiel; et elle en
rejettera moins. Au reste, cette avidité et cette
évacuation est commune à tous les enfans.
J'aurois mille choses à te dire sur cet important sujet; car j'en avois fait une étude profonde, lorsqu'il me naquit un fils. Mais hélas!
tu n'es pas à même d'y veiller, et je sais trop
qu'on n'obtient rien des nourrices. Ce seul
mot de *démailloter*, qui me prouve qu'elle
est *emmaillotée*, m'apprend assez que l'on ne
suit point avec elle la moindre partie d'un
système raisonnable. Qu'y faire? patienter et
espérer. La nature sauve, malgré nos sottises,
tant d'enfans, que nous pouvons croire qu'elle
sera du nombre.... Oh! si tu savois tout ce
qui me passe par la tête tout le long du jour
pour cet enfant, cet enfant chéri! j'en raf-
folle; je ne pense jamais à toi sans penser à
elle; ce qui, dans d'autres termes, veut dire
qu'il n'est pas un moment où vous ne soyez
toutes deux dans mes yeux et mon imagination, comme vous êtes à jamais dans mon
cœur. Tu rirois trop si tu savois sous combien
de formes je me représente ce charmant enfant, et quel portrait je m'en fais; en vérité
c'est ta rivale.... ah! tu a pris le moyen d'en
avoir une. Elle est là, devant mes yeux, dans

G ij

ma tête, dans mon ame. Je m'entretiens avec
moi-même, de son esprit, de sa figure, de
son inoculation.... que sais-je moi ? j'anti-
cipe en tous les sens sur l'avenir. Mon imagination délirante franchit tous les espaces,
tous les obstacles; je projette continuellement,
et bâtissant de suppositions en suppositions,
j'élève l'édifice d'un bonheur, hélas ! non
moins imaginaire que séduisant, et dont il
ne dépend pas même de nous de jeter les
premiers fondemens. O amour ! père des illusions, hâte-toi d'en réaliser quelques unes!...

Tu me fais une question bizarre : *Comment
je me trouve ici ?* Je commencerai par te dire
fort sérieusement, qu'on a autant de bontés pour
moi qu'on peut en avoir, vu les circonstances et
la règle de la maison. Quant au reste, je te
répondrai par une pasquinade; car comment
veux-tu que je te réponde autrement ? Les
prisonniers de Londres chantent pour se dé-
sennuyer. « Alexandre étoit prisonnier au milieu de l'univers; le roi d'Angleterre l'est dans
son île, le sultan dans son sérail, le moine
dans sa cellule, le savant dans son cabinet,
le seigneur dans sa voiture, le marchand
dans sa boutique; tous les hommes enfin sont
prisonniers, et la terre entière une vaste prison.» Tu vois qu'il y a manière d'égayer tous

les sujets; mais j'avoue que de tous les prisonniers, nous sommes les plus prisonniers:
Ma tendre et bonne Amie, tranquillise-toi un
peu sur mon sort; il est et sera très-tolérable,
tant que je recevrai de tes nouvelles. Tu te
demandes trop souvent dans l'amertume de
ton cœur: *Hélas! qu'a donc fait mon Gabriel*
pour être si malheureux? et tu ne te comprends pas dans cette question, quoique tu
sois bien plus innocente que moi. Mais non,
Sophie, il faut tâcher de se persuader, malgré les préjugés de l'orgueil et les pieuses rêveries dont on nous a bercés, qu'il importe
fort peu à la nature que tel ou tel individu
soit malheureux, souffrant ou détruit, pourvu que les espèces se conservent. Nous avons
reçu d'elle la vie sans savoir ni comment,
ni pourquoi; nous la perdrons de même, et
nous ne saurons pas davantage pourquoi cette
carrière est si hérissée de rocs, quoique nous
ne méritions pas un chemin aussi raboteux.
Je sais bien que cela ne console pas, ô ma trop
aimable Amie! mais cela doit arrêter nos inutiles murmures. La fin de notre être, de nos
passions, de nos actions, nous est à jamais inconnue; mais je réponds bien de l'emploi du mien
tant qu'un souffle l'animera; ce sera de t'adorer.

Mon Amie, il est certain que ta mère a eu

des torts , et de très-grands torts avec nous;
mais ne te refuses point à son cœur s'il pa-
roîssoit se rouvrir. Elle a fait un faux calcul ,
et perdu la tête; elle peut la retrouver. Pour
tout ce qui m'est personnel, je te voudrois
autant de philosophie que j'en ai moi-même.
Hélas! le ressentiment ne répare rien. Madame
de R... trouve avec raison que je lui ai fait
un grand tort : elle n'a pas le courage de
s'avouer à elle-même qu'elle m'y a forcé.
Elle me haït : à la bonne heure ! cela n'est
pas fort singulier, et je le lui pardonne du plus
profond de mon cœur , pourvu qu'elle ne
haïsse que moi. Je te prie qu'il soit le moins
possible question de moi entre vous , et que
dans tout ce que tu peux accorder , promettre
et tenir, l'humeur et les tristes souvenirs ne
te rendent point âpre et difficile.

Je crois que tu te vantes, orgueilleuse Sophie , quand tu parles du *bonheur de tes rê-
ves*. La nature ne t'a pas donné au même degré toutes les sensibilités , quoique cependant elle ne t'en ait refusé aucune ; et bien
que tes sens ne soient pas indignes de ton
cœur, ils sont bien loin de lui être propor-
tionnés. Sais-tu à quoi j'attribue cette inégalité qui m'a quelquefois presque attristé ?
L'humeur, ce premier ressort des mouvemens

de l'ame, est si égale en toi, qu'il faut bien que ton sang soit très modéré. Cependant, pourquoi tes affections sont-elles si énergiques ? N'est-ce donc pas aussi le cours du sang qui les produit? Ton cœur est pénétré de tendresse et de passion, et tes sensations sont, sinon froides, du moins tièdes.... La nature ne peut rien faire de complet, chère Sophie ! elle s'est épuisée à former ton ame, et n'avoit plus le même feu quand elle a fait tes sens.... Au reste, c'est presque un bonheur; mais ne te fais pas valoir, et ne prétends, je te prie, qu'à partager mes sentimens et non mes sensations.

Ma bonne Amie, je n'aime plus du tout la guerre, à moins qu'elle me fasse sortir d'ici. Ceux qui me connoissent ne croiront pas que l'amour m'ait rendu poltron. Oh! non, pas poltron; mais on ne sauroit moins ambitieux; et à raisonner de bonne foi et de sang froid, quoi de plus fou au monde que la fureur guerroyante ?... O ma Fanfan ! que ne fait-on des hommes, et sur-tout des heureux, au lieu d'en tuer? Tu esbien de mon avis, chère et pacifique Amie, et tu ne souhaites du mal qu'aux traîtres et aux persécuteurs. Mais ma Sophie n'est pas poltronne non plus, quoique si douce; et notre fille sera toute brave.

G iv

Je veux qu'elle monte à cheval, qu'elle aille à la chasse, qu'elle manie nos armes, enfin qu'elle réunisse aux charmes de son sexe les avantages du nôtre ; mais il ne faut pas que cela la rende *homasse*, car cette affectation dépare tout. Il faut qu'ainsi que toi, elle soit homme et paroisse femme. L'ame n'a point de sexe, mais le corps en a un; et l'une ne doit pas empiéter sur les droits de l'autre. Ma Sophie-Gabriel, si charmante et si bonne, si courageuse et si douce, j'ai bien sincèrement admiré ta fermeté, j'adore ta résolution, et ton mépris pour les préjugés de ton sexe et même du nôtre : mais aussi, combien ta charmante ingénuité, tes graces naïves, et jusqu'à ces riens délicieux qui seroient ridicules dans nous autres hommes et qui embellissent les femmes, combien ils m'ont rendu heureux!... Ah! Sophie! Sophie-Gabriel! il n'appartenoit qu'à toi de donner à la fois à ton amant la maîtresse la plus aimable, l'amie la plus sûre, la compagne la plus utile. Toi seule pouvois réunir la fermeté et le dévouement d'un homme, aux délicates tendresses d'une femme; les fruits les plus savoureux de l'amitié, aux fleurs les plus suaves de l'amour.

Je dis trop de bien de toi : apparemment que j'en pense trop aussi ; car assurément je ne dis que ce que je pense. Quoi qu'il en soit, je ne sais si je dors ou si je veille ; mais c'est un beau songe : il sera long, et je tremblerois si je pouvois craindre le réveil ; car rien ne peut remplacer une erreur si chère.

Bonne, Bonne, je voudrois que tu fisses raser de très-bonne heure ta fille : les raisons seroient trop longues à déduire ; mais c'est une chose très-salutaire, et tu sais que je ne suis pas savant en recettes de *bonne-femme* ; mais ne fût-ce que pour lui faire avoir de beaux cheveux, ce seroit bien assez. Je sais bien que les savans assurent qu'il faut être chauve pour avoir beaucoup d'esprit ; ils attestent l'antiquité dont la plupart des grands personnages étoient ainsi. Ils cherchent aussi dans l'histoire moderne force exemples de têtes pelées et fort illustres ; mais peu m'importe le génie de ma fille, pourvu qu'elle ait un cœur ; et je l'aimerai mieux un peu plus jolie et un peu moins savante. Au reste, il y a des raisons de santé plus sérieuses que l'intérêt de la chevelure, qui rendent cette pratique recommandable.

Oh ! oui, mon Amie, j'exprime ma reconnoissance de mon mieux à notre bienfaiteur, et je cautionne bien la tienne. Hélas ! que fussions-nous devenus, s'il n'eût pas été sen-

sible? Toi qui sais de quelle flamme mon cœur
est formé , puisque tu lui donnas la vie ,
imagine dans quel état étoit ton Gabriel, lorsqu'il ignoroit ta vie ou ta mort, ta délivrance
ou tes souffrances.... Ah ! je rongeois mes
fers, et j'invoquois la mort sans oser me la
donner , de peur d'élever une barrière éternelle entre moi et le bonheur , dont le retour n'étoit pas encore impossible.... Mais
aurois-je pu soutenir cet état violent que l'a-
mour nourrissoit , que le temps , l'esprit , l'i-
magination, la vivacité ne faisoient qu'aggra-
ver?... Que dis-je? la raison même en aigui-
soit la pointe, et c'étoit mon devoir de me
désespérer.

Tu veux savoir à quoi je travaille? A beaucoup de choses: mais en vérité la facilité et le
coloris m'ont presque absolument abandonné.
J'ai traduit pour toi *les Baisers de Jean Se-*
cond, que le bel-esprit Dorat n'a pas très-bien
imités. J'avois commencé un très-grand travail pour mon fils , que je comptois laisser
comme un monument de ce que j'eusse voulu
faire pour son instruction si j'avois vécu avec
lui; mais les matériaux nécessaires me man-
quent absolument, et j'ai été obligé de le laisser. J'ai mis en dialogues une histoire qui t'intéresse; et cette forme, qui m'a permis des

discussions, les rend un manifeste important pour nous. C'est ce que j'ai fait ici de moins mauvais, parce que le sujet a soutenu ma verve. Si la mort t'enlevoit ton ami, cet essai prouveroit du moins que son cœur fut honnête, et ses ennemis très-méchans : j'ai cru devoir cette justification à ton amour: au reste, il n'y est question de moi que relativement à toi. J'ai ébauché un essai sur la tolérance civile, d'où il pourroit sortir un bon ouvrage; il y a des vues et de l'énergie : ce morceau et un discours sur un autre sujet, forment un supplément à mon essai sur le despotisme, fruit trop hâté de la jeunesse, où il y a des idées et des principes, mais rien de rangé ni de complet. Je me repens d'avoir mutilé un si beau sujet; et si je meurs ici, si je n'ai ni le temps ni la force d'écrire en grand et comme je la méditois l'histoire du despotisme, le plus bel ouvrage qui reste à faire, on trouvera du moins dans mes papiers la preuve que ce n'est ni par ignorance, ni par pusillanimité, mais seulement par hâte et négligence, que je n'ai rien dit du despotisme sacerdotal. Quant à Tibulle, Catulle et Properce, que je comptois te traduire, je ne les ai point, et je tâcherai de me les procurer. La traduction que tu as lue des deux premiers est de M. de Pezai,

qui a surement plus d'esprit et de talens que
moi, mais qui est beaucoup moins amoureux ;
et c'est l'amour qui doit traduire Tibulle.
Quant au moment présent, j'ai entrepris aussi
pour toi un très-grand travail, peut-être au-
dessus de mes forces ; c'est la traduction d'Homère, d'après Homère, mais plus encore
d'après la magnifique traduction que Pope en
a faite en vers anglois. C'est un chef-d'œuvre
où Homère est fort embelli, quoi qu'en disent
les fanatiques adorateurs de l'antiquité. Si l'on
n'y trouve point d'inconvéniens, je te ferai
passer son Iliade, livre par livre. Demande
aussi si tu peux recevoir les Baisers de Jean
Second ; alors je travaillerois à Tibulle ; mais
n'oublie pas qu'il ne faut point être importun,
et que la discrétion fait partie de la reconnoissance. Tu t'étonnes que je travaille à tant
de traductions ; mais que veux-tu que je fasse
ici, où je n'ai point de matériaux ni de secours
littéraires ? D'ailleurs, comme je te les destine, l'intention m'en est chère ; et cela me
soutient. J'ai ébauché aussi une tragédie, mais
qui probablement sera jetée au feu avant de pouvoir paroître au jour : elle sent un peu trop le
vieil homme ; le sujet est trop tragique, et
les pinceaux trop sombres. Si tu te rappelles
que j'ai été presque toujours malade, et huit

mois entiers brisé de douleurs, tu trouveras
que je n'ai pas perdu mon temps. Je te tra-
duirai le divin Richardson, si je puis me le
procurer, et tout ce que M. de la Place a
eu l'insolence de mutiler dans le Tom-Jones
de Fielding. Ce sont des morceaux charmans
dont il lui a plu de priver ses lecteurs.

Je ne sais, madame Sophie, si tu trouveras
que ma *fierté* est mal placée aujourd'hui ; mais
je sais bien que cette feuille contient plus
d'écriture que je n'en trouverai dans dix de
tes lettres. J'espère, j'ose espérer, et c'est
avec une reconnoissance aussi vive que mon
desir, que j'en recevrai encore, et qu'elles me
donneront de temps à autre des nouvelles
sûres de ma Sophie-Gabriel et de mon précieux enfant.... Ah! si elle étoit dans tes bras,
tu l'embrasserois souvent pour son père ; tu
lui dirois de m'aimer, et elle m'aimeroit ;
car tu me peindrois bien aimable à ses yeux,
et si aimable, qu'en me voyant la petite créature diroit surement : *Quoi ! ce n'est que
cela? par ma foi maman est bien bonne!* ...
Je t'y attends : va, sois aimée seulement la
moitié autant que j'aime ta mère, et nous
verrons si cela ne bouchera pas à tes yeux
bien des trous de petite vérole.... O ma Sophie! tu embellis l'ame et l'esprit de ton Ga-

briel , et quelquefois même aussi ses traits,
au gré de ton imagination et de ton cœur.
Mon amour, et sur-tout le tien, sont le voile
qui cache mes défauts sans nombre. Je souris
de ton enthousiasme ; je le prise infiniment,
comme une preuve irrécusable de ta tendresse ;
mais je ne m'en juge pas moins comme je
le dois. Ah! je suis sûr du moins de ne t'a-
voir jamais induite en erreur sur mon propre
compte , de n'avoir déguisé aucun de mes
défauts , aucun de mes sentimens, aucune
de mes pensées. Tu ne m'accuseras jamais
d'avoir voulu te paroître un autre que je suis;
mais j'espère bien , ô mon Amie bonne ! que
tu ne t'apercevras pas même de ta prévention,
parce que l'amour qui te l'a donnée l'entre-
tiendra toujours. La véritable base d'une passion durable ne te manque pas : tu estimes
ce que tu aimes. J'ose croire le mériter : mes
défauts appartiennent à mon esprit ou à mon
humeur ; mes bonnes qualités sont à mon
cœur. C'est ce cœur qui te touche : c'est ma
sensibilité , ma droiture et mon dévouement
qui ont fait ta conquête ; ce sont eux qui
ont achevé mon bonheur. Et ces charmes-là,
les seules dignes de toi , durent toujours et ne
se flétrissent jamais. Adieu, mon Tout. Adieu,
ma Vie. Adieu , ma Sophie-Gabriel. Hélas!
adieu.   GABRIEL.

A M. LE NOIR.

1 avril 1778.

UNE des choses que je crains le plus, Monsieur, c'est d'être importun, sur-tout à ceux dont j'ai reçu des graces; car la discrétion fait, ce me semble, partie de la reconnoissance. Vous m'avez accordé des choses si précieuses, qu'il me paroîtroit presque aussi indécent, qu'il seroit en effet mal-adroit, d'insister sur des demandes moins intéressantes, quoiqu'elles le soient beaucoup. De ce nombre est la prière que j'ai osé vous adresser, pour qu'un masque de plâtre, qui m'est arrivé avec mes malles, fût remis à madame de Monnier, à qui il auroit fait un très-grand plaisir. On m'a dit que ce n'étoit pas votre intention, et je cesse d'en parler; mais j'espère que vous permettrez qu'on me laisse le buste de mon amie. Il est mutilé, et mal ébauché; n'importe : l'intention seule m'en est chère; et je ne crois pas qu'il y ait aucun inconvénient à ce que j'en jouisse. Personne au monde, dont on puisse craindre des indiscrétions, ne me voit. Mon porte-clef ne saura point ce que c'est que ce buste, et s'en inquiétera fort peu : c'est là le seul humain qui sache ce qui meuble mon cachot.

Je prends la liberté de joindre ici une brochure que madame de Monnier m'avoit fait demander par M. Brugnière, et que je n'avois point alors. C'est une des bagatelles qui me délassoient à Amsterdam d'un travail plus sérieux. Mon amie garde ou recherche précieusement tout ce qui est échappé à ma plume, et ce désir innocent sera à peu près satisfait, si vous voulez bien permettre que cette petite pièce lui parvienne : je crois qu'elle a presque tout le reste de ces bagatelles, qui n'ont d'autre prix que celui que leur donne sa tendrese.

Je vous avoue, Monsieur, que j'ai des raisons très-fortes pour désirer que tous mes papiers soient entre vos mains. M. Brugnière a cinq paquets cachetés de mon chiffre. J'espère que vous permettrez qu'on me livre ceux qui n'ont de rapport qu'à mes études.

Mon plus grand regret dans la proscription de mon buste, c'est de perdre l'occasion d'un billet d'envoi ; et un seul mot, si vous daigniez le dire, pourroit m'en consoler ; car on peut écrire sans rien envoyer. Je l'attends, je ne dirai pas sans impatience ; mais je dirai avec une grande confiance dans votre bonté naturelle, une profonde gratitude pour vos bienfaits,

bienfaits, et une parfaite soumission à vos volontés que je croirai toujours ou équitables et douces, ou forcées.

J'ai l'honneur d'être avec un dévouement respectueux, Monsieur, votre très-humble et très-obéissant serviteur,

MIRABEAU fils.

A M. LE NOIR.

5 avril 1778.

J'AI les bustes que je désirois, Monsieur, et c'est un nouveau remercîment que je vous dois. Le ciseau, le burin, le pinceau, et la plume même que guide le génie, ont beau s'efforcer; les uns ne sauvent de l'oubli que quelques traits, et l'autre ne conserve le souvenir que d'un simple nom. Le cœur est un dépôt plus vaste : il réchauffe la mémoire des vertus et la rend un sentiment : il renferme et nourrit les affections les plus tendres et la reconnoissance des bienfaits. Tout cela durera-t-il plus que lui? En vérité je l'ignore, et beaucoup d'autres l'ignorent aussi ; ce que je sais bien, c'est qu'aussi long-temps que le mien animera mon être, vous y serez ineffaçablement gravé.

Je finis, Monsieur, en vous suppliant de

vous rappeler que ceux qui aiment véritablement, sont d'autant plus avides qu'ils obtiennent davantage, ce qui ne doit certainement pas donner envie de leur accorder moins;
car c'est précisément la vérité et l'énergie de
la passion qui intéresse en sa faveur; et l'a-
mour nu, mais décent, plaît à la pudeur
même.

J'ai l'honneur d'être avec une reconnoissance respectueuse, Monsieur, votre très-
humble et très-obéissant serviteur,

MIRABEAU fils.

Je fermois cette lettre, Monsieur, lorsque
j'ai reçu celle de mon amie. Les larmes d'une
reconnoissance bien pure et bien vive se sont
mêlées à celles de l'attendrissement et de la
joie. Je laisse partir ma lettre telle qu'elle
étoit, pour vous montrer que je sens chacun
de vos bienfaits. Mon cœur nage dans le plaisir; mais ma lettre à mon amie a épuisé mes
forces. Elle vous apprendra mieux que je ne
pourrois l'exprimer, le bien que vous m'avez
fait, et la gratitude dont je suis pénétré...
Je vous supplie qu'elle lui soit remise. Si,
malgré toute mon attention, quelque expression indiscrète m'étoit échappée, qu'un trait
de plume la proscrive, sans priver mon amie

du reste..... Mais n'éprouvé-je pas chaque jour que votre bonté devine et accorde ce que je demande en tremblant ?

A M. LE NOIR.

12 avril 1778.

J'AI tout le temps ici, Monsieur, de sonder le plus intérieur de mon ame ; et portant mes regards sur la longue carrière que j'ai fournie, quoique assez jeune, je me fais justice à moi et aux autres : oui, j'en ai le pouvoir et le courage.

Une phrase de la dernière lettre de mon amie, qui renferme une observation aussi profonde que le sentiment qu'elle exprime est tendre, m'a donné beaucoup à penser. *C'est le père,* me dit-elle, *qu'on aime dans ses enfans....* Oui, plus je m'examine, et plus je m'en convaincs : on aime dans son enfant l'être qui lui donna le jour, et l'affection particulière à l'enfant est proportionnée à ce sentiment primitif : j'en pourrois donner mille raisons. Ce penchant impérieux est naturel, et n'est point injuste ; mais au-delà d'un certain point, il le deviendroit. En méditant sur les limites qu'on doit lui donner, pour qu'il n'en

H ij

résulte pas des préférences dénaturées, je me suis sévèrement interrogé. J'ai deux enfans : l'un doit le jour à une mère que j'oublie pour son propre intérêt, et qui n'a aucuns droits à réclamer sur moi. L'autre est née dans les flancs d'une femme que j'idolâtre, qui m'enchaîne par tous les liens de la tendresse, de l'estime et de la reconnoissance. Il est bien difficile, il est impossible même que je n'aime pas ma fille plus que mon fils. Cependant ce fils n'a et ne peut avoir aucuns torts envers moi : je le crois vraiment mien ; je dois le chérir, et je le chéris. Mais chaque jour, chaque instant offre ma fille à mon imagination ; et je suis forcé de m'avouer à moi-même que le souvenir de mon fils m'obsède beaucoup moins. Après tout, puisqu'on ne daigne pas m'en donner des nouvelles, je suis heureux que mon inquiétude à son sujet soit modérée. J'ai sacrifié jusqu'ici le désir de m'informer de lui à une répugnance trop juste. Ce n'est pas ce qu'il y a de moins cruel dans ma position, que d'être obligé de demander quelque chose à une femme que je méprise, que je haïrois, si je savois haïr ; qui, me devant tout, est un de mes ennemis les plus acharnés ; et dont la perfide duplicité (je n'exagère rien, Monsieur,) m'a plus fait de mal que

les manœuvres de tous mes autres persécuteurs réunis... N'importe : il ne faut pas sacrifier l'amour paternel, ou du moins sa sollicitude, à une répugnance, quelque fondée
qu'elle puisse être. Cette femme n'est plus
mon épouse ; mais son fils est mon fils : ainsi je
romps le silence , quoi qu'il m'en puisse coûter.

Je crois la lettre que je lui adresse, sage
et modérée, et je vous supplie de la lui faire
passer. Je suis bien sûr de ne produire aucun
effet sur une ame gangrenée et familiarisée
avec les remords. Ce seroit le plus grand de
tous les efforts sur moi-même que de le désirer, et je ne me flatte pas d'en être capable ;
mais je ne serai point mis à une telle épreuve.
Tout ce que je veux, ce sont des nouvelles de
mon fils ; et j'imagine que madame de Mirabeau
n'osera point m'en refuser, quand elle réfléchira
qu'elle n'est pas la seule dont ma lettre aura
été vue. Au reste, mon parti est pris : si elle ne
répond point , je m'adresserai au Roi , que
je veux croire le père de tous les Français.
Je lui demanderai si l'honnêteté de son cœur
lui permet de souffrir de telles rigueurs, que
sa délicatesse l'empêche sans doute de présumer. Je lui montrerai quels êtres prostituent
sa signature pour opprimer un malheureux
jeune homme qui n'a pu ni mériter ni démé-

H iij

riter de lui, et qui brûle de le servir; je lui dévoilerai les odieux succès que les plus viles passions recueillent à l'ombre de son nom. Soustraira-t-on ce que j'oserai lui adresser? Je ne soupçonne point une telle prévarication, qui seroit un aveu formel qu'on craint que la vérité ne perce; car enfin je ne crois pas être en démence, et tout sujet, puisque sujet est, a droit de s'adresser à son maître. Me taxera-t-on d'imposture? Cette calomnie seroit d'autant plus atroce, que loin de me réfuter, on ne m'a pas même écouté. Quoi qu'il en soit, si cette voie m'est fermée, comme me le sont toutes celles qui ne dépendent pas immédiatement de vous, sans doute je n'aurai plus rien à dire; car un homme à qui l'on met un bâillon est aussi muet que celui qui n'auroit point de langue, et je ne connois point de remède contre l'impossibilité; mais avant d'y croire, je dois et je veux faire toutes les épreuves.

Pour vous, Monsieur, dont je recherche l'estime, parce que je révère votre bonté, parce que j'ai la plus haute opinion de la sensibilité de votre ame, daignez lire la lettre courte, mais substantielle, que j'écris à madame de Mirabeau. Il vous sera aisé de deviner une partie des choses que je ne lui dis pas; et si vous voulez connoître à fond ma conduite à son égard, et nos procédés réciproques, je donnerai à vous, mais à vous seul, des éclaircissemens qui vous apprendront de quel complot je suis la victime, et par quelles machinations on a opéré ma ruine.

J'ai l'honneur d'être avec un dévouement respectueux, Monsieur, votre très - humble et très obéissant serviteur,

MIRABEAU fils.

Permettez que je vous rappelle mes papiers qui sont entre les mains de M. Brugnières.

A MADAME LA COMTESSE

DE MIRABEAU,

à Aix.

13 avril 1778.

JE prends la plume pour vous adresser, Madame, un petit nombre d'observations que je vais vous offrir avec autant de modération que de simplicité.

Je ne sais si vous avez réfléchi un peu profondément sur votre conduite envers moi; je ne sais si vous en avez envisagé les suites, sinon certaines, sinon probables, du moins

H iv

possibles , sur-tout si je suis tel qu'on s'est
efforcé de le persuader; je ne sais si , en rentrant dans vous-même , en vous interrogeant
de bonne foi dans le silence des passions et des
préventions , en écartant les illusions de l'esprit , peut-être aussi celles de la conscience;
en mettant à part les opinions contractées par
habitude , ou adoptées par commodité; je
ne sais, dis-je, si vous vous croyez assez de
vertus pour me trouver des crimes. Mais quoi
qu'il en puisse être, je vous ferai une seule
question qui, dans toutes les suppositions, me
paroît n'être susceptible que d'une réponse.

Si quelqu'une de vos amies avoit des relations de parenté avec un homme soustrait au
commerce des humains , condamné à la privation la plus entière de toute correspondance, et dont le fils fût auprès d'elle , sans
qu'aucun autre en pût donner des nouvelles
à ce malheureux père ; que conseilleriez-vous
à votre amie ? Ne lui diriez-vous pas qu'elle
doit, je ne dis point à la parenté, je dis à
la simple humanité d'adoucir au moins à cet
égard le sort de l'infortuné captif, et de modérer l'une de ses plus vives inquiétudes? Mais
si cet homme avoit partagé pendant deux ans
le lit de votre amie, si son fils étoit né dans
ses flancs , si elle portoit son nom , si le lien

le plus sacré qui puisse unir deux êtres pen-
sans les avoit attachés l'un à l'autre, croyez-
vous qu'il eût moins de droits sur elle?...Cette
femme est vous, Madame ; cet homme est
moi : et je vous laisse le soin de répondre à
ma question , qui ne seroit pas difficile à ré-
soudre , pas même chez les Iroquois et les
Caraïbes.

Vous m'avez écrit dans un bulletin , daté
du vingt-neuf septembre mil sept cent soixante et dix sept, *que M. le comte de Mi-*
rabeau seroit exactement informé des pro-
grès que feroit son fils. Si vous n'avez pas
entendu par ce mot *progrès* les trois périodes
de la vie humaine , l'enfance, l'adolescence,
et la virilité , il me semble , Madame, qu'a-
près sept mois de silence, il seroit presque
temps de m'apprendre si mon enfant existe.
Vous ne devez pas me trouver importun, et
je le serois moins encore, si je pouvois m'a-
dresser à un autre ; mais, Madame, cela m'est
absolument interdit. Si vous avez beaucoup
de répugnance à prendre la plume pour m'é-
crire quelques lignes, ne pourriez-vous pas
dicter un bulletin pareil à celui du 29 septembre ? cela vous coûteroit peu de peine et
peu de temps. Votre fils est mon fils, Madame. Il est possible qu'il ne connoisse ja-

mais son père ; mais n'en devez-vous pas à celui-ci quelque compte? J'espère que vous n'alléguerez point, cette fois, des ordres de monsieur de Marignane. Je connois la bonté de son cœur et ses procédés, quand il n'écoute que lui. D'ailleurs, il a trop de lumières pour ne pas savoir que cette défense, aussi bien que toute autre relative à moi, excède ses droits. Madame, je ne veux de pitié de personne, et je serois fort content d'obtenir justice de ceux-là même qui me doivent infiniment plus; mais je dis, sans exagération et sans humeur, qu'il y a de l'inhumanité à me refuser des nouvelles de mon fils.

J'ai l'honneur d'être, Madame, votre très-humble et très-obéissant serviteur,

MIRABEAU fils.

A M. LE NOIR.

1 mai 1778.

J'AI l'honneur de vous adresser, Monsieur, des lettres que je n'envoie point sans quelque crainte. Dépourvu de conseil, aiguillonné par l'amour si naturel et si pressant de la liberté, que l'habitude de l'esclavage ne sauroit affoiblir dans un cœur honnête; pressé par des sentimens plus énergiques encore, s'il est possible; obsédé des idées sinistres que la connoissance parfaite des projets, des craintes et des desirs de mes ennemis me présente en foule, je hasarde peut-être trop; mais que peut-il m'arriver de pis que ma situation présente? Si l'on veut m'opprimer tout-à-fait, puis-je éviter mon sort? et n'est-il pas déja consommé? Malgré de nombreuses expériences, je ne saurois encore imaginer qu'on puisse faire le mal sans intérêt, et en voyant qu'on fait mal. Je n'ai jamais offensé monsieur de Maurepas. Je n'ai pas plus le pouvoir que la volonté de lui nuire. Il ne peut donc avoir aucune animosité personnelle contre moi. Pourquoi me refuseroit-il toute justice? J'ai de quoi dessiller les yeux les plus prévenus, pourvu que leur prévention soit de bonne foi. Jusqu'ici je n'ai touché qu'indirectement la partie la plus essentielle de ma défense. En vain je sentois la nécessité de dévoiler les intrigues et les vues de ceux qui s'acharnent contre moi, et sur-tout de montrer les ressorts qui les font mouvoir; je reculois toujours: j'aurois voulu éviter, s'il eût été possible, de rendre impraticable une reconciliation au moins apparente; mais je suis enfin convaincu de ce que j'ai toujours fortement soupçonné.

On ne veut mettre d'autre terme à ma prison
que celui de ma vie ; et cela, de peur de mes
vengeances , autant que par la haine enve-
nimée que l'on me porte. Les précautions
odieuses et ridicules que mon père a prises
pour soustraire mes papiers , ou du moins pour
empêcher que ceux qu'il n'a pu enlever,
tombassent entre mes mains , prouveroient
assez à quiconque voudroit réfléchir sérieusement sur sa conduite, qu'il m'attaque par des
impostures dont j'ai la démonstration , ou qu'il
craint pour lui et ses protégées , des récrimi-
nations capables de changer la face de mes
affaires. Ces deux choses sont également vraies ;
mais je connoissois trop bien les intentions de
mon père , et ce dont lui et ses conseillers
étoient capables , pour porter avec moi des
papiers importans dans le temps que je me
savois suivi d'un inspecteur de police , et exposé à être enlevé chaque jour. Il est temps
de lever le masque , et puisque l'on m'attaque à outrance , de me défendre de même. La
défense de soi-même est de premier devoir,
et j'avoue que l'orgueil de mes ennemis m'irrite autant que leur implacable dureté m'indigne. J'use donc, Monsieur, de la seule ressource qui me reste ; et je contrains monsieur
de Maurepas à m'entendre, ou à convenir ta-

citement que j'ai raison, mais qu'il ne veut pas que j'aie raison ; car cet aveu, ou le refus de recevoir les explications que j'offre, sont absolument synonymes.

Voici, Monsieur, quel est mon vrai dessein ; car j'ai peu d'espérance qu'on laisse tomber ma lettre dans les mains du monarque. La vérité est trop agreste pour parvenir jusqu'au pied du trône. Il faut tout au moins lui donner le costume de cour, c'est-à-dire, l'habiller en masque, pour ne pas dire plus. Si cependant, contre mon attente, cette lettre où il y a beaucoup plus de courage et de probité que d'esprit, étoit lue du Roi ; si elle donnoit l'éveil à sa justice et à sa pitié ; s'il m'accordoit ce que je demande, ce que je desire du plus profond de mon cœur, à savoir, que vous soyez autorisé à rapporter et juger définitivement mon affaire, daignez ne pas vous refuser à mes vœux. Que j'aie du moins une fois en ma vie, un juge tout à la fois intègre et sensible. Je dois ajouter ici, Monsieur, que si, par des raisons personnelles à vous que je ne saurois deviner, mais auxquelles je déférerois aveuglément, vous désapprouviez les lettres que j'ai l'honneur de vous envoyer, vous en êtes le maître absolu. Ce seroit un bien petit sacrifice fait à la reconnoissance que je vous dois, que celui de mon opinion.

Je ne saurois penser à cette reconnoissance, Monsieur, sans l'espoir et le desir de vous en devoir bientôt davantage. Pardonnez si j'ose demander. La connoissance de votre bonté m'y encourage ; et il y a bien long-temps que je n'ai eu de nouvelles de ce que j'ai de plus cher au monde.

J'ai l'honneur d'être avec un dévouement respectueux, Monsieur, votre très-humble et très-obéissant serviteur ,

MIRABEAU fils.

A M. AMELOT,

MINISTRE ET SECRÉTAIRE D'ÉTAT.

1 mai 1778.

MONSIEUR,

JE crois vous devoir communication de la lettre que je prends la liberté d'adresser au Roi , en la faisant passer par les mains de monsieur le comte de Maurepas, et de celle que j'écris à ce ministre. Forcé de le regarder comme le protecteur de mes ennemis, je le respecte trop du moins pour craindre qu'il étouffe mes réclamations dans la vue d'obliger son ami; et j'ai cru que dans la triste nécessité de me plaindre de lui, je devois déposer entre ses mains mes représentations, afin qu'il pût me faire justice de son propre mouvement, s'il le jugeoit à propos.

C'est à votre département que je devrois ressortir uniquement, Monsieur; mais, par des circonstances doublement malheureuses pour moi, il est trop vrai que la décision de mon sort ne dépend pas autant de vous que je le desirerois, persuadé comme je le suis de votre équité, qui ne vous permettroit surement point de me juger sans m'entendre. Ma défense est longue et compliquée, par la multiplicité des incidens et des prétextes dont on a embarrassé mon affaire, et je ne puis en entreprendre la discussion dans une lettre. Mais si vous daignez lire celles dont j'ai l'honneur de vous envoyer les copies, vous sentirez aisément que je suis ou un imposteur bien effronté, ou un infortuné très-cruellement opprimé. C'est la décision équitable et régulière de ce point si important pour moi, que je desire uniquement; je l'ai demandée mille fois, mais en vain: non-seulement on n'a point voulu m'admettre à répondre aux accusations dont on me charge;

mais elles ne m'ont pas même été communiquées. J'ai répété sans cesse qu'on me calom-
nioit dans des vues intéressées et perfides:
j'ai offert et j'offre de le prouver. J'ajoute que
je ne suis certainement point irréprochable :
eh! quel mortel peut se vanter de l'être? mais
que mes fautes sont exagérées, que la plupart des imputations de mes ennemis sont
contraires à la vérité ; que leur animosité est
fondée sur des craintes qu'ils n'oseroient
avouer ; que toutes les raisons qu'ils allèguent
au défaut des véritables, pour motiver leur
acharnement , sont des prétextes vains ; et
qu'enfin la peine que je subis est infiniment
disproportionnée à mes torts. Toutes ces représentations ont été vaines. Je recours à la
justice de mon maître ; c'est mon unique ressource : puisse-t-elle ne m'être pas dérobée!

Si vous croyez , Monsieur, comme je n'en
doute point , qu'il soit contre toute justice
qu'un citoyen, quelque criminel qu'on le suppose , soit condamné sur cette supposition sans
être entendu , daignez intercéder pour moi ;
obtenez que je sois confronté à mes accusateurs, et instruit de toutes leurs imputations.
C'est l'unique grace que je sollicite; et je suis
bien malheureux d'être obligé d'appeler *grace,*

ce

ce qui n'est que le droit de tous les hommes.
Je suis avec un profond respect,

MONSIEUR,

Votre très-humble et très-obéissant serviteur,
MIRABEAU fils.

***

AU ROI.

SIRE,

JE suis Français, jeune et malheureux :
ce sont autant de titres pour intéresser votre
Majesté. Je porte un nom connu. Vos ancêtres accueillirent, il y a près de cinq siècles,
ma famille, que la fureur des factions avoit
chassée d'Italie. Depuis ces temps reculés,
mes pères ont obtenu des graces que leurs
services seuls ont sollicitées. Leur sang coule
dans mes veines, et je suis pénétré des sentimens qui les animèrent. Mais, par un en-
chaînement d'injustices, je me trouve enfermé
dans une étroite prison, où je consume inutilement le printemps de ma vie, et où je la
finirai sans doute, si je ne parviens à me faire

Tome II. I

entendre de votre Majesté. Sire, ce n'est pas seulement la bonté de votre cœur paternel que je prétends intéresser ; je défere à votre équité un déni de justice que votre Majesté ignore, et que sa délicatesse ne lui permet pas de présumer.

Mon père, poussé par des conseillers violens, trompé par deux personnes également intéressées et perfides, est l'aveugle instrument d'une cabale domestique acharnée à ma perte. Ami particulier du ministre qui a la plus grande part dans votre confiance, il a fait intervenir le nom sacré de mon Roi dans une affaire qui n'a aucun rapport personnel à votre Majesté, ni même à l'ordre public. Monsieur le comte de Maurepas, qui ne me connoît point, a cru mon père incapable de tromper, et sans doute aussi de se tromper. J'ai été frappé successivement depuis cinq ans de sept lettres de cachet, presque toujours accompagnées d'un ordre qui m'interdit toute correspondance. Enfin on m'a plongé dans la prison d'état la plus secrète et la plus sévère, et j'y languis depuis onze mois. J'ai voulu prendre mon père pour juge dans sa propre cause ; il n'a pas daigné m'entendre, ou du moins me répondre. J'ai fait demander au ministre d'être confronté à mon accusateur ; et ma demande a été inutile. J'ai prié qu'on mît sous mes yeux tous les griefs dont je suis chargé : vaines supplications ! il faut que je m'accuse moi-même, et que je devine tout ce qu'on m'impute. Tout m'annonce une proscription absolue : ma mort civile est prononcée, sans qu'on daigne m'admettre à me justifier. Il ne me reste qu'un seul espoir, Sire ; c'est de mettre aux pieds de votre Majesté mes très-humbles réclamations.

On représentera sans doute à votre Majesté que je suis un sujet indigne de ses graces ; mais je ne le suis pas du moins de sa justice : car c'est la dette des bons rois, tels que vous, Sire ; et l'on ne peut sans une énorme injustice condamner un homme sans l'entendre. Jusqu'ici l'on n'a écouté que mes ennemis : est-ce un moyen bien sûr pour savoir ce que je mérite ou ne mérite pas ?

On dira peut-être à votre Majesté que j'ai écrit, dès ma première jeunesse, des choses hardies sur le gouvernement qui a précédé son règne ; mais on n'ajoutera pas, Sire, que je n'ai parlé de votre administration qu'avec le respect qui lui est dû ; que je ne me suis élevé que contre des maximes dont votre conduite est la critique la plus sévère. On ne vous dira pas sur-tout que les sujets les

I ij

plus courageux sont toujours les plus essentiellement soumis.

On apprendra à votre Majesté, vaguement
et sans détails, que j'ai enlevé une femme
qualifiée, et que j'ai fui avec elle dans le
pays étranger. L'accusation d'enlèvement est
une calomnie, Sire. Cette dame est venue
me trouver : je n'étois pas même en France,
lorsqu'elle en est sortie ; je n'ai pu ni dû lui
refuser mes secours dans les malheurs que
je lui avois attirés par une passion trop ardente. D'ailleurs, ce n'est point là la cause
de ma détention. J'étois constitué prisonnier
plus de deux ans avant cet événement ; et
l'affaire, qui m'avoit conduit dans un fort,
étoit telle, que tout homme d'honneur à ma
place s'y seroit exposé comme moi. On la
travestira peut-être aux yeux de votre Majesté ; mais j'ai toute une province pour témoin de ce que j'avance, et les parens de ma
partie seront les premiers à me défendre.
Quant à ma sortie du royaume, je n'ai fait
que suivre le conseil du ministre au département duquel je ressortissois alors. Ce fut un
piége que mes ennemis tendirent à sa bonté.
J'avois trop d'avantages sur eux en ce moment,
et ils voulurent m'éloigner.

On alléguera des dettes que j'ai faites trèsinconsidérément il y a plusieurs années ; mais on n'expliquera point à votre Majesté quelles circonstances m'y entraînèrent, et comment j'ai expié cette erreur.

Que n'ajoutera-t-on point encore, si vous ne daignez pas ordonner, Sire, qu'il me soit libre de répondre, d'éclaircir les faits, de réduire les exagérations, de détruire les impostures ? On peut tout oser contre un malheureux contraint au silence. Il est sans doute des traits répréhensibles dans ma jeunesse ; mais on se garde bien de dire ceux qui me sont honorables ; on ne fait aucune mention des circonstances qui diminuent mes fautes, en excusant les unes et justifiant les autres. On punit des erreurs comme des crimes ; parce que mon crime est d'exister, parce qu'on veut ma perte. S'il falloit être irréprochable pour conserver sa liberté, il est trop vrai, Sire, que tous vos sujets seroient prisonniers.

Mais peut-être, sans entrer dans tous ces détails, se contentera-t-on de dire à votre Majesté que ma famille craint le deshonneur que mon inconduite peut faire rejaillir jusque sur elle, et que ses larmes vous demandent, Sire, de me soustraire à la sévérité de vos tribunaux. Celui qui vous parlera ainsi, vous dira ce qu'il croit : car il ne connoît pas les vues de ceux qui prostituent votre signature pour opprimer un malheureux jeune homme qui n'a pu ni mériter ni démériter de votre Majesté, et qui brûle de la servir. Il ne sait pas quels odieux succès les plus viles passions recueillent à l'ombre de son crédit. Mais pourquoi ne le sait-il point ? C'est, je le répète, parce qu'il ne veut pas m'entendre. Cependant, s'il est vraiment convaincu de mes torts, pourquoi ne m'écoute-t-il pas ? Il acquitteroit les devoirs de la justice, sans crainte d'être forcé de désobliger son ami. J'ose supplier votre Majesté, de faire une réflexion bien simple, et dont les conséquences sont très-étendues. Quiconque ne craint pas la lumière, se montre au grand jour : mon père ne s'opposeroit pas à ce que j'employasse tous les moyens d'une légitime défense, il n'enleveroit pas mes papiers, et ne me feroit point refuser ceux qu'il n'a pu enlever, il ne déroberoit pas la connoissance de mon sort à toutes les personnes intéressées par le sang ou par l'amitié à me sauver de ses vengeances, s'il n'étoit embarrassé de prouver ce qu'il avance, s'il ne craignoit ce que je puis lui répondre, si la vérité ne lui étoit redoutable. Le motif de toutes les précautions qu'il prend ne sauroit être de me sauver de la sévérité des magistrats. L'ordre de votre Majesté, qui me constitue prisonnier, suffiroit à ce but, sans y ajouter tant d'injustices et de rigueurs, pour ne pas dire davantage.

Mon père emploie son crédit pour me soustraire à la société, mais non pas pour me sauver un arrêt. Il ne redoute donc point cet arrêt qu'il a laissé prononcer? J'ai été condamné par contumace, au même moment où l'on m'a arrêté en Hollande sur la réclamation de votre Majesté; ainsi l'on ma frappé de tous les coups à la fois, en me garottant de manière que je n'en pusse parer aucun. Je ne sais ce qu'est devenu depuis ce funeste procès, puisque j'ignore tout ce qui se passe hors de l'enceinte de dix pieds quarrés qui est mon univers. Mais, quoi qu'il en puisse être, je supplie votre Majesté de considérer qu'il est entièrement injuste de me décider coupable d'après un jugement par contumace, et sur la simple assertion de mon père, et de me punir plus sévèrement que ne pourroient jamais faire les magistrats dépositaires de votre autorité pour juger vos sujets, puisque leur arrêt le plus rigoureux ne m'ôteroit qu'une fois la vie, au lieu que je souffre une

L iv

mort lente qui durera aussi long-temps que peut le désirer la haine de mes ennemis.

Ce n'est pas tout, Sire : mon sort, déja si cruel par la privation absolue de toute liberté et la nature de ma prison, est encore aggravé grace au ressentiment implacable de mon père. J'ai perdu ma protectrice naturelle ; car ma mère gémit aussi sous les liens d'une lettre de cachet : mais enfin elle vit, au moins je l'espère ; mais je n'en puis avoir la certitude. C'est un crime que de lui écrire ; c'est un crime que de l'aimer ; oui, Sire, et l'un de mes plus grands crimes.

J'ai un fils, et tout moyen de savoir de ses nouvelles m'est interdit. En vain je demande, baigné de larmes amères, si cet enfant existe? on veut que les plus dévorantes inquiétudes achèvent mon supplice.

Après un chagrin de cette nature, je ne parlerai point de ceux qui lui sont infiniment inférieurs. Telle est la pénurie absolue où l'on me laisse, tandis qu'on dispose arbitrairement de mon bien, sans travailler à l'arrangement de mes dettes, afin d'avoir toujours ce prétexte à alléguer contre moi. On exagérera excessivement ces dettes ; on dira à votre Majesté que tous mes revenus sont saisis, que ma subsistance est à la charge de mon père,

qu'il se dérange pour payer ma pension alimentaire, Sire, ce sont autant de faussetés
que je puis facilement démontrer. Mon père
jouit de cent mille livres de rente : jamais je
ne me suis ressenti de son opulence ; mais je
n'ai nul besoin de ses secours. Le paiement
des intérêts de mes dettes n'absorberoit pas
le tiers de mon modique revenu.

Je ne prendrai pas la liberté de mettre sous
les yeux de votre Majesté tous ces détails longs
et fastidieux. Je ne tenterai point de tracer
dans cette lettre le tableau des vexations de
toute espèce que j'ai éprouvées, et des trames
ourdies contre moi. Je me borne à vous supplier, Sire, de rendre la connoissance de mon
affaire à mes juges naturels, si le procès criminel intenté contre moi est la vraie cause
de ma détention. S'il n'en est que le prétexte, daignez ordonner que mon père explique, sans ambiguité, pourquoi il s'acharne
à ma perte, et que les lois prononcent entre
lui et moi qui sommes tous deux citoyens.
Les magistrats, dépositaires et organes de ces
lois, ont le temps d'examiner ; c'est leur charge
et leur devoir. Ils sont la conscience de votre
Majesté, si j'ose parler ainsi, et ne peuvent paroître redoutables qu'aux criminels et aux calomniateurs. Vos ministres, au contraire, sur-

chargés d'affaires importantes , regardent les
discussions particulières comme aussi frivoles
qu'elles sont ennuyeuses. Quelles que soient
leurs intentions , ils sont exposés à toute sorte
de surprises , parce qu'ils ne peuvent entrer
dans les détails qui seuls caractérisent les faits
et constituent la vérité. Lire les mémoires
d'un homme dont on n'est point obligé d'é-
couter les raisons , puisqu'on ne le voit pas,
tandis que des gens accrédités et présens l'ac-
cusent , balancer les objections et les répli-
ques ; c'est une occupation à laquelle les malheureux qui gémissent dans des forts espé-
reroient en vain que des ministres pussent
se livrer. Hélas ! Sire , j'ose demander à
mon maître quel est le délit d'un citoyen qui,
ne pouvant recevoir sa condamnation par les
lois, perd sa liberté par un ordre particulier.
Et quel motif détermine votre Majesté à me
soustraire à mes juges naturels ? Aucun autre
sans doute que la bonté de son cœur , qui ne
voit dans la demande qu'on lui adresse, que
la grace qu'il est toujours porté à accorder.
Et voilà comme on surprend jusqu'à la bienfaisance des rois! Mais, Sire , vous serez bientôt détrompé, si vous daignez penser que la
prétendue crainte de mon père, soit vraie, soit
affectée , ne lui donne pas le droit d'ordonner

ma mort civile ; qu'il est cruel de me punir
aussi sévèrement que je le suis , parce que
mon père imagine que les lois me puniroient,
si j'étois libre ; et qu'enfin une supposition ne
sauroit légitimer la condamnation d'un citoyen.

Si cependant vous ne jugez point à propos,
Sire ; que mon affaire soit portée devant les
tribunaux réguliers, j'ose vous supplier du
moins d'ordonner que je sois entendu, confronté et jugé par d'autres personnes que
celles devenues en quelque sorte mes parties
par le déni de justice dont je me plains. Je
dis confronté ; car mon père ne peut refuser
avec justice de me communiquer ses griefs
et de détruire mes réponses , puisqu'il invoque contre moi votre autorité. Je ne suis
pas son esclave : il n'y en a point dans votre
royaume. Nous sommes tous deux vos sujets ; si mon père a des droits sur moi, j'en
ai sur lui , et nos devoirs, quoique différens,
sont réciproques Enfin je suis homme , citoyen et père. C'est à tous ces titres que je
réclame la protection de mon Roi , et la propriété de ma personne dont il est le garant et le
défenseur, et que je ne dois perdre que par
un jugement légal.

Monsieur le lieutenant de police de votre

ville de Paris, est le commissaire départi par votre Majesté pour l'inspection des prisons d'état. Sa vigilance et son équité sont assez connues. Loin de prétendre me soustraire à sa jurisdiction, je vous supplie, Sire, de l'autoriser à entendre mon père et moi ; et je souscris aveuglément au rapport qu'il fera, après avoir examiné nos raisons et nos défenses respectives. Mais, Sire, tant que l'on n'écoutera qu'un de nous deux, personne au monde ne peut nous juger sans injustice.

J'ose demander encore à votre Majesté, d'ordonner que les moyens de m'informer exactement et fréquemment des nouvelles de ma mère et de mon fils me soient accordés. Vous ne prétendez certainement pas, Sire, que les prisonniers d'état, ou plutôt les habitans des prisons d'état (car je n'ai jamais eu le malheur de mériter la première de ces épithètes) à qui votre justice ou votre clémence laisse la vie, n'en aient que le souffle, et que je sois traité avec infiniment plus de rigueur que des scélérats aux familles desquelles votre Majesté a daigné accorder leur grace, en les mettant à l'abri du glaive de la justice dans des forts, où ils jouissent de toutes les consolations, de tous les agrémens même que comporte la privation de la liberté. J'en

pourrois citer un grand nombre, et graces au
ciel on ne m'y comptera jamais. Mon honneur et ma probité sont exempts de toute
tache. Je défie les plus effrontés calomniateurs de prouver que j'y aie donné la plus
légère atteinte ; (pardonnez, Sire, cette expression peut-être trop vive d'un cœur froissé
par l'indignation et la douleur ;) et si l'on me
convainc de mensonge, je signerai volontiers
l'arrêt de ma prison perpétuelle.

Sire, j'implore votre clémence, parce que
je me reproche des fautes : je réclame votre
justice, parce que je n'ai point commis de
crimes, et qu'il est affreux de punir des erreurs
de jeunesse comme des forfaits atroces. C'est
rendre les hommes indifférens au crime et à
la vertu, et leur faire desirer et chercher la
mort comme l'unique remède à leurs maux ;
car qui voudroit supporter les coups et les injures du sort, les torts de l'oppresseur, les
dédains de l'orgueilleux, les outrages d'un ennemi, les angoisses des inquiétudes les plus
cruelles, les délais et les dénis de justice,
lorsqu'il peut en un moment s'affranchir de
tous ces intolérables fardeaux ? Daignez, Sire,
me sauver de mes persécuteurs qui m'ont fait
trop de mal pour ne pas me haïr, et à qui
ma perte seroit trop utile pour qu'ils cessent

d'y travailler. Laissez tomber un regard favorable sur un homme âgé de vingt-huit ans,
plein de zèle et d'émulation, qui, enseveli
tout vivant dans un tombeau, voit arriver
à pas lents la stupidité, le désespoir, et peut-
être la démence au milieu de ses plus belles
années. On dit trop souvent que la perte d'un
homme n'est rien pour un puissant monarque. Ah! Sire, cette maxime funeste, également fausse et barbare, n'est pas faite pour
le cœur honnête et généreux de votre Majesté. Puissiez-vous ne consulter que lui pour
prononcer sur mon sort!

Je suis avec le plus profond respect,

SIRE,

DE VOTRE MAJESTÉ,

le très-humble et très-obéissant
serviteur et sujet,

MIRABEAU fils.

A M. LE COMTE DE MAUREPAS.

MONSIEUR LE COMTE,

Si je n'étois pas très-persuadé de votre droiture, je ne hasarderois assurément point la démarche que je fais aujourd'hui : car enfin il ne tient qu'à vous d'achever de m'opprimer en dédaignant mes plaintes, ou en arrêtant mes réclamations ; mais je ne saurois craindre une telle prévarication de la part d'un homme généralement respecté par ses qualités personnelles, plus encore que par sa qualité de ministre du roi. J'ose donc me plaindre à vous de vous ; et je vous supplie de ne point vous laisser aller, en lisant cette lettre, à un premier mouvement, ou, ce qui me seroit plus funeste, aux suggestions de l'amitié.

Il y a plus de cinq ans, Monsieur le Comte, que je suis frappé d'un lettre de cachet : il y en a quatre qu'elle est maintenue par votre crédit, et qu'on m'a traîné pour la première fois dans un fort ; enfin je suis enseveli depuis onze mois dans une prison d'état , où

toute espèce de liberté et de correspondance
m'est interdite. Le prétexte qu'on allègue aujourd'hui pour motiver une détention si longue et si cruelle , n'est pas même spécieux ,
puisque l'événement sur lequel il est fondé
est postérieur de plus de deux ans à l'ordre
qui m'a constitué prisonnier , et que je n'ai
jamais pu faire révoquer. Mais ce n'est point
de cette discussion dont il s'agit ici ; je n'en-
treprendrai dans cette lettre ni ma défense ,
ni mon apologie. Je vous représenterai seulement que depuis quatre ans entiers , j'ai
demandé mille fois qu'on daignât m'entendre , que les accusations dont je suis chargé
me fussent communiquées , afin que je puisse
examiner et réfuter les preuves dont elles
sont appuyées. Ce ne sont pas des graces que
j'ai sollicitées , monsieur le Comte ; c'est une
simple justice que l'homme le plus criminel
a le droit d'attendre du juge le plus inexorable et le plus sévère. C'est ce qu'un su-
perbe bacha , un cadi absolu , ne refusent pas
aux malheureux sur le sort desquels ils prononcent !... cependant je n'ai pu l'obtenir.

Monsieur le Comte , vous ne croyez certainement point à l'infaillibilité de qui que ce
soit au monde ; et si vous supposez que mes
accusateurs sont incapables de tromper , au
moins

moins devez-vous soupçonner qu'ainsi que tous les autres hommes, ils peuvent se tromper. Pourquoi donc, j'ose vous le demander, pourquoi me condamnez-vous ? pourquoi m'ôtez-vous toute liberté ? pourquoi me punissez-vous du supplice le plus lent et le plus cruel, sans écouter ma justification ou mes excuses ? Pourquoi traitez-vous un infortuné jeune homme, dont l'âge, la naissance, les malheurs, tout, jusqu'à ses fautes, qui décèlent plutôt encore une ame forte et courageuse qu'une imagination bouillante et enthousiaste, devroient vous intéresser ? pourquoi le traitez-vous, dis-je, comme vous ne traiteriez point un de vos valets, que vous ne feriez pas renvoyer ou punir, sans l'admettre à se défendre ? Vous direz peut-être qu'on vous a rendu compte de mes lettres ? Ah ! qui ne sait qu'un froid et insensible papier est jeté au rebut, ou du moins qu'il n'émeut ni ne persuade, au lieu qu'il faut bien entendre celui qui parle ? Tout fixe l'attention, tout peint alors : la vérité a son accent, et la physionomie son éloquence ; les objections aussitôt communiquées sont aussitôt répondues ; on résume en une heure ce qu'il faudroit rechercher dans cent lettres éparses.

D'ailleurs, monsieur le Comte, et ceci mé-

Tome II.   K

rite votre attention , mes lettres ne renferment que la plus petite partie de ce que je
puis opposer à mes ennemis , soit parce que
je ne réponds qu'à ce que je devine , puisqu'aucun corps de plainte ne m'a été com-
muniqué ; soit parce qu'un homme délicat et
sensible recule aussi long - temps qu'il peut
avant d'entrer dans certaines explications. Cependant, comme la défense de soi-même est de
premier devoir , comme il s'agit de mon honneur et de ma liberté , comme je ne puis supporter plus long-temps le genre de vie que
je mène , et que je suis très-décidé à en voir
le terme de quelque manière que ce soit, je
vous déclare nettement , monsieur le Comte ,
que vous servez , sans le savoir , les plus
viles passions et la plus odieuse cabale ; que
mes accusateurs couvrent sous de grands
mots d'horribles perfidies et des calomnies
atroces. Aucune de ces épithètes n'est hasar-
dée , aucune exagérée. Je n'articule rien que
je ne puisse prouver, et que je n'offre de prouver. Puis-je les défier plus formellement, ces
ennemis qui m'attaquent dans les ténèbres ,
et n'osent se montrer au jour , parce qu'ils redoutent la lumière? Oui , je les défie de lutter
contre moi. Ce n'est que par mon silence, ce
n'est qu'en étouffant ma voix qu'ils triomphent ;

avec quelque soin qu'ils aient soustrait tous
ceux de mes papiers qu'ils ont pu atteindre,
avec quelque ingénieuse ironie que, m'ayant
dérobé tout ce qu'ils ont pu, ils me fassent
refuser grace encore à votre crédit, monsieur
le Comte, tout ce qui a échappé à leurs re-
cherches, ils n'ont pas si complètement réussi,
qu'il ne me soit resté des moyens de dévoiler
la calomnie et de déceler le calomniateur.

D'après cette déclaration claire et précise,
n'obtiendrai-je pas même, monsieur le Comte,
la grace d'être admis à ce triste combat où
il me faudra lutter contre un père? J'ai fait
ce que j'ai pu pour éviter cette extrémité
cruelle. J'ai voulu prendre ce père si sévère
et si prévenu pour juge dans sa propre cause.
Je me suis borné à lui demander d'adoucir
mon sort, de me donner quelque société, quelques ressources littéraires, quelques moyens
de faire de l'exercice. J'ai accordé plus encore à sa haîne implacable; j'ai offert de me
bannir volontairement, d'aller même dans
un autre hémisphère pour retrouver ma liberté. Il n'a daigné me répondre, ni peut-
être me lire; c'est ma mort civile qu'il veut:
c'est plus encore: mon crime, le plus grand
de mes crimes à ses yeux, c'est d'exister; et
il sait très-bien que mon tempérament peut

moins que tout autre résister long-temps à
une vie absolument renfermée. Il faut bien
que j'appelle de sa sentence, puisqu'il ne veut
pas la révoquer. Il est père ; mais je suis
père aussi : ses droits sont les miens : mes
devoirs ne sont pas plus sacrés que les siens :
je suis citoyen : je suis homme : on me doit
donc entendre. Les ministres ne sont pas faits
seulement pour trouver des coupables ; il est
encore plus de leur devoir de secourir l'innocence ; et comment decouvriront-ils la vérité,
s'ils ne prêtent la même attention à l'accusé
et à l'accusateur ? Il sera aisé de me convaincre de mensonge, si je mens. Ce père, ce
père si éloquent, qui aura sur moi l'avantage de sa qualité de père, de son âge, de
sa véhémence, qui se permettra tout, tandis
que je ne me permettrai rien, doit-il redouter
une confrontation à laquelle il a dû s'attendre, lorsqu'il a invoqué l'autorité contre moi,
puisque, de ce moment même, il est devenu
ma partie ?

Mais enfin, monsieur le Comte, si par des
raisons que je ne puis deviner, vous jugez
à propos de mettre en oubli cette lettre
comme toutes les autres que j'ai écrites,
souffrez que je me réclame de mon maître
qui est le vôtre. J'ai l'honneur de vous adres-

ser une lettre pour lui, que je vous supplie
de lui remettre ; vous savez aussi bien que
moi que tout sujet a droit de s'adresser à
son souverain, et que tout ministre doit respecter cet appel.

Ah! monsieur le Comte, daignez me faire
justice sans remettre cet écrit qui paroîtra
sous de très-défavorables auspices, si vous
vous déclarez contre moi. Il me seroit bien
doux de vous devoir des remercimens plutôt
que des reproches ; je révère vos vertus et vos
lumières, et c'est à cause de cela même que
j'ose vous dire que vous n'êtes point à l'abri
de l'erreur. Ne savez-vous pas par votre propre expérience combien il est aisé de surprendre les grands? votre longue disgrace en est
une preuve irrécusable et frappante. Sacrifie-
rez-vous aux suggestions de l'amitié un citoyen
auquel on ne refuse pas des connoissances, ni
même quelques talens, et qui a du moins toute
l'émulation possible? Sa jeunesse a été trop fou-
gueuse, il l'avoue; mais le feu des passions est
souvent celui du génie, et quand leurs plus
grands écarts n'ont porté aucune atteinte à
l'honneur, ils ne sauroient mériter une proscription semblable à celle que l'on a si légérement prononcée contre moi. J'ose dire qu'il
est aussi inconséquent que rigoureux de me

garotter au moment où ma vivacité, amortie par le malheur et le temps aux mains amollissantes, ne menace plus d'aucun excès, et ne me laisse que le ressort peut-être nécessaire pour valoir quelque chose.

Monsieur le Comte, votre devoir, comme homme public, est sans doute de faire justice. Votre devoir, comme ami, ne seroit-il point encore de vous défier des préventions de votre ami, et de les dissiper si elles sont mal fondées? Avant qu'un nouveau règne vous appelât à de plus hautes fonctions, vous vous occupiez à remettre la paix dans les familles: pourquoi mutileriez-vous la mienne? Mettez-moi donc à même de vous faire connoître la vérité, ce mot si redoutable pour les méchans, et si consolant pour les malheureux. C'est-là ce que je demande avec le courage de l'innocence, avec la confiance que méritent vos vertus.

Je suis avec un profond respect, etc.

A M. LE NOIR.

11 mai 1778.

JE suis peut-être plus las, Monsieur, de parler de mes affaires que vous de m'entendre:

je sens combien les détails que je trouve fastidieux jusqu'au dégoût, moi de la liberté duquel il s'agit, doivent importuner un homme aussi occupé que vous, et qui, malgré sa bonté, trouve pénible sans doute d'être distrait par les réclamations inutiles et monotones d'un prisonnier qu'il ne peut relâcher de sa seule autorité. Je laisse donc ces inutiles complaintes que je n'aurois pas tant multipliées si je n'eusse suivi que mon opinion, bien persuadé que ceux qui m'oppriment ont pris toutes leurs suretés, aussi bien que tous leurs avantages; je crois vous l'avoir déjà dit, je n'ai jamais vu qu'on persuadât lorsqu'on étoit obligé de prouver ce qui est évident. On ne veut pas que j'aie raison, je n'aurai pas raison: on peut m'étouffer sans risque, on m'étouffera sans risque, et l'on se gardera bien de me mettre à même de faire partager le danger. Rien n'est si commode que de pouvoir être injuste impunément, j'en conviens. Ce sont les grands défenseurs *de la justice par essence, de la loi naturelle, de l'ordre, de la propriété* etc. et autres grands et petits mots qu'ils arrangent ensemble le plus gigantesquement qu'ils peuvent; ce sont *les législateurs des Rois,* les amoureux fous de l'humanité, ou *amis des hommes,* qui sollicitent et obtiennent ces injustices : j'en conviens encore...... *Quis tulerit Gracchos de seditione querentes ?*... Mais ce n'est pas de cela dont il est question ici.

Je demande avec confiance ce qui ne dépend que de vous, Monsieur, parce que j'ai éprouvé que vous êtes juste, et sensible, ce qui est bien meilleur que juste dans une place telle que la vôtre. Un sentiment naturel et honnête a droit de vous intéresser. J'en ai la preuve, et j'en recevrai de nouvelles; j'ose l'espérer. J'ai des raisons très-fortes de vous supplier que ce mois-ci ne se passe point sans que j'aie une lettre de mon amie, et sans qu'elle en reçoive une des miennes; je vous en conjure par vos bienfaits passés que vous ne voudrez pas démentir ou rendre inutiles. Si mes inquiétudes et mes affections ne vous eussent point paru justes et honnêtes, elles ne vous auraient pas touché. Elles n'ont point changé de nature, et n'en sauroient changer : ce qui vous intéressa il y a six semaines, a droit de vous intéresser encore. C'est donc au nom de vousmême que je vous adresse mes supplications nouvelles. Elles ne sont pas seulement le fruit du desir continuel de l'amour toujours avide : elles sont en ce moment l'effet d'une inquiétude trop bien fondée. Quelque part où soit mon amie, dont je n'ai pas entendu parler depuis plus de deux mois, je vous demande donc un mot d'elle, daté et signé, et je bénis d'avance mon bienfaiteur.

J'ai l'honneur d'être avec un dévouement respectueux, Monsieur, votre très-humble et très-obéissant serviteur,

MIRABEAU fils.

AU MÊME.

24 mai 1778.

POURQUOI n'avons-nous, Monsieur, qu'un idiôme pour exprimer toutes les affections de notre cœur ? Qu'il seroit heureux pour les honnêtes gens, qu'on distinguât, à des signes certains, la franchise de la duplicité, l'affectation de la vraie sensibilité ! Je ne puis vous dire quel bien vous m'avez fait. Il faudroit être dans mon cœur pour voir quels traits de feu y ont gravé vous, vos bienfaits et ma reconnoissance. Vous sauvez des malheureux du désespoir, en leur donnant la force de porter leurs chaînes, et d'attendre un avenir plus prospère. Puissiez-vous ne perdre jamais le bonheur que vous daignez ramener sur nos pas ! puisse tout ce que vous aimez être pour vous une source intarissable des plaisirs les

plus purs! Je vous supplie, Monsieur, de permettre que ma lettre parvienne à mon amie
avant la fin du mois; ce sera le gage le plus
précieux de notre sécurité mutuelle. La pauvre Sophie souffre, à ce que je vois : hélas! elle
est si délicate et si sensible, elle n'étoit pas
faite pour sa situation! c'est une rose que le
vent de l'adversité flétrit : elle exhale encore
tous ses parfums, mais son coloris se fane. J'espère que ma lettre, où je lui ai montré plus
de sérénité qu'il n'y en a dans mon esprit et
dans mon cœur, la tranquillisera, et lui fera
faire des réflexions utiles. Mais ce qui soutien-
dra, sur-tout, son courage et sa patience, c'est
la continuation de vos bontés. Si la gratitude
la plus sincère, la plus active, la plus ardente;
si l'attachement le plus vrai, le plus à l'épreuve,
sont des titres pour les mériter, nous ne les perdrons jamais. Nous vous devons tout. Nous nous
ferons gloire en tout temps de le dire; l'étude de
notre vie sera de le reconnoître, et notre bonheur ne sera jamais complet qu'alors que nous
y aurons réussi. Ah! Monsieur, vous-même ne
savez pas combien il est vrai que nous vous
devons tout, et quel droit vous avez sur nous.

J'ai l'honneur d'être avec un dévouement
respectueux, Monsieur, votre très-humble et
très-obéissant serviteur,

MIRABEAU fils.

AU MÊME.

3 juin 1778.

JE conviens, Monsieur, que rien ne doit être aussi humiliant pour un homme qui auroit, je ne dis pas quelque honneur, je dis quelque amour propre, que de voir ses principes avoués et publics, mis en opposition avec sa conduite, former le contraste le plus tranchant, sur-tout lorsque sa réputation n'est fondée que sur tout cet étalage de beaux sentimens. En conséquence, les extraits que je prends la liberté de vous adresser pour mon père, sont la plus cruelle des satyres, mais aussi la plus innocente : car, enfin, ce sont ses maximes et ses propres expressions que je lui rappelle ; et s'il a à se plaindre de quelqu'un, c'est de lui. Je n'ai même choisi que dans celui de ses ouvrages où il a été le plus retenu par le respect humain ; et sa véhémente *Theorie de l'Impôt* m'auroit fourni infiniment plus de passages analogues à mes vues. Peut-être penserez-vous que c'est l'irriter inutilement que de lui faire passer cet écrit. Je ne suis pas de cette opinion, et voici pourquoi :

1°. Si mon père étoit seulement aveuglé par

la passion, et qu'il restât quelque équité au fond de son cœur, il rougiroit assurément, en voyant comment il a parlé de ces violences qu'il exerce aujourd'hui sur moi ; violences qu'il a déclarées en cent endroits, *abominables devant Dieu et les hommes ; violences dont dix siècles offrent à peine*, selon lui, *une occasion juste et nécessaire :* et cette réflexion pourroit le faire rentrer en lui-même. J'avoue que je ne compte guère sur cette ressource ; cependant elle est dans l'ordre des possibles ; et quoique je connoisse bien l'homme à qui j'ai affaire, je ne saurois concevoir encore, quand je lis ses ouvrages, comment il a eu le front de dépouiller le masque au point qu'il l'a fait.

2°. Deux ou trois phrases en jargon *économiste*, et deux ou trois choses flatteuses pour son orgueil, au moins quant à son esprit, feront passer les vérités dures que j'ai été obligé de consigner dans mes notes. Je vous assure que ces observations, bien plus hardies que ma lettre du premier mars ; seront vues d'un œil moins sinistre, grâce à ce petit ingrédient, que ne le seroient les choses les plus nobles, les plus respectueuses, les plus touchantes, écrites dans un style simple, naturel et correct. S'il étoit susceptible d'être touché par ce genre d'élocution, peut-être suffiroit-il de l'apostrophe qui termine mes notes, pour remuer ses entrailles.

3°. Il sait que tout ce que je lui écris passe sous vos yeux. J'ignore, Monsieur, si vous aimez tendrement les *économistes*, auquel cas vous êtes excessivement généreux ; j'ignore si vous estimez leur coriphée ; mais je ne crois pas qu'il s'en flatte. Or, vous êtes homme en place, fait, à tous égards, pour monter plus haut, et d'ailleurs à même, selon les circonstances qui peuvent n'être pas toujours aussi favorables à mon père, d'exposer la vérité que vous êtes digne d'entendre et capable de connoître. Cette considération peut lui faire garder quelque mesure.

4°. Enfin, quand j'aurai tenté auprès de lui toutes les démarches possibles pour rappeler la justice et l'humanité dans son cœur, si mes efforts sont vains, je n'aurai rien à me reprocher. Le reste de scrupule involontaire et non raisonné, qui m'arrête encore en certains momens, sera dissipé ; et je profiterai de l'occasion, qui se présentera peut-être de vous voir, pour vous confier ce que l'on paroît avoir tant de peur d'entendre ; sauf à votre prudence, à votre justice et à votre bonté, à en faire l'usage qui vous paroîtra équitable et convenable. Cette époque sera décisive pour mon sort ; car vous êtes, en tout sens, mon unique ressource ; et j'avoue, de bien bon cœur, que vous êtes même le seul à qui je desire avoir obligation de ma liberté, ou, si cela est impossible, de l'adoucissement de ma détention. De tous autres, je n'attends que dureté, et ne demande que justice ; et je leur verrois exaucer mes vœux, que je ne leur devrois encore rien. Mais celui qui seul m'a secouru, lorsque tout le monde m'opprimoit, qui, dédaignant les clameurs de mes calomniateurs, ne m'a point aveuglément jugé sur leurs imputations, et m'a donné des preuves si précieuses d'intérêt, avant que j'eusse pu les mériter, parce que mon titre auprès de lui fut mon infortune : celui-là est mon bienfaiteur, mon génie tutélaire, l'objet de toute ma reconnoissance et de mon attachement. Je peux lui demander des graces sans m'humilier ; et je le prie, comme je prierois un père chéri et vénéré.... Voilà, Monsieur, l'exacte situation de mon cœur. Quant à ceux dont je dépends, je ne suis ni faux, ni complimenteur ; vous avez pu vous apercevoir que je ne prodigue pas les éloges, que j'entends comme un autre l'art des phrases formulaires qui ne disent rien, que je n'écris pas toujours, ni à tous, avec la même onction, et qu'enfin le malheur ne m'a pas avili.

Je reviens au paquet que je vous envoie; daignez le faire passer à mon père. Ce petit recueil n'est intéressant que pour moi, et je n'espère pas que vous jetiez les yeux sur des notes, où mon unique objet est de mettre mon père en contradiction avec lui-même. Vous savez bien, sans les lire, qu'il ne faut pas juger des hommes par leurs livres, que la vérité est fille du temps, et non de l'autorité, et que l'*Ami des hommes* n'est pas celui de ses enfans.

J'ai l'honneur d'être avec un respectueux dévouement, Monsieur, votre très-humble et très-obéissant serviteur,

MIRABEAU fils.

PENSÉES ET MAXIMES,

EXTRAITES

DE L'AMI DES HOMMES

OU

TRAITÉ DE LA POPULATION.

Édition in-12, de 1759.

JE n'ai rien à ajouter à la lettre que j'ai eu l'honneur d'adresser à mon père le premier mars, tant qu'on ne daignera pas m'indiquer d'autres motifs de ma détention, que les griefs sur lesquels je suis excusé ou justifié. Il faut me réfuter ou me convaincre de faux, ou avouer tacitement, si ce n'est en termes exprès, qu'on m'étouffe, parce qu'on veut m'étouffer : or, comme je suis assurément le plus foible, je dois subir la loi du plus fort : loi *qui fait de la révolte le droit des gens;* (ami des hom., *tom.* 3, *pag* 33.) loi des vautours, des tigres et des tyrans, tous animaux du même genre, quoique ceux de cette dernière espèce soient

soient assurément les plus odieux et les plus destructeurs.

Je supplie mon père, que je dois croire dans l'erreur, et non dans des principes de tyrannie, de jeter les yeux sur les maximes suivantes, fidèlement extraites de l'*Ami des Hommes*. C'est le seul de ses ouvrages que j'aie pu me procurer ici, où je suis dans la disette de tout, si l'on en excepte les alimens, qui sont le moindre de mes soucis. Au reste, le *Traité de la Population* est le livre auquel mon père doit sa réputation. Au dire de toute l'Europe, et nommément des Anglais, qui ont vu, en 1756, dans ce code de politique universelle, la prédiction claire et précise de ce qui leur arrive aujourd'hui, c'est celui de ses ouvrages qui ne mourra point. Je sais que mon père a sévèrement critiqué depuis ses premiers travaux ; mais sa critique porte uniquement sur ce qu'il avoit établi le principe fondamental de la population, et par conséquent de l'économie politique, dans son inverse, et non pas directement. Les maximes relatives au respect de la propriété, à la liberté, au droit naturel et à la justice, restent donc dans toute leur intégrité ; et ce sont celles-là seulement que j'ai recueillies. Loin qu'elles soient exagérées, il seroit aisé de montrer qu'elles sont

Tome II. L

fort loin d'être assez étendues et développées ;
que les usages établis sont ménagés, dans cet
ouvrage célèbre , avec la plus grande modération , et même avec quelque timidité ; qu'on
y tolère, qu'on y conseille même quelques restrictions relatives à l'exercice particulier de
la liberté, contre lesquelles les économistes
ont fortement réclamé depuis. Ils prétendent
que leur doctrine n'est autre chose que le dé-
veloppement de la *loi de propriété ;* titre simple, décisif, irréfragable , déterminé par la
seule évidence de l'intérêt général, conforme
au droit naturel et à l'ordre social , assujetti *à la
justice par essence.* Cette loi fondamentale de
toute société , n'est susceptible ni d'interpré-
tations spécieuses, ni de circonlocutions ver-
satiles, ni de restrictions d'aucune espéce. Une
fois d'accord de ce principe , nous ne saurions
varier sur les conséquences, lorsque je ne prétends l'appliquer qu'au droit incontestable que
j'ai sur la propriété de ma personne, origine
de toutes mes autres propriétés. Il s'agit de
décider, non si j'ai mérité de perdre ce droit,
mais si je l'ai perdu. Je prie qu'on saisisse cette
distinction très-simple et très-nécessaire. Je
puis être coupable; j'ai même avoué que je
l'étois, en me contentant de prouver que ma
punition n'étoit pas proportionnée à mes fau-

tes : mais tout coupable qui est illégalement puni, est injustement puni ; et celui-là même qui prononce un arrêt juste, est un tyran, s'il n'a pas le droit de le prononcer. C'est ce qu'il s'agit d'établir d'après les principes de mon père, et par ses propres maximes. Il a attenté à ma liberté comme s'il en avoit le droit ; et moi je lui démontre, en me servant de ses pensées et de ses expressions, qu'il ne l'a pas, et que personne au monde ne l'a, que les juges ordinaires et légaux des citoyens. J'ai recueilli à peu près LX fragmens de l'*Ami des Hommes* : j'en aurois pu amasser deux ou trois cents pour appuyer ceux-là ; mais un seul suffit, et c'est le XXXVe, parce qu'il traite très-complettement, quoiqu'en résumé, la question dont je cherche la solution, et la décide très-nettement. J'ai noté quelques phrases détachées, qui pourroient, par induction, contrarier mes vues, pour faire acte de bonne foi. On verra qu'elles sont formellement démenties ou expliquées par les principes. C'est donc ici le code de mon père ; code qu'il a dicté et promulgué. Il ne se récusera donc pas lui-même. Il sait bien que j'aurois fait une récolte plus abondante dans la *Théorie de l'Impôt*, qui est son chef-d'œuvre, et que je n'ai, ni ne puis avoir. N'importe, je m'en tiens à l'Ami des Hommes; je demande à être jugé par lui-même, selon les lois qu'il a faites. Je transcrirai le texte, en ne suivant d'autre ordre que celui des pages; et les observations, parsemées de ses pensées, que j'ajouterai en marge, indiqueront l'application, très-directe et très-naturelle, que j'en prétends faire.

TEXTE.	*OBSERVATIONS.*
I. (tom. 1. 132).	**I.**

On a beau dire, l'homme est un insecte de telle nature, qu'on ne sauroit tant le presser, qu'il ne se retourne pour piquer le talon qui l'écrase; mais il est pareillement sensible aux bienfaits, et il n'est férocité ni malice humaine, que la vertu et la bienfaisance n'apprivoisent.

Jamais je n'ai *piqué le talon qui m'écrase*, et je l'aurois pu. Jamais on n'a essayé avec moi le régime des *bienfaits*, et je ne crois pas qu'on me défie de démontrer cette allégation. Je ne sais si je suis un *être féroce et malicieux*, moi qui ai été conduit à ma perte par le dévouement et la géné-rosité de l'amour; mais dans cette supposition, selon les principes du texte, les cachots seroient un mauvais moyen de m'*apprivoiser*.

TEXTE.

II. (132. 3. 4. *Ibid.*)

Les gens de plume et d'écritoire, qui ont à force de projets, d'ordonnances et de règlemens, changé la constitution subalterne de l'État, et qui eux-mêmes enveloppés des foibles débris de leur édifice, ont, aussi promptement que la haute-noblesse, fait place à tous les potirons que la faveur, l'intrigue, la rapine et l'industrie, élèvent de toutes parts, ont établi un préjugé contre l'ancienne constitution de la Monarchie; et cette opinion de malice, chez eux, est devenue d'ignorance dans toute la Nation, et même parmi ceux qui y ont le plus perdu. Le peuple, di-

OBSERVATIONS.

II.

Mon père sait mieux que moi que dans cet ancien gouvernement, dont il regrette souvent quelques institutions, et même, à certains égards, la constitution, tout Français jugé par ses pairs ne pouvoit être emprisonné pour quelque sujet que ce fût à moins d'un crime capital et notoire (ordonnances, *tom.* I, *pag.* 72-80); qu'on ignoroit absolument alors ce que c'étoit que de respecter les ordres arbitraires, et sur-tout ce que c'étoit que de les solliciter; que si un citoyen se trouvoit arrêté, il étoit permis de l'arracher des mains des offi-

L iij

TEXTE.

sent-ils, avoit autrefois mille tyrans au lieu d'un maître....... S'il étoit question de disputer sur la force intérieure de notre constitution, des règnes depuis Saint Louis jusqu'à nos guerres de religion, je défierois les jurisconsultes les plus habiles en droit public, de m'y démontrer les maux de la tyrannie, dont les effets sont toujours parlans. Qui de nous se chargeroit aujourd'hui de faire dire à un auteur anglais, ce que dit Mathieu Pâris en parlant de Saint Louis: LE SEIGNEUR, ROI DES FRANÇAIS, QUI EST LE ROI DES ROIS DE LA TERRE, TANT EN VERTU DE SON ONCTION CÉLESTE, QUE PAR LA

OBSERVATIONS.

ciers qui s'en étoient saisis (ordonn. *tom.* III, *pag.* 17): tant cette infraction du droit naturel et public révoltoit la Nation, et excédoit, du propre aveu des rois, leur pouvoir!

Mon père n'ignore pas que sous la régence de la Reine-Blanche, les Grands requirent qu'avant le jour du sacre de Saint Louis, on accordât l'élargissement des comtes Ferrand de Flandres et Renaud de Boulogne, détenus prisonniers depuis douze ans, *au mépris des libertés françaises;* que l'on rendît les terres violemment occupées sur plusieurs d'entre eux, et qu'il fût passé une loi fixe, pour qu'à l'avenir

SUPÉRIORITÉ DE SA MI-
LICE. Eût-on respecté
de la sorte le Souverain
d'un peuple livré aux brigandages de l'anarchie ?

nul ne pût être privé de
ses droits quelconques
sans le jugement pré-
cédent de ses pairs. Les
termes de Mathieu Pâ-
ris sont remarquables.

« Pars maxima Optimatum petierunt *de con-
suetudine gallicâ*, omnes incarceratos à car-
ceribus liberari, qui *in subversionem liber-
tatum regni*, jam per annos duodecim in vin-
culis tenebantur......Adjiciunt quòd *nullus
de regno Francorum debuit ab aliquo jure
suo spoliari nisi per judicium duodecim pa-
rium*. »

Saint Louis , qui introduisit de si grands
changemens dans notre jurisprudence , et
même dans notre législation ; Saint Louis qui
fit sans doute des choses grandes et utiles ,
mais dont le règne mémorable fut trop souvent, il faut l'avouer, celui des clercs et des
moines ; Saint Louis, dis-je , qui, tout Saint
qu'il étoit, n'aimoit pas les Coucy, ayant fait
arrêter Enguerrand IV du nom , et celui-ci
réclamant la justice des pairs , le Monarque
se fit justice, répara sa faute, et assigna jour
au sir de Coucy pour répondre en parlement.

Mon père sait que dans des temps beaucoup plus modernes, nos Souverains se sont
engagés par une loi formelle, accordée sur
la réquisition des États, à ne point retenir
un de leurs sujets prisonnier plus de vingt-
quatre heures sans lui faire son procès, et que
la fameuse déclaration, enregistrée et publiée
le 24 octobre 1648, porte : *que l'on ne pourra
plus tenir aucun, même particulier du royaume, en prison plus de trois jours sans l'in-
terroger.* Cette loi n'a jamais été abrogée, et
ne pourra jamais l'être sans démence ; car on
ne dit pas à des peuples, qui veulent bien se
croire libres, qu'on prétend les gouverner par
des principes orientaux.

Mon père n'ignore pas que l'usage et la
dénomination même des lettres de cachet est
très-moderne, puisque ce mot a été employé
pour la première fois dans l'ordonnance d'Or-
léans de 1560. Mon père sait que depuis nos
codes de lois barbares inclusivement, jusqu'aux
ordonnances du règne passé, on trouve une
tradition constante et des textes précis, qui
défendent à tous juges d'avoir égard aux ordres particuliers délivrés sur le fait de la justice : or, il ne faut pas réfléchir beaucoup
pour voir que les lettres closes ne changent
point de nature pour être adressées aux par-

ticuliers, plutôt qu'aux juges ; qu'elles sont
également contraires à l'équité dans l'un et
l'autre cas, et même plus funestes dans le premier, par mille et mille raisons trop longues
à déduire ici ; et qu'on auroit assurément réduit en loi cette jurisprudence si commode
aux puissans, si elle n'étoit pas évidemment
attentatoire au droit naturel et à notre droit
public. Mon père sait, enfin, que depuis le
commencement de la monarchie, jusqu'à l'o-
dieuse et infâme administration des Italiens,
si l'on excepte le règne de Louis XI , que
mon père appelle quelque part un *monarque*
habile, mais qui n'en fut pas moins le Tibère
de la France, aussi méchant et moins éclairé
que le Tibère de Rome, et le plus ingénieux
geolier dont les fastes de la tyrannie fassent
mention, l'usage des détentions illégales fut
si rare qu'on peut le dire nul. C'est sous le
ministère du sanguinaire Richelieu, que mon
père a si bien peint, quoiqu'en beau, dans
ses *Lettres sur la dépravation de l'ordre lé-*
gal, et sur-tout sous celui du doux et pacifique cardinal de Fleuri , qui fut le plus
despotique des ministres despotes , qu'on a
commencé à se servir des lettres de cachet,
avec l'excès dont nous voyons aujourd'hui le

dernier période, dont je suis la victime, moi,
et quelques milliers de citoyens.

Maintenant, s'il est vrai, comme le montre tout le corps de l'histoire ancienne et moderne, *qu'aucune Société n'a péri que par
l'infraction des lois qui l'avoient consoli-
dée ; qu'il faut en tout chercher le principe,
et dire, Cette chose est-elle dans le droit
commun ?* pour s'éviter toute sorte d'injustices, *de sollicitude et de surprises ;* que si
la chose proposée *est contraire au droit, elle
est une tyrannie ;* que si elle y est conforme,
il faut aussitôt en *authentiquer la contex-
ture, les ressorts, la marche et les règles ;
que c'est en vertu de cela que les tribunaux
réguliers furent de tout temps les plus fermes
appuis du bon ordre ; que l'habitude des fau-
teurs de l'injustice, ennemis de l'authenticité,
est de les représenter comme opposés à l'autorité, et d'entraîner tout le gouvernement na-
tional vers un régime de convulsions subites
dont le principe est caché, dont les conséquences sont déguisées, dont les effets sont
palliés ;* que de-là suivent *les abus, jusqu'à ce
que l'excès des abus opère l'épuisement entier,
et quelquefois le démembrement de la Société ;*
(Ami des Hommes, *tome. VI, pag.* 221, 22, 23.)
si tous ces principes sont vrais, je demande com-

ment un philosophe ami des hommes, défenseur du droit naturel, sensible patriote, qui
regrette nos anciennes libertés et respecte
les lois, peut se croire permis d'autoriser,
de légitimer autant qu'il est en lui, par ses
demandes, des coups d'autorité si contraires,
je ne dis pas à notre droit public qui est anéanti,
et ne nous appartient guère plus qu'aux Chi-
nois ; je dis à la justice naturelle, à la loi des
nations, de l'humanité, cette loi immuable,
imprescriptible, qui fonde nos droits inalié-
nables ; je dis à toute espèce de liberté politique et civile, publique et particulière : coups
d'autorité, qui nécessitent plus tôt ou plus tard,
selon le caractère des gouvernans et des gou-
vernés, leur modération respective et les
autres circonstances accessoires, mais infailliblement, la dissolution de l'organisation so-
ciale, et l'établissement pur et simple du plus
complet, du plus désastreux despotisme. Assurément mon père convient assez de tout cela
dans le passage cité, et nous verrons bientôt
combien, plus formellement, il en profère
l'aveu ; mais je consens de plus à mettre ma
tête sur un billot, si je ne démontre cette allégation à la rigueur, et je prends pour juges
tous autres que les ministres et autres gens
intéressés au maintien de cette jurisprudence

asiatique , les frippons, les fous et les buses.
Mais ce n'est pas à mon maître que j'ai besoin de prouver des choses qu'il m'a appris à
prouver. Je me doute bien que s'il daigne
lire cette note, il répétera ce qu'il a dit à
propos de l'Essai sur le Despotisme : *qu'il faut
être insensé pour écrire de ces choses-là ,
quand on est sous les liens d'une lettre de
cachet ;* et je réponds, comme je répondis :
Que si tant est qu'il y ait à cela de la folie ,
jamais il n'y en eut une plus noble et plus
magnanime ; qu'elle est même respectueuse
pour le gouvernement, que je taxe d'erreur
et non de tyrannie, sans quoi je ne hasarderois pas des vérités si hardies qui ne pourroient
qu'appeler sur ma tête la hache du bourreau.
Certes, si j'étois homme public (ce dont le
Ciel me préserve à jamais ! et il y a mis bon
ordre) je voudrois trouver beaucoup d'hommes
capables de parler ainsi dans les fers ; car je
sais (et je l'ai dit aux puissances de la terre)
que les sujets les plus courageux sont toujours les plus utiles et les plus essentiellement soumis.

TEXTE.	*OBSERVATIONS.*
III. (tom. I. 139.)	I I I.

Ce qu'on voudroit appeler bon ordre et police, ... selon moi, ressemble assez à celle que l'on fait observer dans le serrail.

O mon père ! vous avez écrit cela, et vous tenez votre fils aux fers par lettre de cachet ! Qui m'a fait connoître au Sultan ? qui aux Bachas ? Il ne me manque plus que de voir arriver les muets ; envoyez-moi le cordon ; ce sera le terme de mes maux. Ah ! je ne l'aurois pas attendu, si l'esprit de cette *police* orientale n'étoit tempéré par la bienfaisance de celui qui en a la direction.

TEXTE.	*OBSERVATIONS.*
IV. (*Ibid.* 148.)	I V.

Il est contre mes principes de conseiller la violence, en quoi que ce puisse être.

Pourquoi la sollicitez-vous ? Eh ! n'est-ce pas la plus tyrannique des violences que j'endure ? Quoi ! c'est donc pour votre famille seulement que vous approuvez, que vous invoquez *ces jugemens sans*

loi et sans appel, ces condamnations som-
maires et par corps, attribution qui, fût-
elle donnée à l'équité même, si celle-ci ne re-
culoit d'horreur de l'accepter, elle la verroit
dégénérer en tyrannie dans sa main? (Vol. VI,
pag. 72.) Quel tableau, grand Dieu! et quelle
préférence !

TEXTE.	*OBSERVATIONS.*
V. *(Ibid.* 170.)	V.

Honorez les petits. Les larmes me viennent aux yeux, quand je songe à cette intéressante portion de l'humanité, ou quand de ma fenêtre, comme d'un trône, je considère toutes les obligations que nous leur avons ; quand je les vois suer sous le faix, et que me tâtant ensuite, je me souviens que je suis de la même pâte qu'eux.

Et moi mon père, je suis *votre sang,* vous m'avez donné l'être ; et vous me condamnez à mourir lentement dans un cachot, vous qui n'avez pas, dans nos lois, plus de juridiction sur moi, maintenant que je suis marié, que je n'en ai sur vous, et qui n'en eûtes jamais dans tout ce qui est affaire crimi-nelle ! Vous m'avez donné l'être, et par cela même vous avez contracté le devoir sacré de travailler à mon bonheur ; devoir qui est le seul titre qui fonde vos droits ; *car qui dit droit, place avant un devoir :* c'est un des premiers axiomes sur lesquels vous avez fondé la science économique. Jugez-vous vous-même, comment me traitez-vous ? Je suis le jouet infortuné de vos passions et de vos vengeances : vous me livrez à toutes les horreurs du désespoir ; vous m'avez cherché la prison la plus sévère, le supplice le plus cruel, puisqu'il est le plus lent. Vous me refusez tout ce que vous n'êtes pas forcé de me donner ; vous m'ôtez tout ce que vous pouvez atteindre : loin de me défendre, vous m'interdisez tout moyen de défense ; vous me baillônez ; vous me privez de toute consolation, de tout secours ; vous ne voulez pas même que je sache si mon fils est mort ou vivant ; mon fils, dont je suis le père, comme vous êtes le mien, dont vous n'êtes le père que par moi ; mon fils, sur lequel une loi folle et barbare vous donne un droit exclusif, mais que vous ne tenez que de moi ; mon fils, à qui l'on apprend, au sortir du berceau, à haïr celui qui lui donna le jour !... Mon père ! mon père ! voudriez-vous être traité ainsi ? — Mais je suis coupable, et vous êtes innocent. — Êtes-vous mon juge ? non, vous ne l'êtes point ; vous êtes ma partie. Mais quand vous seriez mon juge, m'avez-vous entendu? non; et fussé-je coupable, votre arrêt fût-il équitable, vous auriez encore fait une très-grande et très-odieuse injustice en le prononçant sans m'écouter. Ce n'est pas vous sans doute qui vous défendrez par cet adage insensé, quoique tant répété, *Que peu importe comment le bien se fasse, pourvu qu'il se fasse*: principe faux dans tous les cas, sans en excepter un seul, absurde dans la théorie, tyrannique dans la pratique, attentatoire aux droits des hommes et des nations.... *Les larmes vous viennent aux yeux* quand vous voyez un homme courbé sous le faix que vous ne lui avez point imposé! Que vos cheveux dressent sur votre tête en pensant à celui dont vous m'avez chargé, et sous lequel je succombe!

TEXTE.	*OBSERVATIONS.*
VI. (*Ibid.* 243.)	VI.
Persuadé que les plaies en écrit demeurent, je tâche d'écrire, comme je voudrois l'avoir fait le jour qu'il me faudra rendre compte à Dieu.	Est-ce parce qu'elles *demeurent*, que mon père m'a frappé de ces terribles plaies? et que ne disant pas dans son mémoire un mot injurieux des personnes qui l'avoient

l'avoient attaqués, il s'est efforcé de deshonorer son fils qui se taisoit, et avoit mieux aimé fuir que se défendre?

TEXTE.	*OBSERVATIONS.*
VII. (*Ibid.* 278.)	VII.

<table>
<tr><td>

Que la justice y soit, dans tous les cas, rendue sur les lieux, sans que la jurisdiction des Compagnies à ce destinées soit jamais enfreinte; que la police y soit tellement observée, que la faveur y soit même inutile, et que la plainte de l'opprimé trouve un vengeur et un juge sur les lieux.

</td><td>

Voilà les principes d'administration que vous avez posés, mon père, *en tâchant d'écrire comme vous voudriez l'avoir fait le jour qu'il vous faudra rendre compte à Dieu.* Je vous supplie de vous demander, dans votre conscience, si vous y avez conformé votre conduite, si vous êtes d'accord avec vous-

</td></tr>
</table>

même lorsque vous me soustrayez aux tribunaux, vous qui savez si bien, *que les abus ne sauroient avoir un plus prompt et plus sûr moyen de s'introduire, que sous la forme spécieuse de l'ordre allié avec la contrainte, et indépendemment des cours juridiques.* (Vol. VI, pag. 159.) Que si, par des

Tome II. M

motifs que je ne veux ni apprécier, ni même deviner, vous avez laissé prononcer mon arrêt, tandis que vous m'ôtiez tout moyen de me défendre, en me plongeant dans la caverne où je suis mort au monde ; y a-t-il, je ne dis pas de la justice, je dis de l'humanité dans ce procédé? Vous, ou qui que ce soit au monde, a-t-il le droit d'être plus sévère que la loi? d'apprécier pour moi le prix de la liberté et de la vie, ou le poids de la servitude et de la torture continuelle que vous me faites subir? Demandez-vous enfin, si votre fils qui, coupable ou non, est si cruellement opprimé, peut trouver dans les lieux où vous l'avez fait confiner, je ne dis pas un vengeur, je n'en veux point (et de qui me vengerois-je? d'un père?) je dis un juge, *auprès duquel la faveur soit inutile?* Je demande ce juge, je demande un juge quelconque; et ne puis l'obtenir, grace à votre crédit.

TEXTE.	*OBSERVATIONS.*
VIII. (*Ibid.* 280.)	VIII.
Certaines évocations par lesquelles on borna jadis le pouvoir des Compagnies, deviendroient si	Mais la méthode que vous employez est-elle plus juste et plus salutaire? Vous portez

TEXTE.	OBSERVATIONS.

communes, que toute affaire litigieuse reviendroit, ou par la forme, ou par le fond, à la Capitale, où parmi un million d'ames et dix millions d'affaires, le bon droit a nécessairement bien de la peine à trouver l'étiquette des rues.

votre procès ou le mien devant un juge qui n'en a ni les droits, ni la mission, ni les lumières; qui préside sur dix-huit millions d'hommes et des milliards d'affaires : il est bien sûr qu'il vous en croira sur votre parole, et c'est ce que vous voulez.... Mais la victime? hélas! vainement elle bêle; elle sera égorgée.

IX. (*Ibid.* 280-306.)

IX.

Peu-à-peu, à force d'attirer les affaires à soi, le gouvernement, au lieu de la suprématie, qui seule lui convient, auroit l'intendance et le district des détails qui l'absorberoient, et réduiroient ses chefs à être de simples commis aux signa-

Et tous ces honnêtes gens-là sont-ils sanctifiés lorsqu'ils vous sont utiles? Deviennent-ils impassibles, infaillibles, incorruptibles et juges légitimes des citoyens, pour votre famille seule? Quels magistrats, juste Ciel! que

M ij

TEXTE.

sures ; tandis que les intrigans dans leur air natal, sitôt qu'ils nagent en eau trouble, assiégeant les commis et leurs sous-ordres, faciliteroient le cours des choses vers l'anarchie et le renversement..............
.... Le ministre rendu dans son redoutable cabinet, seroit tout étonné d'avoir fait mille graces, et de n'avoir pas une créature, pas un ami de sa personne, mais seulement de sa place, parce qu'il ne voudroit pas se persuader qu'il seroit mis à l'enchère par ses entours, et qu'on vendroit ses audiences, son repas, son sommeil, ses distractions, etc. En vain il feroit alors maison neuve, et nou-

OBSERVATIONS.

ces courtisans dont vous avez peint si souvent l'iniquité et la bassesse, avec une plume de fer ! A quel tribunal vous traduisez votre fils, vous qui savez si bien que *ce seroit une attitude forcée et impossible à la justice même, que d'avoir la balance et le glaive dans la même main !* (Tom. VI, pag. 87.) Hé ! qui la tient cette balance dans laquelle vous mettez votre fils ? ..... Je ne me livrerai point à ma verve ; je ne laisserai pas déborder mon indignation si juste et si profonde ; mais rappelez - vous quelques anecdotes qui disent ce que je veux bien taire.... Le surin-

TEXTE. OBSERVATIONS.

reau cabinet à tous égards; les mouches qui succéderoient, plus avides que les premières, l'assiégeroient plus étroitement encore, pût-il réussir à faire venir du Congo des commis et sous-commis, muets et sourds, endurcis enfin à toute contagion de l'or.... L'intrigue et la corruption descendront alors d'un cran; les valets vendront les sous-ordres les premiers, et ceux-ci le chef; tous sans le savoir.

tendant d'O avançoit dans une auguste assemblée, que le peuple (et tout ce que ces gens-là n'aiment ni ne craignent est peuple pour eux) *est une bête de somme, qui ne va bien que quand elle est bien chargée.* Le surintendant d'Émeri disoit en plein conseil : *que la foi n'étoit que pour les marchands, et que les maîtres des requêtes qui l'alléguoient pour raison dans les affaires du Roi, méritoient d'être punis.* Servien, dans le même conseil, fut d'avis d'ôter le contrepoison que la duchesse de Lesdiguieres avoit mis dans deux petites boîtes destinées au cardinal de Retz, alors prisonnier dans la bienheureuse maison où je suis, et d'y mettre du poison à la place.... Je m'abstiens de mille et mille traits plus récens, la plupart

M iij

desquels je tiens de vous. Les dignes juges
que ceux qui parloient, et devant qui on
parloit impunément ainsi! Que les lettres de
cachet, c'est-à-dire, *des jugemens sans loi*
et sans appel, des condamnations somma-
res et par corps, attribution qui seroit
donnée à l'équité même, que, si elle ne recu-
loit d'horreur de l'accepter, elle la verroit
dégénérer en tyrannie dans sa main; (Voy.
ci-dessus) que les lettres de cachet sont sa-
gement confiées à de tels hommes!—Mais ces
temps ne sont plus.—Je l'ignore et je veux le
croire; mais ils peuvent n'être pas aujourd'hui,
et être demain. Eh! qui empêchera ces honnêtes conseillers de mettre leurs abominables
maximes en pratique, avec l'expéditive et
commode jurisprudence des lettres closes?
De tels monstres n'approchassent-ils jamais
des Rois, toujours sera-t-il que quiconque s'a-
dresse à des ministres pour faire justice des
citoyens, et aux citoyens, ne veut qu'injustice. S'il avoit une intention droite, les voies
légales lui suffiroient; il respecteroit les lois
et les formes de sa patrie. Eh! mon père,
c'est vous qui l'avez dit: *En quelque partie*
que ce puisse être, l'inspection des détails
ne sauroit servir au gouvernement qu'à être
plus facilement et plus irrémédiablement

trompé. (tom III , pag. 153.*)* Pourquoi suis-
je obligé de vous compter au nombre des
trompeurs que vous avez si bien signalés ?
Mazarin n'étoit qu'astutieux, cupide et frip-
pon, et nullement sanguinaire, ni même dur
à un certain point, quoiqu'il n'aimât que l'argent. Lorsque Saint-Évremont alla le remercier de l'avoir tiré de la bastille, il l'assura
bénignement, *qu'il étoit persuadé de son
innocence ; mais que dans le poste qu'il occu-
poit, on se trouvoit obligé d'écouter tant
de choses, qu'on distinguoit bien difficilement le vrai du faux.* Voilà le propre aveu
d'un ministre. Cette excuse n'est-elle pas fort
consolante ? et le régime qui la nécessite fort
sain ? Un honnête homme peut-il demander
justice d'un autre homme à un tel juge ? peut-
il reconnoître la légimité d'un tel tribunal ?
.....Mais, mon père, je prêche à l'amiral
Coligny la religion réformée.

TEXTE.	*OBSERVATIONS.*
X. (*Ibid.* 315.)	X.
Mon principe politi-que..... seroit de res-pecter tellement le droit public, que tout titre de	La propriété de ma personne n'est pas moins *sacrée* que tou-tes ces autres proprié-

M iv

TEXTE.   *OBSERVATIONS.*

propriété, même la plus mal acquise, quant au passé, en fût un de possession assurée et paisible ; que tous engagemens, même les plus onéreux et forcés, fussent sacrés dans la société, et ce n'est que par des moyens justes et doux, etc.

tés. Ah ! j'abandonnerois toutes les miennes, sauf les droits de mon fils, pour recouvrer celle - là. Mais comment l'ai - je perdue ? où est mon délit ? qui l'a constaté ? qui m'a entendu, confronté et jugé ? en vertu de quelle autorité légale suis-je proscrit ?

quels sont les *moyens justes et doux* qui m'ont amené dans un cachot ? *Les bienfaits sont le bras droit de l'autorité*, dites vous. (Vol. II, pag. 53.) Les lettres de cachet se distribuent sans doute du bras gauche. Je ne sais de quelle main elles se signent, et je suis très-persuadé qu'on en épargne, autant qu'on peut, la peine au Roi. Mais vous, mon père, comment avec de tels principes, comment les sollicitez-vous ? Vous faites agir votre maître contre ses intérêts, dans votre propre opinion ; puisque, selon vous, *il n'est aucun attentat à la propriété qui ne soit un germe de destruction, et qui ne porte son fruit de ruine* (tom. VI,

p. 83): vous le faites contrevenir au serment de son sacre, où il a juré de se conformer aux lois ; *sauf ce qui regarde l'usage convenable de la miséricorde ,* (salvo condigno misericordiæ respectu). Il ne peut donc s'élever au dessus des lois que pour verser les trésors de sa clémence. Croyez-vous qu'il l'exerce envers moi ? eh ! qui a attiré ses foudres sur ma tête ?

TEXTE.	*OBSERVATIONS.*
XI. (tom. 2. 55.)	X I.
Ils (les étrangers) nous disent arbitrairement gouvernés en tout sens; et il faut avouer que .... certains scandales de détail nous donnent assez l'air de quelque chose d'approchant.	.Quels sont ces *scandales ?* Assurément on ne seroit embarassé qu'à les déduire tous, sans en oublier aucun; mais vous n'avez pu ni voulu désigner par cette expression, *scandales de détail,* que les empri-

sonnemens illégaux. Un bon citoyen tel que vous, mon père, veut-il donc contribuer à étendre cette tache de notre administration ? Un respectable Suisse nioit que nous fussions vous et moi, père et fils, parceque j'étois prisonnier au château de Joux à la réquisition de mon père. Lorsqu'il eut la preuve que

L'Ami des Hommes étoit ce même marquis de Mirabeau dont le prisonnier de Joux étoit fils, il me dit ces propres mots : *Je conçois qu'un père peut être tenté de tuer son enfant, si celui-ci est un monstre de scélératesse ; mais je ne comprendrai jamais comment il se résout à attenter sur sa liberté....* Je n'écrirai pas ce qu'il ajouta ; mais j'avoue que je pense et sens comme ce Suisse, qui, au reste est connu de toute l'Europe par ses talens et ses vertus.

TEXTE.	*OBSERVATIONS.*
XII. (*Ibid.* 80. **)**	**X I I.**
La justice n'est autre chose que la conservation des droits respectifs de chaque individu.	Oserai-je demander à mon père lesquels des miens il a respectés ?
X I I I. (*Ibid.* **)**	**X I I I.**
En conséquence, qui dit justice, dit tout, et toutes autres parties du régime politique ne sont que des subdivisions de celle-là.	En *conséquence*, prouver que l'exercice de la justice est incompatible avec les emprisonnemens illégaux, c'est prouver que les lettres de cachet sont destruc-

tives de toute justice, de toute liberté, de tout gouvernement régulier. Or je demande à vous, mon père, si la preuve est difficile, si la chose est problématique, si elle n'est pas évidente de soi, pour tout homme qui a les premières notions des droits de l'humanité, des lois naturelles et positives, de l'objet et de l'organisation des sociétés, enfin, de l'histoire des hommes et de l'homme? *L'ami des hommes* a déja répondu; il répondra plus nettement encore.

T E X T E.	*O B S E R V A T I O N S.*
XIV. (*Ibid.* 85.)	XIV.
La distribution de la justice seroit (dans votre plan) comme chez nous un droit de la souveraineté; mais à l'administration duquel le prince seroit obligé de préposer des commettans, SE RÉSERVANT UNIQUEMENT LES CAS MAJEURS ET PRIVILÉGIÉS, et donnant d'ailleurs à ses préposés, une autorité sans bornes	Je ne discuterai point la valeur de cette exception, qui, si vaguement énoncée, renverse elle seule le principe que vous posez. Ce n'est pas à vous qu'il est nécessaire d'observer que la distribution de la justice n'est le droit du souverain, que parceque le corps social lui a délégué tout son pou-

TEXTE.   *OBSERVATIONS.*

pour tous les autres cas.   voir pour l'exécution

des lois; qu'ainsi ce droit n'est et ne peut être que celui d'ériger des cours de justice pour l'administrer dans tous les cas possibles en son nom, qui n'est autre que la nation prise collectivement, selon les lois admises dans cette société ; car il seroit impossible et absurde que le souverain exerçât personnellement le pouvoir judiciaire dans les affaires civiles, et injuste, et même tyrannique qu'il jugeât dans les affaires criminelles, puisqu'il est partie publique dans tous les délits, comme préposé pour les poursuivre par le corps social :

Que s'il pouvoit être des *cas majeurs et privilégiés* qui intervertissent le cours des lois, ces exceptions funestes seroient nécessairement arbitraires, et par conséquent propres à couvrir toute sorte de brigandages, puisque ces mots magiques, *Le secret de l'administration*, arrêteroient toute sorte de réclamations, et livreroient sans ressource un citoyen à la merci de ses ennemis accrédités:

Qu'on ne peut demander à qui que ce soit, sous prétexte du bien public, le sacrifice de sa liberté naturelle, puisque la société est engagée à la maintenir:

Que le monarque qui peut faire arrêter et conduire un homme à Vincennes, peut également le livrer aux tribunaux intéressés à défendre l'autorité dont ils sont dépositaires, et que si l'accusé est vraiment criminel d'état, c'est une raison de plus pour que le chef de l'état ne s'arroge pas la connoissance exclusive de son délit ; ce que je pourrois appuyer de mille et mille preuves tirées des plus simples notions de l'équité:

« Que les mystères d'état n'en imposent « plus à l'humanité, qui s'est fait des révolu- « tions passées un tableau de proportion pour « juger du vrai mobile des grands événemens « présens et futurs. Nous voyons que des « misères d'intérêts ou de passions particu- « lières ont de tout tems décidé les plus « grandes choses, et le masque de la poli- « tique est désormais percé à jour. » (tom. 3. p. 27.)

« Que si l'homme étoit asservi au code des « maximes d'état, composé d'axiomes barbares « qui partent tous d'un principe faux, il s'en- « suivroit que depuis que les monarchies exis- « tent ce n'est au fond que la loi du plus fort « civilisée ; que les peuples ne songent qu'à

« éluder ou à restreindre cette loi, et que
« les Rois ne doivent penser qu'à l'étendre. »
(tom. 4. p. 10.)

Que quant à ces circonstances subites, et
heureusement si rares, où il faut absolument
s'élever au dessus des formes, et mettre à
l'écart, en faveur de la liberté les maximes
qui n'ont été établies que pour la conserver,
l'évidence en est le caractère propre et unique,
de sorte que personne ne les révoque en doute,
et que le citoyen le plus obscur est aussi bien
au dessus des lois dans ces crises funestes que
le prince lui-même.

« Qu'ainsi la nécessité (*l'évidente néces-*
« *sité sans quoi on pourroit toujours la pré-*
« *texter) et le danger peuvent seuls autoriser*
« *la violence contre la liberté naturelle des*
« *hommes ; et que sans ces motifs pressans*
« *la domination, qui violente la propriété*
« *personnelle, dégénère en tyrannie ;* (tom.
« 6. p. 57.) *et qu'à peine dix siècles four-*
« *nissent un exemple de ces occasions ex-*
« *trêmes* (tom. 4. p. 156.)

Mais qu'en général il importe infiniment
à la société que le droit de chaque individu
soit protégé, non par une force particulière,
dont l'action illégale blesse les droits de la
communauté, mais par les forces réunies de

cette société, c'est-à-dire, en vertu du pouvoir souverain réglé par les lois; et qu'ainsi
jamais et en aucun cas (car la NÉCESSITÉ
n'en est point un qu'on puisse prévoir) aucun jugement ne peut être légitimement rendu
contre un citoyen, et par conséquent aucune
peine infligée, si ce n'est par les juges ordinaires, légalement préposés pour être les
organes et les interprétes des lois.

Cette discussion étendue et développée seroit la matière d'un ouvrage très-important :
Eh! qui le feroit mieux que vous? mais la
restriction que contient le passage cité, n'influe en rien sur la conséquence que j'en veux
tirer. Mon affaire est-elle un *de ces cas ma-*
jeurs et privilégiés dont vous réservez la connoissance exclusive au monarque ? suis-je un
criminel d'état ?

TEXTE.	*OBSERVATIONS.*
XV. (*Ibid.* 93.)	X V.
Le prince ne doit que ce qu'il peut; il doit à tous ses sujets la justice la plus prompte et la plus commode. Les abus de détails appartiennent	Mais tous ceux qui le surchargent de nou- velles demandes, et dé- tournent son attention sur des objets qui ne sont pas de sa compé-

TEXTE.

à la nature corrompue : il ne tient pas au souverain qu'Adam n'ait péché; mais tous les maux de corruption, de faveur, d'ignorance, de hâte, d'impuissance, qui naissent du déplacement; tous ces maux, dis-je, sont des vices du gouvernement : il ne sauroit donc trop réserver sa vigilance pour les objets principaux, et renvoyer les détails à leur source.

OBSERVATIONS.

tence, se croient aussi bien fondés, aussi dignes d'être écoutés que vous. Il faut donc des règles générales *sans exception*, des principes généraux *sans exception*, pour éviter l'arbitraire et les *déplacemens*; et quiconque sollicite ces exceptions manque au devoir de bon sujet et de digne citoyen, puisqu'elles sont funestes à l'état. Mais qui doit pratiquer ces maximes, si ce n'est celui qui s'est fait tant d'honneur en les publiant? Pourquoi contribuez-vous à ce *déplacement* dont vous faites si bien entrevoir les conséquences? Pourquoi vous-rendez vous complice des *vices du gouvernement* après les avoir indiqués? Daignez me dire s'il est d'un bon citoyen de contribuer au renversement de l'ordre? *On sait que les exemples font tout, et les préceptes rien.* (2ᵉ. vol. p. 227.)

XVI.

TEXTE.

OBSERVATIONS.

XVI. (*Ibid.* 99.)

XVI.

Ces gens-là (les inten-dans) seroient tout dans l'état, s'ils étoient ce que portoient leurs titres et leurs prétentions ; et il ne faudroit que trente-deux hommes pour gou-verner le royaume ; mais fut-ce le royaume des taupes, ils y seroient bien embarrassés.

Il y a une manière de gouverner trente et une fois plus courte ; c'est qu'un seul se char-ge de cette besogne, *em-barrassante* ou non , et que ses amis obtiennent tout ce qu'ils peuvent désirer de ce magistrat unique. Quand il sera trop *embarrassé*, il rem-plira la Bastille, Vin-cennes et autres lieux de plaisance : or, là, je vous réponds qu'une fois les portes fer-mées, un enfant garderoit dix mille person-nes. — Mais les autres se fâcheront — Oh ! que non ; nous sommes patiens ; au pis aller vous mettrez tout le royaume en prison d'état : cela sera un peu cher ; mais le bien des dé-tenus y pourvoira de reste : on ne vous con-trariera plus : vous serez maître, maître ab-solu par la grace de dieu et des verroux, et le despotisme promenant ses regards sur de vastes déserts s'applaudira d'avoir tout opprimé.

Tome II.

N

TEXTE.	OBSERVATIONS.

XVII. (*Ibid.* 105.)

XVII.

La justice et la police sont des ressorts trop précieux et trop sacrés pour devoir en confier jamais la direction en chef à des mains profanées par la rouille des métaux.

Ne peut-on pas ajouter, à *des cœurs corrompus par l'intrigue, la faveur et la cour ?*

XVIII. (*Ibid.* 106.)

XVIII.

Quel contrepoids! quel remède aux vices naturels d'un gouvernement militaire en sa constitution, que l'introduction des tribunaux toujours fixes et agissans, scrupuleux conservateurs des formes auxquelles le pouvoir éclairé a bien voulu s'astreindre, prévoyant le règne du pouvoir aveugle !

Sans nier ou débattre le principe, sans relever cette singulière expression de *bien voulu*, je demanderai seulement de quel droit vous m'arrachez cette sauve-garde des tribunaux si précieux, selon vous, si nécessaires pour remédier aux vices du pouvoir aveugle ?

TEXTE.   OBSERVATIONS.

XIX. (*Ibid.* 111.)   XIX.

Que l'autorité se rap-   Hélas ! on est jugé
pelle les siècles de fer, du moins lorsqu'on l'est
où l'on établît et multi- par Commissaires, et
plia les jugemens par   quelque effrayant que
Commissaires.   soit ce dernier outrage
                           que le despotisme puisse
faire à la justice, qui est d'emprunter son
costume pour déguiser sa tyrannie, du moins
il délivre les victimes dévouées aux vengeances
ministérielles du poids de l'incertitude, le
plus horrible, le plus intolérable des tourmens. Convenez, convenez mon père, que
ceux qui, dans les prisons d'état, peuvent
être jugés, sont beaucoup plus malheureux
que ceux qui sont mal jugés. Je demande
pour toute grace un arrêt.

TEXTE.   OBSERVATIONS.

XX. (*Ibid.* 114-115.)   XX.

Les Juges ordinaires et   Pourquoi donc me
les tribunaux naturels eus- soumettez vous à ceux-
sent-ils toutes les préten- ci? Je ne suis que votre
tions ensemble, des vues   fils il est vrai; mais

N ij

TEXTE.

d'ambition de toute es-
pèce, un esprit de des-
potisme habituel , une
fierté de mœurs incom-
patible avec la véritable
équité, le tranchant et
le dur d'un prévôt enté
sur la morgue du tribu-
nal, une balance enfin à
tout poids et à toute me-
sure etc.; je ne sais sur
quoi l'on pourroit espérer
de trouver mieux dans
les Juges d'attribution
et de cour. L'état de
l'homme en général est
une maladie habituelle ;
mais les plus mal sains
de tous, sont ceux qui
respirent l'air le plus cor-
rompu.

OBSERVATIONS.

enfin je dois bien peser
dans votre cœur, autant
qu'un individu du *pau-
vre peuple.*

XXI. (c. 4. 142. *Ibid.*)

La contrainte est le
plus défectueux des res-

XXI.

O mon père! pour-
quoi l'employez vous si

TEXTE.	OBSERVATIONS.

sorts de l'autorité.

souvent ? pourquoi a-t-elle été dans tous les temps la cheville ouvrière de votre administration domestique ? En quatre ans de temps vous m'avez frappé de huit lettres de cachet. Ce n'est point à moi à vous rappeler que vous en avez obtenu trente en votre vie ; vous qui avez avancé, comme nous le verrons bientôt, qu'à peine en dix siècles se présente-t-il une occasion juste d'en décerner une. Vous avez mené tous vos enfans, excepté un seul, par la terreur, comme si c'étoit du sang d'esclave qui circulât dans leurs veines. Ah ! mon père ! je vous en conjure, *abandonnez ces ressorts défectueux ; ces moyens durs et violens, qui,* selon vous, *ne peuvent en aucun genre produire rien de bon ;* (2ᵉ. vol. p. 377.) *ces voies forcées que vous abhorrez comme détestables devant Dieu et les hommes.* 401. *Ibid.*}

TEXTE.	OBSERVATIONS.

XXII. (*Ibid.* 149.)

XXII.

Par tout sans en excepter rien, les moyens coërcitifs sont les plus

Que vous proposez-vous par les moyens que vous employez envers

TEXTE.   *OBSERVATIONS.*

propres de tous à faire moi? ma mort? Donnez
sur l'homme un effet con- la-moi moins cruelle et
traire à leur objet. moins lente : l'acte de
m'égorger ou de m'em-
poisonner ne sera pas plus criminel que l'intention de me faire mourir de désespoir, et
sera moins barbare que celui de m'y contraindre. Désirez vous ma résipiscence ? *par tout,*
sans en excepter rien, les moyens coërcitifs
sont les plus propres à faire sur l'homme
un effet contraire à leur objet. Décidez-vous :
accordez-vous avec vous-même, osez dire
ce que vous voulez. Mon père, *avant que*
d'entreprendre de faire respecter le droit na-
turel dans l'univers, il faut commencer par
le faire régner chez soi. (Ami des hommes,
vol. 3. p. 213.)

TEXTE.   *OBSERVATIONS.*

XXIII. (*Ibid.* 238.)   X X I I I.

Le droit des gens en   Grand dieu! c'est ce-
grand et en petit, c'est lui qui a écrit ainsi, qui,
là le point de vue qui au mépris du droit na-
abrégera vos travaux et turel et des sentimens
vos spéculations; qui fixe- les plus doux de la na-

TEXTE.

ra vos irrésolutions, qui élaguera les SOPHISMES DU POUR ET DU CONTRE, MALHEUREUX EFFORTS DE L'ESPRIT HUMAIN, DESTINÉS A CACHER LES TRAHISONS DE L'INTÉRÊT, QUI OBSCURCISSENT DES VÉRITÉS PLUS CLAIRES QUE LE JOUR, ET FONT QUELQUEFOIS SUBSISTER CHEZ DES PEUPLES POLICÉS DES TYRANNIES DE DÉTAIL, DONT LA BARBARIE AUROIT ROUGI. Ayez uniquement en tout et par tout le droit des gens en vue. La loi naturelle, empreinte dans tous les cœurs, se présente sans cesse aux yeux même qui le fuyent, et le fait briller sans nuage devant ceux qui le cherchent

OBSERVATIONS.

ture, livre son fils à *ces tyrannies de détail* dont la barbarie auroit rougi. *Quis tulerit Gracchos de seditione querentes ?*..... Mon père, relisez ce beau fragment et tâtez votre cœur.

N iv

TEXTE.   *OBSERVATIONS.*

dans la pureté de cœur
et d'intention. Il vous
décidera dans les plus
petits détails.

XXIV.
(C. 5. p. 312-13. *Ibid.*)

Parmi tous ces mo-
dernes, je suis peut-être
le premier qui ait pré-
tendu enseigner au phy-
sique que tous les hom-
mes étoient frères; que
nul ne pouvoit faire son
propre avantage exclusi-
vement à celui d'autrui;
que les principes de la
justice s'accordoient en
tout et par tout à ceux
du véritable intérêt; que
les bienfaits étoient les
seules chaînes propres à
l'homme; que l'harmo-
nie politique a des règles
simples, fixes et préci-

XXIV.

Traitez-moi en *père*,
ce qui est plus dire
qu'en *frère* ; car les
devoirs de la fraternité
ne sont que relatifs :
ceux de la paternité
sont directs. Vous m'a-
vez donné le jour. C'est-
à vous à vous efforcer
de me rendre heureux,
et à plus forte raison
de n'être pas l'artisan
de mon infortune.

Suivez envers moi
les principes de la jus-
tice naturelle ou posi-
tive, à votre choix.
L'une et l'autre vous

TEXTE.   *OBSERVATIONS.*

ses, au-delà desquelles la puissance ne peut rien contre elle-même.

diront que vous ne pouvez être mon juge ; car un homme n'a et ne peut avoir aucuns droits de jurisdiction sur un autre homme, le pouvoir d'administrer la justice appartenant évidemment à la société réunie pour maintenir les droits naturels de chaque individu, qui ne sauroit les conserver sans l'assistance de ses semblables. Un seul homme est le dépositaire de ce pouvoir dans les monarchies ; mais il faut qu'il la délègue, s'il ne veut être un oppresseur. Les lois positives vous diront que depuis la fondation de ce royaume jusqu'à ce jour, un juge n'a jamais pu juger seul : ce que vous pouvez voir, dans les lois saliques, dans les capitulaires, dans les premiers écrivains de pratique de la troisième race, et enfin dans toutes les ordonnances de nos Rois, depuis qu'ils se sont arrogés le droit d'en faire. Rendez donc justice à vous même et à moi ; respectez les lois de la nature, et celles de votre patrie ; ôtez moi ces chaînes, dont vous m'avez tyranniquement chargé et auprès desquelles la mort seroit un bienfait.

TEXTE.	*OBSERVATIONS.*
X . X V.	X X V.
(C. 7. p. 414-15. *Ibid.*)	

Qu'on ouvre ces célèbres prisons, on y trouvera 1°. quelques prisonniers d'état, ou autres dont les crimes ne doivent pas être révélés ; ceux-là seroient aussi bien à Pierre-encise etc.

2°. QUANTITÉ DE SCÉLÉRATS qui n'attendent que la liberté de se faire pendre, et des libertins qui s'instruisent sous de si bons maîtres. Nous parlions tantôt des travaux publics. Pourquoi CES GENS - LA attachés à des chaînes ambulantes, ne sont-ils pas employés à ceux de ces travaux qui POURROIENT ÊTRE MAL-SAINS POUR DES OUVRIERS VOLONTAI-

Je pourrois vous dire, mon père, que vous traitez bien légèrement l'article de ces *célèbres prisons*, et qu'assurément vous ne les avez pas examinées de près, soit dans leur constitution, soit dans leurs inconvéniens, quoique vous en ayez habité une, et c'est celle où je gémis :

Qu'il n'y a pas un homme au monde que je ne défie de prouver que des prisonniers d'état, des scélérats, des libertins, des fous, des vieillards ruinés, fassent, je ne dis pas le plus grand nombre des habitans des prisons d'é-

TEXTE.

RES? Ils serviroient d'exemple, au lieu qu'ils sont oubliés dans leur obscur repaire ; et le malheureux qui, opprimé par de faux rapports, et des surprises faites à l'autorité, se trouve quelquefois confondu parmi les méchans, seroit plus en état de réclamer LES SECOURS DE LA PITIÉ et des éclaircissemens.

3°. Des insensés : ceux-là peuvent végéter par tout ailleurs comme ici.

4°. Des enfans et des jeunes filles abandonnés...

5°. Des filles de joie qui, transportées dans des manufactures de province, peuvent devenir filles de travail.

Des viellards enfin qui, ayant consommé dans la débauche et la dissipation

OBSERVATIONS.

tat, je dis le tiers, le quart, la dixième partie :

Que ce que vous appelez les surprises faites à l'autorité, peuplent ces lieux de douleur, et que la plupart de ceux qui les habitent ont de l'esprit et des talens, ce qui est très naturel et se comprend facilement, le feu des passions étant presque toujours celui du génie, et le génie excitant constamment la haine de la médiocrité :

Que dans le seul château d'If, j'ai vu trois hommes dont le crime unique étoit d'avoir de jolies femmes protégées par quelques-uns de ces bas valets que l'on appelle grands seigneurs,

T E X T E.   O B S E R V A T I O N S.

tout le fruit du travail courant de leur vie, et ayant toujours eu l'ambitieuse perspective de mourir à l'hôpital , y parviennent tranquillement. apparemment par antiphrase , et qui sont tout à la fois , comme cela est de droit, les plus lâches esclaves et les plus impitoyables tyrans; j'ai tiré un de ces prisonniers de ce fort par une démarche un peu hardie ; mais enfin elle a réussi, et je n'ai pas été aussi heureux pour moi.

Je pourrois vous dire, que dans ce même fort, j'ai vu un ancien armateur, américain , âgé de soixante et douze ans, criblé de vingt coups de fusil, aimé, estimé et employé par mon oncle, lors de son gouvernement de la Guadeloupe , qui, pour prix de ses travaux et de son sang , étoit détenu dans cet affreux séjour, à la réquisition de sa tendre et respectueuse fille qui avoit représenté que son père scandalisoit le public et se déshonoroit par ses fréquentes ivresses; que d'ailleurs il pouvoit se tuer en tombant, et qu'il falloit l'enfermer pour qu'il ne tombât pas. En effet le vieux bon homme , à qui j'ai connu encore un esprit très-sain , des vues, de l'audace, et des lumières étonnantes entassées

par l'expérience et enfouies dans un peu
d'abrutissement, aimoit le vin et l'eau de vie
en déterminé marin, et nullement les catins;
et sa fille en étoit une, et l'intendant, ou
son subdélégué, ou ses laquais, la protégoient;
et le père avoit eu l'imprudence de menacer,
et on l'avoit prévenu; et cet exemple que j'ai
vu dans un fort, peut se retrouver sous d'autres formes dans cent autres. Tout le monde
sait l'histoire du sieur Rivière, que j'ai connu
homme honnête et doux. En 1766 il avoit
été soupçonné plutôt qu'accusé, lui et son
père, d'un assassinat; l'un et l'autre, arrêtés
en vertu d'un ordre du Roi, avoient été con-
duits à Bicêtre, où le malheureux vieillard
est mort de chagrin et de misère; et où le
fils a langui neuf ans. Ses parens, nageant
dans l'opulence et qui avoient jeté leur dé-
volu sur son bien, affectoient des alarmes très-
vives sur son sort. Le hazard a fait connoître
cet infortuné au digne M. des Essarts, qui
a fait paroître un *mémoire à consulter* en
sa faveur; le prisonnier a obtenu en 1775,
la permission d'être transféré dans les prisons
de Bayeux, où son procès lui ayant été fait,
sa liberté lui a été rendue. Vaut mieux tard
que jamais; mais tout le monde n'a pas la
force ou la foiblesse d'être esclave dix ans,

et si le sieur Rivière eût été au donjon de
Vincennes, il y seroit mort; parce qu'il n'auroit pas pu connoître M. des Essarts. Je cite
quelques-uns des exemples que j'ai vus : combien de milliers je n'ai pas vus !

Je pourrois vous dire que dans ce même
château d'If, il y avoit trente prisonniers,
dont un seul de la lie du peuple étoit un
scélérat, dont à peine six pouvoient passer
pour de mauvais sujets. A la vérité, les autres
prenoient le grand chemin de le devenir ; et
c'est encore un avantage inestimable de ces
augustes maisons. Les prisonniers se com-
muniquent-ils? une seule haleine empestée
infecte toutes les autres. Sont-ils enfermés
toujours et à jamais à part? ils deviennent
sombres, atroces, fous, enragés.

Je pourrois vous dire qu'il est trop vrai
qu'il faut cacher à la société ceux qui, par
une suite de la foiblesse de notre triste nature, ont perdu l'usage de la raison ; mais
que la plupart des fous que renferment les
maisons de force et les prisons d'état, le sont
devenus par l'excès des mauvais traitemens
et de la douleur, ou l'horreur de la solitude;
qu'un régime doux et sain, et quelque exercice leur remettroient la tête. J'ai vu à Ma-
nosque un digne et respectable religieux, qui

n'avoit de son état que l'habit, qui n'en man-
quoit pas un. Six insensés lui sont tombés
dans les mains pendant que je l'ai connu et
observé, trois desquels on étoit obligé de tenir à la chaîne : tous sont sortis d'avec lui
bons et paisibles citoyens.

Je dirois encore qu'il seroit tyrannique et
barbare de condamner *des libertins à des*
travaux mal-sains pour des ouvriers volon-
taires ; car ils le seroient aussi pour ces libertins, et c'est une horreur contre nature
d'attenter lentement sur la vie des hommes
qui n'ont pu être condamnés légalement à
la perdre. Vous vous êtes rétracté à cet égard
dans votre sixième volume ; mais non pas
par la raison que je prends la liberté de vous
objecter.

Je dirois enfin, qu'un écrivain sur la population, auroit pu réfléchir sur le nombre
des générations enfouies dans ces tombeaux
appelés prisons d'état; que je connois six
forts qui contiennent trois cents prisonniers;
qu'à envisager la chose seulement en calcula-
teur, on s'assurera qu'il n'y a pas un de ces
hommes, qui, dans l'ordre, je ne dis pas
possible, je dis naturel de la continuation des
générations, n'eût pu donner à l'état, à l'humanité, un nombre infini d'hommes : car à

la vingtième génération, par exemple, chacun de nous à un million, quarante-huit mille, cinq cent soixante et seize ancêtres dans le degré direct, et deux cent soixante et quatorze billions, huit cent soixante et dix-sept millions, neuf cent six mille, neuf cent quarante-quatre dans le degré collatéral. Ce calcul est effrayant pour des yeux non éclairés, et un esprit non réfléchi ; il ne le sera pas pour vous : il est bien simple, bien évident, bien incontestable, si deux et deux font quatre ; et s'il paroît incompatible avec le nombre des habitans de la terre, vous sentez bien qu'il faut observer que les mariages qui se contractent entre divers descendans d'un même père, réunissent peut-être et consolident cent mille modes différens de consanguinité, ce qui n'empêche pas que le terme possible de la population ne soit inassignable et même inconcevable.

Peut-être suffiroit-il de cette réflexion, qui offre une preuve si simple de la fraternité physique de l'homme, pour ne pas enterrer légèrement des hommes vivans. A voir la chose en philosophe, en politique, en législateur, combien d'autres considérations s'offrent en foule, qui doivent inspirer la plus profonde horreur à tout être éclairé et sensible

sible pour ces homicides, dont les ministres, leurs commis et certains pères se rendent journellement coupables; je ne veux pas faire un livre de ces notes jetées en courant, et je ne mourrai point, sans avoir porté sur ce sujet les vrais principes à un degré d'évidence auquel les aveugles volontaires pourront seuls se refuser. Probablement cet ouvrage aura le même sort que moi, celui d'être enterré tout vif. Quoi qu'il en soit, je me contenterai de vous observer ici, *que si le malheureux opprimé par de faux rapports et des surprises faites à l'autorité peut se trouver confondu dans les prisons d'état avec* ceux qu'il vous plaît d'appeler *méchans,* lesquels *malheureux opprimés* doivent *réclamer* réparation et justice, et non les *secours de la pitié,* c'est une raison suffisante, indépendamment de toute autre, pour proscrire à jamais l'usage des lettres de cachet; car le cri de l'humanité, que confirment la raison et l'expérience, nous apprend *qu'il vaut mieux que dix coupables se sauvent que si un innocent périssoit.* « L'axiome *Salus reipublicæ suprema lex esto,* ne peut jamais s'entendre que « des lois de forme ou de règlement, et dans « les occasions extrêmes, et si rares, qu'à « peine dix siècles en fournissent-ils un exem-

Tome II. O

« ple; mais c'est d'ailleurs un principe exé-
« crable, et sujet aux plus odieuses applica-
« tions, dès qu'il peut intéresser le fonds.
« Il déchaîne en effet l'audacieux et le fort,
« disperse tous les liens de la loi naturelle,
« enchaîne le droit à la suite du fait au gré
« d'une imagination échauffée, ou sous les
« ordres d'un cœur impur. Le véritable axiome
« politique, le principe de la sûreté publique
« et privée, l'axiome éternel, le voici : Que
« plutôt tout l'Etat périsse, que si la main
« sacrée du souverain signoit la plus petite
« injustice (tom. 4 p. 150.) » Après cet ana-
thême terrible prononcé par vous - même,
qu'est-il besoin de disserter encore ? J'observerai cependant, qu'indépendamment du droit,
quand bien même les lettres de cachet feroient
autant ou même plus de bien que de mal,
elles ne font pas exclusivement celui-là que
le cours naturel des lois opéreroit bien plus
sûrement, *parce que la stabilité et l'uniformité de toute règle est ce qui en assure le
plus l'exécution ;* (tom. 4, p. 208.) et elles
font irrémédiablement celui-ci, parcequ'il n'y
a aucun moyen d'appel contre l'autorité qui
les lance. Je ne puis entrer dans le détail des
preuves; mais ce mot vous suffit pour com-
prendre la force et l'étendue de ce raisonnement.

TEXTE.

XXVI. (*Ibid.* p. 425.)

Ce ne sont point ici
(dans les hôpitaux) com-
me l'on dit, les enfans de
la débauche : la débau-
che ne fait point d'en-
fans : c'est la misère, le
malheur ou la foiblesse,
qui vous apportent leurs
enfans. De ces trois cho-
ses, les deux premières
sont respectables ; la troisième excusable pour des
anges, attendrissante pour
des hommes.

OBSERVATIONS.

XXVI.

J'ai le cœur trop serré
pour commencer cet
article.... Ah ! mon père,
l'amour vous a donné
plus d'un enfant : je
puis vous le dire, puis-
que vous en avez plu-
sieurs fois plaisanté de-
vant moi. Si je les con-
noissois, le ciel m'est
témoin qu'ils seroient
mon sang, mes amis,
mes frères. Hélas ! les
foiblesses de votre fils
sont-elles donc les seules

criminelles ? Le malheureux enfant qui est né
de moi, et que je ne puis secourir, est-il coupable de mes fautes ? Vous voulez tirer des
hôpitaux tous les enfans trouvés ; y laisserez-
vous le mien ? vous voulez qu'on veille sur
eux, qu'ils intéressent le gouvernement, qu'ils
soient soigneusement protégés : celui qui porte
votre sang dans ses veines, sera-t-il le seul
qui ne vous intéressera pas ? Ah ! que je serois

plus tranquille sur mon sort, si j'étois rassuré sur le sien!

TEXTE.	*OBSERVATIONS.*
XXVII. (*Ibid.* 407.)	XXVII.

Refus d'audience aux complaignans et à tous opprimés qui demandent justice, affoiblissement d'état. (tiré des mém. de Sully.)

Selon les principes du grand ministre que vous citez, *n'affoiblissez-vous pas l'état,* autant qu'il est en vous, en me faisant *refuser toute audience?* Je ne crois

pas que cette maxime de Sully soit jamais l'épigraphe d'un traité sur l'avantage des lettres de cachet.

TEXTE.	*OBSERVATIONS.*
XXVIII. (tom. 3. 240-4)	XXVIII

Les peines disproportionnées aux crimes sont un abus contraire aux mœurs, et qui avilit les lois. Personne ne connoît mieux que moi la vérité de cet axiome.

Or, les emprisonnemens illégaux ne proportionnent jamais la peine au délit, puisque la punition qu'ils infligent est la même pour tous ceux qui la subissent. C'est ainsi que

la tyrannie égale tout, en tout opprimant;
état forcé qui passe en un clin-d'œil, et
fait place à l'anarchie. (tom. 4. p. 173.)

TEXTE.	OBSERVATIONS.
XXIX. (vol. 4. 32.)	XXIX.

Notre personne est à nous, et tout attentat contre cette propriété est un sacrilège.

Je comprends bien que vous sous-entendez *injuste*, et le mot *at-tentat* emporte avec lui cette épithète; mais ce n'est pas même *injuste* qui doit être sous-entendu : c'est *illégal*. Car enfin si la légalité n'est pas dans la société la sanction de la justice, il faut mettre en fait et prouver que les mandemens fixes ne sont point nécessaires pour légitimer l'autorité, et même l'obéissance, et distinguer celle-ci de la servitude ; qu'ainsi toutes lois, toutes formes de jugement, toute magistrature, tous priviléges, sont un fatras inutile et des mots vides de sens et de réalité; que tout doit être réglé, jugé, exécuté par la volonté arbitraire d'un despote, parce que cette méthode est plus juste, comme plus simple et plus rapide: or, personne au monde excepté deux ou trois fous et sept ou huit scélérats, n'ont avancé ces horribles blas-

phêmes depuis qu'il existe des hommes. Je
m'en tiens donc à la lettre de votre principe.
Il ne vous avancera de rien de dire que je
suis coupable; que j'ai mérité de perdre la
propriété de ma personne. Je répéterai pour
la centième fois, que vous n'en avez pas la
preuve légale, et que, l'eussiez-vous, vous
n'êtes pas mon *juge légal*, et que, le fussiez-
vous je suis *illégalement*, c'est-à-dire *tyranniquement puni*. On ne peut sans une atroce
tyrannie, s'élever au dessus de la loi pour ag-
graver la peine d'un délit.

TEXTE.	*OBSERVATIONS.*
XXX. (*Ibid.* 38.)	X X X.
L'équité est un être moral bien réel : elle n'est autre chose qu'un senti- ment de respect pour tout droit, et par là elle est exclusivement propre à l'énonciation et conser- vation des droits qui cons- tatent la propriété de chacun. Si.... la force agit en un sens opposé aux vues de l'équité, elle	D'après cette défini- tion claire, simple et incontestable, daignez examiner si vous êtes *équitable* envers moi. Mais si vous ne l'êtes point, comme je crois l'a- voir évidemment prou- vé, et *que la force qui agit en un sens opposé de l'équité soit tyran- nie*, vous êtes tyran

devient tyrannie; la fin de la tyrannie est la destruction de ce sur quoi elle agit.

envers moi ; et *si la fin de toute tyrannie est la destruction de ce sur quoi elle agit,* vous êtes mon bourreau, et même mon assassin ; car le bourreau n'égorge qu'en vertu de la loi.... O mon père! je frémis de la conséquence ; mais vous-même m'y avez conduit.

XXXI. (*Ibid.* 69.)

X X X I.

Ce n'est point la société qui donne un droit au père sur son fils : au contraire il est tout simple qu'elle lui en ôte; car la société est une réunion d'êtres qui consentent à sacrifier quelque chose de leurs droits solitaires pour les échanger contre des avantages de réunion. Dans une famille seule, le père seroit le souve-

Tout ceci est un tissu de faux principes, dont la discussion me mèneroit très-loin, et seroit fort inutile ; car vous savez bien par où ils péchent. Vous savez bien que nous avons beaucoup acquis en nous réunissant en société, et rien sacrifié : vous sentez bien que dans la loi de nature

TEXTE.

raîn de son fils; dans la société, personne ne peut l'être d'un citoyen, si ce n'est l'état. Ce n'est point la société qui soumet l'épouse à son mari; c'est l'ordre de la nature qui veut qu'en toute réunion de qualités diverses, l'autorité soit du côté de la force, la douceur et le conseil du côté de la reconnoissance et de l'attachement. Ce n'est point la société qui dévoue le fils à son père; au contraire elle partage ce devoir unique et sacré; mais tous ces droits du père au fils, du mari à la femme sont autant de portions inaltérables de la propriété.

OBSERVATIONS.

le père n'a droit de jurisdiction qu'à raison de protection, et qu'où finit l'une, l'autre finit aussi; bien entendu que la douce soumission de la reconnoissance continue. Vous sentez que la souveraineté ne dérive pas plus de la paternité, que de tout autre degré de parenté, puisque le père n'est pas immortel, et qu'après lui, personne d'entre les frères, les cousins - germains, etc. lesquels ont besoin d'un gouvernement, s'ils sont très - multipliés, ne sera père; qu'ainsi l'utilité et le vœu de la famille sont les seuls titres de sou-

veraineté, etc. De tout cela vous n'avez conservé que le vieux rêve (je dis vieux; car il a plusieurs milliers d'années) *des souverains pères de leurs peuples,* ce qui fait une phrase assez ronde, et puis voilà tout, et se réduit en dernière analyse à dire que le roi, empereur, monarque, mandataire, messier (tout comme il vous plaira le nommer) mais toujours et uniquement le salarié de la société, doit servir ses commettans fidellement, *paternellement,* si mieux l'aimez pour son propre intérêt, etc. etc. etc. Mais enfin la défectuosité des prémisses n'a pas influé sur les conséquences : car, semblable à tous les bons esprits, qui s'égarant dans les principes, se redressent d'eux-mêmes dans les conséquences, vous les tiriez excellentes, avant d'avoir fixé les vrais axiomes. Il suit donc de ce que vous avez établi, que vous êtes, par la loi positive, comme par la loi naturelle, *mien* comme je suis *vôtre ;* que *vos droits* émanent de *vos devoirs,* et *mes devoirs* de *mes droits.* Voilà de *l'économisme* tout pur.... Encore une fois, je vous supplie d'appliquer vos maximes à votre conduite ou de pratiquer vos principes.

TEXTE.   OBSERVATIONS.

XXXII. (*Ibid.* 75.)   XXXII.

Les Rois de la terre doivent être aussi retenus que le Roi du ciel à faire des miracles, et les opérer dans la même intention, lorsqu'ils s'y croient forcés.

Je ne transcris cette étrange maxime que pour vous montrer que je cite de bonne foi; car enfin vous en sentez mieux que moi l'absurdité, et vous apercevez les conséquences atroces que les vils partisans du despotisme en pourroient tirer. Si le Roi du ciel à jamais fait des miracles, ce qui, pour un véritable et respectueux adorateur de la divinité paroît impie à croire et absurde à penser, il étoit certain d'avoir raison. Eh! quel homme a cette certitude? *Dieu n'en a point créé, et n'en créera point dont le génie soit assez étendu et les vues assez sures pour prévoir toutes les conséquences souvent destructives résultantes du bien apparent.* (p. 84.) Qui s'arrogera donc le droit de s'élever au-dessus des règles consacrées par le vœu et le consentement général? Sera-ce le plus foible, le moins éclairé, le plus ignorant des hommes? celui qui est entouré des passions les plus actives et les plus corrompues ? celui qui se trouve le plus éloigné de la vérité ? N'est-il pas évident que la cupidité des souverains et de leurs entours, deviendra la *raison d'Etat* et décidera de la nécessité du miracle ?.... Ah ! mon père, point de comparaison des choses célestes aux choses terrestres ; ce sont précisément des applications de ce genre qui ont créé l'inquisition. « Tout est réglé et fixé « dans l'ordre naturel, et par la loi fonda- « mentale de la société humaine. La propriété « décide tous les cas, borne toutes les juris- « dictions, établit et circonscrit tous les devoirs, « ceux du père, ceux du fils, ceux du maître, « ceux du salarié. » Voilà ce que vous-même avez dit dans les *Lettres sur la dépravation de l'ordre légal*, qui sont un de vos meilleurs ouvrages, quoique ni le public, ni peut-être vous-même ne s'en doutent.

T E X T E.	*O B S E R V A T I O N S.*
XXXIII. (*Ibid.* 85.)	X X X I I I.
Les Rois tiennent leur pouvoir de Dieu, et ils n'en sont comptables qu'à Dieu. La soumission qui fait tendre le cou à des	Et la loi de nature n'est donc pas la pre- mière de toutes, ou plutôt la dominatrice de toutes.... Loin,

TEXTE.	*OBSERVATIONS.*
barbares sous le cordon envoyé par le souverain est la sublime vertu, si elle est raisonnée; mais cette soumission est dans l'ordre du devoir, puisqu'il n'y a point de loi dans l'état qui assure la vie du citoyen.	loin de nous ces maximes au moins inconsidérées, qui des pasteurs des humains feroient d'impitoyables bouchers: *les uns et les autres conduisent les troupeaux; mais les premiers au pâturage, les autres à la mort.* (vol. 3. p. 232.)

Je dis et je soutiendrois à toutes les puissances de la terre, que les esclaves sont aussi coupables que leurs tyrans; et je ne sais si la liberté a plus à se plaindre de ceux qui ont l'insolence de l'envahir, que de l'imbécillité de ceux qui ne savent pas la défendre..... Voilà votre vraie doctrine mon père, et celle de tout homme digne de ce nom. *Tout ordre marqué au coin de l'oppression, porte avec lui le droit de résistance,* (tom. 4. p. 242.)... Mais ce débat est inutile, nous ne sommes point en Asie : nous avons des lois positives qui garantissent ou devroient garantir notre liberté et notre vie, c'est-à-dire, nos premières propriétés, origine et fondement de toutes les autres; et ces lois ne font que la loi de

nature écrite. « Les lois françaises ne sont
« autre chose, à les considérer dans le point
« de vue politique, que l'obéissance des mem-
« bres au chef d'une part, et de l'autre l'en-
« gagement du chef au maintien et à la con-
« servation du droit public et des lois par-
« ticulières des membres. Voilà nos lois à
« cet égard ; et quand à des lois on ajoute
« des maximes, on n'entend sans doute qu'un
« régime de détail émané des lois, corres-
« pondant aux lois ; sans cela ce mot *maximes*
« exprimeroit un sacrilège. » (tom. 4. 179.)

TEXTE.	*OBSERVATIONS.*
X X X I V.	X X X I V.
(*Ibid.* 97. 98. 99.)	

La police comme plus subordonnée (que la justice) moins guidée dans ses démarches, plus subite, plus tranchante et plus fréquente, doit être plus attentive encore à ne jamais blesser les lois de titre, sous peine de scandale et de tyrannie. Le remède à cela est de

Vous ne vous attendez pas, mon père, que je commente cet article.... Qui seroit assez lâche pour battre son ennemi à terre ?... Ah! quand cet ennemi est un père, on vole à lui pour le relever et baigner ses mains de larmes... C'est vous-

TEXTE. | *OBSERVATIONS.*

ne connoître de moyens que les lois de réglement. Qu'on se souvienne que le pire des abus est la violation de ces lois ; que les abus de détail sont une défectuosité insépa-rable de tout ce qui est humain , mais que le gou-vernement se poignarde lui-même, quand, pour parer aux détails , il abuse en grand et attente sur la loi de titre. Si la loi ne fait pas les exceptions de personne , de quel droit l'instrument de la loi peut-il s'arroger plus de pouvoir , se livrer à plus de prévoyance ? On veut sauver la honte, et l'on ouvre la porte au désordre , principe de tou-tes actions honteuses ; on veut y voir plus clair que la justice , et l'on

même qui avez écrit cet excellent morceau que j'aurois dû vous envoyer sans les pas-sages précédens qui de-viennent inutiles. Il con-tient , avec une énergie qui vous est propre , infiniment plus de cho-ses que je n'en ai déla-yées dans ces notés. Il est le résumé de mon ouvrage sur les prisons d'état ; ouvrage qui n'est pas sans quelque mé-rite ; car mon ame en-hardie par la persécu-tion a élevé mon génie abattu par les souffran-ces. Je crois si peu avoir dépassé dans cet écrit les bornes du devoir d'un bon sujet, et la modération d'un cito-yen sage , que je l'a-dresserai incessamment

TEXTE.

se livre à tous les pres-
tiges de la déception :
on veut un frein plus
prompt, plus assuré que
les lois, et l'on met une
arme dangereuse aux
mains de l'orgueil et de
l'injustice; on veut faire
respecter et redouter la
police, on la rend odieuse
par une inquisition ab-
solue, ou, pour mieux
dire, par des jugemens
qui ont précédé l'inqui-
sition; enfin on la fait
paroître ridicule, en avi-
lissant les coups d'auto-
rité par leur multitude,
leur déplacement et leur
infirmité. La socié
pouvant porter que sur
des règles, il ne sauroit
rien exister d'utile ou de
nuisible, qui n'ait à côté
sa régle protectrice ou
réprimante. Tout a donc

OBSERVATIONS.

à celui-là même qui a
l'inspection des lieux où
vous m'avez confiné ;
il est digne d'entendre
la vérité, et capable de
la connoître. Je sais bien
que je ne changerai pas
les principes du gou-
vernement qui croit de
la meilleure foi du mon-
de avoir l'intérêt le
plus grand, et le droit
le plus légitime au main-
tien de cette pratique
commode, par laquelle
tout citoyen dont la
physionomie a le mal-
heur de déplaire à un
ministre, peut être pour
jamais soustrait à tous
les yeux; mais j'aurai
fait l'acquit de ma cons-
cience, qui me dit que
jusqu'à mon dernier
soupir, je ne dois dé-
serter ni ma cause ni

été prévu par des règles, et elles offrent un remède à tout. Tout peut donc se faire par des règles qui ne gênent que les déréglés et les ignorans, également indignes de la confiance et de l'autorité.

celle de mes sembla-bles, et je serai peut-être utile par quelques détails ignorés.... Je n'ajouterai rien à ce que je viens de trans-crire, mon père; car des répétitions seroient superflues; notre pro-cès est jugé par vous-mêmes, et l'arrêt clair et précis ne laisse aucun moyen d'échapper..... Ah! mon père, évitez qu'on vous applique ces mots que vous adressiez à un misérable critique « Citoyen adorateur du bien public, « et brûlant de zèle pour le service de votre « prince, c'est dans le droit public, c'est dans « les pactes solennels de la société, c'est « dans les lois de titre qu'il faut chercher « la base des lois de réglement. (tom. 6. p. « 162) L'ignorance a des erreurs et des pré-« jugés; mais que sous ombre de civilisa-« tion, on calcule, on modifie, on démontre, « on apologise l'intérêt, l'injustice et l'oppres-« sion, c'est alors que nos vices sont tout « entiers à nous, les fruits infects de la cor-« ruption de notre cœur, les dignes fantômes « du

« du délire impie de notre esprit, et qu'il
« en résulte une détérioration universelle et
« ses tristes effets. Le brigandage féroce a
« ses limites circonscrites par la nature même
« de ses fureurs : le brigandage civil étend
« sur tout le masque de son hypocrisie.
« L'homme exposé aux attaques de l'hydre,
« sait où diriger ses coups; mais celui qu'un
« ver rongeur dévore dans le sein, succombe
« à la fin à des atteintes dont on lui dérobe
« le secret, et dont on lui cache la nature »
(tom. 6, p. 148) Mon père ! la leçon seroit
bien amère, car c'est vous-même qui l'avez
dictée. O mon père ! de quel brigandage vous
vous rendez complice indépendamment des
devoirs et des sentimens de la nature ! *Quel
crime* de lèse-patrie *commet celui qui persuade au prince que la justice est compatible avec la violence !* (*Ibid.* p. 161.) Quel
scandale pour le public, que de voir le défenseur des droits de l'homme attenter à
ceux de ses enfans ! Mon père, si tout écrivain de génie est magistrat-né de sa patrie,
s'il doit l'éclairer quand il le peut, ne doit-
il pas encore plus, quand il a fait ce digne
usage de ses talens, respecter ses propres
principes, et donner des exemples après les
préceptes. Votre droit à la réputation fut votre

Tome II.   P

talent ; mais votre titre à l'estime publique c'est votre conduite ; et vos propres succès ont jeté le but bien loin. Tout se sait, tout se découvre : on vous jugera en raison de vos lumières : votre tribunal sera la nation entière, et ce n'est pas le crédit ni le suffrage d'un ministre qui la détermine......
Qu'il me soit permis, en finissant, de ramener vos yeux sur cette loi sainte de la nature maîtresse suprême des mortels et des immortels. C'est vous qui en serez encore l'interprète, et j'oserai ajouter quelques traits à votre tableau.

« Grands et petits, avez-vous dit dans « votre résumé général, (p. 515) grands et « petits, interrogez-vous vous-mêmes. Vous « voulez être aimés : ce sentiment qui tient « en vous de l'essence divine, est le seul par « lequel vous soyiez susceptibles d'une vé- « ritable joie : aimez si vous voulez l'être : « aimez vos semblables : c'est l'unique recette « contre le vide, l'inquiétude et l'ennui : « c'est l'antidote des passions dévorantes, et « le seul remède contre le désespoir de se « sentir dépérir soi-même sous les coups du « tems : aimez vos semblables, et ne craignez « pas de multiplier les craintes et les afflictions « de la vie. L'amour-propre est le principe

« de tout excès, et change en douleur les
« semences de bonheur que nous tenons de
« l'Etre suprême. Si ce n'est pas vous que
« vous aimez exclusivement dans les objets
« de votre attachement, ceux qui vous res-
« tent adouciront la perte de ceux qui vous
« sont enlevés. L'amour-propre au contraire
« vous fait vivre en ennemis au milieu de
« vos frères, vous arrache les biens présens
« par l'appât de plus grands biens, rend plus
« perçant l'aiguillon des maladies, plus lourd
« le fardeau de la vieillesse, plus effrayant
« l'inévitable et toujours présent abîme de
« la mort. »

Mon père, vous avancez dans la carrière
que vous a destinée la providence ; et puisse-
t-elle la prolonger ! Vous voyez croître sous
vos yeux les enfans d'une de vos filles : eux
seuls sont *élus ;* la nature en avoit *appelé*
davantage ; mais enfin, vous feroient-ils oublier votre fils ? Mon père ! vous n'avez point
voulu en être aimé, puisque vous ne l'avez
point aimé ; et cependant vous en avez été
tendrement chéri : vous le dépréciâtes toujours : jamais vous ne l'encourageâtes : jamais un mot d'éloge, qui pût l'animer au
bien, développer et élever son ame, ne sortit
de votre bouche ; et le seul tems où vous

P ij

ne lui refusâtes pas toute justice, fut celui
où seul avec vous-même, vous ne le jugiez
que par vos yeux et votre opinion propre.

Il a lutté contre la prévention, contre la froideur, contre l'injustice : il s'est découragé
enfin ; il s'est indigné ; il s'est égaré ; mais il
n'a point cessé de vous aimer, pas même dans
des momens où il l'auroit voulu, où cela
étoit juste, pas même dans ceux où il ne
pouvoit point ne pas ressentir vos procédés.
Mon père ! votre cœur n'est-il jamais op-
pressé, lorsque vous réfléchissez que vous-
même avez mutilé votre famille ; que vous
avez condamné votre fils sans l'entendre, sur
des rapports intéressés et suspects, et peut-
être sur les calomnies les plus atroces ; que
vous avez étouffé ses talens, détruit toutes
ses forces, anéanti son être moral, abrégé
sa vie physique..... Mon père, je vous en
conjure au nom de vous-même, n'attendez
pas un repentir tardif qui empoisonneroit vos
dernières années, que vous n'auriez pas la
force de manifester, mais qui auroit bien
celle de vous déchirer le sein. N'aggravez
pas sur votre tête par ces images terribles,
le fardeau de la vieillesse à laquelle vous
touchez : ne mettez pas entre vous et *l'inévitable abîme de la mort* le remords qui la

rend si effrayante : adoucissez la pente rapide de vos jours par le charme d'un bienfait, si vous voulez appeler ainsi ce que je
crois un simple acte d'équité : qu'à vos derniers momens le souvenir de votre fils consumé
de douleur, ou mort de désespoir, ne soit
pas la furie vengeresse que déchaînent contre
vous la justice violée et la nature outragée.

Jamque dolor vires adimit : nec tempora vitæ
Longa meæ superant, primoque extinguor in ævo.

Je prie qu'on pardonne les ratures et bar-
bouillages de cet informe écrit : je suis bien
loin d'avoir mes aises ; d'ailleurs ma vue s'affoiblit chaque jour, et je ne puis transcrire
plusieurs fois , quoique je n'en aie que trop
le temps.

P iij

A SOPHIE.

24 juin 1778.

O MON AMIE! c'est le mois de mai qui m'a horriblement pesé. Ah! j'étois aux abois; et sans le secours de notre bienfaiteur, c'étoit fait de ma raison. Graces lui soient rendues : je tiens ta lettre, elle est là : elle a rendu du ressort à mon cœur ; je respire à présent ; et si je ressens un trouble universel, ce sont les palpitations de l'amour et du plaisir qui le produisent. O ma Sophie, mon adorable Sophie! que j'avois besoin de ta lettre! que tu es tendre! que tu exprimes bien ta tendresse, alors même que tu es obligée de la contenir! Elle donne la vie à mon cœur affamé d'amour, cette lettre délicieuse, quoique si triste. Oui, mon bonheur! je puise à la source de la vie, quand je reçois les assurances de ton amour ; et cette ingénuité touchante, cette inimitable simplicité, si énergique, si ardente, exalte au même degré tout mon être. J'oublie ma situation et la tienne, mes maux et les tiens, mes inquiétudes, mes craintes, j'oublie tout, jusqu'à nos malheurs: je t'entends, je te vois; mais hélas! je veux voler dans tes

bras, et l'illusion est détruite, et mes yeux re-
tombent sur nos fers, et mes larmes inondent
mon visage et mon sein : larmes salutaires cependant, adoucies par l'espérance que tes lettres
entretiennent au fond de mon cœur. Ah !
Sophie ! mon amour est le souffle de ma vie.

Cruelle Amie ! quel jour tu te rappelles ! . . .
Ah ! je ne serai pas si courageux ; je ne t'en
parlerai pas, la plaie saigne encore. Hélas !
nos cœurs étoient unis et confondus ; le glaive
de la douleur les a divisés en deux parties. . . .
qui pourroit cicatriser une telle blessure ?

Ah ! oui, puisque tu l'as compris, je l'a-
voue : les lettres que nos imprudences réciproques ont arrêtées, m'ont causé bien du
chagrin. Mais j'espère que nous sommes sauvés de cet écueil. Nous ne parlons plus que
des sentimens si justes, si naturels, dont on
comprend toute l'énergie, puisqu'on daigne
compatir à nos inquiétudes. Qu'on efface ce
qui pourroit déplaire, ce sera de nouveaux
remercîmens que nous devrons, puisque nous
aurons une preuve précieuse qu'on veut nous
accorder tout ce qu'on peut nous accorder.
On a trouvé tes lettres longues ; hélas ! les
amans ont une optique toute particulière,
apparemment ; je les vois si petites, si courtes ! Mais c'est ta faute, vois-tu, ma Sophie ?

P iv

avec ton caractère que l'on croiroit échappé
du sabbat , s'il n'étoit griffonné de la main de
l'Amour même , on est toujours dupe. On
croit, tant il est menu, qu'il y a beaucoup;
et il n'y a presque rien. Les lignes sont si
écartées , les mots si larges , que rien au
monde n'est si hypocrite que ton écriture.

Ah ! que tu m'as rassuré sur le compte
de mon enfant ! elle entroit pour beaucoup
dans mon inquiétude , qui avoit tant et de si
justes motifs. Mon Amie , pourquoi pleures-
tu , en me parlant d'elle ? sont-ce des larmes
de tendresse ? pourquoi seroient-elles effa-
cées avec tant de soin ? Tu as voulu me les
dérober , Sophie : pourquoi ? pourquoi , tout
mon bien ? Ah ! tu étois bien triste quand tu m'as
écrit. Cependant la lettre que tu as reçue étoit
non-seulement calme, mais encore gaie; car
il est certain que lorsque j'ai eu la preuve qu'enfin mes lettres n'étoient pas arrêtées, j'ai eu un
sentiment de joie si vif, qu'il m'a réellement
donné une teinte de gaieté ; et certainement
mon style s'en est ressenti. Ne l'aurois-tu donc
pas partagée ? Hélas! voilà bien des questions
auxquelles tu ne répondras point ; mais je t'en
prie , au nom de toi-même , c'est-à-dire au nom
de tout ce qui m'est cher et sacré , dis-moi toujours la vérité sur ta santé et celle de ta fille,

quelque terribles que pussent être ces vérités.
Eh! ne vois-tu pas que le seul garant de mon
repos, est l'espoir que tu ne saurois me tromper?.... Cependant les détails que tu me donnes
sur la petite sont satisfaisans. Qu'elle me ressemble, puisque tu le veux: toujours sera-t-
il que ton sang qui coule dans ses veines l'aura
infailliblement embellie. Elle a sans doute aussi
mes beaux yeux! j'y consens, mon Amie,
et même que tu m'en parles, puisque cela
te fait tant de plaisir. Peut-être passeras-tu
pour un peu folle auprès des personnes qui
m'ont vu; mais cette folie est très-innocente.
Ils sont bien tendres, ces yeux, s'ils ne sont pas
beaux. Te souviens-tu, ô mon Tout! de la
crainte qu'ils t'inspiroient, sotte, sotte Fanfan?
Ah! tu t'es bien familiarisée avec eux; mais
tu as été fort long-temps qu'il sembloit que
tu craignisses quelque maléfice. Vraiment oui,
Amie, leur feu devoit être contagieux; je le
savois bien, et voilà pourquoi je voulois que
tu les fixasses: j'en suis venu à bout, à la fin:
les tiens ont été punis de ta méchante timidité; les vengeances les ont attaqués les
premiers. Elles se sont très-multipliées, les
vengeances....

Ah! qu'en deux mots tu traces un plan
d'éducation bien touchant! Oui, Sophie,

oui ; c'est par le sentiment qu'il faut former , développer , élever l'ame des enfans.
Hélas ! une telle institutrice n'est pas réservée
à ma pauvre fille.... C'est tout de suite qu'il
faut la raser (mon fils l'étoit à trois mois),
et successivement à mesure que les cheveux
reviennent : sa tête sera toujours propre, la
transpiration point arrêtée , et elle aura une
forêt de cheveux. Recommande qu'on la lave
beaucoup , et toujours avec de l'eau froide:
qu'on l'y plonge ; elle frémira d'abord , elle
s'y plaira ensuite : rien ne renforce comme cela
les enfans ; j'ai pour moi l'expérience et la
théorie.

Ma Sophie, tu dois savoir que mon esprit
est toujours à l'unisson de mon cœur; ainsi,
quand tu vois mon style aisé et facile , tu
peux te tenir pour certaine que mon cœur
est à l'aise ; que je suis content de ma Sophie-Gabriel ; que mon bonheur est pur.
Une chose que tu peux croire, parce qu'elle est
très-exactement vraie , c'est que je suis moins
jaloux en absence qu'en présence, quoique
je le sois toujours beaucoup ; et cette différence est une grande preuve de mon estime.
En présence , l'amour l'emporte sur ma raison : un rien qui l'offusque , est un monstre,
une hydre redoutable. Je voudrois presque que

tes yeux n'eussent la faculté de voir que comme
moi. En absence, où la raison est comptée pour
quelque chose, parce que les sens sont moins
émus, je suis si convaincu que tu ne peux être
que fidelle, et même constante ; que mes droits
sacrés dont tu es la dépositaire sont impres-
criptibles, et sous une garde inviolable ; qu'un
cœur tel que le tien, ne peut que chérir
des devoirs si saints ; qu'un amour tel que le
nôtre ne peut être remplacé par quoi que ce
soit au monde ; qu'un être capable de la passion qui nous embrâse, ne l'est pas d'une perfidie ; que qui a goûté les délices dont nous nous
sommes enivrés, ne sauroit trouver quelque
saveur dans un sentiment qui, pût-il être
aussi actif, aussi profond que le premier, ce
qui n'est pas dans la nature, seroit toujours
empoisonné par les remords : tout cela se présente si distinctement à mon esprit et à mon
cœur, que ma jalousie en est très-émoussée.
Je ressens bien ses atteintes ; mais elles me
pressent sans me déchirer. C'est d'être aimé
moins, que je crains, et non pas de n'être
plus aimé. Ah ! ma Sophie, cette idée suffit
pour m'oppresser. Jamais, non jamais je ne
consentirai à perdre la plus petite partie de
ta tendresse. Ce trésor m'est nécessaire tout

entier , et je périrois , si l'on m'en ôtoit la moindre partie.

J'ai eu une attaque assez vive de néfrétique compliquée de fièvre. La crise étoit trop pressante pour ne pas obéir à la faculté, et nos profanes docteurs n'ont pas eu autant de respect que moi pour tes *poreaux*. C'est pure envie de leur part , chère Sophie ; mais je te promets d'en essayer avec toute la vénération possible pour *l'ordonneuse*, si ce n'est pour *l'ordonnance*. Pardon encore une fois de la liberté grande que j'ai prise de me moquer de ta recette avant *ta permission;* c'est pour m'en punir que tu mets aujourd'hui en jeu les Grandjean. Ne sois pas si humble, ma Sophie ; ne donne point à d'autres l'honneur de tes recettes. J'ai oublié de te prier de m'en faire un recueil ; oui, mon Amie, un recueil, dont le titre sera : *Recueil de recettes de bonne-femme, par une jolie femme.* Je t'avertis cependant que l'on sera un peu étonné que cette jolie femme qui devroit n'avoir rencontré sur son chemin que de brillantes santés , ait eu le temps de s'occuper si utilement des infirmités de la vie humaine. En conscience , ma Fanfan , tu me dois quelque réparation dans ton discours préliminaire ; car enfin , on sait trop que tu as fait avec moi ton cours d'études , et je ne suis pas encore d'âge à avoir

besoin de calendrier ni de recettes. Arrange
le tout pour le mieux, mon Amour bien chère;
mais ne prive pas plus long-temps ta patrie
du fruit de tes travaux. J'espère que l'académie de.... te donnera la survivance de
ton père. On y aime beaucoup les gens ex-
perts en médecine, et je me souviens que
le président de Bourbonne se défendoit d'aller
aux séances, de peur d'y être disséqué.

Raillerie à part, ma chère Amie, (car je
ne ris que du bout des lèvres, c'est-à-dire,
de bien mauvaise grace), je me porte beaucoup mieux. Le temps est beau, et ta lettre va
bien l'embellir encore. Tout invite à l'amour:
tout porte la livrée du printemps: tout fleurit:
tout s'unit: tout s'enlace: nous seuls, nous seuls
hélas! de tous les amans, ne nous joignons que
par la pensée, le desir et l'espoir. Mais enfin
la belle saison répare les désordres de ma
santé. Je me promène chaque jour; c'est depuis
8 heures jusqu'à 9 du matin : c'est bien court;
mais je quitte sans regrets le jardin, en pensant que je fais place à quelque malheureux
compagnon de mon sort. Chère et tendre
Sophie! tu voudrois marcher aux mêmes heures
que moi: hélas, deux amans obligés de se
quitter, se promirent de méditer chaque nuit
à l'aspect de la lune, et de tromper ainsi l'ab-

sence par une conversation muette. Ton idée est plus fine encore, parce que ton sentiment est plus tendre.

Quant à mes yeux, c'est l'excès du travail qui les affoiblit. Depuis la pointe du jour que je me lève, jusqu'à dix heures du soir, je lis ou j'écris sans aucune interruption, pas même l'heure des repas; car, outre que j'y emploie à peine cinq minutes, je lis en mangeant : tu sais que c'est une ancienne habitude, quand je mange seul. Les meilleurs yeux du monde ne tiendroient pas à ce régime, et les miens sont très-mauvais.

Pauvre Toi! tu as l'histoire du signalement sur le cœur. Mais, mon amie, personne n'eut tort, pas même moi. On se trompe en voulant deviner, et on se trompe à son désavantage. Sans rancune, je t'en prie; je suis beau, très-beau, puisque je te plais : ah! près de toi, je suis rayonnant d'amour. Avec cela l'on est toujours beau. Oui, mon Amie, je le crois en effet, il est peu d'hommes qui vaillent Gabriel pour le cœur; et c'est là ce qui touche : le reste séduit, et la séduction n'est pas plus durable que l'illusion; or l'habitude détruit l'illusion. Je puis donc inspirer et mériter de la constance; mais aucune femme n'est capable comme toi de ce sentiment qui demande autant de cou-

rage et de raison que de tendresse, lorsque
par des circonstances funestes tout conspire
contre notre amour. Les ames vulgaires prennent les difficultés pour des impossibilités, et
se croient dégagées de leurs devoirs, parce que
les contrariétés ou la persécution les rendent
pénibles : l'adversité est ta saison brillante!
Eh! de combien peu de femmes et d'hommes
aussi peut-on en dire autant?

Te voilà donc encore trompée, trahie et
calomniée? Je devrois te gronder; car tu m'a-
vois bien promis de n'être pas confiante. Mais
je te plains seulement; car je sais combien un
bon cœur retombe aisément dans de telles
méprises, et combien elles sont cruelles. Je
t'en supplie, profite de cette nouvelle leçon,
et sur-tout dédaigne la calomnie. Ce sont des
coups tirés de bas en haut, ils ne sauroient
atteindre. Quoi! Sophie, des tracasseries de
femme, et d'une femme que tu méprises, t'af-
fectent? Ne sais-tu donc pas qu'on a toujours
tort avec les ingrats? N'as-tu pas vu mille
et mille fois travestir les faits les plus clairs
et les plus notoires? et devois-tu être neuve
à ce point? Quelles horreurs n'a-t-on pas dites
de toi et de moi à P.**? Eh! qui les débitoit?
nos redevables en tout sens. Pour tout dire
en un mot, Brugnière ne t'a-t-il pas assuré

qu'on avoit juré à lui et à l'ambassadeur de
France que je te battois, que je me ruinois
en filles ? Tu t'es mise bien en colère ; et moi
j'ai eu la bêtise de m'indigner une seconde ;
et la seconde d'après, j'ai ri. Tout cela a été
écrit en France ; et tu sais bien que tout cela
aura été soigneusement répété, divulgué, ré-
pandu. Qui le croira ? des fous , des sots ou
des frippons. Eh! que m'importe l'opinion de
telles espèces? De même, ô mon Amie! qu'y
a-t-il de commun entre toi et certaines créa-
tures? Elles ont eu ta confiance ; on les croira.
Quelle bêtise! *J'ai eu la confiance de madame une telle , et voici ce qu'elle m'a dit.*
—Vous êtes un monstre , répond toute personne sensée , de trahir la confiance de madame une telle , et de vous en vanter : ainsi
vous n'êtes pas croyable. Voilà le calcul le
plus naturel qui se présente. Quoi! parce qu'un
réfugié français, après m'avoir bien volé, me
voyant disparoître , et voulant faire sa cour
à un inspecteur de police qu'il voyoit chercher des renseignemens bien noirs sur mon
compte , lui a fait des contes de moi aussi
ridicules qu'odieux, je me désespérerai ! Quoi!
parce qu'une femme galante que, dans la simplicité de ton cœur, tu croyois aussi sensible et délicate que toi , cherche à t'assimiler

à

à elle pour pallier ses insolences et la honte de sa rupture, tu gémiras! Ah! mon Amie, nous avons tant de malheurs trop réels; pourquoi en chercher d'imaginaires? Sois toujours toi; ne te livre point à la douce et imprudente affabilité; aie des connoissances et non des amies, dans un lieu si peu fait pour t'en offrir; enveloppe-toi dans ta conscience; appelle au temps; dédaigne sur-tout les apologies, et tranquillise ta tête; je dis ta tête; car je ne puis croire que de pareilles choses aillent jusqu'à ton cœur.

Quant à cette Julie qui fut autrefois tienne, et que sa naissance, son esprit, ses talens, et mille circonstances rendoient tout autrement intéressante et touchante, je vois que je l'ai trop bien connue. Heureusement je t'ai détrompée à temps; je voudrois avoir réussi de même auprès de l'honnête homme quelle a si cruellement dupé.

Mon Amie, ne cherche pas non plus à répandre tes principes. Que la tolérance soit en tout ta religion. Tu pourrois bien avoir pris de moi le défaut très-grand, très-nuisible à soi-même, de ne pouvoir entendre déraisonner de sang-froid. Je me suis fait plus d'un ennemi et j'ai usé mes poumons en m'efforçant de donner du sens à des buzes

et de l'honneur à des coquins. Ne va pas
suivre ce mauvais exemple avec les femmes.
Je te l'ai dit : en général , elles n'ont point
de caractère : ce sont des arbustes charmans,
faits pour porter des fleurs ; rarement on y
rencontre des fruits; et leur qualité dépend
toujours de la greffe , qui rarement est bonne;
car il ne faut pas croire que notre sexe vaille
mieux que le tien. Il est peu d'ames assez
fortes pour n'avoir aucune notion de froideur
en amour, soit qu'on l'appelle prudence , ou
qu'on lui donne tout autre nom : et peut-
être n'est-ce pas un mal, car tant de matières
combustibles pourroient causer de furieux em-
brâsemens. Nous sommes notre univers, chère
Sophie; il n'est pas étonnant que nous ayions
une langue particulière. Les autres ne peuvent concevoir nos transports. Nous avons cet
avantage sur eux, que nous nous figurons aisément leurs plaisirs, qui ne sont qu'une partie très-subordonnée des nôtres. Il n'y a point
de branche d'arbre qui n'offre dans ce mois-ci
plusieurs couples d'amans de cette espèce.
Laissons leur préférer leurs amours sans amour.
Ils sont plus discrets et moins pénibles , à ce
qu'ils croient. Ce sont des aveugles qui nient
la couleur purpurine des roses, parce qu'ils
ne peuvent la voir , et qu'en tâtonnant ils

sentent leurs épines. Tu connoîs une chère dévote , qui prétend qu'un amant vraiment amoureux est un homme haïssable , parce qu'il est très-incommode , très-jaloux ; parce qu'il ne peut cacher sa passion, et que *la chère réputation* croule. Quand tu trouves de telles raisonneuses, appuie leur argument. Conviens sur ma parole qu'un homme en vaut rarement deux ; qu'ainsi un amant n'a nul droit de prétendre à des momens qu'il ne peut employer. Tu vois jusqu'où va ce raisonnement, auquel se réduit en dernière analyse la morale moderne de l'amour. Si un homme en vaut rarement deux , jamais il n'en vaut quatre , encore moins trente. Le ciel fait rarement des miracles, même pour les dévotes : l'esprit est fort , et la chair est foible : les accidens, dérangemens, cas fortuits, etc. doivent être prévus ; il faut donc des ressources ; et plus elles sont multipliées , moins le public s'en aperçoit. Mais comme, si toutes les femmes étoient au même régime , l'autre sexe ne seroit assurément pas assez nombreux pour les servir, prie ces dames d'être tolérantes : il y va de leur intérêt. Qu'elles laissent les femmes tendres, romanesques ou folles, comme il leur plaît de les nommer, qui n'ont de desirs que pour un objet ; parce que leur cœur n'est touché

Q ij

que pour un objet, qu'elles laissent ces femmes,
dis-je, dont l'ame et les séns sont toujours d'accord; être dupes de leur passion et se borner
à leur amant. Voilà le traité qu'il faut faire
avec elles, ma Sophie, au lieu de les prêcher.
Pour toi, retiens ces jolis vers :

Gertrude dès ce jour, plus sage et plus heureuse,
Conservant son amant et renonçant aux saints,
Quitta le vain projet de tromper les humains.
On ne les trompe point; la malice envieuse
Porte sur votre masque un coup d'œil pénétrant :
On vous devine mieux que vous ne savez feindre;
Et le stérile honneur de toujours vous contraindre,
Ne vaut pas le plaisir de vivre librement.

Mon Amie si bonne, je voudrois bien que
cette lettre te rendît un peu de sérénité, et qu'on
te permît bientôt de m'en écrire une qui me
rassurât sur la situation de ton esprit et de
ton cœur. Chère enfant, tu es fort malheureuse. Hélas! tu sais bien que je le sens au-
moins autant que toi; mais roidis-toi contre
les désagrémens et les dégoûts inséparables
de ta position. Dépends-tu du caprice, de l'insolence, des bavardages d'une de ces femmes
qui sont tes compagnes? Non sans doute. On
m'a dit de ta part toute sorte de biens de celles

sous la direction desquelles tu es. Assurément
il n'a pas dû leur être difficile de t'apprécier
et de te mettre à ta place. Je t'en conjure, ô
mon amour! un peu de force d'esprit; tu en
as tant dans l'ame! Serois-tu comme moi, dont
la fermeté et le sang-froid sont à toute épreuve
dans les grandes occasions, et que les plus
petites contrariétés émeuvent quelquefois ridiculement? O Sophie! tu es si douce! si bienfaisante! si égale! si bonne! malheur à qui ne
peut vivre avec toi; mais ne te tourmente pas
des sottises des autres. Hélas! notre misère
nous suffit; ne l'aggravons point par des riens
auxquels nous ne devons que du mépris.

Si tu obtiens une permission pour que je
t'envoie quelques-uns de mes manuscrits, je
t'en ferai passer successivement quelques-uns;
mais il y en a qui ne peuvent sortir de mes
mains. Celui de ces ouvrages que je crois le
moins mauvais, et qui peut être utile, sera
dédié à notre bienfaiteur, si jamais je me trouve
à même de le faire paroître. Quant à Tibulle
et à Homère, je ne les continuerai qu'autant
que je pourrai te les faire passer; car c'est un
ouvrage pénible et ingrat que des traductions;
et le plaisir seul de travailler pour toi peut
m'y enchaîner, d'autant que j'ai un grand projet qui m'occupe tout entier. Avant que toute

Q iij

la vigueur de jeunesse soit éteinte, il faut du moins essayer de faire voir ce qu'on auroit pu faire. Au reste, je t'avertis que mon style devient de plomb, et que mon talent baisse précisément en proportion de ce que mon goût devient plus difficile; ce qui n'est pas un médiocre tourment.

Ma Sophie-Gabriel, je voudrois bien que tu m'assurasses bientôt que tu n'as pas de nouveaux chagrins; ah! c'est trop des anciens. Je voudrois retrouver dans ta lettre prochaine (tu vois que je compte sur les bontés de celui à qui nous devons tant) ce je ne sais quoi qui manque dans celle-ci, et m'inquiète sur la situation de ton ame. Hélas! tu ne peux qu'être triste; mais, ma Sophie, ta tristesse ne devroit-elle point être un peu moins amère, lorsque tu écris à ton Gabriel? Adieu, mon bonheur, mon bien, ma vie! Je ne t'écris pas plus long-temps aujourd'hui; non que j'aie reçue la même injonction que toi, (et je tâche que la simplicité de mes lettres fasse disparoître toute objection) mais parce qu'on attend, parce que je ne veux point retarder cet envoi, que je demande en grace qui te parvienne avant la fin du mois. Il me reste quelques momens que je dois à tous égards consacrer à celui dont la bienfaisance est notre unique

ressource, et le seul fondement de notre espoir. Adieu, ma bien aimée. Je ne saurois
te dire trop sèchement cet adieu; car c'est
sur-tout à la fin de mes lettres que je me
crains. Hélas ! c'étoit à cet endroit que tu
courois autrefois. Donne-moi de tes nouvelles
bien exactes, marche beaucoup, des détails
sur la santé de ta fille.

Est-ce anciennement que tu as consulté les
Grandjean ? Tu m'as presque inquiété sur
tes yeux ; mais apparemment tu me l'aurois
dit. Sophie, Sophie, point de réticence sur
tout ce qui intéresse la santé. *Addio, mio
ben! la mia salute, e la mia vita. Addio.*

GABRIEL.

Lis le chœur du 2ᵉ. acte du *Pastor fido.*
Il y a des choses qui devroient se trouver à
la fin de cette lettre.

Songe bien que si on rase ta fille, il faut
que ce soit un chirurgien, la suture de son
crâne n'étant point fermée, et les enfans étant
fort mobiles.

Q iv

A M. LE NOIR.

29 juin 1778.

JE ne sais par quel hasard, Monsieur, malgré mes avertissemens réitérés et ceux de
M. de Rougemont, on a porté le mémoire
des médicamens que j'ai pris ici, depuis que
j'y suis, sur le compte du Roi. Ce mémoire
monte à plus de cent pistoles. Ce petit tour
de passe-passe me seroit fort indifférent, s'il
ne me regardoit pas : je suis revenu de la
manie d'être le Dom-Quichotte de la droiture :
le Roi est riche ou devroit l'être, et on lui
en fait bien payer d'autres ; ainsi il pourroit
supporter celui-là. Mais, Monsieur, je ne
crois pas d'abord qu'il me convienne d'être
aux frais du Roi. J'ai été aux coups de fusil
pour lui sans solde ; je mourrai probablement
dans ses prisons, et je désire que ce soit aussi
sans solde. D'ailleurs, Monsieur, j'ai un intérêt
plus pressant encore pour réclamer contre
cette indécente irrégularité. Mon père s'est
chargé de payer, à part de ma pension, les
frais de santé, parce qu'on lui représenta
qu'avec 600 liv. je pourrois à peine me vêtir
en burre. D'après cette convention, il a tout

lieu de croire que ce qu'on pourroit lui dire du dérangement de ma santé est un conte; car il sait bien qu'ici comme ailleurs, on ne vit ni on ne meurt pour rien. Peut-être sera-t-il moins incrédule quand il lui faudra payer 40 ou 50 louis pour médicamens, et comprendra-t-il qu'il pourroit ou me tuer ou me faire vivre moins chèrement; car enfin je lui coûte ou dois lui coûter ici près de 4,000 liv. Je me réduis volontiers à moitié, s'il veut m'accorder ma liberté, ou l'adoucissement de mon esclavage. Vous ne sauriez croire, Monsieur, combien l'opération de la soustraction paroît touchante à mon père. Cet argument est de tous celui qui l'attendrira le plus vîte sur mon sort, si tant est qu'il puisse être attendri. Je vous supplie donc d'ordonner que les comptes passés, présens et à venir, soient remis à mon père, sauf la restitution du double emploi à qui il appartiendra. Je vous supplie aussi de charger M. de Rougemont de me dire ce qu'il vous aura plu ordonner à cet égard.

Il y a six semaines, Monsieur, que je n'ai reçu de nouvelles de mon amie; je vous en demande avec instances et espoir, parce que cela dépend de vous. Que les autres me traitent comme un insecte qu'on écrase sans remords; mon cœur me dit bien haut que je m'abaisserois cruellement de les prier, et que je m'épuiserois vainement en efforts pour les fléchir. Mais celui dont je tiens tout jusqu'ici, et dont je ne démériterai jamais, parce que tout mon desir est de lui plaire et de lui témoigner ma gratitude, recevra toujours mes demandes avec indulgence et bonté : ainsi j'insiste avec confiance et sans crainte.

J'ai l'honneur d'être avec un dévouement respectueux, Monsieur, votre très-humble et très-obéissant serviteur,

MIRABEAU, fils.

A M. LE NOIR.

18 juillet 1778.

Vous m'avez fait goûter aujourd'hui, Monsieur, les plaisirs délicieux que peuvent donner la passion la plus tendre et l'amour paternel réunis. Croyez que toute l'activité de mon ame n'a pas été tellement employée à savourer ces innocentes jouissances, que l'idée du bienfait et le sentiment dû au bienfaiteur ne se soient mêlés à mes autres affections. En versant des larmes sur la lettre de mon amie, en jonchant de baisers le portrait de ma fille, je n'ai pas cessé de former des

vœux pour l'homme sensible qui trouve, au
milieu de tant d'occupations, et dans une place
qui nécessite la sévérité, les moyens de concilier ses devoirs d'homme public, et les penchans de son cœur pressé du besoin d'obliger;
le temps d'accorder des faveurs si précieuses
aux malheureux, et l'art de les embellir de
tout ce qui peut les rendre plus touchantes.
Vous avez mis ma fille dans les bras de sa
mère, et ce moment de bonheur l'a dédommagée d'un an de peines.... Ah! voilà de
tout ce que j'ai reçu de vous ce qui m'a le
plus attendri. Vous daignez m'envoyer le portrait de ce cher enfant.... Homme bon par
excellence, qui me soutenez au milieu de
l'orage terrible qui m'agite, qui peut-être me
conduirez au port, qui du moins me sauvez
de la haîne de la vie et de celle de mes semblables, que ne puis-je arroser vos mains des
larmes les plus douces que la reconnoissance
ait jamais fait répandre! .... Le respect d'un
fils, le dévouement sans bornes d'un bon frère,
l'enthousiasme d'un être honnête pour celui
à qui il doit plus que la vie, voilà mes sentimens pour vous. Permettez que je ne souille
pas cette profession de foi si vraie, si naturelle,
et d'autant moins bien exprimée qu'elle est
mieux sentie, par une formule bannale et men-

songère que je serois forcé de donner à l'homme de votre état que je mépriserois le plus, aussi bien qu'à vous pour qui je sens la vénération la plus tendre. Quand je serai moins ému, je me conformerai à ce que prescrit l'usage. Aujourd'hui je ne veux et ne puis vous parler que le langage du cœur.

MIRABEAU fils.

A SOPHIE.

19 juillet 1778.

CHÈRE Amie, que n'ai-je donc mille vies à déposer à tes pieds! que ne puis-je, que ne puis-je, hélas! te regarder du moins. Mes yeux te diroient ce qu'il m'est impossible de t'exprimer... Sophie-Gabrielle! j'en ai donc deux? oui, elles sont là : elles partagent mes caresses et presque mon amour. O intention délicieuse! ah! ce don du cœur, ce gage si cher de ta tendresse! de quelle reconnoissance il me pénètre? O Sophie adorée! que m'est l'univers entier auprès de mon Amie et de ma fille? Idoles de mon cœur, vous qui concentrez toutes les puissances de mon ame; ah! quand pourrai-je vous réunir de même dans mes embrassemens?

Je me désolois, ô ma Sophie! Quoi, me disois-je, cinquante-six jours sans une lettre! O mon bienfaiteur! vos bontés nous sont-elles ravies? nos soupirs se perdent-ils dans les airs? Les larmes de Sophie, qui plus douces que l'ambroisie, quand l'amour les faisoit couler, étoient si avidement recueillies par mes lèvres brûlantes; ces larmes que je voudrois, au prix de tout mon sang, boire ou sécher, coulent-elles inutilement pour moi?...Téméraires murmures! par quelle précieuse condescendence il devoit me payer des rigueurs de l'attente. M. de R. est monté ce matin; il avoit un tableau sous le bras : mon cœur battoit bien fort : je devinois, ah! oui, je devinois ce qui m'étoit destiné; mais je n'osois le croire; et quand je l'ai vue, cette image d'une autre toi-même, quand la lettre toute d'amour qui l'accompagnoit, m'a été donnée, j'ai presque perdu le sentiment et la raison. .... Grâces te soient rendues, ô Sophie unique en tendresse! pour ce portrait, pour ces cheveux, pour cette lettre. Tu l'as donc vue, cette enfant? tu l'as pressée contre ton cœur? tu lui as parlé de son père? Hélas! elle ne t'entendoit pas; mais j'ai été de moitié de toutes tes caresses : jamais tu ne m'aimas mieux qu'en cet instant....O ma fille, ma

fille bien-aimée, si tu savois comme je t'a-
dore! si tu savois ce qu'est pour moi la fille
de ta mère! J'ai cru connoître la tendresse
paternelle.... insensé que j'étois! c'est de l'a-
mour que dérivent toutes les affections de
l'ame....Et tu dis qu'il n'est point de plaisirs
pour Gabriel; ah! le plus doux des tiens m'est
refusé sans doute; celui de pouvoir causer à
ce que j'aime d'aussi touchantes surprises.
—Oui, elle me ressemble, en vérité; oui,
c'est cette figure ronde et presque bouffie que
j'avois; car elle s'est rudement allongée ici.
Ce sont ces certains yeux couchés, que, sur
mon honneur, je ne saurois appeler *beaux*,
dusses-tu me battre; mais qui, enfin, disent assez
bien, et quelquefois trop bien, tout ce que
sent l'ame qu'ils peignent. C'est cette bouche, je
ne sais comme, mais qui ne proféra jamais que
la vérité à tous ceux que j'aime et que j'estime;
et que l'amour a sans doute embellie quelquefois. Mais le front, ce trait si caractéristique,
et peut-être celui de tous qui fait le plus à
la beauté de la forme, est le tien; et ce bas
de visage qui contribue tant à la physionomie,
qui est plus susceptible que tout autre trait
de grâces et d'élégance, il est à toi, tout-à-
fait à toi. Ta tendresse respire déja dans ces
yeux que tu as fait grandir pour me séduire;

ils me disent combien je suis aimé; ils vont
déja au cœur. Ils sont si doux , si traînans, si
modestes ! ce sont les tiens qu'on a dessinés;
mais en les couchant pour me tromper. Et
ce nez est déja malin ; je ne sais ma foi où
elle l'a pris. Tu as celui de Roxelane, et ce
n'est pas celui de ma fille : le mien ressemble beaucoup à celui de la maîtresse de Salo-
mon, puisqu'elle l'avoit comme la tour du
mont Liban ; et ce n'est pas, Dieu merci, celui
de Gabriel-Sophie. Somme tout , elle est jolie, et trop jolie assurément pour me ressem-
bler; et cependant elle me ressemble : c'est
parce que tu lui as donné tout ce qu'il falloit pour raccommoder tout ce qu'elle a pris
de moi.... Mon amie bonne , il est une autre
petite Sophie , qui, à te dire vrai, n'a pas
fait de grandes caresses à sa compagne: hélas!
elle sent bien qu'elle n'est plus que *Sophie
tout court* ; mais aussi elle te ressemble tout-
à-fait celle-là. Que ne peut-elle apprécier ce
bonheur ? Les cheveux de ma Fanfan sont
très-noirs pour son âge , et elle a de qui tenir;
j'espère qu'elle aura su prendre la même
couleur pour ses yeux , ses cils et ses sourcils , et que tu auras relevé tout cela en lui
prêtant ton teint. Au reste , Gabriel-Sophie
est une grande fille; la taille ordinaire d'un

enfant qui vient de naître est de 18 pouces.
Dans la première année, à peine doit-il grandir de 6 ou 7. Elle n'a pas sept mois, et elle
a 23 pouces. Je t'assure qu'elle est très-grande,
et c'est encore une ressemblance avec sa maman.

Je suis très-content de tout ce que tu me
dis de sa santé. Voici le moment critique,
si elle pousse des dents ; et je desire bien
ardemment que les chaleurs se passent sans
cette éruption ; mais à tout événement le
téton de la nourrice est le remède presque
unique. Si la gencive devenoit trop rouge et
trop gonflée, si l'inflammation se déclaroit accompagnée de tous les symptômes qui ne sont
que trop capables de donner la mort, qu'on
ne balance pas un instant, pour prévenir les
accidens, à couper la gencive sur la dent.
Au moyen de cette petite opération qui n'est
rien, la tension et l'inflammation de la gencive cessent, et la dent trouve un libre passage. Mais, au nom de l'amour et de la raison,
point de recette de bonnes-femmes ; point de
topique, de poudres, et de toutes ces bêtises irritantes, exactement bonnes à rien, si
ce n'est à tourmenter et tuer l'enfant. Tu
m'as mis en colère avec tes dissertations. On
a eu raison de te dire qu'il étoit impossible

d'obtenir

d'obtenir des nourrices absentes autre chose que leur routine, et j'ai éprouvé combien cela étoit difficile, même en présence; mais demande un peu aux valeureux champions des vieilles sottises, s'ils ont lu dans le livre du destin, ou plutôt des possibles, comment se porteroient les hommes, s'ils étoient bien et vigoureusement élevés? et s'ils n'y ont pas trouvé ce chapitre, pourquoi décident-ils *que nous ne nous en portons pas plus mal pour avoir été mal élevés?* En effet, le quart de nos enfans meurt dans la première année, plus d'un tiers périt en deux ans, et au moins la moitié dans les trois premières années; ne voilà-t-il pas une belle preuve de la bonté de notre méthode? Notez, s'il vous plaît, excellente raisonneuse, que nous sommes les seuls êtres soumis à cette mortalité terrible, et qu'ainsi elle est purement due à nos erreurs. Et notre jeunesse, comme elle est belle et forte! ce sont tous autant de spectres dorés vieux à trente ans. Qu'on voie en Suède, en Danemarck, en Pologne, dans tout le nord, en Angleterre, dans tout le reste du monde enfin où l'on n'élève pas les enfans comme dans une petite moitié de notre Europe, où l'on est parvenu à dégrader l'espèce humaine en la garottant au physique et au moral;

Tome II.   R

qu'on voie, dis-je, si les enfans y sont emmaillotés et craignent l'eau. Eh bien, il n'est pas
un de ces hommes agrestement éduqués qui
n'assommât en jouant huit ou dix douzaines
de nos talons rouges, et autres valets de cour
ou badauds de ville; et si moi, qui te parle,
me sens bien la force d'en renverser quelques
bataillons en soufflant dessus, c'est que la vie
dure que j'ai menée, et les exercices violens
que j'ai aimés (nager, chasser, escrimer,
jouer à la paulme, courrir à cheval) ont
réparé les innombrables sottises de mon éducation; et ta fille assurément ne fera rien de
tout cela..... Mais nous voilà tous.... Eh oui,
nous voilà, 1°. la moitié de ce que nous devrions
être; 2°. nous voilà rachitiques, foibles, ma-
lingres, bossus; quelques plançons sont échap-
pés droits et sains; y a-t-il beaucoup de raison
et de tendresse à risquer ses enfans à cette
hasardeuse loterie? — J'aime tout-à-fait aussi
le *soutenement des reins par un corps*....
Je te prie d'examiner si les petits chats, chiens
et autres animaux, sont soutenus par des corps
de corde ou de baleine, comme tu l'entendras. Eh bien, par ma foi, je n'en ai point
vu de bossus; et nos belles dames qui, en
vérité, aiment ordinairement beaucoup mieux
leurs petits chiens que leurs enfans, ne man-

queroient pas d'emmailloter ceux-là, comme
on fait de ceux-ci, si l'expérience n'avoit
prouvé qu'ils se trouvent mieux de la liberté...
Voilà une et deux trop grosses balourdises
pour que j'aie pu te les passer; je te fais
grace de bien d'autres; mais franchement tu
n'as pas le sens commun; mais pas.... pas
l'ombre.... à-peu-près autant de raison; d'ailleurs, beaucoup *d'érudition* et d'esprit, que
puisse le ciel te conserver pour ton ingrate
patrie! Sur le tout, madame, lis M. de Buffon
qui en sait au moins autant que toi et les autres; lis le grand Rousseau (tu entends bien
que ce n'est pas du faiseur de vers que je
parle), lis son magnifique *poëme* d'Emile; cet
admirable ouvrage, où se trouvent tant de
vérités neuves. Laisse les fous, les envieux,
les bégueules hommes et femmes, et les
sots s'en moquer et dire que c'est un homme
à système. Il est trop vrai que vu notre dépravation, tout ce qu'il propose n'est pas faisable,
et en vérité, il n'y a pas là de quoi nous
vanter; mais la partie de son ouvrage qui
traite de l'éducation physique et de celle du
premier âge, n'est point dans ce cas, et c'est
là où tu trouveras les vrais principes.

Pourquoi donc, ma Sophie, crains-tu que je
te reproche tes *idées de mère?* as-tu quelque-

fois vu ton Gabriel s'abîmer dans des raisonnemens arides, lorsqu'il ne falloit que sentir?
Oh non, non; je ne suis pas si froid, et tu
devrois le savoir. Les illusions de la sensibilité
me sont trop chères; et moi aussi, j'aurois
vu sourire ma fille, j'aurois senti palpiter son
petit cœur, et ses caresses répondre aux
tiennes; j'aurois repoussé comme toi la réflexion
qui se seroit opposée à une si douce méprise.

Tu as d'autant mieux fait, mon cher Amour,
de ne pas refuser un service qui devoit nous
faire à tous deux tant plaisir, que tu as prouvé
en l'acceptant combien tu étois incapable de
ressentiment et de fiel; car on ne reçoit que de
ceux à qui l'on a pardonné. Cette jeune personne a réparé ses torts par cette offre obli-
geante qui en est un aveu tacite. Il eût été
plus honnête de les déc'arer ouvertement.
Quoi qu'il en soit, ma Sophie, je ne te re-
procherai jamais cette facilité cordiale et
naïve que t'a donnée la nature, et qui te porte
à mettre soit dans la conversation, soit dans
les procédés, tout le monde à ton niveau. J'ai
le même penchant, et je n'ai encore trouvé
personne qui à la longue n'en abusât. Ils sont
très-rares ceux qui ont assez de délicatesse
et de modération pour sentir que lorsque
leurs supérieurs veulent bien oublier qu'ils

le sont, c'est un motif de plus pour que les inférieurs s'en souviennent. Assurément je ne suis pas haut (quoique fier, sur-tout dans l'infortune) parce que j'ai toujours voulu et espéré valoir mieux par mon personnel que par mes parchemins; mais je vois que le plus souvent on prend de l'affabilité pour de la familiarité. J'ai cent et cent fois, par-tout et en tout temps, été témoin de cette méprise de jugement. Je m'y suis toujours exposé, et probablement je m'y exposerai toujours. En vérité, ma Sophie-Gabriel, tu as un sot ami, bien incorrigible à certains égards; et cependant, tu l'aimes bien : d'où je conclus qu'il vaut mieux que quelques autres. C'est ce que je me dis toujours pour me racommoder avec moi-même : *Il faut bien que tu aies un prix, puisqu'elle t'évalue si haut* ; et, soit que l'amour propre s'enveloppe sous ce masque, soit que l'amour embellisse cette illusion, elle me console et m'adoucit le tableau de mes imperfections, sottises, erreurs, etc. Tu n'es pas si riche en ce genre, à beaucoup près; ainsi tu as bien des droits à mon indulgence. — Oh! non, ne me déguise rien, ne me dérobe jamais ta tristesse : eh! pourquoi affecterois-tu une manière d'être si cruellement démentie au fond de ton cœur? Hélas! pourrois-

tu me tromper? Ne sai-je pas par ma propre
expérience , combien tu paierois chèrement
cette fausse tranquillité ? — Je te sais bon
gré de renoncer au laurier académique dans
le respectable lycée où M. de Ru * * * trouvoit
fort mauvais que j'entrasse , même comme
spectateur. Ah! qu'il soit tranquille ; je ne
serai jamais ni de celui-là , ni d'aucun autre ;
je me le suis bien juré. Mais que tu es cruelle
envers ton *ingrate patrie !* — Ma santé , puisqu'il en faut parler , a été fort mauvaise depuis
ma dernière lettre. J'ai eu des crises cruelles :
tout va mieux ; je passe deux ou trois heures
par jour dans le bain ; mais la vie renfermée
augmente beaucoup mes dispositions naturelles
à cette terrible maladie. Je ne t'en parlerois
pas comme cela , si je ne me sentois assez
bien maintenant ; ainsi sois tranquille , je t'en
prie. Les maux du cœur ne sont pas du ressort
de la faculté, et ce sont les plus cruels. L'amour
en est le seul médecin , et ce n'est que par
toi qu'il peut l'être. Il faut , quand il veut me
guérir , qu'il me donne *un bacio* ou une lettre.
Qu'il choisisse ; oui , qu'il choisisse , hélas! car
on ne me laissera sûrement pas choisir. O ma
Sophie! voudrois-je *d'un bacio, d'un solo
bacio?* Oui, s'il ne devoit jamais finir ; mais
sans cela, ce seroit une cruelle faveur; tes

lettres valent mieux, et notre digne et vertueux et sensible bienfaiteur me donne la vie,
me rend la santé en m'en envoyant. — Chaque
matin, je cause avec toi de huit à neuf heures;
car je sais que tu marches avec moi. Quant
à la belle étoile que tu m'indiques, c'est assurément le plus brillant des signaux. Mais je
t'avoue que mon horison est trop court, et
ma lucarne trop étroite pour l'apercevoir.
Cependant je vois passer des vivans, qui après
tout ont plus de rapport à nous que les étoiles :
j'entends du bruit, c'est une distraction; et tous
mes compagnons d'infortune ne sont pas si
heureux à beaucoup près. Toi qui es si fière
d'avoir appris l'astronomie de M. de la Lande,
et qui, depuis le signe de M. de Cœur-du-
Roi, jusqu'à Syrius, connois tout au ciel, je ne
te crois pas si savante en mythologie; écoute
ces allégories-ci. L'Amour étoit fils de Mars
et de Vénus, disoit Simonide : tu vois bien
que ce n'est pas là le nôtre; c'est celui des
garnisons. Selon Alcméon, il naquit de Flore
et de Zéphir : c'est bien joli; mais Flore se
fane trop vîte, et Zéphir a des aîles. Platon
l'a dit fils de la Pauvreté : voilà le dieu des
filles de l'opéra. Hésiode, du Chaos : que les
ambitieux l'adorent. Mais Sapho, la tendre
Sapho, faisoit l'Amour fils du ciel et de la

R iv

terre. Ah! Sophie, voilà le nôtre : l'union des ames, les délices des sens, c'est là la volupté : double jouissance vraiment céleste, gage éternel de notre fidélité.

On fait facilement des amis dans les endroits où tout le monde est mal, lorsque l'on est un peu mieux que les autres. Cette observation profonde et touchante a été jusqu'à mon cœur. Rien n'est plus vrai, plus honnête et mieux senti, ô mon adorable amie ! et je t'avoue que si quelque chose me console de la solitude vraiment assommante où je suis plongé, c'est l'idée qu'elle me sauve des chagrins et des imprudences ; des chagrins, parce que ceux des autres prisonniers me navreroient le cœur si je communiquois avec eux, et j'ai bien assez de mon propre fardeau ; des imprudences, parce que l'infortune exalte la sensibilité, et rend excessivement confiant. Je souffre beaucoup d'être seul : mon corps et mon esprit s'usent par des efforts et une tension continuels. Mais je suis à l'abri des indiscrétions, des tracasseries, des perfidies, et je n'ai pas l'occasion de me compromettre pour les autres, ce qui a toujours été mon écueil. Mon amie, nous ne changerons pas nos cœurs ; nous ne le voudrions pas, quand nous le pourrions ; ainsi

nous serons éternellement exposés aux mêmes
piéges. Veux-tu que je te donne l'unique
boussole qui me paroisse pouvoir nous guider
avec quelque sûreté? Les honnêtes gens ont
des défauts : ils peuvent être étourdis et faire
des sottises, quoiqu'ils ne soient jamais des
sots ; mais ils ont des procédés droits et simples qui les caractérisent , et auxquels on
les reconnoît. N'en juge plus que par ce
signalement. Puisses-tu en rencontrer ! Hélas !
les yeux les plus perçans sont quelquefois
bien foibles , ou plutôt le cœur trouble la
vue dans les momens où l'on auroit le plus
de besoin qu'elle fût nette. Mais que l'expérience , la malheureuse et funeste expérience que tu as si chèrement payée , serve à te
resserrer le cœur pour certaines gens ; car il
s'est bien mal trouvé de son excessive facilité
dans les circonstances les plus importantes de
ta vie. Les St. B. les C. les B. les V. sont
des exemples qui ne sortiront pas de ta mémoire. Mon histoire, qui y est toujours présente, t'en offrira une foule d'autres qui ne
sont pas moins frappans ; et après tout , tu
trouveras en y réfléchissant que l'équité exige
cette circonspection , sans quoi les lois mu-
tuelles du commerce de la vie seroient un criant
monopole......Sophie , voici comme les anciens

peignoient la calomnie. On voyoit dans un tableau d'Apelle la Crédulité avec de longues oreilles tendant les mains à la Calomnie qui alloit à sa rencontre : la Crédulité étoit accompagnée de l'Ignorance et du Soupçon , sous la figure d'un homme agité d'une inquiétude secrète, et s'applaudissant tacitement de quelque découverte. La Calomnie au regard farouche secouoit une torche de la main gauche, et de la droite elle traînoit par les cheveux l'Innocence sous la figure d'un enfant qui prenoit le ciel à témoin de son infortune. L'Envie la précédoit, l'Envie aux yeux perçans et au visage pâle et maigre. Elle étoit suivie de l'Embûche et de la Flatterie. A une distance considérable on apercevoit la Vérité qui s'avançoit lentement sur les pas de la Calomnie, conduisant le Repentir en habit lugubre.... O mon amie, que cette peinture sublime est effrayante, et qu'elle est vraie! La corruption est dans l'homme, comme l'eau est dans la mer. Tenons-nous sur nos gardes , Sophie; hélas! il est bien temps d'y penser. Les malheureux ont toujours tort : tort de l'être, tort de le dire, tort d'avoir besoin des autres et de ne pouvoir les servir.... Que sais-je, moi? Il n'y a pas jusqu'aux mauvais procédés qu'on a pour eux qui ne tournent à leur préjudice.

On cherche à excuser sa conduite en inculpant la leur. Tous les ingrats accablent de reproches ceux qu'ils ont trahis : tous les pusillanimes se plaignent de ceux dont ils désertent la cause. Voilà, je crois, le vrai signalement des lâches personnages que tu me rappelles. Mais nous ne devons pas désespérer de notre destinée, puisqu'elle nous a fait tomber sous la dépendance d'un homme qui daigne réparer, autant qu'il est en lui, les blessures cruelles dont on nous a déchirés.

Il me reste, ma Sophie, à éclaircir avec toi un point important ; mais je me le réserve pour une autre lettre, celle-ci étant déjà bien longue. Un mot seulement. Tu t'accuses sans cesse de mes maux, toi qui fais tout mon bonheur. Veux-tu donc que je récrimine contre moi-même ? Non, tu ne le veux pas. Eh bien, injuste amante, pense au 13 décembre 1775, au 24 août 1776, et ose dire que j'ai trop payé la félicité suprême : ose dire que le sacrifice de ma vie immolée à l'instant m'eût acquitté.

Tu n'ignores pas que j'aime assez ta recette du pistolet, comme expéditive et sûre ; et celle-là n'est pas d'une *bonne femme*. Cependant il faut que je te fasse à ce sujet quelques courtes observations : elles sont néces-

saires à tout évènement, *naturel* s'entend ;
car la bonté, la céleste bonté de M. le N***
éloigne tout projet funeste. Mais enfin, ma
Sophie-Gabriel, je suis mortel ; la feuille d'automne jaunit et tombe, et l'orage emporte
aussi la feuille du printemps ; ainsi tout dans
la nature appelle l'homme à la résignation.
Je me porte assez bien en ce moment : la
nature et l'exercice m'ont fait robuste : je
n'ai que vingt-huit ans ; j'aime la vie puisque
je t'adore, et que tu me chéris : ainsi je puis
fixer un moment tes yeux sur un évènement
très-improbable, mais dans l'ordre des possibles. Je connois l'excès de ton amour, de
ton courage, et même de ton audace. Je sais
que tu ne vis qu'en moi et pour moi, que
tu n'as jamais cru pouvoir ni devoir me survivre, et que le premier mouvement te seroit
probablement funeste, si je périssois avant toi.
Mais, mon amie, regarde ton enfant : regarde
cette image naïve maintenant exposée sous
tes yeux. Ta prison ne sauroit être perpétuelle, ni même d'une certaine longueur ; et
la mienne ne m'offre aucun terme. Si une
mort prématurée m'enlevoit à toi, je ne
pourrois rien pour mon enfant. Ne seroit-ce
pas une raison de plus pour que tu te con-
servasses pour elle ? Tendre Sophie, laisserois-

tu ce fruit de mon amour exposé nu et sans
secours à tous les outrages du sort, mendier
sa subsistance, et traîner notre sang dans la
fange de la plus affreuse misère ? N'est-elle
point un autre moi-même, cette enfant du plus
tendre des hommes ? Non, mon amie, non, tu
ne lui laisserois pas pour héritage le malheur de son père : tu veillerois sur elle. Tu
honorerois dans ta fille ton amant à qui tu
donnas un titre plus sacré, s'il en est un. Ce
seroit m'être fidelle que de chérir ma fille,
de lui continuer les soins que tu me prodiguas :
elle essuieroit tes larmes, elle adouciroit ta
perte, si elle ne t'en consoloit pas. Je ne te
tends point un piége; chère Sophie, j'en suis
incapable. Je te dis ce que je pense : tu te
dois à ton enfant. Si la faulx du temps m'attei-
gnoit avant l'âge, il me semble que je te quitte-
rois avec moins de regrets, si je te laissois ce
précieux gage de mon amour, si j'emportois
l'espoir que ta tendresse pour la fille que je
te donnai te fera supporter ma perte, que
mon amour me survivra et sera réchauffé dans
le cœur de ma fille, lorsque Gabriel ne sera
plus que poussière : son ame transmise dans
une autre lui-même, animée et enrichie dans
ton sein, vivra encore en dépit de ses tyrans,
et ton ami t'aimera jusqu'au-delà de la tombe.

Sa tendresse bravera la mort et le temps qui asservissent tout, et durera autant que la nature elle même. Si je ne t'ai jamais parlé ainsi, ma tendre et bonne Amie, c'est que je n'avois point fait des réflexions aussi continuelles, aussi sérieuses, aussi profondes sur ce qui peut arriver après moi, et sur les devoirs qui nous lient. J'ai le droit d'absoudre des sermens que j'ai reçus, et je le fais. Je ne suis pas malade, je te le répète, et cette longue lettre te le prouve assez : j'espère vivre pour toi, pour ma fille et pour notre bienfaiteur. Mais si le sort en décide autrement, si mes yeux doivent se fermer sans avoir encore une fois fixé mon amante, si mes lèvres se glacent sans lui avoir de nouveau juré mon amour, je transporte à ta fille toute la tendresse que tu m'as si bien prouvée; qu'elle en jouisse autant que le lui permet la nature; que l'amour maternel remplace dans ton cœur celui que tu me dois; que l'amour filial te dédommage de tes pertes autant qu'il est possible. Le cœur formé de celui de Gabriel et du tien ne laissera point sans exercice ton ame active et brûlante. Le portrait inanimé de Gabriel t'est si cher, ô mon aimable amie ! sa ressemblance organisée et sensible ne te sera-t-elle pas bien plus précieuse ? N'est-ce pas le mé-

lange de ton sang et du mien, de ton ame
et de la mienne, que j'offre pour pâture à
ta sensibilité? Ne dis donc point que ce sont
des consolations arides et insuffisantes, et
conviens que si c'est un devoir de te conserver
pour un pauvre enfant qui n'a que toi, ce
devoir n'est ni trop cruel, ni trop sévère....
Tu pleureras en lisant ceci, Sophie, et je pleure
aussi; mais ces larmes ne sont point amères,
et ces réflexions sont un sujet important de
méditation que je devois t'offrir pour réformer
tes principes. Ne cherche point à m'embar-
rasser par des comparaisons; tu m'affligerois,
et tes réclamations, et tes plaintes, et tes
tendresses n'empêcheront pas que tu ne sois
pour moi, ce que je puis être pour toi.... Sur
le tout, je me porte bien : je veux vivre cent
un ans, pourvu que ce soit avec toi, et dire
à cet âge : *Ma fille, allez dire à votre fille,*
que la fille de sa fille crie.

Tu m'as fait un plaisir bien vif en m'assu-
rant de l'intérêt que prennent à toi les personnes dont tu dépends. Je ressens du fond
mon cœur leurs bons procédés, quelque convaincu que je sois qu'il seroit impossible à des
gens honnêtes de te montrer de la sécheresse
et de la dureté. Ma reconnoissance est en ce
moment un bien foible hommage; mais il est

certain qu'on ne m'obligera jamais si essen
tiellement qu'en toi.

Si l'on t'a laissé entrevoir que je pourrois
t'envoyer quelques manuscrits, dis-le moi, e
je le ferai avec grand plaisir, puisque tu le
désires ; mais n'abusons pas des complaisances
qu'on a pour nous, du temps qu'est obligé de
perdre le secrétaire de M. le N *** pour
examiner ce que nous nous écrivons. Si tu
m'en crois, nous bornerons nos vœux à recevoir un peu plus souvent de nos lettres ; car
cinquante-six jours sont bien longs ; j'en avois
eu jusqu'ici tous les mois depuis tes couches,
et quelquefois même deux, et je ne serai pas
toutes les fois si bien payé d'avoir été si long-
temps inquiet. — Adieu, mon Amie si tendre,
si attentive, si aimable et si bonne. Puisse cette
lettre te rendre une partie du plaisir que m'ont
fait la tienne et tes précieux envois ! Je la finis ;
car enfin il faut finir, et M. B. qui est obligé
de la lire ne sauroit s'y intéresser autant que
toi, quelle que soit sa complaisance. Je le sens
bien, mais *amore non si sazia mai....* Oh! non,
non sans doute, sur-tout quand il est si affamé.
Ama il tuo sposo, come ne sei amata.

GABRIEL.

Je croyois qu'il n'y avoit plus d'hommes
du

du nom de Caunigham. Je suis aise de l'établissement de cette pauvre et bonne enfant qui avoit goût et presse du sacrement. Elle ne s'est point mal conduite avec toi ; et je l'aime autant que je puis aimer une autre femme que Sophie, et une ame aussi tiède. Fais une attention sérieuse à ce que je te dis pour les dents de la Gabriel-Sophie. Je t'enverrai des vers pour mettre au bas du portrait de cette grande fille de deux pieds de haut. En attendant, j'ai trouvé, je ne sais où, un portrait au-dessous duquel tu mettras le nom si tu le devines.

> . . . . La quinteuse déesse repose,
> Le cœur gros de chagrin sans en savoir la cause,
> N'ayant pensé jamais, l'esprit toujours troublé,
> L'œil chargé, le teint pâle et d'hypocondre enflé.
> La médisante Envie est assise auprès d'elle,
> Viel spectre féminin, décrépite pucelle, *
> Avec un air dévot déchirant son prochain,
> Et chansonnant les gens, l'Evangile à la main.

Je ne saurois t'en envoyer que cela ; mais c'est assez pour fixer la ressemblance. Adieu encore une fois ; laisse-moi causer avec ma fille.

---

* Je crois que ce n'est que pour la rime.

Tome II.   S

A M. LE NOIR.

9 juillet 1778.

JE crois, Monsieur, que vous et vos secré-
taires avez besoin de beaucoup de courage,
quand il faut lire les lettres monotones de
tant de malheureux qui n'ont guère à penser
qu'à leur infortune, et qui ne s'aperçoivent
pas aisément que leurs vaines réclamations
peuvent ennuyer. Je suis raisonnable à cet
égard : il n'est pas dans ma nature d'être importun avec celui que je respecte et que
j'aime : quant aux autres, j'aurois la juste
fierté de croire que je ne suis pas fait pour
les prier deux fois.

Je ne vous parle point depuis long-temps,
et je ne vous parlerai plus de mes affaires,
persuadé, comme je le suis, que j'en ai dit
assez pour exciter votre intérêt, et que vous
me sauveriez, si vous pouviez, des serres
cruelles de mes ennemis, puisque la plus importante et la plus précieuse des graces que
je puisse desirer, et qui, par un hasard plus
heureux que je ne devois l'espérer de ma
destinée, dépendoit de vous, m'a été accordée. Mon sort est décidé, sans doute, et de

quelque manière que ce soit, le temps me l'apprendra, ou j'apprendrai au temps que je suis plus son maître qu'il n'est le mien. Jusque là, je vous parlerai quelquefois du premier besoin de ma vie ; et c'est mon amie qui est ma vie, et ce sont ses lettres qui m'alimentent.

Dans le mois de janvier, j'en ai reçu deux, une dans le mois de février, deux en mars, et deux autres dans les mois d'avril et de mai. Voilà vos bienfaits, et je vous ai exprimé de mon mieux combien ils m'ont touché. Depuis le vingt-quatre de ce mois de mai, jusqu'à aujourd'hui neuf juillet, c'est-à-dire, depuis quarante-six jours, je suis veuf, absolument veuf; et, je l'avoue, mon cœur est affamé et mon esprit inquiet. Depuis le moment où, ému de notre sensibilité si juste et de nos angoisses cruelles, vous avez daigné condescendre, autant qu'il étoit en vous, à nos innocens désirs, et verser quelques gouttes de bien dans le calice amer que nous avons à vider, je n'ai pas cru que notre situation pût empirer : car, me suis-je dit souvent, notre bienfaiteur est si bon ! il n'auroit pas voulu rouvrir notre ame au sentiment du bonheur pour nous l'arracher... Oh ! non, Monsieur, je ne crains pas cela de vous, et je vous demande

avec les supplications les plus ardentes une
lettre de l'infortunée Sophie.

J'ai l'honneur d'être avec un dévouement
respectueux, Monsieur, votre très-humble et
très-obéissant serviteur,

MIRABEAU, fils.

AU MÊME.

30 juillet 1778.

IL est bien décidé, Monsieur, que c'est à
vous que je devrai consolations, plaisirs, sa-
lut, tout enfin. Je profite avec la reconnoissance que tous vos procédés m'inspirent, et
que chacun renouvelle, de la permission que
vous me donnez d'écrire pour m'informer de
mon fils. J'adresse ma lettre à un notaire
d'Aix, très-honnête homme, et qui a des rapports étroits avec M. de Marignane et mon
père ; mais qui est on ne sauroit plus secret,
et qui me veut le bien que me veulent, j'ose
le dire, tous les gens honnêtes qui me connoissent par d'autres relations que celles de
mon père, ou qui me voient par d'autres
yeux que les siens. Je ne pouvois mieux faire
que d'écrire le billet simple et succinct que
j'ai l'honneur de vous envoyer ; parce que ma

position m'interdisant tous détails, il seroit embarrassant, et même peu décent d'écrire ainsi à mes amis d'un certain rang. Sans cette réflexion, je me serois adressé à *madame la marquise de Vence, en son hôtel à Aix, ou au marquis de Tourettes, dans la même ville*; personnes respectables et respectées, qui ont vu de plus près que d'autres l'innocence de ma conduite et sa générosité, opposées à l'atrocité de mes ennemis; qui connoîssent à fond mes affaires et mes malheurs; qui savent enfin que dans la longue course que j'ai fournie, quoique jeune encore, dans une carrièrre hérissée d'événemens tristes et de contrariétés cruelles, j'ai toujours eu les mêmes procédés et trouvé le même sort. Ami jusqu'à l'enthousiasme, dévoué jusqu'à la témérité, sans cesse compromis pour les autres, et sans cesse abandonné par ceux pour lesquels je me suis compromis, chargé des fautes d'autrui, dédaignant d'excuser les miennes, parce que la conscience de mes intentions et de ma droiture m'a toujours suffi, incapable de faire mon apologie aux dépens de personne, même des pusillanimes, des ingrats et des traîtres, je me suis vu continuellement jugé sur des faits altérés ou faux, et je n'ai jamais changé pour cela de

S iij

cœur ni de conduite. Tel je fus, tel je suis, et tel peut-être je serai. Quoi qu'il en soit, Monsieur, si vous n'approuvez pas ma lettre, veuillez me la renvoyer avec des changemens que j'observerai religieusement. Si vous jugez plus à propos que je n'écrive point, et que vous daigniez prendre cette peine pour moi, excès de bonté que je ne présumerois pas si l'on ne m'eût donné l'alternative, veuillez vous adresser à madame de Vence. C'est la sœur du vicomte de la Rochefoucault. Peut-être la connoissez-vous ; ah! si cela est, vous l'estimez sans doute. Demandez-lui ce qu'elle pense, ce qu'elle sait de moi. Je souscris à ce qu'elle prononcera ; mais, non : elle est trop partiale en ma faveur. Elle l'est au point que mon père et madame de Mirabeau ont osé se répandre en commentaires sur mes sentimens pour cette dame et ses bontés pour moi. Vous remarquerez qu'elle seroit ma mère, et que c'est une des femmes les plus généralement respectées. Il est vrai qu'elle connoît madame de Mirabeau depuis l'enfance, qu'elle a suivi sa conduite et la mienne, et qu'elle n'a pas balancé entre nous. Il est vrai encore que la plus tendre des mères ne sauroit aimer le plus dur des pères ;.... mais après tout, que peuvent contre madame de Vence les sifflemens de la calomnie?

Enfin, Monsieur, de quelque manière que ce soit, j'aurai des nouvelles de mon fils, puisque vous voulez bien vous en occuper. Ne trouvez-vous pas étrange, j'ose vous le demander, qu'un père ait organisé sa famille de manière qu'il lui importe que son fils n'ait aucune correspondance avec sa mère, et ne sache pas des nouvelles de son enfant? et ce père s'appelle l'ami des hommes! ... Je ne m'arrêterai pas sur ces idées désolantes; je vous répéterai seulement que j'use dans l'inutilité et le chagrin mes plus belles années, que je vieillis avant l'âge, et que les nuits paroissent bien longues à la douleur qui veille. Peut-être, qu'il me soit permis de le dire, peut-être pourroit-on tirer de moi un parti plus utile et plus humain. Je ne me crois ni au-dessus, ni au-dessous de rien. Je ne suis au-dessous de rien, parce que je sens mes forces et mon zèle, parce qu'après tout je suis un homme comme un autre. Je ne suis au-dessus de rien, parce que le patriotisme, l'utilité, et sur-tout l'*homme*, peuvent tout honorer. Tous les talons rouges ne parleront pas ainsi; mais c'est à cause de cela que je les vaux peut-être bien en tout sens. Encore une fois, je suis enterré; cependant, si j'en crois ma tête et mon cœur, et ce je ne sais quel pressentiment qui est souvent la voix de l'ame, ma vie pourroit n'être pas inutile. Songez à moi, Monsieur, dans ce temps, qui, si j'en crois ce qu'annonçoient les derniers mois où je vivois avec les vivans, doit être fécond en événemens. Songez à moi, dis-je; ou plutôt (car j'ai assez de preuves que vous daignez vous occuper de ma triste existence) rappelez-la à d'autres.

J'ai promis à mon amie des vers pour mettre au bas du portrait de ma fille : ne permettrez-vous point que je les lui envoie? Ah! je n'ai pas besoin de prétexte pour vous demander une grace si précieuse, mais qui ne dépend que de vous.

J'oserai en solliciter une qui l'est bien moins, et qui l'est cependant beaucoup. Je travaille à un ouvrage qui sera intéressant, si je ne suis pas fort au-dessous de mon sujet; je manque de matériaux. Souffrez qu'on m'abonne à un cabinet littéraire. On m'en remettra le catalogue : je demanderai les livres qui me conviendront, et chaque semaine le carrosse de Vincennes emportera et rapportera mon paquet chez M. de Rougemont. Cette manœuvre est bien simple, ne donne aucune peine à personne, n'a, ce me semble, aucun inconvénient, et suppléera, moyennant six ou neuf francs par mois (parce que je prendrai plusieurs volumes à la fois) aux livres que je ne puis me procurer ici, où il n'y a point de bibliothèque, pas même de cabinet bien entendu, ni acheter, parce qu'ils sont trop chers. Daignerez-vous me dire un oui ou un non? Je sais bien que *oui* est le mot que vous proférez le plus volontiers quand il s'agit d'un bienfait.

J'ai l'honneur d'être avec un profond et respectueux dévouement, Monsieur, votre très-humble et très-obéissant serviteur,

MIRABEAU, fils.

Recevez mes remercimens pour les ordres que vous avez bien voulu donner au sujet des comptes de santé relatifs à moi.

AU MÊME.

17 août 1778.

IL ne faut, Monsieur, que vous rappeler les dates pour provoquer votre bonté, et vos bienfaits m'ont appris à être tranquille; mais mon cœur est trop actif pour que la sécurité soit en lui l'absence du desir : c'est la

force et la persévérance de ce désir qui, cons-
tatant la passion, la légitime, et la rend intéressante pour tous les hommes honnêtes :
c'est elle qui vous a touché sur mon sort,
que vous avez adouci par de si précieuses faveurs, qu'elles ont passé mon attente. Il y a
un mois révolu que je n'ai eu de nouvelles de
mon amie : j'ose vous en demander avec confiance, mais avec ferveur, et ma gratitude
lui est et lui sera toujours proportionnée. Daignerez-vous permettre que je joigne à ma
réponse un cartouche pour placer au bas
du portrait de ma fille, que je dois à votre
sensibilité, et dont mon amie a le double,
à ce qu'elle m'a mandé? Les plus petits présens, les plus légères marques de souvenir,
sont des jouissances, lorsqu'ils sont relatifs
à un sentiment qui seul nous anime, et auquel toutes nos pensées et nos actions sont
subordonnées.

J'ai l'honneur d'être avec un dévouement
profond et respectueux, Monsieur, votre
très-humble et très-obéissant serviteur,

MIRABEAU, fils.

AU MÊME.

3 septembre 1778.

JE prends la liberté de vous adresser, Monsieur, un cartouche destiné à être placé au bas du portrait de ma fille, que vous avez permis à mon amie de faire faire pour sa consolation, ce qui me donne lieu d'epérer que vous joindrez à cette précieuse faveur celle de lui faire passer ce dessin. Il est assez mauvais; mais pas trop pourtant, vu la manière dont il a été exécuté; à un mauvais jour; avec des crayons de deux sols; de l'encre de la chine vieille et sale, et une brosse plutôt qu'un pinceau. Le défaut d'instrumens a gêné mon imagination et ma main; mais ce petit rien fût-il cent fois plus mal ébauché, l'intention seule feroit encore le plus grand plaisir à ma pauvre amie. Je n'ose pas y joindre une lettre; car la reconnoissance, loin d'excuser la témérité, nécessite la discrétion; mais je vous supplie bien ardemment de m'en procurer une de madame de M. à laquelle je puisse répondre: et je vous répète pour la centième fois que, comme les bienfaits sont plus puissans que tous les Monarques de la terre, vous êtes mon véritable maître, et vous le serez toujours ; avec cette seule nuance que le plus respectueux attachement et la plus tendre gratitude seront à jamais les liens sacrés de ma dépendance. Ce titre vaut bien *la grace de Dieu et des verroux*.

J'ai l'honneur d'être avec un respectueux dévouement, Monsieur, votre très-humble et très-obéissant serviteur.

MIRABEAU, fils.

AU MEME.

18 septembre 1778.

POUR la première fois, Monsieur, depuis que je suis enseveli dans ce tombeau où l'on meurt long-temps, mais pas plus long-temps qu'on ne veut, je vous écris presque sans espoir. Il m'en reste encore un foible rayon qu'entretient le sentiment intime et la conviction de votre bonté ; mais vous ne pouvez pas l'impossible, et si ma destinée est plus forte que vous, en vain vous lui avez arraché quelques consolations qui ont adouci mes maux ! il faut que j'y succombe.

Vous voyez, Monsieur, que dans la douleur amère où me plonge le silence de mon amie, je ne soupçonne pas que votre refus de permettre que ses lettres parviennent jusqu'à moi en soit la cause. En effet, pourquoi craindrois-je ce terrible revers? votre cœur a senti les justes déchiremens du mien; il y a compati: Vous n'êtes pas de ces hommes qui vivant sans principes et pensant sans courage, comptent au nombre des devoirs de leur état, ses préjugés: votre esprit se rend à la raison; votre ame, à la sensibilité qui lui parle, qui l'émeut.

Je ne crains pas non plus, du moins je ne dois pas craindre, vu ma conduite et le témoignage de ma conscience, qu'on soit parvenu à vous persuader que je suis indigne de vos bontés. Je ne connois personne à qui cette calomnie soit nécessaire; et quelques exemples que j'aie vus en ce genre, je ne sais point encore être méfiant. Cependant, comme la secousse du malheur chasse la vérité des ames fortes, tandis qu'elle l'enfouit dans les autres, je dirai en passant que c'est une horrible institution que celle où l'on a réuni sur la même personne toutes les facilités et tous les intérêts possibles de calomnier; et j'ajouterai que, comme tout est possible, comme l'humeur d'un prisonnier peut lui donner de l'aigreur, et l'humeur de celui qui le garde s'en irriter;

comme il en peut résulter des préventions, des opinions fausses, des ressentimens et des vengeances, il est juste et nécessaire que chacun ait la voie d'appel, et que le supérieur immédiat entende les deux parties : réflexion importante et féconde ; mais générale, et nullement particulière à moi qui n'ai aucuns sujets de plainte, et qui en aucun cas ne me plaindrai le premier.

Je vous demande, Monsieur, je vous demande, en gémissant, une lettre de mon amie. Si cela n'est pas possible, je me résigne, et tout est fini pour moi ; mais daignez me le faire dire : que des paroles vagues dont la multiplicité et l'inexactitude inquiètent et découragent au lieu de soulager, ne soient plus ma pâture. Une ligne, ô mon bienfaiteur! une ligne de la main adorée ; ou la cruelle, mais nécessaire vérité. Ce désir que je vous témoigne avec toute la véhémence d'un cœur brisé de douleur, ce désir vous décèle mon premier besoin ; et ce sera le dernier. J'ai éprouvé bien des maux : j'ai été cruellement baloté par le sort. Les hasards de la naissance et de la fortune étoient pour moi : j'avois le germe de quelques talens ; une activité rare ; une audace qui ne l'étoit pas moins ; une santé forte. J'ai perdu de tout cela ce que j'en pouvois perdre, non sans regrets, mais sans désespoir. La carrière de l'ambition m'est fermée : mes talens sont flétris; ma santé est détruite ; je suis dans les fers; et je supporte ma situation ! et si vous parcouriez mon portefeuille (ce qui arrivera quelque jour) vous diriez peut-être : *Maintenant que l'adversité et le temps ont fait tomber son masque et montré cet homme à nu, je vois qu'il n'étoit ni sans vertu, ni sans force.* Mais, Monsieur, tout cela tient au sentiment qui alimente ma vie, aux charmes de l'amour, à ce bonheur, à ce seul bonheur qui ne devroit pas tant coûter. Il me fait supporter cette manière d'être qui n'a rien de comparable, non rien, pas même les plus horribles tourmens ; car les souffrances corporelles sont limitées par notre sensibilité physique et notre organisation. En vain l'homme a montré autant de barbarie par la variété des supplices qu'il a inventés, que par le nombre infini de ses crimes : le plus ingénieux des tyrans ne peut que nous donner la mort. C'est en prolongeant notre vie dans une situation affreuse qu'il assouvit toute sa férocité, parce que la sensibilité morale a des bornes bien plus reculées que la sensibilité physique, et que l'ame est plus sûrement et plus durablement affectée par des impressions foibles, mais répétées, que par un mouvement violent, mais passager. S'il est un Dieu, appui de l'innocence et vengeur du crime, il sera juge sans doute entre le père barbare et l'enfant opprimé. C'est une consolation bien cruelle que je ne savoure pas. Je n'appelle point la vengeance : je demande votre pitié. Je demande surtout que vous me délivriez du plus intolérable des maux, celui de l'incertitude, et que vous daigniez me faire dire, si je dois ou ne dois plus compter sur des lettres de mon amie.

J'ai l'honneur d'être avec un respectueux dévouement et une inviolable reconnoissance, Monsieur, votre très-humble et très-obéissant serviteur,

MIRABEAU, fils.

M. de Rougemont m'a dit que ce n'étoit pas l'usage de laisser un étui de mathématiques aux mains des prisonniers ; mais que je pouvois vous demander la permission de retirer le mien des siennes. Je prends cette liberté, et j'espère qu'il voudra bien certifier que je n'ai donné aucune raison de méfiance depuis que je suis ici. D'ailleurs, que peut faire un compas contre des murs de quinze pieds d'épaisseur ?

paisseur? Il peut servir de poignard. Mais les murs ne peuvent-ils pas aussi servir d'assommoir? Je travaille depuis ma plus tendre jeunesse aux mathématiques. C'est de toutes les études la plus convenable à ces tristes lieux, parce qu'elle n'exige guère que de la méditation; mais il est fort difficile de faire certaines choses sans instrumens; et je ne vois pas pourquoi l'on nous rendroit impossibles les distractions utiles, à peu près comme le soldat de Marcellus arrachoit Archimède à son travail. S'il n'est pas irrévocablement décidé que tout ce qui entre ici n'en sort point, il pourroit être intéressant de laisser certains hommes se livrer à leurs talens, et même de leur procurer des facilités. Quoi qu'il en soit, je serai bien reconnoissant que vous daigniez m'accorder la permission de jouir de mon étui de mathématiques, et je promets de ne faire aucune brèche dans des murs de quinze pieds d'épaisseur, ni dans des portes de fer, avec un très-mince compas.

A M. DE ROUGEMONT,

GOUVERNEUR DU DONJON.

29 septembre 1778.

IL y a quelque temps, Monsieur, que j'ai cru devoir vous faire entendre que quelques mouvemens intérieurs qui pussent agiter le donjon, vous me verriez toujours à ma place; c'est-à-dire, ne me mêlant de rien que de ce qui m'est personnel, et sur-tout ne trempant dans aucune anonymité, manœuvre infâme dont tout honnête homme est incapable. La manière vague dont je me suis expliqué a pu vous donner quelque inquiétude; mais toute tracasserie m'est si odieuse, toute explication si importune, que j'ai reculé jusqu'au dernier instant à entrer dans des discussions qui pouvoient nuire à quelqu'un. Il falloit la nécessité pour me justifier à mes yeux. Aujourd'hui que mon silence peut vous exposer vous-même, aujourd'hui du moins que je suis compromis par l'inconcevable effronterie d'un intrigant, et que j'ai peut-être perdu, faute de m'expliquer, les bontés de M. le Noir, je me vois contraint d'entrer dans les détails: et les voici nettement exposés par écrit ; parce qu'on s'explique avec plus de précision ; parce que d'ailleurs un homme d'honneur ne refuse jamais de signer ce qu'il avance. La nature des faits que j'allègue est telle, qu'il ne peut pas rester le moindre doute sur leur vérité ; car je n'ai pas le don de deviner.

M. Fontelliau a osé me menacer, Monsieur, de me dénoncer comme l'ayant voulu séduire pour obtenir de lui des choses contraires à son devoir, et comme étant son ennemi à raison de son incorruptibilité. Il m'a même dit que vous en étiez instruit. Certes, je ne m'attendois pas à être attaqué par lui pour fait de séduction. Voici, Monsieur, la relation exacte de ce qui s'est passé entre lui et moi depuis que je suis ici ; vous jugerez qui de nous deux est le séducteur. Vous ferez de ma lettre l'usage que vous trouverez convenable ; mais vous saurez du moins quelles raisons M. Fontelliau peut avoir de m'accuser ; ce que valent ces accusations ; quelle a été ma conduite et la sienne ; quels sont ses principes et les miens. Vous êtes trop honnête et trop juste, sans doute, pour ne pas détruire les impressions qu'auroient pu faire dans l'esprit de M. Le Noir, ses calomnies.

Il y avoit plus de deux mois que j'étois ici,

Monsieur, et je n'avois jamais dit que bonjour et bonsoir à M. Fontelliau, lorsque j'appris de lui qu'on attendoit ma mère au Val d'Osne dont il est chirurgien. Il me demanda si je n'étois pas fort aise de cet incident. Je répondis que *oui* (je ne m'en cache pas) *surtout s'il vouloit m'en donner des nouvelles verbales.* Je n'entrai dans aucun autre détail, la confiance me paroissant trop imprudente dans une prison d'état. Peu de jours après, M. Fontelliau me dit que par des circonstances qu'il ignoroit, ma mère n'étoit point venue au Val d'Osne et n'y viendroit pas. Alors pour la première fois il me parla de madame de M**; il savoit notre histoire, et m'apprit qu'il connoissoit l'inspecteur de police qui m'avoit conduit ici, et auquel M. Le Noir avoit permis de me revoir. Il ajouta toute sorte de protestations d'attachement, et une promesse de faire pour m'obliger tout ce qui ne le compromettroit pas, et ne seroit point incompatible avec son devoir. Je l'écoutai avec l'intérêt que devoit m'inspirer une telle ouverture dans un moment où j'étois brisé d'inquiétude et de douleur; mais je ne me livrai point. Je le priai seulement de rappeler à M. B... la promesse qu'il avoit faite de venir me voir. Il y consentit. M. B..., comme vous savez, me vit trois fois, dont deux devant vous, et me dit la troisième, en votre présence, que madame de M.... l'avoit chargé de m'apprendre qu'elle avoit promis à sa mère de ne plus m'écrire. Vous vîtes mon désespoir. Ce n'est pas que je crusse B...: je connoîs madame de M..., elle est au-dessus des soupçons et incapable d'une bassesse; et d'ailleurs, B..., touché de mon état, se démentit aussitôt, comme vous devez vous en souvenir; mais je voyois toutes mes ressources épuisées; je n'imaginois aucune manière de savoir des nouvelles d'une femme à laquelle mon existence est liée; qui étoit dans le moment critique d'une grossesse agitée par les orages les plus cruels, et à la veille d'une première couche. M. Fontelliau vit B... à ma prière, ou me dit qu'il l'avoit vu. Il me dit de plus que B... lui avoit avoué qu'il vous avoit proposé de fermer les yeux sur le passage de nos lettres, et que vous l'aviez refusé. Peut-être fus-je assez injuste pour vous en savoir mauvais gré; ce sentiment étoit naturel, et je ne m'en défends pas, quoique la réflexion l'ait redressé.

M. Fontelliau avoit commencé à me parler des dissentions élevées dans le château, des griefs de M. de la Boissière, du dépla-

T iij

cement de la garnison, des efforts de M. de
Voyer à cet égard, de vos démêlés avec lui,
et enfin des sujets de plainte purement personnels à lui Fontelliau. Je l'avois écouté, et
même interrogé. Rien de plus simple assurément que la curiosité d'un prisonnier qui n'a
de compagnie que ses murs, et qui a d'ailleurs beaucoup d'intérêt à connoître à fond
le préposé du roi chargé, de rendre compte
de sa conduite. Quand M. Fontelliau vit mon
cœur ouvert au mécontentement, il tenta
davantage, et me parla dans le plus grand
détail de votre conduite avec les prisonniers;
il me fit craindre que vous ne les desservis-
siez, et sur-tout m'interrogea sur la nourriture. Je m'en étois toujours loué, comme
je le fais encore; quelques jours de négligence, auxquels tous les cuisiniers peuvent
être sujets, furent un motif de déclamation
de la part de M. Fontelliau, et il m'assura
que vous lui aviez défendu de porter les
plaintes des prisonniers à cet égard, en lui
disant, *que son affaire étoit la santé, et
qu'on vivoit avec du pain et de l'eau.* Telles
furent ses premières démarches avec moi, et
je passe cent traits pareils. Je conviens qu'ils
n'embellirent ni ma situation, ni mes idées.
Cependant cela ne m'excita à quoi que ce soit

contre vous, parce que je ne pouvois, ni ne
voulois me plaindre personnellement ; parce
que d'ailleurs je suis assez peu occupé de tout
ce qui est besoin purement physique. Aussi
M. Fontelliau toucha-t-il bientôt d'autres cordes
qui avoient plus de prise sur moi. Il me réi-
téra des offres de service ; et comme je savois
par lui qu'ayant trouvé dans l'étui des rasoirs
d'un des conseillers du parlement de Bretagne
qui ont été détenus ici , un papier adressé à
je ne sais quelle maréchale de France , qu'il
vous avoit remis, disoit-il, et dont vous aviez
rendu un compte qui l'avoit peu flatté ; comme
il m'avoit dit que désormais il remettroit directement au commissaire du roi ce qui pourroit lui tomber entre les mains , je lui proposai
de passer une lettre à M. Le Noir. Vous remarquerez que je n'avois jamais tenté, ni même
pensé de l'engager à faire circuler quoi que ce
soit dans des mains étrangères. Ce n'est assurément pas que je me le reprochasse si je l'a-
vois fait: rien n'étoit plus naturel et plus simple que de m'efforcer de sortir de l'horrible
perplexité où j'étois avant que M. Le Noir
eût daigné m'en tirer ; mais enfin, soit sagesse,
soit méfiance , soit pressentiment , je n'avois
pas entrepris le moins du monde de gagner
M. Fontelliau, qui, je le répète, et le jure,

T iv

m'avoit parlé le premier de mes affaires sans
aucun préliminaire de ma part.

La lettre que je lui remis pour M. Le Noir
contenoit, mot pour mot, ce que je lui ai
adressé peu de jours après par votre organe :
démarche qui me sauva la vie, en obtenant
dans la suite de ce généreux magistrat que
les lettres de mon amie me passassent. La raison pour laquelle j'écrivois à votre insu ,
Monsieur, est que je craignois que dans une
occasion aussi délicate M. Le Noir ne fût gêné
dans l'exercice de sa bienfaisance par un témoin quelconque : or M. Fontelliau n'étoit
pas un témoin, puisqu'il recevoit ma lettre ca-
chetée. Il l'accepta avec avidité, et me con-
seilla, me pria même, d'exposer nettement
dans ce papier, qui seroit remis en mains propres, *ma manière d'être*, et d'y insérer mes
plaintes. Je lui répondis ces propres mots :
« Des rigueurs ne sont pas des mauvais trai-
« temens ; après tout, M. de Rougemont a fait
« strictement son devoir en refusant de me
« laisser glisser des lettres. Si j'ai jamais à me
« plaindre de lui, ce sera devant lui que je par-
« lerai, ou par lui que j'écrirai au Commis-
« saire du Roi. Toute plainte secrète est une
« délation infâme : d'ailleurs je nuirois à nous
« deux (je parlois à M. Fontelliau); à vous,

« en paroissant savoir des choses que vous n'a-
« vez pas dû me dire ; à moi, en me mêlant
« de ce qui ne me regarde pas. » J'écrivis ma
lettre ; M. Fontelliau la prit, et quatre jours
après il me la rapporta en me disant qu'il ne
pouvoit s'en charger.

Peu de temps après (et voici apparemment
mon grand crime dans l'esprit de M. Fontelliau)
il me dit que la compagnie que vous aviez fait
renvoyer du château alloit être rétablie ; qu'il
y auroit un major ici, lequel seroit M. de la
Boissière ; qu'au reste si j'avois des plaintes à
porter, et que je ne voulusse pas paroître, un
homme plus accrédité s'en chargeroit. Cet
homme étoit probablement M. de Voyer. Je
dois ajouter cependant que M. Fontelliau m'a
déclaré plusieurs fois qu'il n'avoit pas voulu livrer à M. de Voyer sa signature contre vous. Ce
Gouverneur, dit-il, l'envoya chercher, le solli-
cita de former sa plainte, ce que M. Fontelliau
refusa de faire sous toute autre forme que
celle de procès-verbal, à la tête duquel seroient
les interrogations de M. de Voyer. A quoi celui-ci ne voulut pas entendre, disant qu'il lui
falloit des *aveux et non des délations*. Mon
refus net et simple de me *barbouiller* (ce fut
mon mot) dans ce qui ne me regardoit pas fut
ma réponse, et j'ajoutai à M. Fontelliau qu'il

jouoit le rôle du pot de terre contre le pot de fer.

Dans ces circonstances, M. Fontelliau reçut une lettre de madame de Monnier, à peu près semblable à celle qu'elle vous a écrite depuis, et où elle donnoit la même adresse de Pavie pour envoyer la réponse. M. Fontelliau me la montra et la brûla sur le champ. Vous êtes étonné sans doute que je fasse cet aveu ; mais vous verrez bientôt que j'en ai de trop justes raisons. Ma pauvre amie étoit dans les transes du désespoir. Vous jugez bien, Monsieur, que je le partageai. Elle demandoit à M. Fontelliau de lui donner des nouvelles de ma santé, et de me laisser seulement signer mon nom pour lui certifier mon existence. M. Fontelliau ne voulut pas écrire, et préféra que je lui confiasse un billet. Je ne sais, Monsieur, s'il l'a remis à vous ou à M. Le Noir ; mais en ce cas, vous y avez lu à peu près ces mots : *J'existe ; ainsi je l'adore ; écris-moi aussitôt après tes couches. Efforce-toi d'obtenir de M. Le Noir une correspondance ouverte. Brûle sur le champ. Je meurs sur tes lèvres. Gabriel.* Ce billet partit ; au moins il sortit du donjon, et M. Fontelliau me jura qu'il étoit remis. J'étois pénétré de reconnoissance, et c'étoit, comme vous allez voir, à bon marché. En at-

tendant on exigeoit pour prix de ma gratitude
de certifier *au besoin* tout plein de choses
relatives à vous, Monsieur, que j'ignorois et
que j'ignore. Je refusai obstinément, et voilà
comme je suis un fin *séducteur*. Cependant
vous me desserviez, disoit-on : vous étiez continuellement avec mon père ; j'étois un mauvais
sujet à votre avis ; ou du moins il falloit entendre les deux parties, et ne pas se laisser
prévenir par du babil. Le Roi avoit voulu me
ravoir jusqu'en Hollande ; mon sort étoit décidé ; on me faisoit grace de la tête. J'avoue
que tout cela m'indignoit ; mais je dis constamment à M. Fontelliau, et je croyois le lui devoir
par gratitude, qu'il se jouoit à plus fort que
lui en vous attaquant ; et qu'on lui donneroit
toujours tort vis-à-vis de vous, ne fût-ce que
pour l'intérêt de la subordination.

Environ un mois après, vous me montrâtes
la lettre que Madame de M... vous écrivit ;
et quoiqu'il me fût évident que M. Le Noir
avoit permis cette communication, cependant,
toujours étoit-il clair que vous la lui aviez
montrée, que ce ne pouvoit être pour me nuire ;
qu'ainsi en cela vous m'aviez servi au lieu de
me desservir. Mais ce qui me donna le plus à
penser, c'est qu'il étoit démontré par la lettre
de mon amie, qu'elle n'avoit point reçu mon

billet. M. Fontelliau me trompoit-il? il y avoit
à cela au moins bien de la duplicité, et elle
pouvoit m'être funeste. Pour m'éclaircir du
fait, j'interrogeai M. Fontelliau, sans l'instruire du nouvel incident. Il s'offensa de mes
soupçons ; il me répéta, et me jura sur son
honneur, que mon billet étoit donné. Alors
je le confondis : il pâlit, balbutia, et avoua
que croyant Pavie un garçon marchand de
vin, il n'avoit osé s'y fier. Je vis clairement
(et je crois que cela est incontestable) 1°. qu'il
ne s'étoit intéressé à ma cause, qu'autant qu'il
avoit cru m'intéresser à la sienne, et espéré
de me faire servir à ses vengeances ; 2°. qu'il
avoit voulu se faire valoir à la police à mes
dépens. De ce moment je le jugeai ; je me
renfermai, et me promis de me taire, quoique mon intérêt fût évidemment de parler.
Depuis ce temps il m'a offert de donner un
billet de la main à la main à Pavie ; mais sur
ces entrefaites il me vint des lettres de ma
Sophie par M. Le Noir, et je me serois amè-
rement reproché de tromper mon bienfaiteur en me servant d'une voie détournée. Je
remerciai donc M. Fontelliau, en lui faisant
sentir, à la vérité, qu'il étoit indigne de ma
confiance, et je lui déclarai une fois pour
toutes, que je ne voulois plus entendre parler

des affaires du château, qu'il se perdroit, et que je ne voulois ni ne pouvois me compromettre en fou et malhonnête homme. Alors toute relation a fini entre nous ; il m'a battu très-froid , et m'a traité même assez lestement. Cependant , il y a environ un mois, qu'il me dit *de ne pas manquer de lui parler au moment où je sortirois d'ici , et que cela m'étoit important.* J'avoue que dans la terrible inquiétude où je suis depuis quatrevingt-dix ou cent jours sur le compte de mon amie, ce mot me remua jusqu'au fond de l'ame. Je l'ai conjuré de me dire si elle lui avoit écrit , et lui ai montré combien une demi-confidence dans ma prison étoit cruelle, puisqu'elle ne servoit qu'à multiplier mes maux et mes soupçons ; jamais je n'ai pu tirer davantage de lui , et cette finasserie , folle ou perverse , ne m'a pas peu tourmenté.

Vous savez le sujet de la discussion que nous eûmes dernièrement, M. de Fontelliau et moi. Il étoit dans son tort ; puisqu'assurément le Roi n'entend pas que ses pratiques du dehors l'empêchent de courrir aux besoins des prisonniers, et que d'ailleurs il étoit venu dans mon voisinage ce jour-là même. Je me plaignis de sa négligence d'autant plus vive-

ment que je souffrois beaucoup. Il me ré-
pondit insolemment ; il est vrai qu'il avoit
bu , ce qui, comme vous devez le savoir , lui
arrive fréquemment , et n'est pas du tout plai-
sant , sur-tout lorsqu'on ne peut dormir qu'a-
vec des narcotiques. Il me déclara que *je
lui en voulois , parce qu'il avoit refusé de
me rendre service , et qu'il en rendroit compte.*
Je lui répondis froidement. *Je vous en défie.*
Il repartit: *Ah! pardieu c'est fait.* Je repli-
quai : *Nous verrons.* Je n'ai pas voulu parler
le premier , parce que cela ne convenoit ni
à mes principes, ni aux circonstances ; mais
ayant su il y a quelques jours , par lui-même,
par mon porte-clefs , et ensuite par vous,
*qu'il s'étoit plaint de mes manières au sujet
du mémoire des médicamens qui m'ont été
fournis ;* ayant vu ou cru voir de la froideur en vous , quelque poli que vous soyiez
toujours ; ne pouvant expliquer les délais
de la lettre de mon amie , que par sa mort
ou le mécontentement de M. Le Noir , (car
sa translation ne pourroit pas susciter de si
longs obstacles) ; croyant enfin devoir une
explication de ma conduite (sur laquelle je
ne veux en aucun temps laisser rien de louche)
et une provocation formelle à qui que ce soit
de l'inculper ; je vous adresse ceci, Monsieur,

qui restera comme un monument de mes réclamations et de ma véracité. Si cela peut
nuire à M. Fontelliau, j'en suis fâché; mais
je m'aime mieux que lui, et il m'a dispensé
de le ménager : il m'a menacé; il m'a attaqué;
je me justifie.

Je m'abstiens de toute réflexion, Monsieur;
mais je vous répète que n'ayant rien à me reprocher vis-à-vis de vous, que m'étant toujours
conduit ici avec la plus grande régularité, j'ai
lieu d'attendre de votre probité, d'après la net-
teté de ma conduite et de la démarche que je
fais, que si vous prévoyez qu'on m'ait desservi
auprès de monsieur le Lieutenant de Police,
que je regarde comme mon unique bienfaiteur et ma seule ressource, ou que vous-même,
trompé par de faux rapports, vous m'ayiez nui
dans son esprit, vous voudrez bien lire à ce
magistrat ma justification que j'ai cru devoir
vous adresser directement, tant elle vous est
personnelle. M'ôter les bontés de M. Le Noir,
me priver des lettres de madame de M.., c'est
m'ôter la vie.

J'ai l'honneur d'être avec des sentimens respectueux, Monsieur, votre très-humble et
très-obéissant serviteur.

MIRABEAU fils.

J'espère que si M. Fontelliau se défendoit

à mes dépens, ses inculpations me seroient communiquées. Vous êtes trop sage, Monsieur, et trop attaché à M. Le Noir pour ne pas penser que cette lettre faisant foi des bontés qu'il a eues pour moi à l'égard de mon amie, elle ne doit être montrée qu'à lui ou de son aveu. J'ai dû être sans inquiétude à cet égard, puisque vous êtes l'organe nécessaire de ce que j'écris journellement à ce magistrat.

A SOPHIE.

Nous lui devons donc deux fois la vie! Ah! oui, j'en jure l'autre moitié de moi-même, la mort nous eût été cent fois plus douce qu'un plus long silence, et la perte de tout espoir; et cet homme dont la bonté céleste nous soutient au milieu de la plus cruelle infortune, feroit moins pour nous s'il arrachoit nos tristes jours au glaive d'un ennemi.... O ma Sophie! je pleure; mais je respire. Sophie! tu vis, tu m'aimes! Ah! je ne t'ai pas soupçonnée un instant: périsse l'univers, périsse Gabriel avant qu'il te soupçonne! mais mon imagination déchaînée erroit dans l'immensité tortueuse des possibles: tous les malheurs, tous, même le dernier, s'offroient à moi.... *Tu pleurois, Sophie !....*

Sophie!... et moi je ne pleurois plus; et ma
douleur touchoit au délire.... *Quatre-vingt
jours !* .. O la bien aimée de mon cœur! eh!
les nuits, tu ne les comptes donc pas? .. Ces
nuits, ces nuits solitaires; ces nuits qui paroissent si longues à la douleur qui veille;
ces nuits qu'empoisonnent encore tant de
souvenirs délicieux et cruels!... Ah! Sophie,
c'est le quart d'une année qui nous a été ravi.
Et qui sait?... qui sait?... Mais non : la voilà
ta lettre; je la tiens, je la touche, je la savoure:
oui, mes sens et mon ame sont dans mes yeux
et sur mes lèvres; et ton amour empreint sur
ce papier qu'il anime, oppresse mon cœur
et l'inonde de volupté. — Ah! tu le dis si
bien dans ton langage magique : *Une lettre
sèche bien des larmes ; et si elle en fait couler,
elles sont de tendresse....* Mais que tu as
dû souffrir! si tu as cru un instant, un seul
instant, *que cette consolation nous fût à
jamais refusée!... A jamais!...* as-tu bien
pesé ces horribles mots? — Ah! Sophie, j'ai
craint pour ta vie, et j'étois moins malheureux que toi peut-être, car on sait bien qu'on
ne survivra pas à ce qu'on aime; et il ne faut
plus que s'assurer de sa perte : mais ne seroit-ce
pas lui survivre que d'en être *pour jamais*
séparé? Loin, loin de Gabriel cet affreux

Tome II.   V

présage! Non, non, ma Sophie-Gabriel, je
ne puis le croire; car si elle respire par-tout,
cette mélancolie qui alimente les ames sensibles, elle ne contient aucun de ces traits
terribles qui décèlent le désespoir impuissant:
elle est douce et touchante comme toi.... Hélas!
et moi aussi, *il faut que je la rende ;* je
ne puis pas même la brûler et en avaler les
cendres; mais je l'ai lue cent fois, je l'ai res-
pirée, je l'ai pompée : elle est gravée dans
mon cœur en traits de feu, de feu inextinguible, immortel comme mon amour. — Oui,
oui, elle me ressemble mon enfant que je
baise cent et cent fois dans un jour, sans
déranger sa gravité qui m'impatiente. C'est
de bonne foi, ma Sophie, que je lui parle, que
je l'interroge, que je me plains de ce qu'elle
ne me répond pas : cette illusion se prolonge
des heures entières : à la fin je souris de
mon erreur, et j'y retombe le moment d'a-
près. Absorbé dans une méditation profonde,
une distraction me réveille. Eh! qui me la
donneroit, si ce n'est toi?.. Une distraction?
peut-on appeler ainsi une pensée habituelle?
Je vole à ta fille, je la couvre de baisers et
de larmes.... Tel, tel, au temps de son bonheur,
tu voyois Gabriel accablé de travail, harassé
d'application, se lever de cette table sur la-

quelle il étoit courbé des journées entières;...
il s'élançoit, il voloit dans tes bras....Un soupir,
un regard, *un bacio ;* et ses forces, et sa patience, et son courage renaissoient, et le sentiment de son bonheur étendu sur tout son être,
se prolongeoit encore sur tout ce qui l'en-
touroit : il enchaînoit les inquiétudes , il
charmoit la triste prévoyance; il jonchoit des
roses de l'amour les épines de la vie, et par-
venoit à les émousser. Hélas! hélas!... parlens
de cet enfant : oui, encore une fois, elle me
ressemble; et je ne sais pas trop pourquoi tu
en es si fière. Si, si pourtant, je le sais. J'ai
entendu une femme s'écrier en voyant Le
Kain dans Tancrède : *Comme il est beau !*
Or, personne au monde n'est plus laid que Le
Kain. J'ai toujours eu bonne opinion depuis
de cette femme. Ce n'est pas une ame commune que celle qui trouve que la véritable
beauté d'un homme est sa sensibilité ; car il
faut pour cela connoître l'amour et son prix.
Je conçois donc que tu m'as trouvé souvent
beau ; que je suis même à tes yeux le plus
beau des hommes; car je suis l'un de ceux
qui sait le mieux aimer. Admire donc ma
beauté , chère Fanfan, et laisse rire ceux qui
s'en moqueront. Mais pourquoi calomnies-
tu les sourcils de ma fille? Pour peu que leur

nuance soit foncée, ils seront très-noirs, et
ses cheveux le sont prodigieusement pour son
âge ; et moi je dis qu'elle est jolie, en tout jolie.
Ah! Sophie! elle est bien plus que jolie ; elle
est ta fille, et ton ame respire déjà dans ses
beaux yeux. — Il semble que tu as *quelque
idée confuse* que je possède l'art des consolations. Ma belle dame, ne vous mêlez point des
affaires de *Sophie l'aînée ;* elle ne vous a pas
porté ses plaintes assurément, et n'a que faire
de vos recommandations.... Hélas! de mon
triste et solitaire ménage, elle est la seule
qui s'accommode de ton absence.... J'avoue
que je n'entends rien au bonheur de *l'inséparable*. Il me paroît inconcevable, et je ne
saurois l'accorder avec ce terrible silence de
quatre-vingt jours. Au reste, je m'en fie bien
à toi pour avoir fait tout ce que tu auras pu,
en faveur de ce borgne mal guéri. Mais du
blaffard, pourquoi n'en parles-tu pas?— *Quand
tu auras ta fille avec toi....* O trop décevant
espoir!... O ma Sophie, ménage ton ami ; tu sais
que son imagination dépasse toujours le but.
-Hélas! il n'a pas encore appris à se méfier
même de son étoile.... Ma Sophie-Gabriel,
aime-la, ma fille : ah! sans doute elle en sera digne.
Mon sang coule dans ses veines ; juge si elle
saura t'aimer. Tu me parois tranquille sur son

compte, et certes ce ne peut être qu'à bon droit; car une mère telle que toi s'allarme trop aisément. Sa première dentition est venue à propos à la chute des chaleurs. Puissent les grosses dents qui sont bien plus inquiétantes, percer aussi heureusement! Mais sur-tout qu'on ne néglige pas l'attention que j'ai prescrite. Il est des cas, et même assez fréquens, où il n'y a que ce moyen de sauver la vie, et tout au moins les plus terribles convulsions, les plus effrayans symptômes. Qu'on la sèvre le plus tard qu'il se pourra : du bon lait est un souverain remède pour toutes les maladies des enfans; le teton de leur nourrice les aide à supporter tous leurs maux : du gruau, des légumes, des œufs, et jamais, jamais, sous aucun prétexte, ni viande, ni vin, ni sucrerie, ni pâtisserie, etc. — Non, il faut que je l'avoue; je ne crois pas que dans les annales entières de la déraison, on trouve une héroïne à te comparer. Ainsi donc, ô très-puissante raisonneuse! *vous avez cru qu'il falloit un corps à votre fille âgée de cinq mois, de peur qu'en se renversant, elle ne se cassât les reins....* Et ce corps est sans doute de fer, ou de bronze, ou de platine; car j'avoue que le moyen par lequel un corps de baleine ou de corde sauveroit les reins d'un enfant qui tomberoit des

bras de sa nourrice, passe ma courte intelli-
gence. J'aurois cru aussi tout bonnement que
l'enfant trop foible pour se soutenir tendroit
plutôt à tomber sur l'épaule de sa nourrice
qu'à se renverser, ce qui suppose un élan vigoureux; j'aurois cru sur-tout qu'un enfant
ne pouvoit se remuer qu'en raison de sa force;
qu'il étoit foible en proportion de sa lourdeur,
et qu'ainsi il n'avoit aucunement le pouvoir
de s'estropier de lui-même, pourvu qu'on
l'éloignât des lieux dangereux, et qu'il pouvoit si peu se donner un tour de reins, que
si dans les premiers mois on l'étendoit sur le
dos, il mourroit dans cette situation sans
pouvoir s'en tirer........ Mais non, vous
changez toutes mes idées, ô incomparable
philosophe! et je ne vous demande plus que
de m'expliquer comment on parvient à élever
un seul nègre; car vous savez, ô savante ob-
servatrice! que pour téter ils embrassent les
hanches de leur mère avec leurs genoux et
leurs pieds, et s'y soutiennent sans le secours
des bras de cette mère qui travaille. Vous
avez lu cela dans M. de Buffon et dans cent
autres ouvrages, vous qui me rédigiez l'édition de Hollande de l'histoire des voyages;
et je ne crois pas que vous ayiez vu qu'on mît
des corps et des maillots à ces enfans de la

nature; et ils ont l'insolence, en dépit de vos
principes, de se traîner dès le second mois;
à quatre pattes, il est vrai; mais qu'importe?
Ils n'en déraisonnent pas plus que toi pour
cela par la suite; et tous ceux qui devroient
brouter ne broutent pas, ô ma gourmande
Sophie! Haute et puissante raisonneuse, ex-
plique-moi, je te prie, ce phénomène, dis-
moi si tous les Nègres ont les reins cassés; car
je suis convaincu d'après tes infaillibles principes, que cela doit être ainsi; dis-moi, pourquoi nos enfans emmaillotés ont le privilége
à-peu-près exclusif d'être bossus, boiteux,
cagneux, noués, contrefaits, rachitiques, etc;
dis-moi, pourquoi sur dix mille de nos femmes
si bien emboîtées dans leur corps, il n'y en a pas
dix à la taille desquelles le tailleur ne raccom-
mode quelque chose; dis-moi, pourquoi cette
belle invention des corps a si bien redressé la
nature, que vos busques, mesdames, compriment les seules de vos côtes que cette bête
de nature ait rendues mobiles, et relâche celles
qu'elle a rendues fixes, ce qui, joint à la vie sage
et chaste de tant de vous autres, rend si
fréquens les maux de poitrine, etc. etc. J'attends une belle et profonde dissertation sur
tous ces points, le tout *pour l'instruction de
l'univers*.... J'aurois assez de choses à dire

sur la gourme de notre enfant ; mais je n'ose
joûter contre *ton érudition et ta dialectique*,
et je défends seulement comme ma vie qu'on
lui fasse aucun remède d'aucune espèce pour
cela , à moins qu'une disparition subite de
cette sorte d'évacuation salutaire n'exigeât
quelque purgatif très doux. Sur le tout, de
la propreté ; c'est la vie des enfans. Qu'il me
soit permis aussi de vous dire en toute humi-
lité, que si vous ne voulez pas que ma fille
se casse la tête , il ne lui faut point , absolument
point de lisière... Comment donc faire ?...
Comment, grande et grosse bête ? La laisser
se traîner accroupie ; c'est-à-dire, laisser faire
la nature, qui, sur ma foi, en sait plus que
nous. Autrement nous la forçons, et elle ne
peut remédier que très imparfaitement à nos
sottises. Nous voulons donner un à-plomb
prématuré à nos enfans avant qu'ils puissent
le garder : ils tombent par l'autre extrémité,
c'est-à-dire sur leur tête , et s'estropient , ou se
tuent quelquefois. Au lieu de cela, d'eux-mêmes
ils trépignent en cerceau , et commencent
comme les culs-de-jatte ; ils tombent : oh ! oui,
et très-souvent, et il faut en rire, et sur-tout
ne jamais se dépêcher de les relever ; mais ils
tombent sur leur derrière , parce que leur position les y nécessite , et dix mille de ces chûtes

ne sont pas aussi dangereuses qu'une de l'autre espèce.... Mais on ne fera pas ce que je dirai? Eh bien! tais-toi, et ne radote pas avant l'âge.... Ah! Sophie, j'avois si bien compté élever moi-même mes enfans!...

Madame Sophie, tu as sur le cœur le déni que je te fais du bon sens (car, pour à ta science je lui ai rendu hommage, et tu me calomnies quant tu oses dire que je m'en moque); mais, ma Sophie, il ne faut pour te consoler de cette légère privation, que te faire ma profession de foi au sujet de cette idole des sots, qu'on appelle *bon sens*. Tu as entendu M. Diaforus dire au théâtre, *Je jugeai par la pesanteur d'imagination de mon fils qu'il auroit un bon jugement à venir*, et tu as ri. M. Diaforus dit un mot très-profond sous le masque du ridicule. Ma bonne amie, le bon sens n'est précisément que l'absence de toute passion, ou l'absolue nullité. Si cette privation entière de toute sensibilité procure quelques avantages personnels, il n'en est pas moins vrai qu'elle fait et fera à jamais des hommes autant de fardeaux à-peu-près inutiles à la société, et tout au plus bons à croupir dans la fange de la servitude. Sois bien sûre, mon adorable Fanfan, quand tu entendras dire que le bon sens vaut mieux que l'esprit et que le

génie, que l'homme qui parle ainsi est un
sot, ou un envieux plein d'orgueil, qui insinue
modestement qu'il a au fond plus d'esprit que
les hommes les plus illustres de tous les siècles.
Ce ne sont pas là des hypothèses bizarres ou
des exagérations plaisantes; ce sont des vérités
démontrables à la rigueur, comme je me charge
de le faire en temps et lieu. Souviens-toi bien,
ma Sophie-Gabriel, qu'il n'y a que les mauvaises têtes de bonnes : tu as été en passe de
l'apprendre, et si tu ne le sais pas encore,
j'ai peur que ce ne soit que par modestie. Je sais
bien que tout le monde ne conviendra pas de
cela ; mais crois-tu qu'il y ait beaucoup de
gens en état de l'entendre ? Crois-tu que les
hommes capables de démêler le génie dans
les écarts des passions, qui ne sont que son
explosion, soient très-communs ? La médiocrité hait tout ce qui n'est pas médiocre, ou
ne le comprend pas, ou s'en effraye. Je disois
un jour au frère d'une certaine Sophie, de ta
connoissance : *Votre sœur emploie la moitié
de son esprit pour escamoter l'autre.* Il m'en-
visagea avec de gros yeux bien stupides, et
regarda le fait et l'éloge comme également
ridicules. J'en demande pardon à ce frère ;
mais, fût-il vingt siècles l'un des *sénateurs* de
ce royaume, il sera vingt siècles un sot. On

exigeoit de cette même femme une lâcheté indicible ; et pour l'y engager plus facilement, on la maltraitoit (car les gens de *bon sens* ne se piquent pas de beaucoup d'esprit). La proposition l'indignoit, et les procédés l'irritoient ; il n'en falloit pas tant pour la roidir. *Quelle opiniâtreté !* disoit-on ; *en vérité elle est folle : c'est opiniâtreté, et ce n'est que cela....* Eh ! comment veux-tu que pensent, que sentent autrement des êtres qui ne connoissent d'autre honnêteté que celle qu'il faut pour n'être pas pendu ; de vertus que celles qui aident à faire fortune ; ce qui veut dire en leur langage, gagner de bons contrats, de bons douaires, du bon argent, du cher argent ; et qui n'appellent vices que ce qui y nuit ; qui ne connoissent de sentimens que ceux relatifs ou subordonnés à cette lâche cupidité ? Il faut bien qu'ils prennent pour *fous* ceux qui ont une ame forte ; voilà comme certains parens jugent. D'autres (des pères par exemple) se croyant suivis de trop près par leurs enfans, et craignant qu'ils ne disent bientôt d'aussi bonnes choses qu'eux, mais non pas en mauvais gaulois comme eux, frémissent de jalousie, et ne voient dans le foyer ardent qui produit les talens de leur fils, qu'un présage d'incendie, qu'un motif de crainte et de proscription. Si par malheur le fils démêle les véritables causes de cette terreur hypocrite ; s'il a l'imprudence de dire au père enveloppé dans les ténèbres sublimes de la prévoyance , de l'autorité, de la dignité paternelles : *Mais, mon père , pourquoi me garottez-vous ? n'eussiez-vous que de l'amour-propre , mes succès seroient encore les vôtres :* le fils est perdu; car on ne pardonne point à qui nous a deviné , quand on se sent coupable. Mais si ce fils eût été une bien lourde ganache , bien capable de tout croire sur parole , bien lâche adulateur d'une courtisane séduisante et accréditée ; bien porté à regarder l'obéissance passive , la foi implicite comme le premier devoir , la plus sainte vertu ; bien et uniquement jaloux de diriger des fermes selon la *grande et petite culture ,* de calculer le *produit net* d'un *moulin économique ,* et de passer sa vie avec les êtres à longues oreilles qui l'habitent ; ah ! que ce fils eût été adoré ! La preuve est au bout. Entre chez ces pères-là, si dans toute leur famille il y a une bête, tu la trouveras installée dans le fauteuil académique, et maîtresse de la maison. D'autres parens oublient de la meilleure foi du monde ce qu'ils ont été , ce qu'ils ont pensé, ce qu'ils ont senti, et perdent le sentiment avec la mémoire ; car tout dans l'homme

est mémoire. Ceux-ci sont injustes, sans le
savoir. Le cardinal de Ber. portoit le chevalier
de M. au ministère. Le préliminaire essentiel
étoit de le raccommoder avec la marquise de
Pomp. . . Le chevalier, l'un des plus beaux
et des plus spirituels hommes de son temps,
est introduit à la toilette ; il cause long temps ;
il brille de tous ses talens naturels et acquis ;
en un mot, il est *charmant ;* et tu sens bien
que d'un homme *charmant* à un *homme d'état*
il n'y a, en certaines circonstances, qu'un pas.
Dans un de ces momens d'engouement qui
mènent par sauts et par bonds ton respectable
sexe, madame de Pomp. . . dit au chevalier :
Quel dommage que tous ces M. soient si
mauvaises têtes ! Le chevalier de M. reprend
à l'instant toute l'âpreté d'un marin, et répond
ces mots remarquables : Madame, *il est vrai*
que c'est le titre de légitimité dans cette
maison ; mais les bonnes et froides têtes
ont fait tant de sottises et perdu tant d'états,
qu'il ne seroit peut-être pas fort imprudent
d'essayer des mauvaises. Assurément du
moins elles ne feroient pas pis. Tu n'as que
faire du reste de l'histoire que tu sais ; mais
vas demander à ce chevalier, homme d'ailleurs plein d'honneur, de vertu, et même
d'équité, autant qu'elle peut se concilier avec

la foiblesse que lui ont peut-être donnée les années, et sa soumission absolue au despotisme
fraternel ; vas lui demander, dis-je, ce que
c'est qu'un certain sien neveu ; il te dira :
*Ah ! madame, quelle tête, et quel dom-
mage !*.. Que veux-tu, ma bonne ? les hommes
sont ainsi faits ; ils n'admettent point l'existence
des sentimens qu'ils n'éprouvent plus. Ils font
tous comme ce général qui, trouvant de jeunes
officiers avec des filles, leur dit : *Eh ! mes-
sieurs, est-ce là l'exemple que je vous donne ?*
Il avoit quatre-vingts ans. Somme tout, il n'y
a que les hommes fortement passionnés capables d'aller au grand ; il n'y a qu'eux capables de mériter la reconnoissance publique ;
il n'y a qu'eux par conséquent qui aient un
vrai droit à l'estime ; et le *bon sens* si vanté
n'a jamais été utile, tout au plus qu'à celui
qui le possède. Il n'est pas plus compatible
avec l'extrême sensibilité, que l'eau avec le
feu ; de sorte que si tu veux m'aimer, Madame, il faut consentir à n'avoir pas l'ombre
du sens commun : choisis, et ne sois pas fière.

O Amie de mon cœur ! il y a une grande partie
de ta lettre (et c'est la plus touchante) à
laquelle je ne répondrai pas, puisque tu me
le défends ; cependant j'aurois bien des choses
à dire ; mais j'espère que ces tristes discus-

sions sont inutiles; car je ne veux point du
tout mourir avant l'âge.... Sophie! toute
énergique, toute déchirante qu'est la peinture
de ce que tu as souffert, tu ne perdras rien
à laisser le cœur de ton Gabriel le deviner.
Hélas! que nous reste-t-il de tant bonheur?
Nous ne pouvons pas même nous communiquer nos peines. Jamais, dans les plus terribles secousses, nous n'avons éprouvé cette privation mortelle, heureusement tempérée par
notre bienfaiteur, mais qui est peut-être le plus
violent état de l'affliction.... O Amie! tu te
plains de mes réflexions lugubres; mais, dis-
moi, que dois-je sentir et penser quand je
jette les yeux sur cette trop longue suite d'années qui se sont écoulées pour moi, quoiqu'à
peine arrivé à l'âge viril? Dans quelque partie
de ce temps, centuplé par les malheurs, que
je jette mes regards, j'y aperçois l'infortune,
les contrariétés, l'injustice, les calomnies,
la douleur. A peine y puis-je compter une
année de vrais plaisirs, et ces rapides instans
sont suivis d'innombrables maux. Je me suis
vu enlever le trésor de mon cœur, l'unique
objet de mon amour (je dirois de mon attachement, si ma mère, ma fille et M. le N. n'e-
xistoient pas) l'unique objet de mon amour,
de mon estime, de mon idolâtrie. J'ai fait le

malheur de ce que j'aime, ou du moins je
l'ai causé. Toutes les traverses de ma vie,
trop fidèle présage, hélas! de celles dont j'é-
tois menacé, ont été oubliées dans les bras
de l'amour; mais au moment où ce consolateur m'a manqué, toutes mes plaies se sont
r'ouvertes. Et n'étoit-ce pas assez de mes nouvelles blessures pour souffrir d'intolérables douleurs? Ah! oui, ce sont même les seules qu'il
soit impossible de dévorer. Jamais, dans ces
maux qui n'intéressoient pas mon amour, je
ne manquai ni de fermeté, ni de courage; il
a cruellement irrité mes ennemis, lâches calomniateurs qui, ne pouvant atteindre à la hauteur de mon ame, se sont efforcés de l'avilir!
Mais ces dernières infortunes, qu'il t'a fallu
partager, m'ont totalement épuisé, ô mon
Amie! et sans les consolations que nous procure celui que je ne puis plus nommer sans
que mes yeux se mouillent de larmes, je serois imbécille ou mort. Et comment cela ne
seroit-il pas arrivé? Souffrir, perdre, être agité
continuellement et avec la plus extrême violence, se voir privé de la joie, et du repos,
et de la vie de l'ame, et des nouvelles de
celle à qui son existence est liée, est-ce un
état supportable? Que ce soit le crime de
la fortune ou le mien, en porté-je, en
portes-tu

portes-tu moins la peine? O mon amie! dois-
tu t'étonner que ton Gabriel, que l'infortuné
qui t'a perdue, n'ait que des pensées sombres
et des sentimens douloureux; qu'il ait long-
temps désiré la mort comme le seul remède
à ses maux? Ah! Sophie, c'est un vrai miracle de l'amour que je retrouve encore quelques étincelles de gaieté en t'écrivant : le seul
contrepoison de ce chagrin destructeur qui
s'est emparé de moi au moment où j'ai su
qu'il falloit te quitter, c'est le bonheur, c'est
la certitude d'être aimé. Oui, Sophie, oui, mon
tout: abandonné de la fortune, persécuté par
le sort, séparé de ce que j'adore, cette seule
pensée que j'ai fait naître une passion sincère,
est une source de consolations et de volupté.
Et quel autre que moi en a inspiré une si
tendre et si généreuse? C'est une jouissance
que les richesses et la naissance, et l'esprit,
et l'ambition exaucée, et toute autre passion,
et toutes les voluptés ensemble ne donneront
jamais. Ce plaisir du cœur est vraiment unique, parce qu'il a sa cause dans lui-même.
Celui qui n'a point été aimé de ce qu'il a
aimé, n'a pas connu le bonheur. Toute autre
affection de l'ame peut être intéressée. On me
sert pour soi ; on me flatte par artifice; on
se dit mon ami, parce qu'on espère que je

Tome II. X

vaudrai plus que je ne coûterai : mais l'amour
n'est accordé qu'à moi ; on ne peut ni le con-
trefaire, ni le feindre. Ce sentiment si flatteur,
si saint, si chaste et si pur, est inimitable pour
les yeux intéressés, pour le cœur qui l'éprouve.
On peut tromper un amant vulgaire ; mais
on ne trompera jamais un tendre amant. Cependant, ma bien-aimée, ce n'est qu'auprès
de son amante ou dans ses lettres qu'on peut
acquérir la certitude d'être toujours aimé.
Hélas ! tu sais quelles inquiétudes je nourrissois
même auprès de toi, et tu me les as par-
données. Un regard, un mot, un de ces mots
qui vont au cœur, un baiser qui l'enivre, m'a-
voient bientôt rassuré ; mais, excessivement
délicat et craintif, j'avois besoin de l'être. Tes
lettres entretenoient ma sécurité et toutes les
consolations dont elle étoit la source. On me
déroba mon égide ; et comme si ce n'eût point
été assez de t'avoir perdue, de te savoir dans
une odieuse captivité, de te voir dans un
affreux lointain, de m'élancer vers toi sans
cesse par mes desirs, et de me consumer dans
la douleur de n'en pouvoir approcher, je vis
rompre encore la foible communication qui
restoit entre nous ; il fallut à tant d'agitations,
à tant de chagrins amers, mêler les poisons
de la jalousie, et sentir multiplier ses maux,

au moment où la seule chose qui pût en
alléger le fardeau m'étoit enlevée..... Mais
de quoi, de qui, me diras-tu, pouvois-tu être
jaloux, ô mon Gabriel?.... De qui? Ah! de
personne sans doute. Quelle idée aurois-je de
toi, si je pouvois être jaloux d'un objet déterminé, quand tu serois aussi libre que tu l'es
probablement peu?.... Mais si j'allois perdre
ton cœur, si ta constance alloit se lasser!.. Ah!
Sophie! Sophie! veille sur mon bien, tendre
amante.... Eh! pourrois-tu jamais te passer
de son amour, sensible Sophie?... Insensée, ne
va pas croire que tu sois jamais aimée comme
tu l'es par lui! Tu ne retrouveras ni ces ar-
deurs, ni ces transports, ni ces délicatesses,
ni tous ces inexprimables sentimens qui firent
ta félicité. Un cœur accoutumé à un tel amour
n'entendra pas le langage d'un autre cœur,
et ne s'en fera point entendre; ou plutôt l'ame
souillée par une horrible perfidie ne pourra
plus ni produire, ni recevoir, ni savourer la
volupté.... Mais loin de nous d'odieuses suppositions qui t'outragent! O mon amante, un
moment de réflexion dissipe ce nuage sombre
qui m'enveloppe, hélas! trop souvent. J'ai pensé
y retomber pour jamais dans ce cruel état où
l'on n'est sûr de rien; où las d'être malheureux et de l'être sans ménagement, sans com-

X ij

pensation, et presque sans espoir, on invoque la mort. N'as-tu pas éprouvé quelquefois que le temps qui précède une catastrophe que l'on prévoit, ou dont on est sûr, paroît horriblement long? Est-ce donc qu'on la desire? Non, sans doute; mais c'est que le sentiment de l'attente est pire que le mal, quel qu'il soit. Ce mal une fois arrivé, on le connoît: il est ou plus grand ou plus petit qu'on ne s'y attendoit; on le supporte, ou l'on y succombe. Mais le poids, l'horrible poids de l'incertitude qui grossit tout, qui multiplie les possibles, qui donne des réalités pour des chimères, ou des chimères pour des réalités; ce poids écrasant n'est comparable à rien. Eh bien, nous en voilà délivrés; espérons, puisque notre génie tutélaire est si prévoyant, et si puissant et si sensible. Graces, graces lui soient rendue, et toute confiance accordée. Hélas! quand je pense à ses bienfaits, je désire qu'il soit vrai qu'il est plus doux encore, pour des ames telles que la sienne, de faire du bien que d'en recevoir.

Chère enfant! ta tête a emprunté de la mienne le défaut d'aller trop vîte. Ma santé n'est pas bonne; ma situation est trop violente, sur-tout pour mon âge et mon tempérament physique et moral, pour que je n'en souffre pas;

l'ame use son enveloppe : j'avoue donc que ma santé n'est ni ne peut être bonne ; mais elle est loin d'un entier dépérissement. Depuis ma dernière lettre, je n'ai point souffert de coliques néfrétiques ; et en général, à deux ou trois accès de fièvre près, presque éphémères, je n'ai pas eu de secousses. Ce qui s'altère cruellement en moi, c'est la vue, sur laquelle tu me complimentes fort mal à propos. Certes, il est dur d'être forcé, mais absolument forcé de prendre des lunettes avant vingt-neuf ans ; mais il est plus dur encore de ne voir dans des lunettes, qu'à travers un torrent de points noirs, avant-coureurs prochains et presque infaillibles de la cécité. Je l'avoue, je n'envisage pas tranquillement la perte de la vue. Hélas ! mon ame est dans mes yeux, tant que je suis loin de toi, puisque je ne vis que par tes lettres ; mais, fussé-je auprès de toi, je n'en sentirois pas moins la privation de ce truchement si fidèle du véritable amour. Il n'y a qu'un moyen de retarder, si ce n'est de prévenir, cet accident cruel ; c'est de travailler moins. Mais comment veux-tu que je fasse ? Je dors rarement plus de trois heures par nuit ; je ne vois jamais un visage humain, si ce n'est le commandant qui, comme tu sens bien, n'est pas et ne peut pas être toujours là, à

beaucoup près; un chirurgien que je ne dois
et ne veux plus connoître, après les tours qu'il
m'a joués; enfin le bienheureux mortel qui,
assez semblable à ces satellites infernaux que
les poètes placent dans le Ténare, nous voit
trois fois par jour pour nous donner à manger, et nous verrouiller : (au reste, que cette
description poétique ne t'effraye pas sur mon
sort; car le pauvre diable est un fort honnête
homme). Tu sais combien ma tête est active;
elle l'est d'autant plus dans cette situation, que
tout le feu de mon cœur est concentré et ne
peut s'exhaler; que mes sens fougueux et presque indomtables sont enchaînés et n'ont aucune
pâture ; de sorte que le travail est l'unique
moyen que j'aie de donner le change à la foule
de sentimens et de sensations qui m'agitent.
J'écris donc , ou je lis quatorze ou quinze
heures par jour : je succombe et je me survis.
Tout ce que je fais est trop au-dessous de mes
sujets, de mes idées et de mes vues; et le peu
de bonnes choses que je produis sont achetées
aux dépens de mon existence morale et physique. Peut-être, au temps du bonheur, mon
imagination fut plus riche et plus flexible,
mon style plus énergique et plus facile. Il est
cruel de se dire : *E fornito' l mio tempo a
mezzo gli anni;* mais c'est mon sort. Ma carrière

est fournie à l'âge où les autres hommes la commencent. La nature m'avoit accordé de quoi en parcourir une plus étendue et plus élevée ; mais si l'infortune élève les ames fortes, elle abat le génie. Persécuté depuis six ans, froissé par toute sorte de malheurs, dévoré d'inquiétudes et de chagrins, suspendu au milieu de la plus poignante incertitude, malade depuis dix mois, enseveli depuis quinze dans la solitude la plus austère, la vigueur de l'esprit peut être altérée par de telles épreuves ; mais, ma Sophie, ce n'est pas la gloire qui est nécessaire à l'homme ; c'est le bonheur. Un regard de toi, et mes forces renaîtroient, et peut-être retrouverois-je aussi une étincelle de ' 'at qui feroit rougir ceux qui m'ont enseveli dans ce tombeau, où, comme je le disois à M. le N., *on meurt long-temps.*

J'enverrai à Paris cette semaine la traduction des Baisers de Jean Second ; je dis *cette semaine,* parce qu'il faut que je les recopie, et que je ne veux pas retarder ma lettre. La traduction est très-fidèle ; ainsi, si l'on y trouve des choses trop ardentes, il faut s'en prendre au poète, qui, tout Hollandois qu'il étoit, a écrit sous la dictée de l'amour, et dans l'idiôme harmonieux des latins, ce qui lui a donné plus de liberté et d'énergie. Tout le changemen

que j'y ai fait a été de substituer ton nom à
celui de Neæra sa maîtresse ; parce qu'il m'eût
été impossible d'adresser à une autre qu'à
Sophie des choses si tendres. M. Dorat a imité
en vers quelques-uns de ces Baisers ; mais il
n'a pris que les idées qui lui ont convenu ;
il a souvent mis sa *manière* (ah! oui, c'est
bien le mot) à la chaleur de son modèle.
M. Dorat a toujours de l'esprit, ou du moins
il veut toujours en avoir. Il est heureux que
cela ne le fatigue pas ; mais ses lecteurs s'en
lassent quelquefois. Jean Second est souvent
naïf, et cela touche ; car si les hommes sont
presque infailliblement surpris par ce qui
brille, ils sont tous involontairement sensibles
à ce qui est naturel. En un mot, les Baisers
de M. Dorat ne sont point du tout les Baisers
de Jean Second, et tu les auras ; quoique
cette bagatelle ne soit pas aussi jolie que j'aurois pu la rendre peut-être dans d'autres momens. Jean Second chantoit auprès de Neæra
son bonheur et ses amours; et j'écris loin de
Sophie : je suis bien plus amoureux que le
poète Hollandois; mais il étoit heureux, et je
suis très-infortuné : il n'en falloit pas tant,
outre le désavantage de la prose sur les vers,
pour me rendre fort inférieur à l'original.

A propos d'écrits et d'écrivains, il m'est tombé

entre les mains une traduction de Salluste, de
ton cher M. de Brosse, qu'il nous a fait attendre
trente ans ; et il a modestement rempli les
lacunes de l'auteur original. Je t'assure que
le goût qui a présidé à cet ouvrage est tout-
à-fait curieux. Ici il nous dit que *la règle qu'on
voulut ramener fit l'effet d'une combustion
générale et mit tout sens dessus - dessous.* Cela
est élégant, comme tu vois. Là, il nous apprend
que lorsque la bataille commence, *chacun dé-
ploie son savoir-faire.* Il est noble M. de Brosse.
Il fait dire à Marius : *Je ne sais pas ordonner
galamment une fête.* Tu reconnois bien là la
galanterie de M. de Brosse. Tu sais ce fameux
mot de Jugurtha : il sortoit de Rome ; et en
jetant les yeux sur cette ville dont il connoissoit toute la corruption, il s'écria : *O ville
vénale ! tu seras bientôt esclave, si tu trouves
un acheteur.* Voilà du moins comme j'ai traduit littéralement Salluste dans mon essai sur
le despostisme. Le cher M. de Brosse est bien
plus naturel, lui. Il traduit, *Ville à vendre,
si on trouve un acheteur ;* et tu vois bien que
c'est là la pure nature, car c'est ainsi que les
poissardes crient leur poisson. Je ne finirois
pas, si je voulois recueillir tous les traits pareils , dont *l'illustre* M. de Brosse a enrichi
notre littérature ; mais il faut laisser en paix

les cendres des morts. Je t'avoue seulement que c'est une espèce de consolation que d'avoir de tels ennemis. De Brosse ne me connoissoit pas ; il a voulu me faire du mal, et il m'en a fait, et du plus cruel. En vérité, je ne saurois m'empêcher de penser qu'il auroit été plus honnête, et plus utile à son *illustre* mémoire, de travestir un peu moins mal un des meilleurs historiens de l'antiquité. Au reste, je ne doute pas que quelque *illustre* académicien de l'*illustre* académie de Dij. n'ait donné les honneurs de l'apothéose à l'*illustre* auteur, et à son *illustrissime* ouvrage. Peut-être même si M. de R. s'est trouvé chancelier, a-t-il eu la générosité de se charger de lui rendre cet hommage. — As-tu quelque moyen d'avoir par Mau. ou Mi. le mémoire pour Jeanret, la lettre sur le sucre, et le commencement de mes mémoires ? Je ne parle pas de l'ouvrage sur les salines ; car je me flatte bien que tu n'as aucune manière de le recouvrer. Quoique ce soit peut-être une perte, c'en seroit une bien plus cruelle que tu la pusses réparer. — Oh! non, non, un baiser ne seroit pas trop court, pourvu qu'il durât autant que la vie. Mais à propos *de baci*, j'ai cru que nous étions convenus de ne jamais les compter, et ce n'étoit pas la peine de faire un solécisme : *mille baci*.

Tu me fais un portrait frappant de ta des-
sinatrice, et il se pourroit bien que je la con-
nusse. *L'amour à la rage* est tout-à-fait plai-
sant; mais ne vois-tu pas que ces amours-là
sont, comme dit M. de Boufflers, *un mot honnête à la place d'un qui ne l'est pas ?* Quant
à ces affections qui naissent et s'éclipsent en
un moment, c'est le foible de ton sexe que
j'appelle engouement; et je t'avertis que quiconque est capable de ces paroxysmes-là, ne
l'est pas d'autre chose. O mon amie! ne te
laisse pas prendre à ces feux follets; fuis les
haleines contagieuses. Veille sur toi, veille
au dehors, veille au-dedans; c'est l'attention
continuelle qui fait la force, et il n'y a rien
à gagner avec les Alexandrines (avoue que
j'ai deviné). Ton ame a reçu de la nature une
étonnante et précieuse énergie; mais souffre
que je te le dise (tu devineras le pourquoi)
tu manques quelquefois d'attention sur des
objets en apparence indifférens, mais qui sont
bien loin de l'être dans leurs suites, (ce que
ta candeur ne te permet pas de deviner)
sur-tout quand on est entouré de gens atten-
tifs à tout, et prompts à saisir et à pousser
le moindre avantage. Pardonne, *o cara sposa!*
pardonne la vérité et la liberté de cette re-
marque. Ce petit défaut que je te reproche

vient de ta charmante ingénuité, de l'extrême
franchise de ton caractère; ainsi tu n'es pas
capable de t'offenser de la sincérité de ton
ami. Ah! que n'usois-tu du même droit, ou
plutôt que ne remplissois-tu le même devoir
avec ton Gabriel? Tu es une amie sincère,
aussi bien qu'une tendre amante; ah! oui, tu
l'es; mais tu l'es avec trop de circonspection,
de précaution, de discrétion, si je puis parler
ainsi. Crois-tu donc que je veuille imposer des
conditions à ta franchise? Je suis, j'ose le dire,
assez sûr de moi-même, assez pénétré du
desir de me connoître, de me corriger, de
te plaire, pour m'accommoder de tes remon-
trances les plus ingénues; et je ne t'en aimerois
que mieux, (c'est bien difficile cependant)
quand ta véracité iroit jusqu'à l'importunité.
Peut-être crierois-je un moment; mais remar-
que-le bien, en te rappelant le passé : ma vivacité, quoique, dans toutes les suppositions,
deplacée, porteroit plutôt sur l'occasion que
sur la chose, et ce seroit presque toujours
ou la circonstance, ou une distraction qui en
seroit la cause; mais crois que l'avis mûriroit
dans mon ame. La vérité est si douce quand
elle coule de tes lèvres, ô mon amie! qu'elle
peut se présenter sans ménagement, sans dé-
guisement. Ce que tu dis peut-il avoir quel-

que amertume? Oh! non, mon ange. Peux-tu mortifier mon orgueil? Non, non, ma Sophie: tout mon orgueil est en toi; c'est te dire assez les seuls coups douloureux que tu puisses lui porter.... Au reste, tu sais bien qu'il n'y a que ton père, qui *ne voit que lui au monde, qui ait toujours raison.* Grand bien Dieu lui fasse! pour moi, je serois extrêmement fatigué d'une telle supériorité, et je n'en veux point.

Non vraiment, je ne puis ni ne veux me compromettre pour personne; mais avec toutes mes précautions, et malgré ma situation, j'ai pensé l'être. Heureusement que la droiture et la franchise déconcertent bien des ruses.... Tu veux que je compte P. au nombre des ingrats: tu lui fais trop d'honneur; c'est parmi les perfides qu'il mérite une place distinguée. Il est vrai qu'en un sens l'ingratitude et la perfidie sont synonymes; il est vrai encore que certains hommes, je veux dire presque tous, ont une manière de calculer et de sentir qui les mène tout droit là, sans presque qu'ils s'en doutent. Ce que l'on prend pour attendrissement est un mouvement bien équivoque, comme je te l'ai dit cent fois. Nous sommes presque tous susceptibles d'une émotion passagère, et non d'une impression profonde et durable. Voilà pourquoi ceux qui ne sont pas

très-mal nés ou endurcis par le crime, sont capables de pitié. Mais de la pitié à la bienfaisance,
au dévouement, et même à la reconnoissance,
il y a infiniment loin. La bienfaisance n'est,
la vertu que des grandes ames, et la gratitude
n'est pas la production des ames communes.
Les yeux se sèchent en quittant un malheureux, lorsqu'on n'est pas doué d'une exquise
sensibilité. Elle seule grave les spectacles atten-
drissans dans la mémoire, et l'envie d'obliger
dans le cœur. Tel fait des offres de services,
même sans vues d'intérêt, parce qu'il n'a pas
eu la force de n'être point ému ; mais il a encore moins celle de tenir parole : c'est comme
un faux brave ; il n'a que le courage de la
honte ; il se bat parce qu'il n'ose pas s'enfuir,
et se seroit montré plus poltron s'il eût été
moins lâche. Cela posé, veux-tu savoir le raisonnement de ces honnêtes gens dont nous parlons ? *Que veulent-ils que j'y fasse,* se disent-
ils ? *Je n'irai pas faire pour eux la guerre au
premier ministre.* O mon amie ! il est trop vrai,
cet axiôme si honteux pour l'humanité ; les
malheureux ont toujours tort, tort de l'être,
tort de le dire, tort d'avoir besoin des autres,
tort de ne pouvoir les servir... que sais-je moi ?
il n'y a pas jusqu'aux torts qu'on a envers eux
qui ne tournent à leur préjudice. On cherche à

excuser sa conduite en inculpant la leur. Tous les ingrats accablent de reproches ceux qu'ils ont trahis : tous les pusillanimes se plaignent de ceux dont ils désertent la cause.... Je ne sais si je ne t'ai pas dit tout cela ; mais j'ai des raisons de te le répéter. Sois sur tes gardes , je t'en conjure, et livrons-nous à notre bienfaiteur pour unique ressource : nous lui devons, nous nous devons cette confiance exclusive ; et ce sentiment honnête par lui-même, sera encore très-prudent en nous préservant des traîtres.

Je crois que tu jures, mon amie ! Où ton érudite personne a-t-elle été chercher le mot de *paréragravant?* c'est du grimoire. Je connois bien une plante nommée *paréira brava,* deux mots portugais qui veulent dire *vigne sauvage;* et comme cette plante vient réellement du Brésil, on lui a conservé son nom étranger. N'est-ce pas cela que mon auguste savante auroit voulu dire ? C'est en effet un bon diurétique ; je préfère *l'uva ursi* (je n'ai que faire de dire à ma savante, que cela veut dire du raisin d'ours ; si fait pourtant , car elle sait mieux l'astronomie que la botanique) et j'en prends en infusion en guise de thé. Mais sois tranquille, mon aimable amie, autant du moins que tu peux l'être loin de moi. Les coliques néfrétiques ne me tueront pas ; j'ai encore de

la marge pour long-tems, à ce que je crois,
et je vivrai assez peut-être pour impatienter
certaines gens. Quant à mes yeux, ils sont
réellement dans un grand danger; et je vais
faire venir les Grandjean : non que j'y aie
confiance, car ils n'ont que la main de bonne,
et ne sont point du tout théoriciens; or, c'est
d'un théoricien que j'aurois besoin, car je n'ai
point de mal extérieur : mais ce sont les ocu-
listes attitrés à la maison; et ici il faut souffrir en règle; je les ai demandés. — Encore
une fois, vous êtes une calomniatrice, madame;
je n'ai nommé personne, sur-tout point la chanoinesse, qui, comme chacun sait, *m'adore*.
Ah! vraiment, je ne suis pas si ingrat. Je vous
ai envoyé en général le portrait des dévotes,
et personne n'ignore que la chanoinesse n'est
que fanatique. — Tes grandes chaleurs t'auroient paru très-froides, si tu étois close dans
des murs épais comme ceux de quatre caves.
Depuis que je suis ici, je n'ai pas pu avoir le
bonheur de suer; et ce n'est pas la moindre
cause du dérangement de ma santé.

Tu devois t'attendre à la chûte de tes cheveux d'après tes couches. Je me flatte que tu
ne perds pas ceux qui tombent. Ne balance
pas à te les faire couper, s'il est besoin; c'est
le seul moyen de les recouvrer. Eh! que t'importe

porte d'être laide pendant quelque tems? Pour
moi, il m'en est tombé gros comme les deux
bras; et je ne sais pas quelle sorte de providence y préside, mais je sais que j'en ai toujours beaucoup, bien que je n'en aie nulle espèce de soin que celui qu'exige indispensa-
blement la propreté. Ma savante me permet-
tra-t-elle de lui apprendre que de tous les
moyens de les conserver il n'y en a pas un plus
sûr que de les laver? Oui, madame, les laver;
et cela tous les jours, au moins le chignon.
Les douillettes qui craignent l'eau froide, et
s'enrhumeroient si elles s'en servoient, faute
d'y être accoutumées, peuvent employer de
l'eau tiède. Vous entendez bien qu'il faut les
sécher ensuite. Les cheveux, ô auguste érudite!
sont de vraies plantes, qui, à beaucoup d'é-
gards, exigent la même culture que toutes les
autres; mais il est vrai que de tous les jardi-
niers, les perruquiers sont les plus mauvais
et les plus destructeurs. Que je n'entende pas
parler, je vous prie, que vous ayiez deux pieds
de frisure sur la tête; je ne connoîs pas un
être moins fait pour être ridicule que ma Sophie.—Quant à tes yeux, j'en suis peu inquiet:
ta vue est excellente, et même prodigieuse;
mais elle est délicate, parce que tu as peu de
cils. Ne travaille point au grand jour; travaille

Tome II.   Y

plutôt dans des réduits sombres : le défaut de clarté peut fatiguer la vue ; mais le grand jour la blesse. Je te conjure de n'employer aucuns remèdes, ni *de bonnes femmes*, ni d'autres, pour ce précieux organe. Ménage-le : rafraîchis tes yeux avec de l'eau et de l'eau-de-vie, et rien de plus. . . . Jean Second te donnera bien une autre recette ; mais hélas ! j'ai seul le secret de la composition. — Adieu, mon amie, ma Sophie, mon témoin, mon juge, mon amante ; *mio ben, mia sposa, vita mia, addio.*

GABRIEL.

Ma Gabriel-Sophie, ce lâche Ovide qui a osé faire un *Art d'aimer*, rendoit un culte à Auguste son tyran et son persécuteur ; aussi tous ses écrits, où il est sans cesse question d'amour, ne sont empreints que d'esprit, et il y a bien peu de vers qui aille au cœur ; car un homme sans courage est un froid amant : *Un mal sicuro amico, è freddo amante.* — Il est plus digne de nous de consacrer la bienfaisance des mains de l'amour. Fais acheter une estampe de M. le Noir ; place-la dans ta chambre : tu ne l'aurois pas fait sans ma permission, et je te l'ordonne, et tu m'obéiras bien volontiers. Tu écriras au bas :

Son ame est bienfaisante et son cœur est sensible ;
Son esprit vaste, actif, sa justice inflexible.
Magistrat révéré dans des temps orageux,
Le Noir sut allier la prudence au courage,
Les talens d'un ministre et les vertus d'un sage,
Un devoir trop sévère et des soins généreux.
L'épreuve des succès et de l'adversité,
L'a rendu précieux et cher à sa patrie :
Il a su mériter et désarmer l'envie.
J'admire ses travaux ; j'adore sa bonté.

(Foible expression de l'immortelle reconnaissance
de Sophie-Gabriel et de son Ami.)

Le neuvième vers n'est pas de moi ; mais il est si heureux, et si bien appliqué, que je l'ai emprunté volontiers, et d'autant plus, qu'il a été fait pour M. le Noir. J'aurois bien voulu exécuter un dessin allégorique ; mais cela est trop difficile ; je n'ai pas mes aises ; et d'ailleurs cela auroit pu souffrir quelque difficulté.

Si l'estampe est ressemblante, tu m'en enverras une. M. Boucher aura surement la bonté de te dire où se trouve la meilleure.

Sophie, chacune de mes pages contient environ 72 lignes, chaque ligne environ 25 à 30 mots ; chacune de tes pages porte 40 lignes, et chacune de tes lignes environ 14 mots. Compare, et rougis. Tu m'as écrit 2240 mots en

Y ij

80 jours; c'est 28 mots par jour. Quel effort!
aussi tes yeux sont fatigués. Ah! Sophie, plus
de silence de 80 jours.

A M. LE NOIR.

3 octobre 1778.

LA manière dont mon amie m'a dit, Monsieur,
de prendre la liberté de vous adresser pour
elle la traduction des *Baisers de Jean Second,*
me fait croire qu'elle a une espèce de certitude que vous daignerez la lui envoyer; et si
je ne l'ai pas jointe à ma lettre de remerciment
pour vous, et à ma réponse pour elle, c'est
que je n'en avois point de copie nette, et
que je craignois de retarder mon envoi. Un
homme austère trouveroit peut-être ces odes
anacréontiques trop brûlantes; mais tout le
feu que vous y apercevrez est dans l'original;
et vous sentez bien, Monsieur, qu'une traduction de vers latins en prose française,
n'a pu que beaucoup les affoiblir. Je n'y ai
pas ajouté un mot; au contraire, j'ai été forcé
d'adoucir des détails que la liberté de l'idiome
latin peut seule permettre. Le changement
unique que je me sois permis a été de substituer
le nom de *Sophie,* à celui de *Neœra* maîtresse

de Jean Second, parce que je ne sais dire des choses tendres qu'à *Sophie*. On ne lui refuseroit pas de lire cette traduction, si elle étoit imprimée; or, que change au fond de la chose, que cette bagatelle soit manuscrite, et qu'on y lise *Sophie* au lieu de *Neæra?* Il n'y a assurément rien, dans ces jolis morceaux de poésie, qu'une femme amante et mère ne puisse lire. Si je sais jouir, Monsieur, je ne sais pas corrompre; et celui qui flétrit l'innocence de ce qu'il aime, se connoît, selon moi, bien mal en plaisir. Mais vous n'ignorez pas que *la pudeur a sa fausseté, et le baiser son innocence.*

Au reste, Monsieur, nous recevons et nous attendons de vous des graces si importantes, que je ne saurai pas vous presser pour une bagatelle, et si je parle de celle-ci, c'est parce que mon amie l'a demandée trois fois. Si vous ne jugez pas à propos qu'elle lui passe, je respecte bien sincérement votre volonté, et j'espère seulement que vous voudrez bien me renvoyer mon manuscrit; car je n'oserai pas vous offrir ce rien-là.

J'ai l'honneur d'être avec un tendre et respectueux dévouement, Monsieur, votre très humble et très obéissant serviteur,

MIRABEAU fils.

Y iij

AU MÊME.

28 octobre 1778.

JE serois bien malheureux, Monsieur, si vous étiez aussi las d'entendre parler de moi, que je le suis d'en parler. Mais, hélas! je dis comme Tibulle : « Je n'ai point le stoïque courage de supporter d'un œil sec la séparation de l'autre partie de moi-même ; cette constance ne sera jamais la mienne. La douleur brise l'ame la plus ferme ; et je ne saurois rougir d'avouer ce que je sens, et d'épancher la tristesse qui empoisonne ma vie tourmentée par de longs malheurs. »

C'est une de ces consolations salutaires que je dois uniquement à votre incomparable bonté, que j'invoque aujourd'hui. On m'a dit que vous aviez daigné permettre que la traduction des Baisers de Jean Second passât à mon amie. Je prends la liberté de vous adresser une partie d'un recueil de pièces relatives, extraites des poètes érotiques de l'antiquité ; et je ne vous déguise pas que c'est un prétexte pour vous demander une lettre après plus de cinq semaines de silence. Si les Baisers de Jean Second ont passé, cet envoi-ci passera plus aisément

encore : ce sont des fragmens de Lucrèce,
de Catulle, de Gallus, et de ce délicieux
Tibulle qu'il faut lire, relire, savoir par
cœur, et relire encore. Quelques morceaux
choisis d'Ovide, de Virgile, d'Horace, de
Pétrarque, du Guarini, du Tasse, de l'A-
rioste, de Milton, et de quelques autres
poëtes italiens, anglais et allemands, succé-
deront, si vous le permettez. Si, par des circonstances nouvelles, ce recueil ne pouvoit
parvenir à mon amie, j'espère que vous vou-
driez bien me le renvoyer. Mais sur-tout,
ah! sur-tout une lettre, ô bienfaisant et sensible
protecteur des infortunés!

J'ai l'honneur d'être avec un respectueux
et profond dévouement, Monsieur, votre très
humble et très obéissant serviteur.

MIRABEAU fils.

Permettez-moi de vous observer que, si vous
ne voulez pas laisser de mon écriture entre
les mains de mon amie, elle aura très vîte
copié ce recueil. Je n'en envoie qu'une partie,
pour moins surcharger celui qui doit le voir
avant qu'il parvienne à Sophie, et ne pas
abuser de sa patience que je mets trop souvent à l'épreuve.

A SOPHIE.

6 novembre 1778.

AH ! quel charme est donc celui de l'amour
qui peut ainsi changer et les choses, et les
lieux, et les circonstances, et les idées, et jusqu'aux sensations ! Au milieu des peines les
plus cuisantes et d'une situation presque désespérée, il me distrait, il m'enivre encore par
des illusions, hélas ! trop passagères, et que j'ai
la foiblesse de regretter. Ta lettre m'a trouvé
dans un profond abattement de corps et d'esprit ; et elle me rend un peu de force et
d'énergie. Ah ! Sophie, ne me reproche pas
cet état d'affaissement si étranger à mon ame.
Hélas ! cette ame long-temps forte et toujours
honnête, cette ame pleine de toi, est brisée.
J'ai lutté contre le sort plus peut-être qu'il
n'appartenoit à un être humain ; il est inexorable ; mes forces s'épuisent, et je n'ai plus que
le courage de l'honneur. Accablé de tristesse,
de maux, d'ennuis et de craintes, ne voyant au-
tour de moi rien, absolument rien qui puisse
remplir le vide affreux que ton absence fait
dans ma vie, j'ai peut-être quelque mérite à
ne pas me manquer à moi-même. Quand je

deviendrois pusillanime et foible, qui auroit le droit de s'en étonner? Un malheur extrême, continu, sans compensations, sans relâche, ne peut-il donc pas dénaturer l'amé même la plus forte?... Mais non : je ne perdrai dans cette affreuse captivité que les foibles talens que j'y ai portés, et peut-être la vie, la moindre de toutes les pertes. Ma tête s'affoiblit : mon imagination s'éteint : mon esprit devient paresseux; il a du moins perdu sa flexibilité. Mais j'ose croire que ma fermeté ne m'abandonnera pas à un certain point; je ne céderai point en lâche à l'adversité; je ne solliciterai pas ceux que je méprise. Je n'ai qu'un appui; c'est notre bienfaiteur : je n'ai qu'une amie, qu'une amante, qu'une sœur, qu'une épouse; c'est toi qui réunis ces titres sacrés. L'amour, la reconnoissance et l'honneur sont mes dieux; je ne prostituerai pas l'encens qui n'est dû qu'à leurs autels. J'ai tout tenté, hors ce qui est vil, et tout tenté vainement; il faut donc échouer. Un surcroît horrible d'infortune me surcharge; mes yeux sont perdus; je suis menacé des cataractes : pour peu que je reste ici, la cécité sera mon partage. Dieux! quel sort! Je serai donc nul! Condamné à végéter dans la plus profonde inertie, inutile aux autres, à charge, odieux à moi-même; voilà l'état où l'on a voulu me réduire. Il ne me restera pas même la possibilité de démentir par des succès, par des vertus actives, mes lâches, mes perfides calomniateurs : ils vont recueillir ce qu'ils ont semé pendant dix ans... Alors, mais seulement alors, ils seront tranquilles et contens.— Mais éloignons ces idées affreuses : n'anticipons pas sur nos maux; c'en est assez, c'en est trop, hélas! du présent pour nous accabler. Mais comment retrouver ces expressions douces et tendres qui t'étoient si chères, quand une sombre tristesse me ronge? Le temps où mon amour s'exprimoit avec autant de feu que de délicatesse, le temps où Sophie daignoit m'écrire que son plus grand plaisir, en mon absence, étoit de m'adresser ce qu'il y avoit de plus tendre dans mes lettres, se croyant dans l'impossibilité de peindre mieux ce qu'elle sentoit; ce temps est passé sans retour. Mon cœur seul ne s'épuisera jamais. Puisses-tu priser toujours les trésors de tendresse qu'il renferme pour toi! Cependant tes lettres me soulagent, et tes lettres seulement, parce qu'elles m'attendrissent; et la douleur qui s'épanche n'est plus mortelle. Tu me fais le plus grand plaisir de me donner à entendre la cause de cet affreux délai de 80 jours; il a beaucoup avancé la mesure de mes maux. Mais je vois que ni toi, ni mon bienfaiteur n'y étoient pour rien, et voilà ce qui m'importe ; je vois que je dois encore à celui-ci plus que je ne sais. Ce n'est pas la première fois, comme tu ne l'ignores pas, que M. de R. a eu l'insolence de menacer même lui, et de se promettre de l'accuser aux pieds du trône. Mais qu'importent à ce héros de bonté cette rage impuissante, ces vils rugissemens ?

> Le Nil a vu sur ses rivages,
> De noirs habitans des déserts,
> Insulter, par leurs cris sauvages,
> L'astre éclatant de l'univers.
> Cris impuissans ! fureurs bizarres !
> Tandis que ces monstres barbares
> Poussoient d'insolentes clameurs ;
> Le dieu, poursuivant sa carrière,
> Versoit des torrens de lumière
> Sur ses obscurs blasphémateurs.

Les nouvelles de mon enfant sont charmantes ; je n'aime pas qu'elle soit trop grasse : c'est cependant un défaut que les nourrissons contractent rarement chez des nourrices mercenaires. Qu'on ne la sevre point, s'il est possible, avant que la plupart de ses dents soient percées. Tu te rends de si bonne grace sur l'article du corps, que je ne saurois te persiffler

davantage ; mais, comme je sais combien je
te persuade aisément, et qu'en une matière
aussi importante je veux de plus te convaincre ;
comme tu ne te formes certainement pas une
idée exacte, ni même approchante, du danger
des corps de baleine ; j'ai réfléchi sur ce que
je t'ai mandé à cet égard, et qui pourra
te paroître exagéré, parce que j'ai pris le ton
de la plaisanterie ; et je veux, mon cher Amour,
fonder ces principes sur une base indestructible,
et te montrer que je suis loin de t'avoir tout
dit. Je n'ai aucun de mes extraits ici, aucun
livre anatomique, et il y a fort long-temps
que j'ai perdu de vue ces matières que je n'ai
jamais étudiées que dans leur rapport général
avec la physique du corps humain. Mais je
puis, sans traiter à fond ce sujet, te démontrer,
mon Amour si chère, que les corps fort serrés
par en bas, attaquent à la fois la taille et la santé,
surtout dans les enfans.

D'abord il est clair que la nature qui n'a
point fait aux femmes un corps de gaîne,
n'a pas voulu les amincir prodigieusement par
bas. Ce qui est si contraire à ses lois doit
l'enlaidir, et qui pis est, l'altérer ou la détruire.
En effet, cette diabolique cuirasse qui meurtrit
et déforme le corps à l'extérieur, expose les
parties intérieures à de tristes accidens ; et

voici comment. Les intestins pressés et refou-
lés de bas en haut, compriment l'estomac, le
foie, la rate, contre le diaphragme (tu sais
que le diaphragme est le muscle qui sépare
la poitrine du bas-ventre, et le plus important du corps humain après le cœur.) Cette
pression artificielle de vos cuirasses de baleine
le force à se voûter plus que ne le demande
la respiration, et retarde et empêche les mouvemens du poumon. N'as-tu pas éprouvé cent
fois que ta respiration étoit gênée par le serre-
ment de tes côtes inférieures? c'est là l'effet
de la cause que je te décris. Delà la circu-
lation du sang troublée dans le cœur; delà
la pression de l'artère pulmonaire qui part du
ventricule droit du cœur, et porte tout le sang
du poumon ; delà sur-tout la pression de
l'aorte qui part du ventricule gauche du cœur,
et se partage dans toutes les parties du corps,
et même la tête et le cerveau. Cette pression
peut et doit occasionner une espèce de regor-
gement qui produit les palpitations (soit dit
pour les tiennes qui m'inquiètent fort), les
maladies pulmonaires, si communes sur-tout
chez les femmes, les maux de tête, les ané-
vrysmes ou tumeurs, les polypes même, et souvent les apoplexies. D'un autre côté, la com-
pression de l'estomac, du foie et de la rate,

produit des accidens nerveux, influe sur les reins, la vessie et toutes les autres parties contenues dans la capacité du bas-ventre. Delà les foiblesses, les vapeurs, auxquelles les bonnes et franches paysannes qui ne s'étouffent pas dans les corps, sont bien moins sujettes que vous autres poupées. Tout cela est simple, mon enfant, et à la portée de ton érudite personne. Parles-en à un chirurgien; car pour MM. les médecins, ce sont des savans qui méprisent fréquemment l'anatomie, surtout lorsqu'ils ne la savent pas. J'avoue cependant qu'autant que je pourrai je ne confierai jamais ma montre qu'à un horloger qui en connoîtra toutes les parties. Répète à un chirurgien, dis-je, à ton accoucheur, puisque tu y as confiance, ces raisonnemens. Je dis de les répéter; car, entêtés des anciens préjugés, ou faute d'avoir réfléchi sur ce sujet en particulier, ils pourroient ne pas convenir de la thèse générale; mais s'ils nient les raisonnemens qui conduisent incontestablement à mon principe, sois sûre qu'ils sont des ânes, parce que cela est sans réplique. Je ne te parlerois pas avec cette confiance, si je n'étois pas sûr de mon fait; et je ne t'ennuierois point de ces détails, si je n'en sentois pas l'importance. Il y a mieux, mon amie; c'est que les corps de baleine, quoi-

qu'évasés par en haut, sont nuisibles, même
dans cette partie. Leurs échancrures au-dessus
du bras, qui répondent au creux de l'aisselle,
brident les deux muscles qui forment ce creux
et font mouvoir le bras. Les bords de ces
échancrures tranchantes serrent les vaisseaux
et les nerfs de cette partie; et j'ai vu tes charmans bras, de toi qui lis ceci, rouges, livides,
et engourdis de cette pression. Frileuse que
tu es, tu imputois ces effets au froid; ils venoient
en grande partie de tes épaulettes : et la preuve
de cela, c'est qu'en Hollande je l'ai beaucoup
moins observé, parce que tu mettois moins souvent, ou parce que tu serrois moins un corps
qui auroit trop fréquemment contrarié et gêné
l'amour. Ces épaulettes bienheureuses recu-
lent les moignons des épaules, rendent sail-
lantes les parties extérieures des clavicules,
et gâtent la gorge, c'est-à-dire, la plus grande
beauté du corps des femmes. Enfin la plus
grande partie d'entre elles, je parle des mieux
faites, ont l'épaule droite plus grosse et plus
charnue que la gauche ; et de celles que j'ai
connues particulièrement, à peine y en a-t-il
deux (dont une avoit quitté son corps dès
l'âge de 14 ans) qui n'eussent pas évidemment
ce défaut : dans ce nombre est une des tailles
les plus vantées de Paris, et qui ne l'étoit

que graces à son industrie. Or je me rappelle très-distinctement que le célèbre Winslow a prouvé que cette difformité venoit de l'usage des corps forts. Somme tout, mon adoration bonne, je ne prétends pas t'interdire les corps: ils te sont peut-être devenus nécessaires par l'habitude; mais qu'ils soient doux et peu serrés. Pour ma fille, qu'elle n'ait absolument que de simples corsets de toile, très lâches, très aisés; et qu'on laisse cette charmante enfant venir comme voudra la nature. C'est la plus savante et presque la plus tendre des mères.

Une observation aussi sûre, et presque aussi importante, est celle-ci. Les *bonnes femmes*, celles dont tu sais tant de secrets, s'imaginent de la meilleure foi du monde que les enfans n'ont point de chaleur, et elles les étouffent pour qu'il n'aient point froid. Il arrive de là ce qui pour nous autres arrive aussi; c'est qu'au moment où un enfant élevé ainsi prend l'air, il est enrhumé ou a des coliques. Tu sais bien que les gens continuellement enrhumés sont ceux qui se couvrent; et moi qui ai toujours pensé ainsi, j'en ai fait une rude épreuve. Toute ma vie, j'ai nagé comme un poisson; tu n'ignores pas que je chassois des journées entières d'hiver dans les marais de Franche-Comté, où il faut marcher en bas de fil et en escarpins pour

ne

ne pas s'engloutir; jamais je n'ai eu un rhume. Ici où je suis forcé à mener une vie très renfermée, je ne saurois sortir sans revenir enroué et sentir ma poitrine se fendre. L'enfant qu'on dorlotte et qu'on couvre trop, sera frileux et délicat le reste de sa vie. En général, ma Sophie-Gabriel (et je parle pour toi comme pour ta fille, avec cette différence que celle-ci n'a pas encore plié la tête sous le joug de l'habitude, qu'il faut éviter les changemens brusques, et que tu dois ménager beaucoup en ce moment ton rhume, de peur d'un reste de lait qui t'empoisonneroit); en général, dis-je, le froid n'enrhume que parce qu'on a eu chaud auparavant. Il faut donc accoutumer les enfans par degrés à l'air; et, sans les élever comme ce charmant fou de Lauraguais dans les quatre élémens, il ne faut les tenir ni renfermés, ni chaudement habillés. J'ai toujours vu que les enfans enfermés marchoient tard et faisoient difficilement leurs dents; et c'est une bénédiction que de voir nos petits paysans se battre en chemise sur la neige. Souviens-toi aussi que ma fille tette au moins jusqu'à ce qu'elle ait vingt dents, si toutefois sa nourrice n'a pas un trop vieux lait.

Je persiste sur l'article du vin, et mes raisons seroient trop longues à te déduire. M. de Buffon en parle comme d'un bon vermi-

fuge : sans doute tout acide l'est ; mais il ne
le conseille pas comme boisson ordinaire. En
général, je ne suis point pour le régime py-
thagoricien ; et je crois que l'homme avec des
nourritures purement végétales, et des bois-
sons non-fermentées, languiroit. Telle est mon
opinion, qui est celle de Buffon contre Rousseau et bien d'autres ; mais pour les enfans, c'est
toute autre chose. Ajoute que le vin qu'elle
boiroit seroit à coup sûr falsifié, parce que
tout le vin qui se vend en détail à Paris l'est,
et que tout vin lithargiré ou chargé de plomb
est un poison lent. M. le Noir à qui l'on doit
tant de choses utiles, et dont l'œil vigilant
deviendra plus célèbre que celui du fameux
d'Argenson, M. le Noir, dis-je, est le premier
qui ait mis ordre aux mesures et aux comptoirs
de plomb des détailleurs qui empoisonnoient
tout Paris. Verse un peu d'alcali dans le vin
que tu bois, et qui probablement n'est pas des
plus mauvais : s'il reste dissous, s'il ne se fait aucune précipitation, je consens à perdre la tête.
S'il y a du plomb ou tout autre métal, la liqueur alcaline qui forcera l'acide de se séparer
de la litarge, etc. pour s'unir à elle, fera
reparoître le métal qui ne sera plus en dissolution, troublera la liqueur, et le précipi-
tera au fond du verre. Voilà des choses
qu'il faut savoir, parce qu'il y va de la vie.

De plus, mon amie, que ta fille soit nourrie comme je le recommande, avec des substances végétales, et elle aura peu de vers. Mets de la viande en putréfaction; mets en même état du pain, des légumes, du laitage qui est une substance végétale, quoique élaboré dans un corps animal, et décide.

Mais pour cette fois, je me flatte qu'en voilà assez sur cette grande fille de 11 mois dont je raffole, et à laquelle je pense les 24 heures du jour, parce que je ne puis pas t'envisager que je ne la voie à côté de toi. (Hélas! ce n'est en tout sens qu'une illusion.) Qu'elle marche comme on voudra ; mais qu'elle marche beaucoup, et se crotte, et tombe, et casse et brise impunément.... tout enfin, excepté pleurer, crier, et demander (hors ses besoins indispensables); toutes choses à quoi il ne faut répondre que par un refus simple et un froid silence.

Oui, elle est jolie, très jolie, belle, parfaitement belle, le tout parce qu'elle me ressemble tout aussi parfaitement qu'elle est belle (es-tu contente?) et sur-tout parce qu'elle me ressemble quand je dors. Certes, voilà un nouveau charme que je ne me connoissois pas, et dont je ne me doutois pas. Je ne crois point que depuis Endymion, qui, tout en dormant,

fit 50 enfans à la chaste Diane, aucun beau
dormeur ait inspiré un plus bel amour que moi.
Et tu auras beau dire, je soupçonne que tu m'aimois encore plus éveillé; je soupçonne de plus
que Gabriel-Sophie n'a pas été faite en dormant:
d'où je conclus qu'elle ressemblera à son père
éveillé, mais peut-être bien les yeux fermés.

Oui, ma Sophie, oui, l'on est aimé de ses
enfans lorsqu'on en est digne. Le premier lien
de la nature et l'une de ses plus douces inclinations, se forment au sein des familles. Mais
qu'est-ce qui serre ce nœud? La conformité d'é-
ducation que l'on reçoit, et la ressemblance des
sentimens qu'elle produit ordinairement; la
communication des intérêts, des secrets, des
affaires. Les bienfaits, la reconnoissance et
l'habitude y contribuent certainement plus que
la nature. Les noms de *frère* et de *sœur* ne
seroient que des mots sans les relations civiles,
et ceux de *père* et d'*enfant* fort peu de chose;
car les seuls liens du sang sont souvent incertains, et toujours involontairement tissus.
Mais si, loin de concourir à cette union d'intérêts, à cette réciprocité de sentimens, tout
tend à la détruire; si l'on ne trouve parmi les
siens que haîne ou froideur, contrariétés ou persécutions, insouciance ou tyrannie; de bonne
foi, le hasard qui de l'union de sa mère et

d'un homme quelconque fit naître un individu,
impose-t-il beaucoup de devoirs? et doit-on une
tendresse aveugle à cette mère, parce que, dans
un moment, de plaisir, elle féconda le germe
que le père lança dans son sein, quoiqu'elle
traite son enfant comme le feroit sa plus cruelle
ennemie? Quand on ne se laisse point abuser
par de grands mots, quand on ne reçoit pas
sur parole des maximes gigantesques, on
rabat à sa juste valeur tous ces lieux com-
muns dont on étourdit notre enfance. Vraiment! ceux qui nous prêchent cette morale,
ont un gand intérêt à nous la persuader. Ils nous
parlent sans cesse de nos *devoirs*, et jamais de
nos *droits*. Or il n'y a point de devoirs sans droits,
et réciproquement : aussi ne peuvent-ils pas
tromper long-temps un être qui réfléchit. Le
grand lien de l'humanité, c'est la bienveillance,
ce sont les bienfaits : c'est l'AMOUR. Je dois
tout à ma Sophie, parce qu'elle a tout fait pour
moi; je la chéris, parce que mon bonheur fut et
sera son ouvrage : nous devons tout à M. le N.
parce qu'il nous a procuré les plus grands des
biens, un seul excepté; mais nous n'aimons,
ni ne pouvons, ni ne devons aimer ceux qui
nous ont fait du mal et du plus affreux, ou
qui se sont engourdis dans leur indolence
lorsqu'ils pouvoient nous servir. Fais une ques-

Z iij

tion bien simple aux déclamateurs. Si un
hasard, qui est dans les possibles, faisoit que,
par la découverte de quelques circonstances
jusqu'ici ignorées, je me trouvasse être le fils
de M. et de Mᵐᵉ. de R. et qu'il me fût démontré
que je suis un des fruits de leurs chastes ar-
deurs, leur devrois-je beaucoup plus d'attachement qu'aujourd'hui? me seroit-il possible
d'échanger le juste ressentiment que j'ai de
leurs procédés, pour la tendresse et le dévouement filial? Balancera-t-on à dire non? Demande
encore ce qu'est une obligation qui dépend
d'une dénomination et de ses variantes? Dans
le nom de R. il y a six lettres, dont quatre
se trouvent dans le mien : de ces six lettres,
ôtez-en deux, pour en substituer quatre de
celles qui composent le nom de Mi.; je me
trouverai devoir mon obéissance, mon sang
et ma vie, à ces mêmes personnes qui, dans
la position actuelle des syllabes qui composent nos noms, ne méritent que mon mépris?
En vérité, voilà un code bizarre : il est pire que
celui des sorts. Crois-tu que des êtres raisonnables puissent l'adopter? Prie les champions
de l'autorité des grands parens de répondre,
s'ils peuvent. Pour moi, je conclus hautement
(et c'est mon arrêt que je prononce, si je suis
jamais un mauvais père) je conclus, dis-je,

que ce sont les bienfaits des parens qui nous
imposent seuls le devoir de la tendresse et de
la reconnoissance. Sans réciprocité de sentimens, sans cet échange de services et de gratitude, ces mots, *père, mère, frère, sœur,* ne sont
que du vent : les lèvres seules prononcent ces
sons arbitraires qui n'ont aucun droit d'intéresser le cœur. J'ai un ouvrage manuscrit qui
probablement ne verra pas le jour de mon
vivant, mais qui sera peut-être connu de la
postérité. Il finit par ces mots touchans, qui
sont ma profession de foi sur les devoirs et les
droits paternels. « Et vous, mon fils, que je n'ai
« point embrassé depuis le berceau ; vous dont
« j'arrosai de larmes les lèvres agonisantes, le
« jour même où je fus arrêté, avec un serre-
« ment de cœur qui m'annonçoit que je ne vous
« reverrois pas ; j'ai peu de droits sur votre ten-
« dresse, puisque je n'ai rien fait pour votre
« bonheur ni pour votre éducation. On m'a
« arraché à ces douces jouissances, ainsi vous
« ne savez pas si j'aurois été bon père ; mais
« vous vous devez à vous-même, et vous devrez
« à vos enfans de respecter ma mémoire. Quand
« vous lirez ceci, je ne serai probablement
« plus ; mais vous trouverez dans cet ou-
« vrage ce qui de moi fut estimable, mon
« amour pour la vérité et la justice, ma haîne

Z iv

« pour l'adulation et la tyrannie. O mon fils!
« gardez-vous des défauts de votre père, et que
« ses fautes vous servent de leçons : gardez-
« vous des excès de cette sensibilité brûlante
« qui fit sa félicité, mais aussi son infortune, et
« dont il a peut-être mis le germe dans votre
« sang ; mais imitez son courage ; jurez une
« guerre éternelle au despotisme. Ah ! si
« vous devez jamais être capable de le flatter,
« de l'invoquer, de le servir, puisse la mort
« vous moissonner avant l'âge!... Oui, c'est
« d'une voix ferme que je profère ce vœu
« terrible... Mon enfant, aimez vos devoirs,
« aimez vos concitoyens, aimez vos sembla-
« bles, aimez si vous voulez être aimé : ce
« sentiment est le seul qui rende l'homme
« capable d'une joie vraie et durable ; c'est l'an-
« tidote des passions dévorantes, et le remède
« unique contre le désespoir de se voir dépérir
« sous les coups du temps... Est-il nécessaire
« de faire un précepte de l'amour de ceux à
« qui l'on a donné la vie? Elevez-les par l'at-
« trait du sentiment, si vous voulez que leur
« ame réponde à la vôtre. Apprenez, mon fils,
« et n'oubliez jamais que vous n'aurez de droits
« sur eux qu'en proportion de vos devoirs, et de
« la manière dont vous les aurez remplis ; que
« vous seriez un monstre dénaturé, si vous

« étiez plus sévère envers eux que les lois, et
« que les lois proscrivent dans tous les cas
« les ordres arbitraires : sachez enfin que pour
« qu'ils fassent votre bonheur il faut que vous
« vous occupiez du leur, et soyez plus heu-
« reux que votre père. »

J'ai souri avec dédain de ton *parfait attachement*, ou de ton *attachement parfait* (ce
qui est cependant un peu différent), et je n'ai
pas même daigné m'en fâcher. Cela me rappelle une certaine dame, parlant dans une
certaine lettre du temps jadis; parlant, dis-je,
d'abord *d'une inclination*, passant delà aux
liaisons, et mettant un *enfant au monde* ensuite de cette *inclination et de ces liaisons*
(le tout dans la même lettre); de sorte que
tout cela se trouve *lié* sans un grain d'amour,
et qu'elle accouche en tout bien et tout honneur, et sans presque connoître le père du
fruit de ces liaisons. Ce coq-à-l'âne étoit
charmant, et n'est pas trop clair ici; mais
toujours est-il et sera-t-il que cette dame étoit
une scrupuleuse personne. Mais venons à ton
amie. Sont-ils plus fous ou plus lâches ceux
qui condamnent sa passion effrénée? D'honneur, je ne le sais pas. Pour effrénée, soit : quel
diable de frein veulent-ils que ces pauvres
amans mettent à leur passion? n'a-t-on pas pris
assez ce soin sans qu'ils s'en mêlent? Mais n'y

a-t-il pas de la démence à croire qu'une femme qui a sacrifié à son amant sa réputation, son opulence et ses espérances, changera quand tous ces sacrifices sont faits? quand la persévérance peut seule la justifier? quand elle a mis au monde un enfant, témoin, gage et fruit de son amour, qui s'élèveroit à jamais contre son inconstance, et la couvriroit d'ignominie et de remords? Faut-il, je ne dis pas une passion effrénée ou non, je ne dis pas de l'opiniâtreté ou de la fermeté, je ne dis pas de l'honneur ou du courage; je dis, faut-il autre chose que ne pas délirer pour persévérer dans de telles circonstances? D'un autre côté, seroit-il une perfidie pareille à celle d'abandonner, de déshonorer à tout jamais l'homme qui a fait preuve d'un dévouement qui n'a de comparable que celui de son amante, et lui donner le coup de la mort pour le récompenser de tant d'amour, et le dommager de tant d'infortune? Je le répète : je ne saurois dire si ces gens-là inspirent plus de pitié ou d'horreur; mais une réflexion que l'on ne fera pas sans doute, et qui cependant est bien frappante, c'est que s'il est une réponse péremptoire à toutes les calomnies dont on a déchiré cet amant, c'est l'amour de son amante. On a varié sans cesse dans les accusations contre cet infortuné, elles sont toutes détruites par le fait. Peu de jours avant

le départ de son amie, sa famille hurloit
encore que cet homme vain et lâche déshonoroit sa maîtresse en publiant et répandant
ses écrits ; qu'il ne prétendoit que l'*afficher*
pour avoir le plaisir de passer pour son amant
et s'en éviter les embarras, en rendant par ses
indiscrétions son évasion impossible. Car les
R. ont toujours parlé avec complaisance des
indiscrétions d'un homme dont ils avoient pourtant éprouvé l'honneur et la générosité. Au
reste, rarement on est discret dans des lettres
brûlantes d'amour ; et lorsqu'on fait arrêter
les lettres de deux amans, lorqu'on en suppose même, lorsqu'on les montre à des prêtres, à des valets, enfin jusqu'à des suppôts
de la police ; lorsqu'on fait épier des rendez-
vous, lorsqu'on a dix confidens et autant
d'espions, ces indiscrétions deviennent très-
publiques. J'avoue encore qu'une fuite n'est
pas discrète. Si je voulois chicaner, je deman-
derois lesquels des amans qui écrivent, ou de
ceux qui arrêtent et divulguent leurs lettres ;
des amans qui s'efforcent de se voir à la dérobée, ou de ceux qui constatent ces rendez-
vous ; des amans qui fuient, ou de ceux qui
informent de cette fuite et les poursuivent
judiciairement, sont les plus indiscrets : mais
je me contenterai de prier qu'on m'explique

comment on suppose que l'amant de ton amie,
à qui l'on accorde des combinaisons et des
lumières, ait été l'auteur de son propre tourment, ait risqué vingt fois sa vie, hasardé sa
fortune et perdu sa liberté sans autre motif
que de faire un éclat? A quoi le menoit-il
cet éclat? à s'acquérir la réputation d'avoir eu
une femme? Ne sait-on pas, à la honte de ce
sexe, et sans doute à celle de ses suborneurs,
que les laquais en trouvent? Un homme qui consacre depuis dix ans au travail le tiers de ses
journées, doit-il être bien curieux de ces mépri-
sables frivolités? et si sa vanité eût été seule intéressée à une conquête, en effet très flatteuse,
n'étoit-elle donc pas satisfaite? Tout le monde
savoit dans les deux Bourgognes, grace à la
haute sagesse des R., l'histoire de cette liaison.
Quand on veut déchirer un homme, il faut
dire de lui des choses qui aient du moins quelque vraisemblance, quelque bon sens. Mais ce
ne sont là que des pastorales et des verdures,
au prix de ce qui suit. Quand ton amie fut
partie, quand il fut évident que son amant
n'avoit pas promis plus qu'il n'avoit fait, au
lieu de garder pour eux la conviction de leur
folie, au ieu de chercher à étouffer un éclat
si fâcheux qu'ils ne devoient imputer qu'à
leur insensé fanatisme, les R. l'accusèrent

d'avoir enlevé sa maîtresse pour s'approprier son argent... Oui, ils proférèrent cette accusation infâme! Ainsi cet homme qui ne sut jamais compter, qui toute sa vie se sacrifia pour des ingrats, et, par une fatalité inconcevable, n'a sacrifié que ce qu'il adoroit, cet homme a été taxé d'une cupidité si vile!... Et ce sont des êtres dont l'avarice, l'odieuse avarice, l'insatiable desir d'avoir est la première passion, qui l'en ont accusé! Les calomniateurs sordides! ils vous repousseroient avec fierté si vous leur offriez un louis, qu'on ne donne qu'à un valet; mais ils s'attendriront devant des rouleaux de cette même monnoie: ils feront des infamiés pour l'obtenir : la pile en augmentant, diminue, efface l'insulte, la rend un bienfait.... Hélas! dans ces momens où l'on imputoit à cet infortuné de telles lâchetés, il n'étoit capable que de ce qu'il faisoit : il vivoit pour aimer, et l'amour étoit sa vie. Il n'avoit qu'un but : faire le bonheur de son amie, en recevoir le sien, la sauver des persécutions et des persécuteurs, c'étoit tout son désir. Eh quoi! n'avoit-il donc rien à perdre? son existence étoit-elle si méprisable, et ses affaires si désespérées? la fuite lui ouvroit-elle une carrière si désirable, si l'amour ne l'eût point embellie?... Le temps a encore ici découvert la vérité : on sait qu'à peine ces deux amans avoient de quoi se conduire ; on sait qu'ils ont gagné leur vie , et ils s'en honorent : oui , j'en suis sûr. Cette adorable compagne qui , élevée et établie dans l'opulence , ne fut jamais si gaie , si courageuse , si attentive , si tendre que dans la pauvreté , se ressouvient avec un doux attendrissement de cette pauvreté !... Voilà donc les deux premiers plans d'attaque renversés. Eh bien , qu'a-t-on fait? on a changé de batterie. On ne sauroit dire que cet amant ait abandonné son amante , puisqu'il s'est livré pour la suivre , puisqu'il est dans les fers pour l'avoir suivie. Non , il ne l'a pas abandonnée ; mais il l'a rendue malheureuse par son humeur et ses procédés. Eh quoi ! il l'a rendue malheureuse , cette femme qui chaque jour pleure sur sa perte , et seulement sur sa perte ? Si sa tendresse eût été fondée sur des qualités purement idéales , deux ans d'une connoissance si intime , dont plus de 9 mois d'une habitation commune ; un si long espace , pendant lequel il s'est passé plus d'événemens que dans une longue vie , et plusieurs de ces révolutions violentes , subites , imprévues , qui développant mieux le cœur et le caractère que vingt années de tranquillité , remettent tout de part et d'autre

dans son véritable jour, cette amante abusée
n'auroit-elle donc pas ouvert les yeux ? n'avoit-
elle pas trop de tact et de sagacité pour que
les choses, vues de si près, pussent être travesties, et trop d'honneur et de vertu pour
que tout l'esprit imaginable ou toutes les illusions de l'intérêt l'eussent aveuglée sur ce
qui étoit honnête ou malhonnête ? Je suppose
ce que bien d'autres auront supposé : que
l'amant eût pu déguiser son naturel et sus-
pendre ses vieilles habitudes à Pon... à D...;
à Amst.... du moins il n'avoit plus rien à
ménager ; sa maîtresse étoit absolument en
son pouvoir ; ses penchans pouvoient donc revenir dans toute leur force ; contrainte au silence par sa propre démarche et sa téméraire
confiance qui ne lui permettoit plus de revenir
sur ses pas, cette triste victime étoit la proie
assurée de son ravisseur ; il étoit sûr de la conserver, à supposer qu'un homme aussi pervers
eût été capable d'aimer long-temps, et de
regarder sa vertueuse et tendre amante comme
un besoin de son cœur. Mais si contrainte, si
trompée, si malheureuse, si obligée à la dis-
simulation, n'auroit-elle pas mis aussi bas dans
sa propre opinion son séducteur, qu'il avoit été
d'abord exalté par son imagination ? Cependant
on voit le présent ; on voit quel amour, quels re-

grets, quels desirs, quel objet enfin concen-
tre toutes ses affections et tous ses vœux.....
Vraiment il faut, ou dire, Je suis une lâche et
perfide calomniatrice, et de plus une insensée,
ou avoir recours à la *passion effrénée* pour
expliquer ces phénomènes, pour ne pas se
mettre en contradiction avec soi-même, pour
ne pas prononcer sa propre condamnation....
Ah! je l'ai dit, je le répète : qu'ils rougissent
au fond de leur cœur ceux qui ont voulu l'a-
vilir, et changer les sentimens et les principes de
cette incomparable amante, en voyant que leurs
suggestions et leurs tyrannies n'ont pu la lasser;
que son courage égal à sa tendresse a dompté
leur acharnement ; qu'aux yeux même du
public malin et sévère qui ne croit pas à l'amour,
parce qu'il n'en voit point, elle a su honorer
sa passion par sa persévérance. Eh bien! oui:
celle qui porta le nom d'un septuagénaire
auquel elle avoit été livrée au sortir de l'enfance, pour servir la cupidité de ses parens,
ne se crut pas sa femme, parce qu'un prêtre
lui avoit ordonné d'entrer dans sa couche.
Elle donna son cœur à un amant qu'elle connut
honnête; elle lui donna sa personne; elle lui
voua sa liberté, sa vie : elle s'exagéra les maux
qu'elle lui avoit causés, et crut lui en devoir
le dédommagement. Nul lien étroit ne l'at-
tachoit

tachoit à la société. Elle n'avoit point d'enfans,
et n'étoit pas même, dans la rigueur du droit,
l'épouse du débile vieillard qui l'abreuvoit
de dégoûts et d'humiliations. Elle fuit au sein
de sa famille, et n'y trouva que d'impitoyables tyrans qui mirent le comble à sa douleur
en faisant tout le mal qu'ils purent à son amant.
Son vieux persécuteur, encouragé par cet
exemple, aggrava le joug sous lequel elle
consentait encore à gémir. Irrité de l'inutilité
de ses efforts pour détruire un immortel
amour, il résolut d'immoler cette infortunée
victime aux prêtres haineux qui avoient conjuré sa perte. Elle crut devoir se soustraire
à leurs trames et ne pas repousser le bonheur
qui l'attendoit, prolonger l'infortune de son
ami, et sacrifier elle-même et ce qu'elle avoit
de plus cher à la vaine terreur de l'opinion
publique. Son amour étoit aussi ébruité avant
qu'après sa fuite, graces aux folies et aux noir-
ceurs de ses parens, ce qui équivaloit pour
sa réputation à l'exécution même de ses projets. Quoi qu'il en soit, cette chimère appelée
réputation, si souvent usurpée et gratuitement
perdue, ne lui parut pas faire équilibre avec
son bonheur ; et dans l'alternative inévitable de son infortune ou de sa félicité,
elle choisit celle-ci. Elle fuit la terre arrosée

Tome II.   A a

de ses larmes et habitée de ses tyrans, pour
aimer en liberté... Voilà son crime. Que celle
qui montra un pareil amour, une constance
égale, et résista à de telles persécutions, s'é-
lève et l'accuse. Après tout, elle fut séduite;
et personne au monde qu'elle et son amant
n'a été puni de leur erreur, si c'en fut une:
mais le courage avec lequel elle l'a soutenue
est à elle; l'uniformité de ses opinions
et de ses sentimens, la hauteur de ses démarches au milieu de tous les revers, la
décence de sa conduite après un tel éclat
et dans des circonstances si épineuses, lui
appartiennent en entier, et l'honorent et la
justifient à jamais... Oh vous qui lisez ceci,
et qui balancez peut-être à faire passer cette
lettre, si vous ne pensiez pas comme moi,
je ne serois pas dans le cas de l'écrire...Pour
de l'amant, je n'en dirai qu'un mot, et il sera
sans ambiguité. Je ne sais s'il avoit ou n'avoit
pas tort d'être aussi engagé qu'il l'étoit avec
son amie; mais il avoit raison, supposé cet
engagement pris, et sur lequel il étoit
trop tard de délibérer, de chercher et de
trouver tous les moyens de la servir. Elle pouvoit et devoit commander sur tout ce qui n'é-
toit pas poison ou assassinat; elle n'avoit que
lui pour ressource; lui, pour qui elle étoit

compromise, exposée à sa perte; lui, qui avoit reçu d'elle les preuves d'un dévouement au-dessus de toutes les contrariétés et de tous les dangers. Et il l'auroit abandonnée tant qu'il pouvoit la défendre! Ah! c'est alors qu'il mé-riteroit son sort, et qu'il seroit le plus vil des hommes. Il en est qui se vantent d'avoir suborné et abandonné plus d'une malheu-reuse; et ils sont libres, heureux, applaudis, vantés! Qu'ils gardent leur bonheur. Si la con-duite contraire mérite des fers, celui qui l'a tenue veut et voudra toujours les mériter... Mais c'est assez parler de nos amis; parlons de nous.

Je ne sais point assez de physiologie pour expliquer ni décider sur tes palpitations de cœur. Les maladies de cette partie, rares et presque inconnues, exigent le plus habile ob-servateur. Je n'en sais qu'assez pour m'in-quiéter cruellement. Consulte, je t'en con-jure, je te l'ordonne au nom de l'Amour, consulte un habile homme, grand théoricien: ne cache rien; les réticences sont une pudeur fort mal entendue quand il s'agit de santé. Dis donc à ton médecin, que la contraction naturelle de ton cœur est prodigieusement forte dans les paroxysmes de la douleur et les convulsions du plaisir de l'amour. Tu m'as

quelquefois soulevé par un seul effort de ce
muscle extraordinaire. Ajoute que la jouissance
fréquente a diminué chez toi les palpitations.
Peut-être n'est-ce que trop de sang; je me
souviens qu'avant nos amours tu t'en plaignois
fort, et que tu en as peu souffert en Hollande. Cependant tu n'es pas (et il faut le
dire) d'un tempérament sulfureux , mais
encore moins d'une froideur marquée , et je
te crois très-sanguine. Toutefois ne joue point
avec des saignées ; elles ne sont nécessaires que
dans les très-fortes syncopes : point de mouvemens violens, mais de l'exercice doux ; le
cheval ou le carrosse, si cela se pouvoit ; l'usage
du lait , des alimens doux et faciles à digérer ;
des laxatifs, tels que des lavemens; peut-être
des eaux minérales ferrugineuses, ou l'esprit
anodin minéral de Hoffmann, la poudre tem-
pérante de Stahl, l'eau de fleur d'orange, de
tilleul , etc. voilà les palliatifs connus; mais
consulte , et dis - moi à la lettre ce qu'on
t'aura dit.

J'ai envoyé une partie d'un recueil de poésies
érotiques pour servir de suite aux Baisers de
Jean Second. Avertis-moi si cela te passe. Tu
m'as dit souvent que tu ne savois point assez
de mythologie: tous nos mythologues t'ennuie-
roient; et je ne t'ennuierai pas, fussé-je aussi

ennuyeux qu'eux. Je t'ai donc fait un ouvrage
dont tu n'aurois trouvé la substance que dans
deux ou trois cents volumes. Il est destiné
d'abord pour toi, ensuite pour l'éducation de
ta fille, un peu fort de philosophie, mais à ta
portée. Prie, négocie, demande, vois si je
puis te l'envoyer par partie. Nous autres modernes, presque toujours imitateurs, et trop
souvent forcés de l'être, nous plaçons dans
nos spectacles, nos poésies, nos tableaux,
nos statues, etc. les dieux et les fables des
anciens ; il faut donc absolument connoître
leur mythologie. Tu as beaucoup lu et pro-
pigieusement retenu ; mais, n'ayant eu ni
guide, ni méthode, tu ne sais pas tout ce que
tu devrois savoir ; et ce qui est rare à ton
âge, et sur-tout dans ton sexe, tes regards se
sont portés sur des études sérieuses plutôt que
sur la littérature légère, ce qui prouve assez la
force de ta tête et la vigueur de ton caractère
que la délicate flexibilité du sentiment a adouci
sans l'énerver. Dans les momens du bonheur
si court qui nous étoit destiné, les occupations indispensables dont je me suis trouvé
surchargé, ne m'ont guère permis de présider
à tes lectures. Au moins en cette partie, je
compenserai des pertes, hélas! irréparables,
et je te mettrai à même de diriger les études

de ma Gabriel-Sophie vers l'agréable et l'utile,
à moins que les yeux ou la vie ne me soient
bientôt dérobés. Tâche d'avoir cet ouvrage
qui te donnera de précieux monumens de l'antiquité. Son histoire nous offre d'autres hommes : sa religion et ses doux mensonges si pré-
férables à notre théologie moderne, sombre,
fanatique et grossière comme ses inventeurs,
nous présente un autre univers dans lequel
il est doux d'errer. C'est-là que l'enthousiasme
est à la fois l'aliment du génie et des cœurs
passionnés ; c'est-là que la vigueur, l'énergie,
la véhémence, la profondeur des sentimens
et des idées s'allient à l'harmonie, à l'élégance,
à la délicatesse d'expression que permettoit une
langue mélodieuse, riche, abondante, fléxible
et variée, telle enfin que des organes heureux
et exercés, des imaginations vives et sensibles
avoient pu la former. C'est-là que la beauté,
l'amour, la liberté, la gloire et la vertu ont un
culte et brillent de tous leurs charmes ; que les
coupables même sont illustres, et que notre
ame est encore élevée alors même qu'elle est
indignée. C'est-là enfin que nos plus grands gé-
nies ont puisé des sujets qui leur ont permis
d'être les rivaux heureux de leurs maîtres, et
que notre médiocrité peut encore trouver une
étincelle de ce feu divin qui fit éclore tant de talens et donna aux arts un règne si brillant.

La mère de Pauline seroit heureuse de n'être que folle; mais le grand défenseur de *la propriété* devroit savoir qu'on n'a pas le droit de rendre malheureux ceux-là même qu'on ne peut rendre bons; et la mère de cette mère, hélas! que devient-elle? Pour le champion dont tu parles, c'est un monstre lâche dans sa férocité. — Certes, le trait du Blafard et compagnie est hardi; mais je t'en adore mille fois plus. Je te demande en grace que l'aîné soit le seul employé à la *recette*. — Ton Contan d'Orville n'a apparemment pas le sens commun.

Oh! oh! tu ne me vois pas de défauts! Certes, le cas est nouveau; eh bien, tout aveugle que je suis, j'y vois mieux que toi, je te jure. Eh! quoi! as-tu donc oublié ces mots si raisonnables et si doux que tu me disois si souvent: *Peux-tu l'époumoner, t'étouffer, t'affecter pour faire entendre raison à un tailleur de corps?* Eh bien! ce défaut-là, entre autres, je m'y surprends tous les jours; j'ai beau me répéter que si rien n'est plus impatientant que la sottise, rien n'est plus sot que cette impatience. Oh! puisque tu voyois bien cela, tu pouvois voir le reste; et cependant très rarement ta tendre et touchante sagesse m'opposoit quelques objections; et si mon excessivement impétueuse imagination fournissoit à mon amour-propre cent mauvaises raisons pour défendre mes idées, je n'en ruminois pas moins avec moi-même, et le plus souvent la réflexion me convainquoit que j'avois tort. Pourquoi donc cette extrême facilité de ta part à approuver tout ce que je dis, tout ce que je pense, tout ce que je fais? pourquoi sur-tout cette méfiance de toi-même, qui te fait perdre si souvent de tes avantages? Je t'assure que tout en t'admirant, j'étois tenté quelquefois de te battre, lorsque je t'entendois parler avec si peu de respect de toi-même. Ta délicieuse, mais injuste et quelquefois farouche modestie, me remplit de dépit, sur-tout quand je te vois assez bonne pour déférer à des avis que ta raison improuve surement, et à des personnes qui ne sont pas même faites pour recevoir des instructions de toi. Je ne crois pas être trop orgueilleux, du moins en la plupart des choses dont un homme plus foible pourroit s'enorgueillir; mais je suis plus loin encore d'être humble. Peut-être aussi me suis-je révolté à mesure qu'on a voulu m'avilir. Quel être assez reptile pour se prêter au mouvement qui l'écrase? Ma sensibilité, l'ardeur de mon naturel, l'inégalité de mon humeur, sont augmentés par la tristesse presque inséparable d'une habitude si longue de malheurs presque continuels : il n'y a que toi qui sache être à la fois tendre et égale, douce et infortunée, toujours ferme, toujours complaisante. Mais je sens sur-tout que je suis et que je me montre trop choqué du manque d'honnêteté et de raison que j'aperçois dans mes semblables. C'est un très-mauvais effet de la mienne (j'entends de ma raison), puisque, si elle étoit plus éclairée et plus forte, je serois plus indulgent et plus patient. Ce seroit à toi, dont l'amour et les graces embellissent la raison, à toi qui sais si bien le chemin de mon cœur, et dont le son de voix seul m'attendrit, à découvrir mes blessures, dont je citerois un bon nombre. Mais non ; puisque Madame n'en a pas assez de ma beauté, il lui faut encore ma perfection, mon infaillibilité, et l'un de ces dons n'est pas plus difficile à me trouver que l'autre. Ce qu'il y a de certain, c'est que les travers de mon esprit n'influent pas sur mon cœur ; ainsi ne rougis jamais de ton choix.

Oh ! tu es trop sévère. Il est bien vrai que B. après avoir reçu 100 louis de présent, n'en trouve pas 30 qu'il avoit en dépôt, ni ta bague ; mais c'est qu'il les a perdus : que veux-tu répondre à cela ? Rien, sinon que je regrette fort la bague que tu m'avois donnée ; mais puissions-nous n'avoir que ces reproches à lui faire !

Tranquillise-toi, mon tendre Amour: je suis aussi sûr de ta constance et de ta fidélité que de la mienne même; mais ne confonds pas ces deux mots. On trouve plus d'amans constans que d'amans fidèles, parce qu'on est rarement assez touché pour avoir toujours présent l'objet de son amour, qui préside à nos sensations et les réprime, qui rend nos cœurs et nos sens également inaccessibles à toute espèce de séduction. On est constant par procédés; on l'est aussi par habitude, par sympathie, par des rapports de goûts, d'intérêt et d'humeur: mais on n'est fidèle que par amour, et par un extrême amour. La constance est la vertu des amis; la fidélité est celle des amans, et ils ont l'avantage; car la fidélité est une irrécusable caution de constance, et la constance n'est pas toujours un gage bien sûr de fidélité. Mais aussi la fidélité n'est pas une vertu ingrate: elle nous paye de nos sacrifices. Eh! qui le sait mieux que ma tendre et généreuse amie? — *Addio, cara sposa; addio ben mio : colgo d'amor la rosa, sopra il tuo core. Addio.* Des détails vrais sur ta santé, et sur-tout sur les palpitations, et ce qu'on en aura dit : Ménage ton rhume; mais ne t'enferme pas trop. Ton lait ne te tracasse-t-il plus? *Addio: ricevi e pianto, e sospir tronchi, e molti baci è la mia anima sopra i tuoi labbri.*

GABRIEL.

Quant aux traîtres, ton unique et suffisante défense est que tu y as eu recours dans le désespoir de toute autre ressource.

A SON PÈRE.

16 novembre 1778.

J'AIMOIS mon fils, Monsieur; ainsi je devois le perdre. Ce malheur comble à peu-près la mesure des miens; mais il est un terme assuré pour les maux : c'est celui où ils deviennent intolérables. Il faut donc se résigner, et patienter jusque-là. S'il étoit un événement capable d'appesantir ma chaîne et de la rendre éternelle, le voici arrivé; mais la réflexion n'ajoute rien au sentiment de la perte de mon fils. Je tiens encore à la vie par des liens chers et sacrés que cet événement resserre; et je connois assez mon étoile pour pressentir qu'ils seront bientôt brisés.

Je vous supplie de faire passer le billet ci-joint à Raspaud. C'est bien le moins de remercier cet honnête homme, du triste et funeste office qu'il n'a pas rempli sans douleur.

J'ai l'honneur d'être avec un dévouement respectueux, Monsieur, votre très-humble et très-obéissant serviteur,

MIRABEAU fils.

A M. LE LIEUTENANT DE POLICE.

JE supplie Monsieur le Noir, en qui seul j'ai mis le foible espoir qui me reste, de lire la note suivante. Je l'ai rédigée aussi succinctement qu'il m'a été possible; cependant elle lui donnera une idée assez exacte de ma situation et de mes craintes.

J'ai perdu mon fils : c'est pour moi le plus grand des malheurs, de ceux du moins que je peux supporter. Voici ce qui doit résulter de cette perte. Madame de Mirabeau, dont les mœurs sont très-corrompues (j'en ai les preuves les plus complètes), est de plus un être méchant et perfide, ce qu'il m'est tout aussi facile de démontrer. J'en ai reçu les offenses les plus cruelles en tout sens; elle n'espère point de pardon, parce qu'elle est incapable des procédés qui pourroient le mériter. Elle est donc très-intéressée à ce que

je ne reparoisse pas dans le monde. Or, comme
elle a parlé seule, comme elle m'a déchiré
des plus atroces calomnies depuis que je suis
errant ou prisonnier, elle a subjugué son
père, homme honnête, mais foible : loin de
s'opposer aux menées du mien, il croit, en
le laissant faire, servir sa fille et ne pas blesser la justice. De plus, madame de Mirabeau
mariée sous constitution générale en pays
de droit écrit, ne peut pas exiger de moi,
même après la mort de son père et de sa
mère, plus de quatre mille livres de pension, sa maison défrayée. Mais, moi captif,
qui lui disputera la jouissance de son bien?
Ce bien montera un jour à plus de soixante
mille livres de rente, et ce jour peut n'être
pas éloigné, M. de Marignane étant, quoique jeune, de la santé la plus délabrée. M.
le Noir comprend que cette considération
n'est pas d'un foible poids sur une ame vile.

Mon père a toujours eu la manie de faire
deux branches. Ma mère a rendu jusqu'ici,
l'exécution de ce projet impossible en refusant
de donner son bien à tout autre qu'à moi;
et ce n'est pas là le moindre motif que mon
père ait eu de persécuter son épouse infortunée;
il espéroit la décider en la lassant. La mort
de mon fils et la désunion qui règne entre

madame de Mirabeau et moi, fournissent à
mon père un prétexte très-plausible pour
ramener tout le monde à son plan. Puisse
ma mère y consentir, si, à ce prix, elle
recouvre sa liberté ! je serois le premier et
le plus ardent à l'y engager : mais Monsieur
le Noir sent bien que je n'en serai que mieux
perdu. Mon père a l'ame la plus haineuse
qui fut jamais : j'ai blessé son orgueil et son
amour : ses procédés envers moi ont été
barbares ; voilà trois crimes qu'il ne me pardonnera pas : mais il suffiroit de sa cupidité
qui n'est pas la moins puissante de ses passions, et de ses embarras pécuniaires, qui
ne sont pas médiocres, pour le pousser à
m'ensevelir ici. Ma mère est mariée selon
la coutume de Paris : elle a déclaré que je
serois son héritier, et son testament est connu.
Si j'avois le malheur de la perdre demain et
que je fusse libre, j'entrerois à l'instant en
jouissance, et mon père y perdroit quarante
ou cinquante mille livres de rente. Au lieu
de cela, je suis mort au monde. Mon père
s'est fait nommer mon curateur ensuite d'une
interdiction illégale, et tandis que j'étois sous
les liens d'une lettre de cachet. Il est à l'abri
de tous les événemens, hors ma liberté. Que
Monsieur le Noir juge s'il n'est pas affreux

pour moi qu'elle soit au pouvoir de ce père impitoyable.

Je n'ajoute pas tout ce que j'ai à craindre d'un de mes beaux-frères, dévoré de la *soif d'avoir*, et qui, étayé de madame de Pailli, laquelle ne me pardonnera jamais d'avoir pris parti pour ma mère, a tout crédit sur mon père. Ce beau-frère est M. du Saillant, installé depuis huit ans, lui, sa femme, ses enfans et ses gens, chez son beau-père qui ne s'est pas trouvé assez riche pour recevoir dans sa maison sa belle-fille, moi et mon fils. Monsieur le Noir conçoit que M. du Saillant peut craindre, que si je rentrois dans mes droits, il n'y perdît du moins un assez bon quartier d'hiver, et tout ce qu'un événement peut lui rapporter.

Je passe une foule de faits trop longs à déduire : il suffit de ceux-ci pour montrer à Monsieur le Noir, quel est de part et d'autre le véritable intérêt que l'on prend à ma détention. Je leur ai fait beau jeu, je le sais, par l'enlèvement de madame de Monnier; mais comme, trois ans auparavant, j'étois prisonnier sans qu'on pût alléguer un autre motif de cette violence que des dettes de jeune homme contractées en grande partie pour madame de Mirabeau, et une affaire

qui m'étoit honorable en tout sens, puisque
je ne m'y étois exposé que pour venger une
sœur dont j'avois à me plaindre, et que je
m'y étois conduit comme le doit un homme
de ma sorte, on n'a pas bonne grace à faire
si grand bruit de cet enlèvement, et il y a
beaucoup de mauvaise foi à le donner pour
le véritable sujet de ma proscription. C'est
une haute sottise, j'en conviens, et d'autant
plus grave hélas! que je n'en suis pas le seul
puni. Mais, sans parler de tant de circonstances qui m'excusent, si elles ne me justifient pas, peut-être dans cet écart même ai-je
montré assez de constance, d'honnêteté, de
droiture et de générosité, pour qu'on ne me
regarde pas avec les mêmes préventions que
mon père. Les bienfaits de Monsieur le Noir
me prouvent assez ce qu'il pense d'une passion resserrée aujourd'hui par les nœuds les
plus sacrés, et qui, assurément, vivra autant que moi.

Je perds la vue; j'ai uriné le sang deux
fois depuis que je suis ici, et ma vessie s'embarrasse chaque jour, de manière à faire craindre qu'il s'y forme une pierre; je suis rongé
de toutes sortes de maux; inutile aux autres,
à charge à moi-même : ma tête, mon cœur
et mon corps sont également malades. Est-il
donc

donc si difficile de m'accorder de passer dans
un autre pays, ou même dans un autre monde?
Que craint mon père? si je reviens l'importuner en France, une lettre de cachet sera
toujours à sa disposition; et ce ne sera pas
la cinquantième qu'il aura lancée dans sa famille. S'il meurt avant moi, que lui importe
dans quel climat je finirai une vie qu'il a
empoisonnée? Je sens que toutes ces raisons
sont inutiles, si le Ministre a décidé sans
retour de mon sort; mais s'il n'a pas condamné
sans appel et sans l'entendre, un jeune homme
bien malheureux, qu'il ne connoît que sur
les clameurs de ses ennemis, il est tems pour
ma santé, et même pour ma raison que ceci
finisse.

Si Monsieur le Noir ne peut rien obtenir
pour ma liberté, sous les conditions que je
propose; (je dis *s'il ne peut,* car j'ose me
flatter qu'il le voudroit) je me borne à le
supplier de m'obtenir un changement de
prison. La manière dont je me suis loué et
dont je me loue de M. de Rougemont, ne
permet assurément pas de penser que j'aie
à m'en plaindre; et si j'avois quelque espoir
d'obtenir le château où il commande, ce seroit
tout mon désir. Ce n'est pas sa faute si l'on
m'a choisi une prison destinée aux criminels

Tome II. B b

d'état; mais il n'en est pas moins vrai que l'ordre de la maison est si excessivement, j'ai presque dit si atrocement sévère, qu'il est impossible que je n'y périsse pas, si j'y reste plus long-tems. Nulle espèce de société: défense au porte-clefs qui nous sert, de rester dans nos cachots plus que le tems de satisfaire nos besoins, et de nous parler d'autre chose : une heure de promenade sur vingt-quatre : le tête-à-tête de sa douleur : nuls secours littéraires : peu et de mauvais livres : des délais sans fin pour l'accomplissement de nos désirs les plus innocens, de nos besoins les plus simples, délais forcés par les formalités nécessaires pour obtenir et se procurer les moindres demandes : point d'instrumens d'aucune sorte : en un mot, toute distraction, toute consolation arrachée avec la plus ingénieuse barbarie. Voilà la très-foible esquisse de notre situation. Toutes ces précautions nécessaires, si l'on veut, pour certains prisonniers, sont bien gratuitement cruelles pour celui que sa famille seule poursuit. M. le Noir comprend qu'un homme qui a de l'ame et quelque esprit ne sauroit résister à un tel genre de vie, où ses talens, ses lumières, et ses sentimens même les plus louables, tournent à sa ruine, loin de le sou-

lager le moins du monde. Des méditations
continuelles, un travail forcé, les lettres rares,
mais si précieuses de mon amie, l'espoir que
m'ont inspiré les touchantes bontés de M. le
Noir, m'ont soutenu jusqu'ici ; mais ma vue
et ma santé se refusent absolument à l'é-
tude ; ma tête est aussi épuisée que mon
corps ; et il n'y a que l'exercice et la société
de quelques humains qui puissent me relever.
Toute autre prison me sera donc moins funeste que celle-ci.

Toutefois, s'il faut que j'y reste encore,
je représente qu'il est ridicule, pour ne pas
dire inhumain, qu'un infortuné qui n'est en
aucun sens prisonnier d'état, et dont les occupations n'intéressent pas du tout le gouvernement, soit traité comme je le suis ; et
que j'ai tous les droits possibles de solliciter
des exceptions relativement au régime de
cette maison, qui n'a jamais été combiné
que pour ces malheureuses victimes de la
politique, ou ces coupables de crime d'état
dont on voudroit intercepter jusqu'à la respiration. Je n'insiste pas sur la permission de
voir quelques-uns de mes amis, et notamment l'estimable Dupont, parce que je sens
que des ordres supérieurs peuvent gêner la
bonté de M. le Noir, à qui je dois trop

pour l'importuner; mais je supplie que plus de promenade me soit accordée; c'est une distraction forcée qui me soulagera un peu. Voici une privation cruelle, et sans aucun motif plausible, au moins pour moi, dont je demande encore à être affranchi.

Si je ne puis savoir ce qui se passe parmi les hommes (et c'est une dureté bien gratuite; car à qui, à quoi et comment peut-il être nuisible que je sois instruit des nouvelles politiques que le gouvernement fait imprimer ?) si je ne le puis pas, dis-je; qu'il me soit permis du moins de n'être pas aussi étranger à la république des lettres, et de m'abonner à un journal purement littéraire: que je ne sois pas mort avant ma mort. On ne me refuse pas et l'on ne sauroit me refuser en aucun sens d'acheter des livres; il n'y a donc aucune raison de me refuser une notice approuvée de ces livres que je puis acheter. Un journal tel que le Mercure, par exemple, imprimé sous les yeux de M. le Noir, ou l'Esprit des Journaux, qui ne parle absolument que de livres, et qui a pour moi l'avantage de me montrer en un seul volume les nouveautés littéraires de toutes les nations, enfin tout autre qu'il plaira à M. le Noir de me nommer, me seroit infiniment agréable. Que ce digne magistrat daigne penser que je n'ai qu'un consolateur et qu'un passe-tems; c'est l'étude.

J'ajoute une autre prière dont le succès m'intéresse infiniment d'avantage, et que je n'ai pas le même espoir d'obtenir; car je sais ce que peuvent le crédit et la haine de mon père. Je chéris tendrement ma mère, et il m'est bien cruel de ne pas même savoir si elle vit; mais un intérêt plus vif et plus sacré, s'il est possible, que la tendresse filiale me presse en cet instant. Il est possible que je meure ici, et je sens même que cela est probable. Alors je ne pourrai absolument rien pour ma fille, pour mon unique enfant, qui m'est d'autant plus cher que le malheur de sa naissance est plus grand, et que j'idolâtre sa mère à qui j'ai tant coûté. Ne pourrois-je pas dans une lettre qu'un homme de confiance remettroit et retireroit aussitôt, recommander à ma pauvre maman cet enfant né sous de si cruels auspices? Je connois son cœur, elle ne l'oublieroit jamais; et j'aurois, autant qu'il est en moi, mis ma fille à l'abri des coups du sort. J'espère que cette idée touchera M. le Noir, et germera dans son ame bienfaisante.

Aucune de mes demandes n'est, je crois,

trop indiscrète. Ah! si l'on pensoit à ce que
nous coûte un refus ; si l'on pensoit que dans
un dénûment tel que le nôtre, il n'est point
de privations ni d'inquiétudes légères, et que
la plupart des formules, des phrases d'état
n'ont aucun sens lorsqu'on les analyse de bonne
foi, de sorte que sans raison ou plutôt contre
toute raison, on nous réduit au désespoir,
on ne diroit pas si légèrement, NON. Certes
l'homme sensible dont je tiens tout ne sauroit
ni s'offenser de ces réflexions, ni se les appliquer. Hélas! il n'a pas toute l'autorité que
méritent et qu'obtiendront (j'ose me le promettre) ses vertus et ses talens. Qu'il daigne
continuer ses bontés à la femme intéressante
que j'aime bien plus que moi-même; qu'il
daigne me faire passer quelquefois de ses
nouvelles, et de celles de ma fille; qu'il se
dise enfin : *Ces infortunés ont remis leur
sort entre mes mains, et je leur dois quelque chose puisque je suis leur bienfaiteur....*
Que pour prix de tant de bonté, tous les
bonheurs réunis soient son partage! puisse-
t-il être plus doux pour une ame telle que
la sienne de faire du bien que d'en recevoir!
Pour nous, quoi qu'il arrive, nous vivrons
et nous mourrons les redevables de M. le
Noir, à qui nous avons juré le dévouement

le plus profond, le plus respectueux et le plus tendre.

MIRABEAU fils.

A SA MÈRE.

21 novembre 1778.

JE ne sais, ma chère et tendre Maman, si je finirai ma carrière sans avoir pu ni vous consoler, ni vous servir; et si les gémissemens que m'a arrachés votre infortune, renfermés jusqu'ici dans la prison où je suis enseveli vous parviendront jamais: mais vous croirez aisément, ô la meilleure des Mères! que votre malheureux fils vous aime avec toute la tendresse que vous méritez. J'ose donc, sans avoir pu, sans pouvoir vous donner aucune preuve de mon amour filial et de ma vénération profonde, me persuader que vous en êtes convaincue, et attendre de vous les faveurs dont je connois capable votre ame bienfaisante.

On a osé dire, ô Maman! que vous aviez été complice de la fuite de madame de Monnier. Je n'ignore pas cette accusation aussi folle qu'atroce; mais je sais aussi que vous êtes trop généreuse pour l'en rendre respon-

sable, et moins encore l'enfant qu'elle m'a
donné. J'ai dit hautement, j'ai écrit que vous,
si lâchement calomniée, vous étiez chargée
d'obtenir de moi mon amie pour accommoder cette triste affaire : j'ai ajouté que
vous eussiez pu me demander ma vie; mais
que mon honneur et mon amie étoient plus
que ma vie. D'après cela, ô ma Mère! écoutez
moi. Vous savez, et j'ose dire, vous sentez
ce que me fût, ce que m'est, ce que me
doit être, ce que me sera Sophie jusqu'au
tombeau. Vous connoissez les droits qu'elle
a sur moi, les sacrifices qu'elle m'a faits,
l'amour qu'elle m'a trop bien prouvé. En
vain avez-vous condamné mes premiers engagemens avec elle; il est impossible que
vous désapprouviez ma constance. Sophie
seule a partagé mon sort; j'ai causé sa perte
et elle n'a senti que la mienne. En quelque
lieu qu'elle gémisse, elle mérite l'intérêt des
ames honnêtes et sensibles; et à ce titre vous
l'aimez, vous l'aimerez.

Maman, si je suis destiné à périr ici, ce
qui est au moins possible, j'expirerois avec
la douleur affreuse de craindre la misère
pour la fille de Sophie, cet enfant précieux
qui porte votre sang dans ses veines, si votre
générosité ne me rassuroit pas. Il n'espère

qu'en vous, ce malheureux fruit de nos amours.
Un arrêt a privé Sophie de tout son bien.
Ce n'est probablement que de l'humiliante
pitié de sa famille que Sophie tient sa propre
subsistance ; et sa fille seroit, sans vous, le
rebut de cette famille, et le triste jouet des
coups du sort. Ma chère Maman, plus d'une
fois vous avez daigné me donner les assurances les plus fortes des bienfaits dont vous
méditiez de me combler. Mon fils vient de
mourir. Mon frère sera l'objet de votre générosité sans doute ; cela est juste, et je ne
sais qu'approuver d'avance tout ce que vous
ordonnerez ; je vous supplie, je vous presse
même ardemment de recouvrer à ce prix,
s'il est possible, votre liberté. Ce n'est pas
le moindre motif qu'on ait eu d'y attenter.
on espéroit vous subjuguer en vous lassant ;
et je n'oublierai jamais quel fut votre inflexible
courage, votre inaltérable tendresse. Mais
vous ne ferez pas un tort bien considérable
à votre héritier, quel qu'il soit, en donnant
à ma pauvre fille une très petite partie de
ce que vos bontés me destinoient. Daignez
la mettre à l'abri des orages, ô ma chère
maman ! C'est, je le répète, c'est votre sang
qui coule dans ses veines ; et si elle a mon
cœur, si elle a celui de Sophie, elle méritera

que vous ne la méconnoissiez pas au fond
du vôtre.

J'espère, ô ma tendre et généreuse Mère !
que vous ne vous étonnerez pas que j'implore
vos secours pour une autre moi-même, lorsque vous gémissez encore peut-être sous l'o-
dieuse tyrannie qui après vingt ans de supplices continuels, non contente de vous priver
de votre fortune, vous a ôté votre liberté.
Mais hélas ! je ne puis rien, pas même m'informer de vos nouvelles : les circonstances
me pressent et m'effrayent, et je profite d'une
occasion où je vois M. le Noir, à qui je
dois infiniment plus que je ne saurois vous
dire, pour obtenir la permission de vous
adresser ma très-humble prière que vous ne
dédaignerez pas. Ah ! je ne saurois me persuader que le jour de la justice ne luise enfin ;
lors même que je n'espérerai plus rien pour
moi, je me flatterai encore que vous ne serez
pas toujours opprimée. Daignez vous rappeller
alors mes derniers vœux ; et recherchez l'enfant de Sophie, dont M. le Noir voudra
bien vous faire donner les renseignemens.
Je ne vous parle pas de sa mère. Ah ! combien il lui seroit doux de vous rendre tous
les devoirs dont je n'ai pu m'acquitter envers vous, et les soins qu'elle sait si bien que

j'aurois voulu vous donner! Ah! quelle plus tendre consolatrice, quelle fille plus respectueuse et plus obéissante aurez vous jamais?... Tout ce que vous dictera votre bonté, ma chère Maman, surpassera sans doute mon espoir. Je livre donc à votre sensibilité mes intérêts les plus chers, et je vivrai ou mourrai en bénissant la main qui daignera soutenir l'enfant que me donna celle que mon cœur a choisi. Recevez le tendres assurances de mon attachement immortel et de mon profond respect.

MIRABEAU fils.

Il me seroit bien doux d'apprendre, au moins cette fois, de vos nouvelles par vous-même.

A M. LE NOIR.

28 novembre 1778.

JE vous dois chaque jour de nouveaux remercimens, Monsieur; et la faveur d'une prolongation de promenade est une grace bien réelle dans ma situation, qui certainement en sera adoucie. Cependant elle est telle, que le délabrement de ma santé, qui croît chaque jour, exige des soins que le porte-clefs qui ne peut pas être continuellement avec moi et servir les autres, ne sauroit me rendre. Je demande donc, non pas comme une *grace*, mais comme une chose qui m'est dûe en tout sens, un domestique ; et je vous supplie, Monsieur, de faire dire à mon père, qu'envain chicaneroit-il, marchanderoit-il, reculeroit-il, il faut, ou qu'il dise précisément que je suis indigne de tout soin (et c'est alors à vous, protecteur naturel des prisonniers d'état, comme commissaire du Roi et conseiller d'état chargé de leur inspection, c'est à vous, dis-je, que j'en appelle) ou qu'il me paye un domestique ; je dis qu'il me *paye ;* car je n'en veux point de sa main.

Cela posé, Monsieur, comme j'ai à peu près tout dit sur l'affaire de ma détention, et que mon intention n'est pas d'en parler davantage, il me prend un REMORDS; c'est de n'avoir pas exposé dans tout leur jour les raisons lumineuses de mon père : or, comme il faut entendre le pour et le contre, j'espère que vous voudrez bien lire cette courte diatribe, qui ne laisse pas que d'être curieuse, et où j'ai réuni, avec toute la sincérité dont je suis capable, ce que je sais de plus fort en faveur des procédés de ce tendre père : c'est mon dernier mot sur ce sujet.

Tout ce que j'ai lu, entendu, appris et deviné des défenses de mon père peut se résumer à ceci. « Ma femme est une malheureuse : mon fils un scélérat : mes ennemis « sont des calomniateurs : *je dédaigne de leur* « *répondre parcequ'il m'est permis de les* « *mépriser* (cette phrase est de lui mot pour « mot). Qu'on croie que si L'AMI DES HOMMES « sévit contre sa famille, il en a de trop justes « raisons. Je suis le plus malheureux des « pères, et le plus infortuné des époux. » (Autre phrase de lui, mot pour mot.) A chacune de ces assertions, il ne manque que la preuve puisée dans les faits, et je vais la suppléer.

Ma femme est une malheureuse ; car je lui ai donné trois fois la V**. J'ai dissipé le quart de son bien : je l'ai tenue dix-sept ans exilée : j'ai plaidé avec elle contre ma signature ; et je l'ai fait renfermer le jour où j'ai gagné mon procès. Cette épouse m'a donné onze enfans et cinquante mille livres de rente : elle a cinquante-quatre ans, est mariée depuis trente-cinq, m'a adoré pendant dix, a patienté pendant trente, a supporté toutes mes maîtresses, s'est engagée pour moi, m'a tiré du donjon de Vincennes, et ne s'est enfin élevée contre moi que pour se faire payer de sa pension alimentaire. *Donc ma femme est une malheureuse :* CELA EST DÉMONTRÉ.

Mon fils est un scélérat ; car tous mes biens lui sont substitués et cela me gêne, quoique j'en aie vendu une bonne partie ; mais aujourd'hui que ces maudites substitutions sont publiées, je ne saurois me ruiner à ma fantaisie, et cela est ridicule. Mon fils est un scélérat ; car il aime tendrement sa mère et méprise ma maîtresse ; cependant il a refusé à cette mère qu'il chérit de prendre parti pour elle, voulant rester neutre entre les auteurs de ses jours : or, c'est une infernale hypocrisie. Mon fils est un scélérat ; car il s'est battu pour sa sœur, ses amis et sa maîtresse : or, il n'y a que les scélérats qui se battent pour leur sœur, leurs amis, et leurs maîtresses. Il a fait des dettes : or, ce n'est que quand on est père de famille, dépositaire de biens substitués, et âgé de 60 ans qu'il est permis de faire des dettes. Il a fait d'assez mauvais ouvrages ; (un entr'autres à 19 ans, que les députés de Corse m'ont pressé de faire imprimer, ce que je n'ai pas voulu, ayant eu même grand soin de lui dérober le manuscrit) mais ces ouvrages n'étoient pas encore assez mauvais, et il y a une méchanceté diabolique à prétendre montrer des talens au moment où je commence à radoter. Mon fils est sans générosité; car il a tout pardonné à ses plus cruels ennemis, et leur a même rendu les services les plus signalés; sans foi, car il a été transféré deux fois aux deux extrémités du royaume sans escorte et sur sa parole : il est revenu de même de Hollande, et a perdu sa liberté et la plus grande partie de sa fortune pour une amie qui est une *franche coquette* ; car elle n'a jamais eu qu'un amant et a tout sacrifié pour cet amant. Mon fils est l'homme du monde le plus violent; car il lutte depuis son enfance contre le malheur avec un courage qui m'irrite : il est aussi le plus ingrat des hommes; car je le soupçonne de ne pas m'aimer, moi qui lui ai fait tant de bien : enfin il n'est pas *économiste*, il doute de l'infaillibité de la SCIENCE DU MAITRE, DU CONFUCIUS DE L'EUROPE, etc. etc. *Donc il est un scélérat.* CELA EST PLUS QUE DÉMONTRÉ.

Il m'est permis de mépriser mes ennemis et de ne pas leur répondre ; car j'ai fait des livres, et tout homme qui a fait des livres est infaillible, pourvu qu'il soit *économiste*. CELA ME PAROIT DÉMONTRÉ.

Je suis l'Ami de hommes ; car j'ai intitulé ainsi mon premier ouvrage, et je n'ai

jamais tourmenté que ma famille, encore
bien médiocrement; car je n'ai obtenu qu'à
peuprès cinquante lettres de cachet ou contre
ma femme, ou contre un de mes frères, ou
contre mes enfans, ou contre mes parens. Il
est vrai que je n'ai jamais eu de place qui
m'ait mis à même d'en tourmenter d'autres;
mais ce n'est pas faute de l'avoir desiré. Ah!
si mes vœux eussent été exaucés, comme j'aurois propagé la SCIENCE à coups de lettres de
cachet : comme j'aurois exterminé les sacri-
lèges douteurs!... Mais hélas! une épreuve
de 18 mois n'a pas rendu le gouvernement
économiste. Il a renvoyé ce philosophe Turg**
mon féal disciple, qui, après cinq ou six cents
famines et autant d'émeutes auroit ramené
l'âge d'or, et ce tendre et spirituel Albert,
économiste décidé, que regrettent si sincèrement les filoux : il a replacé ce monsieur le
N** qui ne sait que tenir tout en paix, et
n'a pas l'esprit de rien boulverser, ni de concevoir l'utilité des famines et des émeutes.
Bref, j'en suis, et probablement j'en serai pour
les 16 ou 18 volumes in-quarto de mes œuvres, dont deux ou trois sont à peine lisibles.
Toujours est-il, qu'un homme qui a fait dix-
huit volumes in-quarto ne sauroit avoir tort.
IL ME SEMBLE QUE CELA EST DÉMONTRÉ.

Je

Je suis le plus malheureux des pères et le plus infortuné des époux ; car c'est ma femme et mon fils que j'ai fait enfermer, qui sont heureux. CELA N'EST-IL PAS DÉMONTRÉ ?

J'ose espérer que ce petit commentaire ne laisse pas que de jeter un grand jour sur les nobles défenses de mon père. Après cette apologie que je lui devois pour l'acquit de ma conscience, je passe condamnation, comme vous sentez bien, Monsieur, et je me borne à demander instamment un domestique, tout SCÉLÉRAT que je suis. Si l'homme que vous daignerez me faire donner sait écrire, cela me sera de quelque secours ; car je suis très-précisément aux trois quarts aveugle, et plus chaque jour que la veille.

J'ai l'honneur d'être avec tous les senti-mens de reconnoissance, d'attachement et de respect que je vous dois à tant de titres, Monsieur, votre très-humble et très-obéis-sant serviteur,

MIRABEAU fils.

A SOPHIE.

1 décembre 1778.

O TOI, qui partages toutes mes peines et qui fis tous mes plaisirs ! toi qui sens plus mes maux que tous ceux que je t'ai causés, ô Sophie, généreuse et tendre amante ! que ta lettre est brûlante d'amour ! mais aussi que ton cœur est inondé de tristesse ! C'est ma faute, ô Sophie adorée ! J'ai laissé couler trop imprudemment de ma plume des traits empreints de l'humeur et de l'inquiétude que donnent la captivité. Peut-être dans un moment de souffrance l'ai-je exagérée ; mais tu te grossis beaucoup les objets, sur-tout dans leurs suites. Ma santé est fort altérée, je l'avoue ; mais je suis très-loin de menacer ruine ; et il est probable que la liberté effaceroit jusqu'à la trace de mes maux. Mes yeux, il est vrai, sont sérieusement attaqués, et je ne crois pas recouvrer jamais ce sens précieux tel que je l'ai possédé ; mais hors d'ici, j'aurois toute sorte de moyens de le ménager. Je dicterois, je me ferois lire, je travaillerois moins ; mais enfin, ici même, je suis loin d'être aveugle. En un mot, ton Ga-

briel est souffrant: hélas! comment pourroit-
il ne pas l'être loin de toi ? mais il n'est point
dans une situation désespérée au physique ni
au moral. Je te dirai même , et c'est dans
toute la sincérité de mon cœur, que , quoique malade en ce moment, et prêt à prendre
un vomitif, mon ame est plus sereine qu'elle
ne l'a été depuis dix-huit mois. J'ai vu notre
incomparable bienfaiteur : il ne se lasse point
de faire du bien, il en desire plus qu'il n'en
peut faire , et cependant il m'en fait chaque
jour. Il sait embellir ses bienfaits de toutes
les graces que la sensibilité seule apprend à
connoître et à prodiguer. Il m'a parlé de ma
fille avec intérêt; il lui a rendu un service
peut-être bien important. Je ne m'explique
pas, ignorant si je le dois ; mais je prie et
conjure celui qui lira cette lettre , avant qu'elle
te passe , et à qui, en vérité, nous devons
beaucoup aussi , de suppléer à mon silence,
s'il le peut. Enfin, je crois apercevoir quelques clartés très-éloignées , fort incertaines
(cependant je les vois) qui percent les ténèbres dont mon sort et mon existence sont
enveloppés. Sans pouvoir entrer dans plus de
détails, je te dirai du moins, que tu peux
compter que notre adorable protecteur (il n'est
point de titre qui coûte à la reconnoissance)

ne nous abandonnera pas. Et puissions-nous
vivre assez pour lui exprimer, lui prouver
notre tendre, notre immortelle gratitude,
sans qu'on puisse la soupçonner d'un vil intérêt, ni de la plus légère exagération ! Rassure-toi, ô ma Sophie ! je le veux, rassure-
toi : calme-toi, ô l'épouse de mon cœur ! nous
ne boirons pas jusqu'à la lie le calice de l'infortune. Il est un triomphe que mes lâches
et barbares ennemis, que j'ai tant de droit
de mépriser, n'ont pas remporté et ne rem-
porteront pas sur moi : celui de m'avilir à
mes propres yeux. Quand, en rentrant en soi-
même, on trouve l'honneur surnageant sur
les erreurs et sur les fautes, on n'est pas sans
consolation et sans force : aussi me crois-je
digne d'un meilleur sort, et j'ose le pressentir.
Je ne mourrai pas dans les fers, ô ma Sophie-
Gabriel ! j'y serois mort libre par les sentimens de mon cœur et l'inaltérable constance
de ma volonté ; mais je vivrai pour toi et
près de toi ; et quand nous aurons connu encore le bonheur, quand ton cœur aura senti
palpiter mon cœur, quand il nous faudra
tomber comme la feuille d'automne, nous mé-
riterons les regrets des hommes courageux
et les pleurs des hommes sensibles ; et quelque
amant, sachant quel fut notre amour et notre

fidélité, couvrira de fleurs notre tombe, et y écrira : UN MÊME AMOUR, UNE MÊME CENDRE.

O toi ! qui connois si bien mon cœur et la physionomie de mon style, tu sens par ce peu de mots que je suis soulagé ; cependant j'ai reçu une cruelle secousse, et je ne dois pas te la cacher ; mais son effet a été amorti, et si tu verses encore une larme, que l'Amour la sèche aussitôt. Mon fils, ce fils dont tu me parles une page entière avec tant de tendresse et de bonté, ce fils est mort. Je ne tiens plus à la vie que par toi, et cette autre toi-même qui vient de naître.... Eh bien, Sophie, cette idée même a de la douceur. Conserve-moi ma fille : qu'elle ne soit pas punie de m'être si chère. Conserve-la moi ; que le peu qui me reste de mon bonheur ne soit pas empoisonné. Cet enfant a bien des orages à essuyer. Il est né dans la douleur ; mais il a été conçu au sein de la félicité. Hélas ! mon fils avoit résisté aux premiers accidens de l'enfance : il promettoit la vie la plus longue, et peut-être la plus fortunée ; car son père eût été bon et tendre. Ah ! oui, il l'eût été, et il eût montré pour le défendre de ceux qui ne le sont pas, une force, une audace et des ressources, qu'il ne développera jamais pour lui-même. Il n'est plus, cet enfant que je n'ai pas embrassé depuis le berceau; mais qui, tu le sais, fut toujours présent à mon cœur, même au milieu des délires les plus passionnés de l'amour. Moi aussi, je pouvois dire: *O mon fils! que tes jours coûtent cher à ton père!* Il n'est plus, et tout ce que j'ai appris de lui, c'est sa mort. Il y a deux mois cependant que M. le Noir me procura, par une voie étrangère, de ses nouvelles. Elles étoient satisfaisantes et douces. Ce rayon de joie ne pénétroit dans mon ame que pour la rendre plus accessible au coup qui m'étoit destiné. Ah! Sophie, il a pénétré bien avant, je l'avoue, et j'ai éprouvé qu'on avoit toujours trop de force pour souffrir. Mais, ce que toi seule peut-être comprendras, la réflexion, loin d'augmenter le sentiment de cette perte, le diminue. Oh! s'il ne m'en coûtoit que les deux tiers de ma fortune pour être tout-à-fait étranger à certains êtres, que je me croirois heureux! cent mille livres de rente ne me coûteroient pas un soupir, pas un regret.... Eh! que ne puis-je au prix de ce qui me reste r'avoir mon fils! Sophie, je ne sais ce qui peut arriver à la suite de tout ceci; mais je crois que, quelque piège qu'on te tende, tu n'y tomberas pas. Pense jusqu'à ton dernier soupir, ô ma bien-aimée! que Gabriel ne manquera ni à toi, ni à lui-même, et que si par impossible il étoit réduit à ce qu'on dît de lui :

Alma ch' avesti più la fede cara
Che la tua vita, la tua verde etade
Vattene in pace alma beata, e bella,
Vattene in pace a la superna sede
E lascia agl' altri esempio di tua fede.

Ame courageuse qui, dans le printemps de vos jours, préférâtes à la vie la foi que vous aviez jurée ; Ame sensible et pure, allez en paix dans le séjour de l'éternel repos, et laissez-nous l'exemple de votre fidélité ; si, dis-je, tel étoit le sort de Gabriel, il s'en trouveroit heureux et honoré.

Madame de R... peut continuer ses lâches insolences ; elle est femme. Qu'elle sache cependant que celle qu'elle ose insulter, aussi supérieure à elle par l'ame qu'elle l'est par son existence, ne sera pas impunément outragée tant que je vivrai. Je t'ai toujours conseillé patience et modération, silence sur mon compte, etc. et c'est aujourd'hui plus le cas que jamais. Je ne suis ni rodomont, ni querelleur, ni vindicatif, et les R... doivent le savoir, et en convenir au moins au fond de leur conscience. Mais si les traits de mon indignation

C c iv

tomboient jamais , ce seroit de toute ma
hauteur , et ils seroient perçans ; car je suis
fort élevé au-dessus d'eux. Je pardonne tout
ce qui m'est personnel : j'ai pardonné, tu le
sais , des attentats sur ma vie : je pardonne
à jamais des calomnies abominables et des
procédés infâmes ; mais quiconque osera insulter ma mère , m'aura pour mortel ennemi :
qu'on se le tienne pour dit , si l'on est sage.
Je ne prends pas souvent ce ton-là ; et quand
je le prends, on peut croire que je sens plus
que je n'exprime , et que je tais plus que je
ne dis. Quant à celui dont ils osent désapprou-
ver la bonté , tu dois sentir , comme je le lui
écrivois un jour, qu'un homme supérieur qui
sait apprécier les choses et les mots, qui pense
avec courage et vit selon des principes , qui
ne compte point les préjugés de son état au
rang de ses devoirs , et ne sacrifie point l'humanité à l'usage ; qu'un tel homme , dis-je ,
franchit bien des fourmillières , sans s'apercevoir si ces insectes lui piquent le talon ; et
de plus, qu'il ne fait rien qu'il n'en ait prévu
les conséquences et les inconvéniens. Apparemment qu'à moins d'être dévot , on ne voit
pas de sang-froid que par une rigueur , qui
au fond n'est pas de la moindre utilité , on
risque de pousser à quelque action désespérée

deux personnes dont tout le crime est de s'aimer tendrement : c'est du moins le seul que puissent t'imputer les plus forcenés fanatiques. Ils auront beau déclamer et même mentir, ils ne trouveront point d'autre reproche à te faire que celui de me chérir ; et toute ta conduite, sous quelque point de vue qu'on la présente, a ses motifs dans ton attachement pour un *scélérat*. Il est bien prouvé que l'on m'appelle ainsi ; mais non pas tout-à-fait aussi bien que je le sois. Quand M. le Noir en eût eu le soupçon, ce que je ne crois pas, toujours eût-il été que ma *scélératesse* ne pouvoit pas être contagieuse pour toi lorsque des murs si épais nous séparoient, et que tes opinions, tes résolutions, ta passion étant toujours la même, on couroit risque de te faire périr de douleur, tout comme *si j'eusse été un honnête homme* ; au lieu que, laissant circuler des lettres qui ne changeoient rien à notre mutuelle détention, peut-être *le temps* te dessillera-t-il les yeux, et te laissera apercevoir toute cette *scélératesse* dont on t'offrira sans doute les mêmes preuves qu'à ceux qu'on en veut convaincre. Or, il n'en est pas en ce genre comme en fait de goûts. Tu peux me trouver aimable, et d'autres femmes penser que tu te trompes : c'est un jugement assez arbitraire ; mais tu ne peux pas trouver qu'un crime soit une bonne action. Il n'y a pas deux morales pour ce qui constitue l'honnête homme ou le *scélérat :* il ne s'agit donc que de constater les faits ; et s'ils ne réussissent pas aussi bien auprès de toi qu'auprès de tout autre, ne seroit-ce point que tu serois mieux informée, ou qu'on n'oseroit pas t'avancer les mêmes mensonges ? Qu'auroit-on répondu à ce raisonnement ? que la correspondance que nous demandions entretiendroit ta prévention, et te fermeroit l'oreille à tout ce qu'on pourroit te dire contre moi ? Au contraire, il est bien plus naturel que tu n'écoutes point ce qu'on dira contre un homme qu'on attaque par derrière et qui ne peut se défendre ; car la générosité et l'équité font aussitôt pencher la balance en sa faveur ; mais quand il peut se défendre, on doit souffrir qu'il soit libre de l'attaquer. Le vrai est qu'ils savent bien que tu as été le témoin nécessaire de tout ce qu'on peut te dire, et qu'au moyen de cela, ils ne peuvent espérer de te travestir ce que tu as vu. Il y a long-temps qu'ils conviennent en rugissant, QUE TU AS RÉPONSE A TOUT. Par un coup d'étoile, qui seul compense bien des malheurs, il s'est trouvé que celui duquel nous ressortissons étoit un mortel bienfaisant qui ne pensoit pas comme cette pieuse mère, laquelle auroit mieux aimé, disoit-elle, *pleurer ta mort que ton amour.* Cet amour existe. Les éclats qu'il a pu produire sont faits. Vouloit-on ou ne vouloit-on pas que tu mourusses de douleur ou de désespoir, plutôt que d'écrire à un homme que ton silence n'eût pas empêché d'être, au vu de toute l'Europe, ton amant? Voilà à quoi se réduisoit la question, et il me semble que les simples notions du bon sens et de l'humanité dictoient une réponse favorable à nos desirs. Je sais bien qu'il falloit un homme courageux pour les exaucer, parce que cet homme n'est pas seul maître; mais cet homme trouvé, les vils croassemens de ces reptiles qui ne s'élancent hors de la fange que pour y retomber et s'y enfoncer davantage, ne l'effraieront pas. Pour ce qui est de la haine de la marquise de M.... pour Sophie, je sais à quoi m'en tenir. Quant *à se mêler de ce qui ne la regarde pas ,* j'avoue que le reproche me paroît nouveau; et j'aurois cru que ce qui me touche de si près, la regardoit un peu. Mais laissons là les R.... et leurs folies, et leurs injures, et leurs bassesses; et parlons de ma fille, de mon unique enfant, dans les veines de laquelle il n'y a, j'espère, au-

cune goute de leur sang. Je te conjure de
m'en donner des nouvelles le plus tôt que tu
pourras. Je suis inquiet de la savoir grasse,
et j'attends avec la plus extrême impatience
d'apprendre que ses dents ont percé. Son em-
bonpoint est de trop jusque là ; car la dentition est, en général, plus difficile chez les
enfans gras, et il faut compter sur les convulsions : je te le dis pour que tu ne t'en effraies
pas trop. Outre la précaution que je t'ai indi-
quée de faire une incision à la gencive, si l'en-
flure devenoit trop forte et les efforts violens,
il faut, si les convulsions sont opiniâtres, les
combattre avec la poudre de guttette, les
yeux d'écrevisses, généralement tous les ab-
sorbans ; mais sur-tout l'esprit de corne-de-
cerf, que Sydenham et Boerhaave recomman-
dent très-expressément. Parlons nettement,
ma tendre Amie ; lorsque je t'ai hasardé le
mot d'inoculation, tu m'as dit, *Nous avons
du temps*, et je n'ai pas osé insister. Sais-tu
pourquoi ? C'est que tant de maux menacent
l'enfance, tant de convulsions, tant de coliques, tant d'accidens dépendans de la dentition qui peuvent survenir pendant l'inoculation, et la rendre fatale, lui seroient sans
doute imputés ; et je mourrois de douleur,
si tu pouvois, je ne dis pas me reprocher,

je dis attribuer dans le plus secret de ta pensée, à mon étourderie, la perte de ta fille; car je pense que dès l'âge d'un mois les enfans doivent être inoculés. Cependant, puisque nous n'avons pas saisi ce moment, le plus favorable de tous, attendons que la dentition soit passée. Je te crois très-convaincue de la nécessité de l'inoculation ; mais si tu as le moindre doute, dis-le-moi ; je te promets de le lever, et si tu veux, je te ferai une petite dissertation qui contiendra les preuves incontestables de l'utilité de cette méthode, les réponses aux objections, et les principales choses à observer dans le traitement.

Quant à la beauté de Gabriel-Sophie (qui me ressemble ! donc elle est belle ; car il n'y a rien de si beau que moi , et madame Elisabeth m'a demandé un jour si j'avois été inoculé) j'en serai toujours plus que content quand elle se portera bien.

Point de ces phrases légères, Sophie. En fait de science, comparer l'opinion et l'autorité de M. de Buffon à la mienne, c'est comparer l'aigle au moineau. M. de Buffon est le plus grand homme de son siècle et de bien d'autres : c'est le seul que les Anglois nous envient ; et ils s'y connoissent. Il s'est frayé vers la gloire des routes nouvelles et sans nombre , tout-à-fait inconnues aux anciens et aux modernes. Je l'étudie chaque jour, je l'admire, je le révère : ne parlons jamais du génie qu'avec le respéct que nous lui devons. Guénaud est un homme d'un grand mérite. Le mot de son fils fait horreur. Plus jeune que lui, un enfant athénien fut condamné à mort par l'aréopage, pour une action qui n'étoit pas à beaucoup près si odieuse que la phrase du petit Montbeillard.

Le Ménage dont tu me parles, est-il celui qui vante toujours son honneur et sa MAISON ? Car les coquins parlent toujours de leur probité, et les sécretaires du roi de leur noblesse. Il n'y a que le fils que je ne reconnois pas à ton signalement ; car au moins se seroit-il réservé de voir des filles.

Cet exemplaire de mes mémoires est une ridicule bêtise. Eh ! ne sais - tu donc pas que la moitié n'est pas de moi ? que le reste a été imprimé à mon insu, sans correction ? et que ce n'étoit que des lettres écrites en courant ? Qui diable t'a affublée de ces informes lambeaux ? Non, sur mon honneur, je n'en veux pas. Je ne crois pas avoir rien fait de si bête en ma vie.

Je voudrois que tu me susses, si *le législateur des rois* a fait quelque ouvrage de-

puis son supplément à la Théorie de l'Impôt,
lequel supplément est un fort bon soporifi-
que ; mais il faut que chaque année ce fécond mortel ponde un volume in-4°., que lit
qui peut. Ses œuvres en forment 18 ; et je ne
crois pas que le plus infatigable déchiffreur
de gaulois, de celte, de goth, visigoth, ostro-
goth et des idiomes les plus barbares, en puisse
lire plus de 3. Je t'avoue qu'il pourroit bien
sortir quelque jour du Donjon de V. une rude
diatribe contre l'économisme.

Je parlai très - chaudement de ce dépôt
de papiers à celui qui me rappela d'une manière si adroite et si aimable la *traduction de
Tibulle*. Je vois que je n'ai pas semé dans
une terre inféconde. Il est des gens qui par
état ne peuvent parler ; mais quand ces gens-
là ont une ame, leur silence est expressif,
et leurs demi-mots sont fort éloquens. Chère
Amante ! dans un aussi horrible malheur que
le nôtre, nous avons trouvé bien des compensations. Ne te laisse donc pas abattre, ô
Sophie de mon cœur ! Plus je réfléchis au
noble caractère que je t'ai connu, à la sensibilité de l'Amie que j'adore, et plus j'espère
et j'exige de toi et de ton courage. Je n'ai
point vu, il est vrai, de femmes ni d'hommes
capables de résister constamment à l'infortune

et à l'humiliation. Les femmes sur-tout, lorsqu'elles se croient humiliées, sont entièrement
terrassées, et leur abaissement passe jusqu'à
l'ame: mais ma Sophie, ma Sophie-Gabriel, mon
amante, mon trésor et mon bien, n'est pas une
femme. Celle qui a mis sa gloire et l'unique espérance de son bonheur dans la fermeté et la
constance d'une passion telle que la nôtre, à
l'épreuve du temps, de la fortune, des persécutions, et qui croît avec les disgraces de la
personne aimée ; celle-là, dis-je, n'est pas
capable de se croire humiliée par l'injustice,
ou de céder à la tyrannie. Je sais, je sais trop
que si la tristesse attendrit, elle énerve aussi,
et qu'une ame affligée a infiniment moins de
ressort ; mais ce n'est pas dans le sentiment
de sa passion dominante qu'elle en peut jamais manquer. Mon adorable Amie, n'oublie
jamais que nous savons par notre propre expérience que l'activité et la résolution sont
capables de surmonter presque toutes les
difficultés, par cette même hardiesse qui les
fait tenter, au lieu que la lenteur et la pusillanimité qui se refroidissent à la vue des
peines, des traverses et des dangers, forment
vraiment l'impossibilité qu'ils redoutent. Les
occasions viendront d'appliquer cette maxime ;
et qui n'aura pas le courage de les attendre

ou

ou de les préparer, n'aura sûrement pas celui
d'en profiter. O mon Amante! je le dis comme
toi, quand on a aimé comme nous, il est impossible de renoncer à l'amour qui rendit si
heureux : je le dis, non pas seulement parce
que je le sens; mais parce que l'inconstance
paroît vraiment à mon esprit une chose inconcevable dans une passion telle que la nôtre.
Qu'elle m'a touché cette exclamation naïve,
exhalée de ton ame toute aimante : *Ah! pour-*
rions-nous vivre sans aimer ? Non, non, ma
Sophie : ton Gabriel est ta caution. L'amour
est la plus sublime affection de l'ame ; mais
il est aussi le plus impérieux besoin de celle
qui l'a connu. Il a augmenté nos plaisirs
par une participation mutuelle ; il diminuera nos peines en les divisant. Ah! si jamais.... quelle délicieuse vie il nous prépare!
Les craintes terribles qui nous agitent maintenant, les inquiétudes aiguës qui nous auront
déchirés si long-temps, les jours orageux, les
nuits amères qui auront précédé le retour du
bonheur ne tourneront-ils pas à son profit? O
Sophie! quels dédommagemens! quelles célestes récompenses! Le souvenir de nos souffrances, de nos sacrifices réciproques, ne de-
viendra-t-il pas lui-même, au sein de la félicité, l'un de nos plaisirs les plus délicats et

Tome II.　　　　　　　D d

les plus vifs? Oh! oui , oui : envoie-moi cette
bague de cheveux, on daignera le permettre;
pour moi qui crains que ta provision ne manque , j'ose hasarder une tresse de ceux qui
m'ont tombé de la tête. Tu me ferois bien
plaisir aussi, si cela ne coûte pas trop cher,
de faire graver sur acier le dernier chiffre
que je t'ai envoyé, avec les ornemens qui y sont ;
mais point d'entablement. Il sera seulement
appuyé contre un socle antique. Au pied , l'on
mettra un chien couché , ayant sa lesse sur
le dos ; et ces mots au-dessous (du chien) :
Fin che vegna. Tu entends bien que cela veut
dire : *Jusqu'à ce que l'heure vienne ;* et tu
devinerois l'emblême , quand tu ne compren-
drois pas la devise. On te rendra l'argent que
cela coûtera, et tu crois bien que ce n'est pas
pour ne pas te devoir que j'ajoute ceci. Il y
a long-temps que nos pauvres bourses sont
communes , et c'est pour toujours. Mais je
crois la tienne fort légère. La mienne ne l'est
pas moins ; mais le très-peu que j'ai ne sauroit
m'acheter un plus doux plaisir. Au reste, ce
modeste cachet d'acier ne nous fera pas oublier l'autre. Je t'envoie un avis aux *Hessois ,* et
réponse à la lettre de la raison. Garde le
premier, mais renvoie-moi la seconde, après
l'avoir copiée ; car je n'ai que celle-là. J'ai

sept ou huit, *le lecteur y mettra le titre*, si
tu en veux. Quant aux Métamorphoses d'Ovide,
traduites, expliquées et commentées, ce qui
ne laisse pas que d'être un ouvrage considérable, je te les enverrai à fur et à mesure ;
mais outre que, depuis un mois, les dérangemens de ma santé et les circonstances m'ont
arriéré, il faut que je recopie, et cela me
fatigue cent fois plus que de composer. Pa-
tiente donc ; mais je tâcherai de t'en faire un
premier envoi à la prochaine fois, si on le
permet.

Je te conjure encore une fois de ne pas
négliger tes palpitations. Ah, Sophie ! soigne
ta santé ; c'est le troisième des biens. Avec
l'amour, la liberté et la santé, on est toujours,
ah ! toujours heureux. D'après les symptômes
que tu me décris, tu me rassures un peu ;
parce que c'est irritabilité du genre nerveux,
et nullement maladie du cœur. Un régime
uniforme et sain, et de l'exercice, beaucoup
d'exercice doux. De 3 à 4 heures du soir M.
Gabriel se promène maintenant, outre *il
spazio* de 8 à 9 du matin ; profite de l'avis.

O ma Sophie ! tu es grandement folle quand
tu parles des perfections physiques ou morales
de ton ami ; mais quiconque aura aimé te le
pardonnera. Quant à ce que tu dis de ma

droiture , tu n'exagères pas. Graces au ciel, je ne connois pas d'êtres moins fins que nous. Je crois te l'avoir dit ailleurs : La finesse est une vue courte qui aperçoit et grossit les objets très-voisins , et ne voit qu'un nuage dans l'éloignement. Quand la finesse ne seroit pas si près de la ruse , de l'astuce , de tout ce qui tient à la fausseté, de tout ce qui est vil, j'en ferois encore peu de cas ; car elle est, selon moi , le plus sûr symptôme de la médiocrité. Je ne crains point que ma Sophie, qui pense avec tant de justesse , qui observe si bien , et à qui l'instinct, je veux dire le jugement droit et exquis que lui a donné la nature , fournit toujours le mot propre, confonde la pénétration et la finesse. Il y a autant de distance entre eux , que du jargon à l'esprit et de l'esprit au génie. On appelle encore très-improprement finesse , la délicatesse de l'expression ; car il y entre bien plus de tact, de sagacité, de sensibilité , pour tout dire en un mot, que d'art. Que te dirai-je enfin ? On assure qu'on peut être fin et honnête homme: à la bonne heure , pourvu qu'on convienne que les perfides et les méchans se servent de la finesse comme de leur première arme ; tandis que la candeur l'ignora toujours , et que le génie la dédaigna dans tous les temps.

Voilà ma profession de foi à cet égard. Mais
sur tout ce qui n'est pas amour, honneur et
droiture, je sais que je suis un composé très-
bizarre. Il est vrai qu'on a furieusement tra-
vaillé à me rendre tel, ou plutôt à m'anéantir
en tout sens. Mon digne et estimable Dupont,
qui m'a toujours vu avec des yeux trop indul-
gens, m'écrivoit un jour : *La nature vous
avoit fait pour être un héros guerrier, un
aventurier conquérant ; on vous a mis des
entraves. Eh bien ! vous serez un paisible
philosophe, et vos veilles seront plus utiles
à l'humanité que n'eussent été vos exploits.*
Hélas ! je ne serai ni l'un ni l'autre ; et je
m'en consolerois bien aisément, si je pouvois
être ce que j'étois par choix, un tendre amant,
un excellent ami, un fidèle époux, un bon
père. Toi seule réunissois ou excitois toutes
ces affections ; toi seule donnois de l'emploi
à ma tête, à mon imagination, à mon cœur.
Tant que tu m'es ôtée, c'est vraiment la vie
qui m'est arrachée ; la vie de l'ame, la vie
du génie.

Oui, mon amie, oui ; Simonide est l'emblême de presque tous les hommes. Il fut prié
de célébrer une victoire à la course des mules.
Que dire sur une mule, vile production d'un
ignoble et paresseux animal ? On donne

beaucoup d'argent au bel-esprit ; son sujet
s'embellit ; la parenté de l'âne est oubliée :
*Les mules sont les nobles filles des coursiers
rapides.*

Je ne suis pas trop fâché du mauvais succès
de ton sermon. Ne t'avois-je pas dit de ne plus
prêcher les femmes ? Quand tu voudras ,
Madame, je t'indiquerai une belle dissertation ,
où l'on prouve en forme , par cinquante témoignages de l'Ecriture , que les femmes ne
font pas partie du genre humain. Acidalius ,
auteur de ce singulier ouvrage, finit , après
beaucoup d'autres galanteries de cette espèce ,
par demander aux belles leur ancienne bienveillance pour lui ; *ou si vous ne voulez pas ,*
dit-il , *bêtes que vous êtes , puissiez-vous
périr pour toute l'éternité !* Un savant (Simon
Gediceus,) a défendu, il est vrai, ce beau
sexe très-théologiquement, et finit par appeler
poliment (comme cela se pratique entre
savans) son adversaire , *un être bâtard formé
de l'accouplement de satan avec l'espèce
humaine,* lui souhaitant sur le tout la perdition
éternelle. Or , mesdames , soyez fières de ce
champion.

Il faut laisser croire à cette demoiselle, si cela
lui fait un gros plaisir, que cette chanson, *Amour
a monté ma lyre ,* etc. a été faite pour elle.

La vérité est qu'il y a sept ans que Poinsinet,
à Argenteuil, fit le premier couplet, pour
un musicien qui moduloit un air sur le cla-
vier. Le second fut fait par quelqu'un qui n'est
pas moi ; et le troisième, par un autre quelqu'un. Eh! quel mérite y a-t-il à une si foible
bagatelle? Ne t'a-t-on pas dit aussi que *Pa-
rapilla* est de M. de la Borde? C'est qu'on
m'a fait l'honneur de me le dire à moi, qui
connois bien le Lyonnois qui l'a volé, et à qui,
et où il l'a fait imprimer, etc. Moi, indigne,
qui ne fais point de vers, et qui sur-tout ne
veux point passer pour en faire, parce que
j'espère établir ma réputation sur des choses
plus sérieuses, j'ai répondu que c'étoit fort
bien fait à M. de la Borde, qui, au reste,
peut en avoir fait un que je ne connoisse pas.
En général, on trouve force gens habiles à
hériter. Je t'indiquerai, quand tu voudras,
des morceaux de l'Almanach des Muses qui
sont à huit ou dix poètes ; et qui pis est, un
recueil de vers de cette année, où se trouvent
huit vers faits pour toi, devant toi, et jouant
au reversis avec toi qui prêtas ton crayon.
Le vrai est que je n'ai jamais fait de vers
qui vaillent la peine d'être cités.

Sais-tu que tu deviens méchante, madame
Sophie? Quoique je t'aie vue assez souvent

D d iv

pincer très-serré, et sans rire, ou en riant, je
ne t'avois pas encore connue si mordante.
Après l'amour, je crois que c'est l'indignation qui donne de l'esprit. Adieu, mon Amie
toute tendre, toute belle, toute bonne; une
lettre m'en donnera bien davantage encore,
et un baiser, mille fois plus. Hélas! non : un
baiser de ce qu'on adore, un baiser si desiré, si attendu, qui succède à des privations
si cruelles, un tel baiser rend bien bête; car
il ôte la connoissance, s'il ne tue pas....
O Sophie! toi seule donnes, ôtes et rends la
vie; écris-moi que ton cœur est soulagé, ton
imagination calmée, ta santé bonne, tes larmes séchées; et souviens-toi à jamais que
quiconque a proféré ou proférera cet horrible blasphême qui m'a fait frémir dans ta
lettre, *que Sophie a été ou sera abandonnée
par son amant,* est et sera un abominable calomniateur, à qui je desire ta haine qu'il ou
qu'elle mérite. Gabriel est ton ami, ton amant,
tuo sposo. Sa fortune est à toi : son cœur est
à toi : sa vie est à toi; et il n'y a pas le moindre mérite, car le premier besoin de son être
est de t'adorer.

GABRIEL.

Tu seras un peu étonnée de cette cinquième

page ; mais que veux-tu ? Mon bon ange (car
j'ai un génie familier , et je t'assure qu'il
nous sert bien ; et je crois, friponne de Sophie,
que tu le connoîs mieux que moi) mon bon
ange, donc , m'a soufflé tout bas à l'oreille,
que je me tuois les yeux à écrire si fin , et
que je pouvois bien ne pas tant économiser
le papier ; et moi qui n'entends pas les affaires , j'ai commencé une cinquième page,
parce que j'ai écrit bien gros pour ne pas fatiguer les yeux de mon bon ange. Oh ! que ce
parce que est spirituel ! et je pourrois bien
une autre fois m'émanciper jusqu'à finir cette
cinquième page. Il ne faut pas cependant
abuser de la bonté du bon ange ; car il ne
tient qu'à lui de devenir un malin esprit. Mais
les amans sont si gourmands ! et le bon ange a
une physionomie qui inspire tant de confiance!...
Sur le tout , ma Sophie , donne à ta fille, je
te prie, un autre maître à écrire que le tien.

Pourquoi est-ce que tu maigris ? je ne veux
point cela. Dors-tu ? je veux toujours, à tout
jamais, savoir tout, dans la plus exacte vérité,
sur ta santé et celle de ta fille. J'ai ta charmante bourse que je baise et presse chaque
jour sur mon cœur. J'envoie une feuille oubliée dans les poésies érotiques, et j'indique
où elle doit être placée.

A M. LE NOIR.

7 décembre 1778.

RECEVEZ, Monsieur, mes plus tendres remercimens pour la lettre de ma mère que vous
m'avez fait passer. Elle est plus satisfaisante
encore que je n'osois l'espérer, et me confirme
les demi-mots que votre inépuisable bonté avoit
laissé échapper lorsque j'ai eu l'honneur de
vous voir.

Je vous supplie, Monsieur, de charger M.
de Rougemont d'une réponse au sujet du domestique que j'ai demandé. Ce n'est assurément ni importunité ni inquiétude. Mon estomac qui refuse toute fonction, me réduit
à l'âge de 29 ans, moi qui étois né avec une
force d'Hercule, dans un état de foiblesse et
de besoin inconcevable pour quiconque ne me
voit pas journellement. Les soins qu'il exige
vont encore augmenter ; car je n'attends pour
me mettre dans des remèdes sérieux qu'un
chirurgien qui ne me soit pas suspect ; et si
des raisons que je ne veux ni ne dois deviner
empêchoient qu'on m'en donnât un, je serois
obligé d'incommoder beaucoup M. de Las-
seigne ; car je n'ai pas voulu, même dans une

suffocation diabolique et inquiétante, prendre un vomitif de la main de M. Fontelliau. Ce changement dans mon état en nécessite un dans mon service. Un porte-clefs n'y peut suffire, j'en atteste M. de Rougemont; et cependant je suis loin d'être exigeant. Eh quoi ! je demande un domestique à mes frais, et l'on m'en refuseroit un ! Certes, je ne le puis croire, et si on l'osoit, j'en appelle à vous, à votre cœur, à votre justice. Je sais trop bien quel homme est mon père; mais le ministre, ou vous-même, Monsieur, ne peut-il donc pas dire : IL FAUT?

J'ai l'honneur d'être avec un tendre, respectueux et immortel dévouement, Monsieur, votre très-humble et très-obéissant serviteur,

MIRABEAU fils.

A SOPHIE.

28 décembre 1778.

MA Sophie, je n'aime pas du tout le ton vague et léger dont tu me parles de ta santé. Tu as souffert et tu souffres; tu as eu la fièvre à la suite d'une incommodité très-grave; tu as été saignée (ce qui est très bien fait) et tu persiffles, et tu ne me donnes point de détails! Sophie, je ne suis pas content. Tu sais

ce qu'est mon imagination, organe trop ardent d'un cœur extrêmement sensible : tu sais
que ta santé est ce qui m'importe et m'inquiète le plus au monde : tu sais ou tu dois
savoir que mes connoissances assez étendues
en médecine, ne sont guère bonnes qu'à multiplier mes inquiétudes, et à les rendre plus
aiguës; et tu ne me dis ni ce que tu as, ni
ce que prétend le médecin, ni ce qu'il se propose, ni à quoi il attribue ton dérangement.
Est-ce une suite de tes palpitations ? sont-elles
ou moindres ou plus fortes? tes règles ont-
elles reparu ? as-tu quelque autre dérangement ? Est-ce à ton amant, à ton époux, que
tu dois cacher toutes ces choses, quand tu es
malade ?... Mais un autre voit tes lettres...
Eh! qu'importe? cet autre est sage, prudent,
marié : il sait notre histoire : il voit notre
tendresse; s'il ne l'approuvoit pas, nous ne
nous écririons pas; il s'intéresse à nous; au
moins il nous le prouve : que crains-tu de
lui? Tu ne saurois croire quelles peines tu
me causes; et tu serois trop punie si tu les
concevois..... Mais je t'ai parlé légérement
de ma santé.... D'abord cela n'est pas : je
t'en ai parlé même trop sérieusement; ensuite cela est tout-à-fait différent. Les maladies de ton sexe causent bien d'autres rava-

ges que nos incommodités : si j'avois une maladie grave, il me seroit impossible de t'écrire
aussi longuement que je le fais. Il n'est donc
question que d'un délabrement de santé dont
je ne saurois te noter toutes les variations
comme celles d'un thermomètre : d'ailleurs
il est assez simple, et par conséquent moins
inquiétant, que je me porte mal. 1°. Je suis
accoutumé à une vie on ne sauroit plus active, et je ne me suis soutenu contre mes
prodigieuses études (régime toujours très-
mal sain) que par le mélange de l'exercice
et du travail : ainsi ma situation actuelle est
absolument contre nature. 2°. Tu es assez heureuse pour que le célibat ne te soit pas à charge,
et tu sais si je puis le supporter. C'est un
avantage de ton tempérament qui m'est absolument refusé. 3°. Les peines de l'ame ont
toujours altéré ma constitution mille fois plus
que les maux physiques : autre inconvénient
attaché à ma nature. 4°. Enfin, j'ai abusé de
mes forces et de ma jeunesse. J'ai donné dans
tous les excès, le libertinage seul excepté;
mais pour cela je n'en ai pas été plus réservé
sur les plaisirs. Je ne suis sage que depuis que
je te connois, et cette sagesse-là a encore
été assez jeune. Voilà bien des causes qui doivent t'expliquer le dérangement de mon être,

et te rassurer un peu, parce que la plupart
de ces causes cessant, les effets cesseront aussi.
Au lieu de tout cela, tu es très jeune, de la
meilleure constitution possible : à plus de 20
ans tu n'avois encore rien perdu de la source
de la vie : tu es accoutumée à une vie sédentaire : tu es d'un sexe qui a moins besoin d'exercice : tu peux en prendre plus que moi : tu
travailles moins : tu as plus de distractions. Que
de raisons n'ai-je pas de compter sur ta santé !
La lime du chagrin t'use comme moi sans doute;
mais elle a bien plus d'étoffe à mordre avant
d'attaquer ta vie. Ma Sophie, je te donne ma
parole d'honneur de te dire tout ce qui sur-
viendra d'essentiel à ma santé ; mais je sais ce
qui est essentiel, et toi tu ne le sais pas. Dis-
moi donc tout, absolument tout, relativement
à la tienne dans le plus minutieux détail, où
tu me tueras. En vérité, mon fardeau est assez lourd : ne l'aggrave pas, ô mon amour si
cher ! et songe que nous sommes des siècles
sans recevoir des nouvelles l'un de l'autre. Rien
n'est empiré chez moi, au contraire ; j'avois
des suffocations très violentes qui sont passées.
Pendant quelques jours elles ont été jusqu'à
l'évanouissement, avec des battemens de cœur
inconcevables. Je me suis bourré de fleur d'o-
range et de gouttes d'Hoffman : enfin de très

fortes nausées s'étant déclarées le jour même
où je t'écrivis, je me décidai à l'ipécacuanha.
Le chirurgien qui convenoit de la nécessité
me dit qu'il en alloit apporter. Dans l'inter-
valle il me survint une fonte de bile qui me
soulagea; et comme, outre la répugnance pour
les remèdes violens, je n'avois pas une très
grande confiance en la main qui me l'adminis-
troit, je n'en voulus plus. Les palpitations sont
passées à peu près : les suffocations tout-à-fait ;
mais les digestions sont toujours très mauvaises
et extraordinairement difficiles, et cela parce
que l'estomac absolument débilité refuse fonctions, et qu'en outre je mange beaucoup trop
vîte, n'ayant pu supporter de la vie l'ennui
des repas solitaires. Il est certain que l'on me
tuera, si l'on me laisse ici; mais il y a encore
de la marge. Pour mes yeux ils empirent con-
sidérablement. Voilà la vérité : elle est dure,
mais exacte. Sois aussi franche, et que je puisse
compter sur l'engagement formel que j'exige,
que rien ne me soit caché.

Ta fille m'inquiète, cependant c'est une inquiétude vague et peu raisonnée. Délivre-m'en
le plus tôt que tu pourras; et dans tous les
cas, ô ma Sophie, songe que tu es amante
avant d'être mère. Tu me dois plus qu'à ta
fille. C'est pour moi qu'il faut vivre, aimer

la vie, soigner ta santé, et combattre tout ce qui pourroit l'altérer. Un ancien a écrit ces mots touchans : *Les funérailles des enfans sont toujours prématurées lorsque les mères y assistent.* Mais il en est contre nature : ce sont celles d'une amante où se trouveroit son amant. Nous devons vivre et mourir l'un pour l'autre, et seulement l'un pour l'autre. Notre fille, j'ose l'espérer, sera en tiers de cette union sacrée ; mais ne va pas croire ni qu'elle soit immortelle, ni que son enfance se passe sans accidens. Ne t'exposes point sans préparation à des chagrins inévitables : que l'amour soit ton égide contre les inquiétudes dévorantes, et s'il le faut, hélas ! le contrepoison d'une cruelle douleur. Procure-toi un livre de M. Fourcroy, intitulé *les enfans élevés dans l'ordre de la nature*, etc. Je ne connoissois que de réputation ce bon et estimable ouvrage. Je viens de le lire ; tu le trouveras chez les frères *Etienne, rue Saint Jacques, à la vertu.* Tu y verras si je t'ai conseillée en étourdi, et si j'ai bien étudié l'éducation physique des enfans. Tu y verras en soupirant combien l'usage des nourrices empruntées est dangereux. Mais comme il est cependant des cas où une mère peut et doit se dispenser de ce devoir (cas très rares à la vérité), et que tu me

paroîs

parois contente de celle de ma fille; rassure-toi; tu verras encore quels sont les terribles inconvéniens de l'usage des maillots et des corps de baleine; comme ils interceptent l'équilibre nécessaire entre la masse des humeurs qui se meuvent du cœur aux parties et celles qui retournent des parties au cœur, et comme il en provient des palpitations, des toux convulsives, des suffocations, etc. Tu y apprendras que la bouillie, aliment tenace et visqueux, est dangereuse, et qu'il faut bien se garder de précipiter le sevrage; que laver les enfans avec de l'eau froide, les exercer au grand air en tout tems, les tenir libres et bien propres, les éloigner du feu, etc. sont les meilleurs moyens de les rendre vigoureux. Lis ce livre: il est à ta portée, t'intéressera, t'instruira, et redoublera ta confiance aux opinions de ton Gabriel à cet égard. Quant à l'inoculation, il est clair que tu ne la vois pas dans son véritable jour. Il n'y a pas deux manières de l'administrer parmi les gens de l'art habiles, sensés, de bonne foi et non systématiques, et le premier soin nécessaire est à peu-près de n'en pas prendre. Nous n'y sommes point encore; ainsi j'omets des détails superflus. Mais je ne vois pas qu'une pâtissière puisse s'opposer à ce que nous voudrons pour notre enfant, ni avoir un avis sur l'inoculation : c'est tout ce qu'elle pourroit faire s'il étoit question d'une talmouse.

La voilà donc finie, cette année qui succéda à une autre dont une moitié fut si heureuse, et l'autre si funeste, et qui nous a apporté des consolations presque inespérées. Hélas! dans un si court période nous avons été élevés au faîte du bonheur, précipités dans les plus profonds abîmes de la douleur, et rendus à l'espoir et à la vie. Ah! s'il m'avoit fallu ignorer ton sort, douter plus long-tems de ta vie, que je sois anéanti si je l'eusse pu. O ma Sophie! voici deux fois de suite que je ne consacre point avec toi le premier jour de l'année à l'amour. Il me punit sans doute de t'avoir quittée un instant lorsque je pouvois être avec toi. De misérables considérations pécuniaires et des sollicitations indiscrètes m'avoient éloigné. Ah! comment pouvois-je te perdre de vue? cesser de veiller sur mon trésor? conjurer moi-même contre mon bonheur? l'abréger volontairement? Hélas! qui nous eût dit qu'il devoit être si court? Il nous avoient laissés tranquilles dans les premiers momens, ceux où la colère pouvoit les porter à une fausse démarche. . . . O Sophie! c'est de sang froid qu'ils devoient nous égorger. . . . . . Huit jours, huit jours tout entiers perdus à Rotterdam! insensé à qui il en étoit si peu destiné d'heureux ! Eh que m'importoient les embarras pécuniaires, les tracas du jour, les craintes du lendemain ? Devois-je donc m'affecter de quoi que ce soit au monde, quand l'amour étoit mon consolateur ? un baiser, un seul baiser, un mot de ta bouche adorée ne faisoient-ils pas tout disparoître ?... O ma Sophie ! je ne saurois me la rappeler sans trouble; cette soirée délicieuse qui termina cette absence si courte pour les indifférens, et si longue pour mon cœur affamé d'amour. Que ta joie étoit vive et touchante ! que son expression étoit naïve et douce ! que ta tendresse silencieuse étoit éloquente ! que tes caresses étoient brûlantes ! que chacun de tes regards sembloit bien me dire : Gabriel ! ô mon Gabriel ! quoi tu quittes ta Sophie pour des savans ! pour de tumultueuses assemblées ! tu cèdes à des instances qui t'enlèvent à moi ! tu es complaisant à tes dépens et aux miens ! Ingrat Gabriel ! mérites-tu les faveurs dont mon amour te comble ?... Ah ! oui ; oui , ma Sophie ; oui, mon amante et ma vie... Crois-moi, quand je te quitte un instant, j'expie aussitôt mon crime. Ton image charmante qui ne m'abandonne jamais, est l'inexorable vengeur de l'amour outragé. En vain je voudrois me distraire ; je ne vis qu'auprès de toi : je souffre, je languis par-tout où tu n'es pas. . . Mais ma douce Sophie me fit-elle jamais un reproche ? oh ! non ; elle me revoyoit, et j'étois pardonné... O souvenirs délicieux et cruels ! ô plaisirs dont le souvenir me transporte ! ô ravissemens inexprimables ! flamme inextinguible qui tantôt impétueuse m'embrâse et me dévore , et tantôt douce et voluptueuse vient comme une rosée salutaire appaiser mes sens pour les rallumer et les enivrer encore... Tristes monumens d'un amour sans égal et sans terme , illusions trop décevantes et trop chéries , vous allumez mon imagination émoussée par la douleur , mes sens flétris par une si longue mort (car je suis mort le jour où j'ai quitté Sophie , et c'est un tombeau que j'habite) . . . Puisse-t-elle finir cette épreuve à laquelle nos cœurs résisteront bien, mais non pas nos corps ! puisse cette année que nous commençons dans les larmes nous rendre sinon le bonheur que nous avons perdu , du moins les moyens de le recouvrer ! puissent les restes de notre jeunesse ne pas se consumer dans de vains désirs ! que Gabriel et sa Gabriel-Sophie se réunissent encore une fois avant que la vorace mort , conduite par le désespoir , hélas ! ou par le tems , les atteigne de sa faulx inévitable ! qu'ils serrent dans leurs bras entrelacés , qu'ils couvrent de leurs baisers entre-

mêlés le fruit de leur amour! qu'à cette mois-
son troublée par tant de cruelles tempêtes il
en succède de plus tranquilles et de plus fortu-
nées! que ceux qui leur tendent une main secourable soient l'objet de leur gratitude, de
leur tendresse, de leur culte, et jouissent de
tous les biens que mérite leur bonté!

Oui, mon amie, tes pressentimens sont souvent plus heureux, mais aussi plus hazardés
que les miens. On voit que tu ne doutes pas.
Ah! que je t'envie! mais l'amour doit mieux
t'inspirer que moi; et je ne veux pas t'en dire
la raison, parce que tu me bouderois; car tu
ne veux pas aimer moins; ainsi tu ne saurois
prétendre à plus de sang-froid et de perspi-
cacité. Ne te fâche pas, toute bonne amour.
Si tu avois la première lettre que je t'ai adres-
sée, tu verrois que je t'avois donné gain de
cause à cet égard, et que je voulois bien t'admettre sur le pied d'égalité. Il est vrai que
c'étoit uniquement pour te faire plaisir; car
je ne puis me déguiser à moi-même qu'il est
impossible que je sois aimé comme je t'aime,
par la même raison qui fait que l'astre de
la nuit ne sauroit éclairer autant que celui du
jour. — Non, je ne sais rien de ce qu'on a fait
pour ma fille, et il m'est dur de l'ignorer;
mais cependant ne me le dis pas sans permis-

sion. Ce que je voulois te faire entendre est
très nouveau, et non pas ancien. Je ne puis
que t'insinuer que nôtre Gabriel-Sophie a plus
d'une mère. Mais je tourmenterai tant le bon
ange (que tu appelles *mien* je ne sais pourquoi; car il est bien *nôtre* peut-être), qu'il
te le dira. Je suis caution de ta discrétion.

Je n'entends rien du tout à tes pièges *ten-
dus et évités*. Je connois bien certaines gens,
notamment des dévotes, capables de tout; car
avec cette race-là, l'intention justifie tout. Mais
que t'a-t-on pu dire? Que j'étois *inconstant?*
tu ne l'as pas dû croire. *Mort?* cela étoit aisé à
vérifier. *Fou?* ce n'est pas d'aujourd'hui, selon
eux; mais s'ensuivroit-il de là que tu dûsses
être vile? Enfin, t'a-t-on sollicitée à quelques
fausses démarches sous prétexte de *me servir?*
ta réponse est si simple : *Qu'il me le demande,
je ne croirai que lui*.... Va, va, laisse - les
faire : les honnêtes gens auroient fort bien pu
me conseiller de ne pas t'enlever; mais ils
aimeroient mieux pour moi que je t'eusse enlevée cinquante fois, que de me voir ne pas
me conduire et t'aimer comme je fais. Aime
ton Gabriel : aime-le tendrement, en dépit des
cagots et des cagotes, et mets-toi bien dans
la tête, comme tu l'as sûrement dans le cœur,
qu'il n'y a ni loi, ni considération divine ou

humaine qui puisse justifier l'ingratitude, le
parjure, la lâcheté. — A ta commodité : com-
plais-toi dans ces plates lettres où j'avois la
bonté d'être bête, sec et froid, pour ménager
des gens qui m'assassinoient. Puisque tu *t'en-*
toures de tous mes griffonnages, je joins ici
un *errata* du précis pour ma mère. Ce sont
les contre-sens principaux du copiste et de l'im-
primeur. Il y a bien assez de mes fautes sans
les leurs. J'ai fait passer au bon ange un commencement d'ouvrage pour toi ; j'espère qu'il
te parviendra. J'y travaille assidument ; mais
ma vue m'arrête. D'ailleurs, j'ai eu une autre
distraction depuis quelques jours. On a bien
voulu me permettre de recevoir l'*Esprit des*
Journaux, et le *bon ange* m'a fait passer 1777
et 1778. J'ai donc commencé à me remettre
un peu au courant des livres, et même des
affaires de ce monde, autant du moins que
j'en puis pénétrer par le compte rendu de
vers et de pamphlets assez médiocres dont elles
sont l'occasion. C'est ni plus ni moins quarante-huit volumes qu'il m'a fallu lire. Cette
petite consolation m'a fait grand plaisir. J'é-
tois un paralytique à l'agonie et sans connoissance ; je r'ouvre les yeux à la lumière, et je
recouvre un peu d'entendement, mais en conservant la paralysie. Je me suis hâté, ma bonne

Sophie, de prendre quelque notion de ce qui s'étoit passé depuis mon emprisonnement. J'ai vu que nous étions toujours de très jolis enfans, grands amateurs de calembours, grands faiseurs de jolis riens, enthousiastes forcenés de nouveautés, de frivolités, et aussi ardens gluckistes et picciniëtes que les insurgens sont chauds patriotes et vaillans guerriers. Respectable nation, qui sait si bien apprécier et défendre sa liberté! J'ai vu aussi, non sans quelque chagrin, qu'on pouvoit appliquer à nos gazetiers ce que le cardinal de Polignac disoit aux Hollandois: *On voit bien que vous n'êtes pas accoutumés à la victoire, puisque vous faites sonner si haut vos avantages;* avec cette différence toutefois, que les Hollandois étoient réellement vainqueurs du plus insolent des Rois dont ils avoient cruellement à se plaindre; et que, sur notre propre énoncé, notre combat d'Ouessant et nos fanfaronnades font pitié. Entr'autres exemples, je ne crois pas que depuis feu François I, on ait vu une plus grande platitude que le cartel du marquis de la F. au comte de Carlisle. Belle gloire qu'un duel, quand on commande des troupes! Battez l'ennemi, vous serez assez vengé de ses injures. Eh! qui diable peut s'en prendre au commissaire d'un Roi, des termes d'un manifeste

qu'il est chargé de répandre ? Mais ce qui est
vraiment beau, c'est le génie, la prudence et le
succès du ministre qui a rendu la vie à notre ma-
rine. Le gouvernement Anglois est apparemment en démence; mais qu'il y prenne garde:
ces fiers Bretons ne se laisseront pas paisible-
ment réduire en esclavage; et c'est là uniquement ce que veut la *junte Ecossaise.* J'ai vu
que notre jeune souverain est toujours un
honnête homme (sublime éloge pour un Roi,
s'il le mérite jusqu'au dernier jour de sa vie !)
Il veut le bien; ainsi ceux qui lui feront faire
du mal, ou qui sous son règne le laissent subsister et prostituent son nom pour consommer
des injustices, sont bien coupables envers l'humanité et la nation. Toutes les prédictions que
je t'avois faites sur la rage d'ambition de la maison d'Autriche (ambition infusée toute entière et exaltée dans l'ame de ce Jos. II tant
vanté), toutes ces prédictions, dis-je, et les
suites que j'attendois de la mort de l'électeur
de Bavière, s'accomplissent. De tout cela, je
conclus que ma sépulture civile, si je puis
parler ainsi, est bien fermement décidée dans
l'ame du tendre et généreux *législateur des
Rois ;* car assurément les circonstances l'auroient décidé à changer de système, s'il n'é-
toit immuable. Au reste, je suis bien près de

n'être absolument plus bon à rien; car je deviens très-paresseux, très-lourd, très-bête, et sur-tout très-aveugle. J'avoue cependant qu'il n'est pas doux d'être mort pour son pays avant l'âge de 30 ans. Je n'entends absolument rien à ce que tu me dis de M. de Mar.** et de sa fille. Je ne crois pas qu'elle ait d'autre manière de se tourner du côté de l'être *honnête et sensible* que de l'épouser. Or, cela est difficille (en face d'église s'entend) de mon vivant; et je n'imagine pas que l'on fabrique sous ce règne-ci des extraits mortuaires. Je suis du moins sûr comme de mon existence que le commissaire du conseil, sous l'inspection duquel nous sommes, ne s'y prêteroit pas; ainsi ta spéculation me paroît *grandement fort ridicule.* Quant au *baissement de ton,* tu n'as pas réfléchi qu'il étoit fort doux de ne rendre compte à personne de sa fortune, conduite, etc. etc. Va, mon amie, si je reviens sur l'eau, sois bien sûr que ce sera en dépit des Mi.** des Mar.** des Ru.** et de toutes les *familles canailles* de l'univers. Au reste, si cela arrivoit, je me vengerois bien d'eux tous; car ma générosité les accableroit.— Par parenthèse qui n'est pas pour toi (et à propos des journaux) je déclare au lecteur de ceci, que je trouve très-mauvais que mes journaux me vien-

nent non coupés. Celui qui se donne la peine
de les faire passer pourroit bien, ce me semble, en profiter; et s'il n'en a pas le tems,
cette aimable dame qui peint si bien (or, on
ne peint pas comme cela sans esprit) s'en ac-
commoderoit peut-être, au moins des pièces
fugitives. Somme tout, je boude si mes journaux me viennent encore non coupés. — J'en
demande très-humblement pardon à ma savante critique, à qui je souhaite d'ailleurs d'apprendre autant d'italien que j'en ai oublié. Je
savois à peu près aussi bien qu'elle, que l'article *il*, ne convenoit qu'aux noms qui ne commencent ni par une voyelle, ni par une *s* suivie d'une autre consonne, et je ne comprends
pas, quoiqu'il faille bien que je le croie sur ta
périlleuse parole, comment j'ai pu mettre *il*
spazio pour *lo spazio*. Je te fais compliment
sur ton érudition et passe condamnation; mais
dis-tu bien vrai ?

Tiens, Sophie, je te battrois si je pouvois,
quand tu lâches la bride à ton fol enthousiasme au point de dire de si grosses bêtises.
As-tu bien le front de comparer mon style à
celui de ce Rousseau l'un des plus grands écrivains qui fut jamais, dont l'éloquence toujours
entraînante, toujours appuyée de la plus ingénieuse dialectique, est guidée par un goût

si exquis, et n'exclut jamais la correction la
plus sévère, si ce n'est dans son Héloïse où
il a affecté des négligences? O Sophie! Sophie!
où est ta raison, ton tact et ta justice? *Il y
a des choses excellentes dans son Emile*, dis-
tu. Eh quoi donc n'y est pas excellent? ordonnance sublime; détails admirables; style
magique; raison profonde; vérités neuves;
observations parfaites. Sais-tu bien que tu
parles d'un des chef-d'œuvres de ce siècle?
Sais-tu que cinq ou six tragédies de Voltaire,
une partie de sa Henriade, l'Esprit des Lois,
l'Histoire naturelle de Buffon, celle des deux
Indes de Raynal, et Emile sont les titres dont
nous nous en orgueillirons envers la postérité?..
Et tu compares un enfant à un tel homme,
à un homme aussi grand par ses vertus que
par son génie! Il eut la sagesse admirable de
ne se montrer qu'après trente ans d'étude;
aussi chacun de ses écrits fut un grand pas
vers la gloire. Et moi, moi qui à vingt ans
ai osé me faire imprimer, qu'ai-je fait? Une
mauvaise brochure où se trouvent quelques
vérités, des tableaux fortement coloriés peut-
être, qui décèlent une ame haute et noble, et
du feu dans la tête; mais encore une fois ce livre
est détestable: oui, Sophie, détestable; car
les détails ne font point un livre; c'est un tissu

de lambeaux unis sans ordre, empreint de tous les défauts de l'âge auquel j'écrivois; il n'a ni plan, ni forme, ni correction, ni méthode. Voilà mon titre unique; le reste est dans mon porte-feuille, et n'en sortira peut-être jamais. Je sais, Sophie bien bonne, ce que j'aurois pu valoir; je le sais, parce que chacun a la conscience de son talent, et sur-tout parce qu'on a cherché à m'avilir. Sans doute j'ai un cœur droit, une ame forte, peut-être aussi de la verve, des vues et assez de connoissances pour un homme qui, très exactement, n'eût jamais de maître. Mais, bon dieu! quelle distance de là au génie mâle, profond, créateur et sublime de Rousseau! O Sophie! Sophie! tu me fais honte de moi-même. Non, mon style n'a rien de commun avec le sien, quoique d'autres que toi l'aient prétendu aussi. Mon style est passable, parce qu'il est à moi; parce que communément j'ai le ton de la chose que je dis ou que j'écris, attendu que je ne dis et que je n'écris que ce que je pense : c'est là, je crois, le grand secret. Suivre son caractère propre, la tournure naturelle de son esprit et les inspirations du sentiment. Ah! oui, Sophie, sur-tout sentir. Mais mon corps et ma tête croulent sous les coups réitérés d'une infortune trop longue. Mes fleurs sont fanées;

mes fruits avortés avant d'être mûrs. Il faut
verser une larme sur les couronnes que j'aurois pu obtenir, et qu'un tyran envieux et
impitoyable m'enlève, avant que j'aie pu les
atteindre ; mais il faut aussi y renoncer, puisqu'elles sont hors de ma portée. Ah! j'en conviens, tendre et aimable Sophie, les louanges
sont un délicieux plaisir pour Gabriel, lorsqu'elles sortent de la bouche de son amante ;
mais ne les exagère pas jusqu'à me faire rougir ; tâche de me tromper en cela seul. Je
suis, je serai toujours bien loin de croire les
mériter toutes; mais il m'est si doux de me
voir bien dans l'opinion de celle qu'entre tous
les êtres de mon espèce j'aime et j'estime plus
que tous les autres! Peut-être en tirerai-je
encore un autre fruit, ma chère vie. Ce charmant hommage, dont je ne me crois pas digne, m'encourage et me presse d'acquérir ce
qui me manque, de dompter mes défauts,
plus peut-être pour justifier ton choix et conserver ton estime, que pour m'honorer à mes
propres yeux. Hélas! les infortunés sont toujours dans le doute. Toutes leurs conjectures
leur semblent des réalités : tous les possibles
leur paroissent probables, et ils sont trop portés
à changer les événemens qu'ils ne peuvent
s'expliquer, en froideur ou en négligence, sur-

tout de la part de ceux dont l'estime et l'amour sont tout leur bien et toute leur ressource. D'ailleurs, tout sûr que je suis que mon incomparable Sophie ne variera jamais dans ses sentimens et ses principes, sa tendresse m'est si nécessaire qu'il m'est bien permis de douter du moins si je mérite les sacrifices qu'elle m'a faits, ceux qu'elle m'a promis, et d'examiner sévèrement mes sentimens, mes pensées, mes conjectures, mes projets, mes occupations, et le foible prix que je vaux.

Je t'abandonne *Héloïse*, pourvu que tu conviennes que cet ouvrage irrégulier, incorrect, peut-être mal conçu et souvent négligé, étincelle pourtant de beautés ; qu'il arrache des transports d'admiration, et fait couler de douces larmes. Cent fois j'ai voulu critiquer l'*Héloïse* ; et cent fois j'ai pleuré, admiré, lu, relu, et j'ai plaint ceux qui pouvoient être plus sévères que moi. Voltaire, ce Voltaire que son propre génie mettoit si au-dessus de l'envie, comme il a outragé le plus vertueux des hommes, dont il n'avoit reçu que des éloges, qui étoit malheureux, pauvre, persécuté, qui ne travailloit point dans son genre, et qui, osons le dire, lui étoit supérieur dans le sien ! Voltaire, immortalisé à tant de titres, Voltaire qui, plus que tout autre peut-être, mérita l'admiration et le mépris de ses semblables, fut au théâtre un génie du premier ordre, dans tous ses vers un grand poëte, dans l'histoire de l'homme un phénomène; mais dans les ouvrages historiques et philosophiques il n'a le plus souvent été qu'un bel-esprit, tandis que Rousseau, digne de tous nos respects par ses mœurs, son noble et inflexible courage, et la nature de ses travaux, est le dieu de l'éloquence, l'apôtre de la vertu, nous l'a toujours fait adorer, et ne prostitua jamais ses talens sublimes, ni à la satire, ni à la flatterie.

Quoi, grosse bête! tu n'avois pas trouvé à toi toute seule que c'étoit une absurdité de faire lire ou apprendre par cœur des fables à des enfans! Mon amie, quand j'ai médité quelques heures sur Bacon ou sur Newton, j'ouvre La Fontaine que je sais par cœur, et j'y découvre des beautés nouvelles que je n'y avois pas aperçues. Voilà l'homme que tu croyois l'instituteur des enfans.

Le philosophe économiste que tu traites si lestement, disoit un jour devant moi au roi de Suède, qui le comparoit je ne sais pourquoi à Montesquieu : *Les rêveries surannées de cet homme tant vanté, ne sont plus estimées que*

que dans le Nord. Cela est modeste et galant, comme tu vois. Certainement je ne suis pas partisan fanatique de *l'Esprit des Lois.* Le plus grand nombre des principes de ce bel ouvrage me paroît ou faux, ou hasardé. Le courage de l'auteur m'est suspect, et sa prudence ressemble à de la pusillanimité ; et il a souvent ou méconnu ou trahi les droits de l'homme. Enfin, son style si brillant, si ferme et si pur, n'est pas toujours exempt de recherche et d'affectation, et l'on voit avec peine un si grand homme courir après l'épigramme. D'un autre côté, ce que mon père a fait de bon et écrit de vrai, m'est aussi bien connu que les platitudes *apocalyptiques* qu'il entasse depuis 15 à 16 ans, et que j'ai eu la patience de lire d'un bout à l'autre, ce qui est méritoire. Mais en vérité, l'A. D. H. et ses ouvrages seront oubliés long-temps avant que *l'Esprit des Lois* cesse d'être regardé comme un des chef-d'œuvres de l'esprit humain.

Je crois ton anecdote de Poinsinet au moins très-hasardée, et probablement tu confonds. Le mien est le traducteur de Pline le Naturaliste, dont on imprime maintenant le dernier volume. Cette traduction n'est assurément pas digne de l'original ; mais c'est une des plus vastes entreprises littéraires que je connoisse ; et exécutée comme elle l'est , elle suppose encore beaucoup de mérite et de connoissances. Poinsinet a donné aussi une tra-duction d'Anacréon en vers , dans laquelle je trouve Anacréon beaucoup moins que dans ton bonnet ; mais il y a de la facilité , de la pureté et de l'élégance. Il me semble qu'au nombre de tes célèbres Dijonnois tu aurois aussi bien fait de compter l'immortel Buffon, et même Piron , que Rameau , qui (soit dit entre nous et bien bas), ne me paroît pas un génie transcendant même dans son art que je connois un peu , comme tu sais. Au reste , tu traites trop mal les académiciens d'aujour-d'hui : Morveau , qui a beaucoup de connois-sances et d'esprit en tout genre , est de plus un de nos meilleurs chimistes , et le premier, après Macquer , qui ait daigné faire parler un français intelligible à cette science. Maret et Durande , qui peut être seroient mieux dans une faculté que dans une académie , sont des gens de mérite ; mais j'avoue qu'il est ridicule que Maret, qui n'a point de style , soit le secrétaire d'une société littéraire. De Brosse , aussi , étoit un sujet très-académique , quoiqu'il valût beau-coup moins qu'il ne croyoit. Son ouvrage sur les langues suppose beaucoup de réflexion et de science ; et son histoire des navigations aux terres australes est un bon ouvrage, quoiqu'il affirme assez ridiculement l'existence des Patagons, que sa très-petite personne devoit croire moins aisément qu'un autre. Quant à son Salluste, que j'ai persiflé un *tantinet*, il prouve du moins plus d'érudition que de goût. J'en trouverois peut-être d'autres ; mais je te livre le confesseur de Mme. de R., le débonnaire, et tendre et poli M. de R. qui disoit à Morveau : *Point de broutilles dans nos ; mémoires mes ouvrages et les vôtres : finalement.... finalement, voilà tout ce qu'il y a de bon dans cette cohue;* enfin tous les subdélégués, etc. de l'univers.... Graces, graces te soient rendues, à toi, à tous ceux qui nous servent si bien... Ma fille se porte bien : j'ai tes cheveux, ta bague charmante: je les baise, je les suce, je les mange.... Mon amante, mon bonheur, ma vie, mon tout! quand donc est-ce que je cesserai de t'aimer chaque jour davantage? C'est à l'instant que je reçois ce précieux envoi : ah ! comme il fait battre mon cœur! Je comptois t'écrire encore un peu.... mais laisse-moi savourer mon bien. *Addio, mio dolce sostegno. Addio, sposa amata, che a me sola par donna. Conservati fedele. Mia vita, ben mio, addio.*

GABRIEL.

Sophie, demande tes étrennes ; car pour moi j'ai tant demandé, que je n'ose plus, de peur de fâcher le bon ange à qui nous donnons des volumes à lire. Vois, méchante Sophie, que pour te rassurer, j'ai obtenu qu'on te remît tout de suite ma dernière ; et moi j'ai attendu vingt-quatre jours la tienne. O ingrate ! que de dettes il te faudra me payer !

Tes bagues sentent l'ambre. Cela est détestable pour les nerfs, et d'ailleurs très-superflu pour une *veuve*. Je te l'interdis absolument. Soigne bien ta santé, et dis-moi tout, tout.... Tais-toi, que je baise mes bagues, et ton billet, et ma fille.

Fin du Tome second.

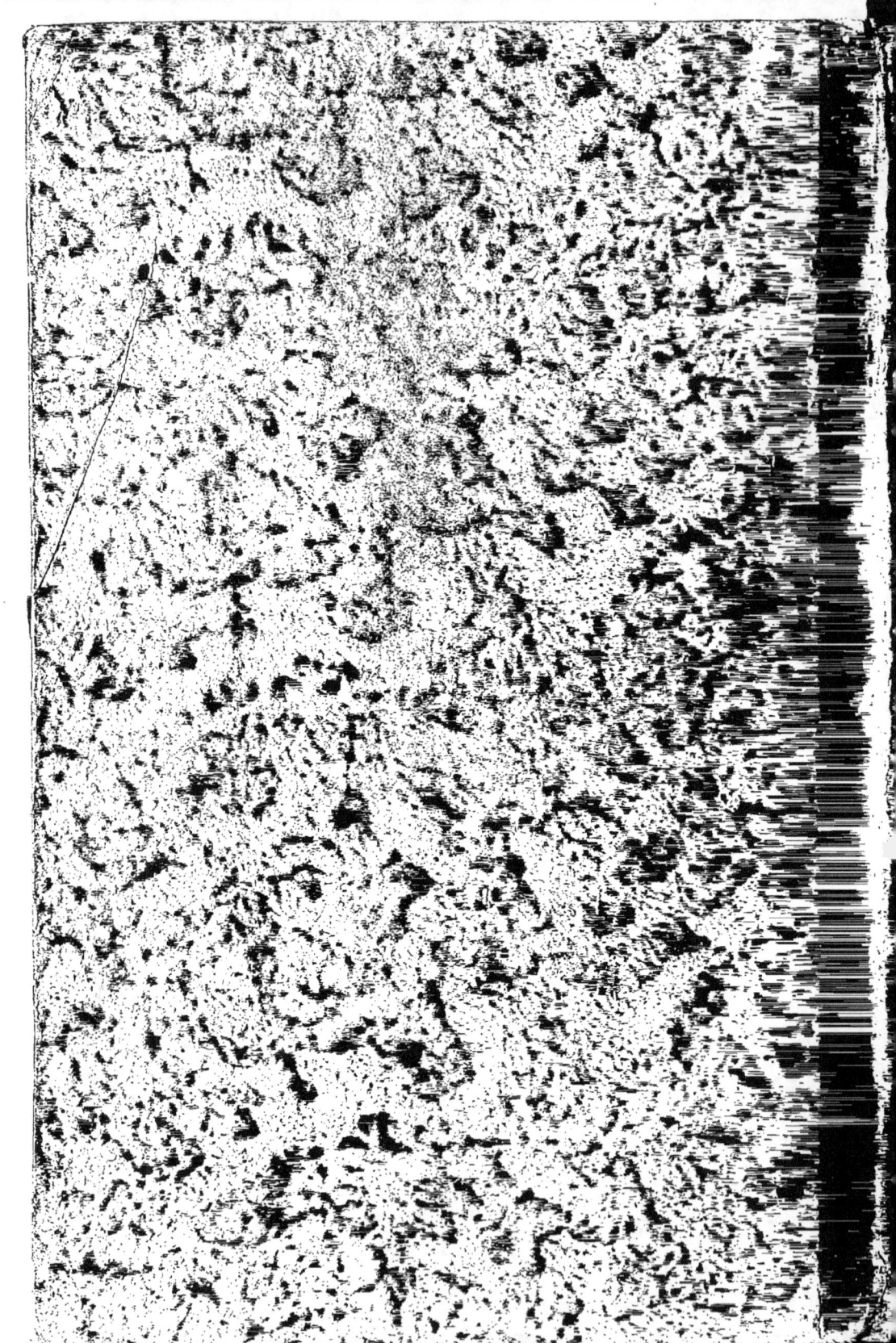

www.ingramcontent.com/pod-product-compliance
Lightning Source LLC
Chambersburg PA
CBHW070751030726
47504CB00003B/515